SIDNEY SHELDON

Die letzte Verschwörung

Sidney Sheldon, 1917 in Chicago geboren, schrieb schon früh für die Studios in Hollywood. Bereits mit fünfundzwanzig Jahren hatte er große Erfolge am Broadway. Am bekanntesten aus dieser Zeit ist wohl sein Drehbuch zu dem Musical »Annie, Get Your Gun«. Seit vielen Jahren veröffentlicht Sheldon Romane, die auch in Deutschland Bestseller wurden. Von ihnen liegen als Goldmann-Taschenbücher vor:

Blutspur (43876)
Diamanten-Dynastie (43877)
Ein Fremder im Spiegel (43878)
Das Imperium (43879)
Im Schatten der Götter (43887)
Jenseits von Mitternacht (43880)
Kalte Glut (43881)
Kirschblüten und Coca-Cola (43882)
Die letzte Verschwörung (43883)
Die Mühlen Gottes (43884)
Das nackte Gesicht (43885)
Die Pflicht zu schweigen (43886)
Schatten der Macht (43888)
Zorn der Engel (43889)

SIDNEY SHELDON

Die letzte Verschwörung

Roman

Aus dem Amerikanischen
von Wulf Bergner

GOLDMANN

Ungekürzte Ausgabe

Titel der Originalausgabe: The Doomsday Conspiracy
Originalverlag: William Morrow and Company, Inc., New York

Umwelthinweis:
Alle bedruckten Materialien dieses Taschenbuches
sind chlorfrei und umweltschonend.
Das Papier enthält Recycling-Anteile.

Der Goldmann Verlag
ist ein Unternehmen der Verlagsgruppe Bertelsmann

Genehmigte Taschenbuchausgabe 2/97

Umschlagentwurf: Design Team München
Umschlagfoto: ACE/Mauritius, Mittenwald
Druck: Elsnerdruck, Berlin
Verlagsnummer: 43883
MV · Herstellung: Schröder
Made in Germany
ISBN 3-442-43883-7

1 3 5 7 9 10 8 6 4 2

Für Jerry Davis

Danksagung

Mein besonderer Dank gilt Dr. James J. Hurtak
und seiner Frau Desirée,
die mir ihr unschätzbares technisches Fachwissen
zur Verfügung gestellt haben.

Mögest du in interessanten Zeiten leben!

Alte chinesische Verwünschung

Prolog

Uetendorf, Schweiz
Sonntag, 14. Oktober, 15.00 Uhr

Die am Feldrain stehenden Augenzeugen starrten mit stummem Entsetzen auf das Bild des Grauens. Der Anblick, der sich ihnen bot, erschien ihnen wie ein aus dunklen urzeitlichen Tiefen emporgestiegener Alptraum. Jeder von ihnen reagierte anders. Der eine wurde ohnmächtig, ein anderer mußte sich übergeben. Eine Frau zitterte wie Espenlaub, ein Mann griff sich ans Herz. Der ältliche Geistliche umklammerte seinen Rosenkranz und bekreuzigte sich. *Vater im Himmel, steh mir bei. Steh uns allen bei. Bewahre uns vor diesem fleischgewordenen Bösen. Heute haben wir das Antlitz des Satans erblickt. Dies ist das Ende der Welt. Der Tag des Jüngsten Gerichts ist gekommen.*

Armageddon ist da... Armageddon... Armageddon...

Sonntag, 14. Oktober, 21.03 Uhr

BLITZMELDUNG

TOP SECRET ULTRA

NSA AN DIREKTOR COMSEC

PERSÖNLICH

BETREFF: OPERATION DOOMSDAY

NACHRICHT: AKTIVIEREN

VERSTÄNDIGEN: NORAD, CIRVIS,

GEPAN, DIS, GHG, VSAF, INS

TEXTENDE

Sonntag, 14. Oktober, 21.15 Uhr

BLITZMELDUNG

TOP SECRET ULTRA

NSA AN STELLVERTRETENDEN DIREKTOR

MARINENACHRICHTENDIENST

BETREFF: COMMANDER ROBERT BELLAMY

VERANLASSEN SIE SOFORTIGE ABKOMMANDIERUNG

ZU DIESER DIENSTSTELLE

IHRE ZUSTIMMUNG WIRD VORAUSGESETZT

TEXTENDE

Der Jäger

1

Erster Tag
Montag, 15. Oktober

Er lag wieder in dem überfüllten Lazarett des Stützpunkts Cu Chi in Vietnam, und Susan, in ihrer weißen Schwesternuniform zum Anbeißen hübsch, beugte sich über sein Bett und flüsterte: »Los, wach schon auf, Seemann! Du willst doch nicht sterben?«

Und der sanfte Zauber ihrer Stimme ließ ihn beinahe seine Schmerzen vergessen. Susan flüsterte ihm noch etwas ins Ohr, aber eine laute Glocke schrillte dazwischen, so daß er nicht verstand, was sie sagte. Er streckte die Arme aus, um sie zu sich herabzuziehen, aber seine Hände griffen ins Leere.

Das Schrillen des Telefons weckte Robert Bellamy unwiderruflich. Er öffnete widerstrebend die Augen, weil er nicht von seinem Traum lassen wollte, doch das Telefon auf seinem Nachttisch klingelte unbeirrbar weiter. Er sah auf den Wecker. Vier Uhr. Wütend riß er den Hörer von der Gabel. »Verdammt, wissen Sie eigentlich, wieviel Uhr es ist?«

»Commander Bellamy?« Eine tiefe Männerstimme.

»Ja...«

»Ich habe eine Mitteilung für Sie, Commander. Sie sollen sich heute morgen um sechs Uhr im National Security Agency Headquarters in Fort Meade bei General Hilliard melden. Ist das klar, Commander?«

»Ja.« *Und nein. Hauptsächlich nein.*

Commander Robert Bellamy war verwirrt, als er jetzt langsam auflegte. Was zum Teufel konnte die NSA von ihm wollen? Er arbeitete im Office of Naval Intelligence (ONI), dem Marinenachrichtendienst. Und was konnte so dringend sein, daß eine Besprechung um sechs Uhr morgens notwendig war? Er ließ sich zurücksinken, schloß die Augen und versuchte, den Traum weiterzuträumen. Er war so real gewesen! Natürlich wußte Bellamy, was den Traum ausgelöst hatte. Gestern abend hatte Susan ihn angerufen.

»Robert...«

Der Klang ihrer Stimme trieb seinen Puls wie immer in die Höhe. Er holte tief Luft. »Hallo, Susan.«

»Geht's dir gut, Robert?«

»Klar. Phantastisch. Wie geht's *Moneybags*?«

»Laß das, bitte.«

»Meinetwegen. Wie geht's Monte Banks?«

Er brachte es einfach nicht über sich, *dein Mann* zu sagen. *Er* war ihr Mann.

»Danke, gut. Ich wollte dir bloß sagen, daß wir für einige Zeit verreisen werden. Du mußt dir keine Sorgen machen.«

Das war wieder typisch Susan! Er hatte Mühe, das Zittern in seiner Stimme zu verbergen. »Wohin wollt ihr diesmal?«

»Wir fliegen nach Brasilien.«

In Moneybags' privater Boeing 727.

»Monte hat dort geschäftlich zu tun.«

»Tatsächlich? Ich dachte, das Land gehört ihm schon.«

»Hör auf, Robert. Bitte.«

»Entschuldigung.«

Eine kurze Pause am anderen Ende. »Ich wollte, deine Stimme wäre fröhlicher.«

»Das wäre sie, wenn du hier wärst.«

»Ich wünsche dir, daß du eine wunderbare Frau findest und glücklich wirst.«

»Ich hatte eine wunderbare Frau, Susan.« Mit dem verdammten Kloß im Hals konnte er kaum sprechen. »Und weißt du, was passiert ist? Sie ist mir weggelaufen.«

»Wenn du so weitermachst, ruf ich dich nie mehr an!«

Panik stieg in Robert hoch. »Das darfst du nicht sagen. Bitte nicht!« Susan war sein letzter Halt. Die Vorstellung, nie mehr mit ihr sprechen zu dürfen, war ihm unerträglich. Er bemühte sich um einen unbekümmerten Tonfall. »Okay, ich ziehe los, suche mir 'ne üppige Blondine und bumse uns beide zu Tode.«

»Ich mache mir Sorgen um dich, Darling.«

»Wirklich nicht nötig. Mir geht's echt gut.« Fast wäre er an seiner Lüge erstickt. Wenn sie gewußt hätte, wie ihm tatsächlich zumute war! Aber darüber konnte er mit keinem Menschen sprechen. Am wenigsten mit Susan. Von ihr bemitleidet zu werden, hätte er nicht ertragen.

»Ich rufe dich aus Brasilien an«, versprach sie ihm.

Danach entstand eine lange Pause. Sie konnten nicht voneinander lassen, weil es zuviel zu sagen gegeben hätte – zu viele Dinge, die besser unausgesprochen blieben.

»Ich muß jetzt fort, Robert.«

»Susan?«

»Ja?«

»Ich liebe dich, Baby. Ich werde dich immer lieben.«

»Ja, ich weiß. Ich liebe dich auch, Robert.«

Und darin lag die bittersüße Ironie des Ganzen. Sie liebten sich noch immer so sehr.

Ihr beiden führt die perfekte Ehe, hatten alle ihre Freunde immer gesagt. Was war also schiefgegangen?

Commander Robert Bellamy stand auf und ging barfuß durch das stille Wohnzimmer. Hier wurde Susans Abwesenheit besonders schmerzhaft spürbar, denn überall hingen und standen gerahmte Fotos von Susan und ihm: von der Kamera festgehaltene Augenblicke einer glücklicheren Zeit. Die beiden beim Angeln in den schottischen Highlands, vor einer Buddhastatue am Ufer eines thailändischen Klongs, auf einer Kutschfahrt im Regen durch den Park der Villa Borghese. Und auf jedem Photo lächelten sie und umarmten sich: zwei innig Verliebte.

Er ging in die Küche und schaltete die Kaffeemaschine ein. Auf der Wanduhr war es 4.15 Uhr. Nach kurzem Zögern wählte er eine Nummer. Am anderen Ende klingelte es sechsmal, bevor sich Admiral Whittaker meldete. »Hallo?«

»Admiral...«

»Ja?«

»Hier ist Robert. Entschuldigen Sie, daß ich Sie geweckt habe, Sir. Ich habe gerade einen ziemlich merkwürdigen Anruf von der National Security Agency bekommen.«

»Von der NSA? Was will die von Ihnen?«

»Das weiß ich auch nicht. Ich soll mich um sechs Uhr bei General Hilliard melden.«

Nachdenkliches Schweigen. »Vielleicht werden Sie dorthin versetzt.«

»Das kann ich mir nicht vorstellen. Wozu auch? Warum sollte die NSA mich...?«

»Jedenfalls scheint die Sache sehr dringend zu sein, Robert. Rufen Sie mich nach der Besprechung noch mal an?«

»Wird gemacht. Danke, Sir.«

Whittaker legte auf. *Du hättest den Alten nicht damit belästigen sollen,* dachte Robert. Der Admiral war vor zwei Jahren als Direktor des Marinenachrichtendienstes ausgeschieden. Höchst *unfreiwillig* ausgeschieden. Man munkelte, die Navy habe ihm als Trostpflaster irgendwo ein kleines Büro zugewiesen und lasse ihn die Muscheln an den Rümpfen eingemotteter Kriegsschiffe zählen.

Daher war es höchst unwahrscheinlich gewesen, daß der Admiral über gegenwärtige Geheimdienstaktivitäten Bescheid wußte. Aber er stand Robert näher als jeder andere – natürlich abgesehen von Susan. Und Robert hatte das Bedürfnis gehabt, mit jemandem zu reden.

Der Kaffee war fertig. Er schmeckte bitter. Robert fragte sich, ob die Bohnen wohl aus Brasilien kamen.

Er nahm die Kaffeetasse mit ins Bad und betrachtete dort sein Spiegelbild. Vor sich hatte er einen Mann Anfang Vierzig, groß, hager und sportlich durchtrainiert, mit kantigem Gesicht, kräftigem Kinn, schwarzem Haar und wachen, forschenden dunklen Augen. Schräg über seine Brust zog sich eine tiefe Narbe – ein Andenken an eine Bruchlandung mit dem Flugzeug. Aber das war gestern gewesen. In der Zeit mit Susan. Jetzt war heute – die Zeit ohne Susan.

Robert duschte, rasierte sich und trat an seinen Kleiderschrank im Schlafzimmer. *Was soll ich heute anziehen?* fragte er sich. *Uniform oder Zivil? Aber welchen Unterschied macht das schon?* Er entschied sich für einen dunkelgrauen Flanellanzug mit weißem Hemd und grauer Seidenkrawatte. Während er sich anzog, überlegte er, daß er eigentlich nur sehr wenig über die National Security Agency wußte – außer daß der *Puzzle-Palast* über allen übrigen US-Geheimdiensten stand und noch geheimniskrämerischer als die anderen war. *Was will die NSA von mir? Ich werd's früh genug erfahren.*

2

Die National Security Agency liegt diskret versteckt auf einem weitläufigen, mehr als dreiunddreißig Hektar umfassenden Gelände in Fort Meade, Maryland, und residiert dort in zwei Gebäuden, deren Grundfläche doppelt so groß ist wie die des CIA-Komplexes in Langley, Virginia. Zu den Hauptaufgaben der NSA gehören die technische Abschirmung amerikanischer

Nachrichtenverbindungen und die Sammlung weltweiter Geheimdienstinformationen – und letzteres besorgt sie so gründlich, daß dort jeden Tag über vierzig Tonnen Dokumente in den Reißwolf wandern.

Es war noch dunkel, als Commander Robert Bellamy das erste Tor erreichte, das in einen zweieinhalb Meter hohen, mit Stacheldraht bewehrten Maschendrahtzaun eingelassen war. Am Tor stand ein Wachhäuschen mit zwei bewaffneten Posten. Einer trat an den Wagen heran. »Sie wünschen, Sir?«

»Commander Bellamy. General Hilliard erwartet mich.«

»Bitte Ihren Dienstausweis, Commander.«

Robert Bellamy zog das Dokument, das ihn als Angehörigen des Marinenachrichtendiensts auswies, aus der Brieftasche und reichte ihn dem Mann. Der Posten studierte ihn aufmerksam und gab ihn dann zurück. »Danke, Commander.«

Bevor er den elektrischen Toröffner betätigte, nickte er dem zweiten Mann im Wachhäuschen zu, der daraufhin nach einem Telefonhörer griff, um zu melden: »Commander Bellamy ist unterwegs.«

Eine Minute später erreichte Robert Bellamy das geschlossene Tor im Elektrozaun.

Ein bewaffneter Posten trat an den Wagen. »Commander Bellamy?«

»Ja.«

»Bitte Ihren Dienstausweis, Commander.«

Robert wollte protestieren, aber dann dachte er: *Wozu sich aufregen? Schließlich ist das ihr Zoo.* Er zog wieder seinen Ausweis heraus und hielt ihn dem Posten unter die Nase.

»Danke, Commander.« Der Uniformierte winkte, und das Tor öffnete sich.

Robert Bellamy fuhr weiter und erblickte kurze Zeit später einen dritten Maschendrahtzaun. *Mein Gott*, dachte er, *ich bin im Lande Oz*!

Und wieder trat ein bewaffneter Uniformierter an den Wagen heran. Doch bevor Robert seinen Ausweis zücken konnnte, warf der Posten einen Blick auf sein Kennzeichen und sagte: »Bitte fahren Sie geradeaus weiter zum Verwaltungsgebäude, Commander. Sie werden dort erwartet.«

»Danke.«

Das Tor öffnete sich, und Robert fuhr bis zu einem riesigen weißen Gebäude. Vor dem Haupteingang erwartete ihn ein Mann in Zivil. »Lassen Sie den Wagen einfach stehen, Commander!« rief er ihm zu. »Wir kümmern uns darum.«

Robert Bellamy stieg aus. Der Mann, der ihn begrüßte, war ein großer, hagerer, auffällig blasser Mittdreißiger. Er sah aus, als hätte er monatelang nicht mehr das Sonnenlicht erblickt.

»Mein Name ist Harrison Keller. Ich bringe Sie zu General Hilliard.«

Sie betraten die weitläufige, zwei Stockwerke hohe Eingangshalle. An der Tür saß ein Zivilist hinter einem Schreibtisch. »Commander Bellamy ...«

Robert Bellamy drehte sich um. Er hörte den Auslöser einer Kamera klicken.

»Danke, Sir.«

Robert wandte sich an seinen Begleiter. »Was...?«

»Das dauert bloß 'ne Minute«, versicherte ihm Harrison Keller.

Sechzig Sekunden später bekam Robert eine blau-weiße Ausweiskarte mit seinem Photo überreicht.

»Ihren Ausweis tragen Sie bitte deutlich sichtbar, solange Sie sich in diesem Gebäude aufhalten, Commander.«

»Wird gemacht.«

Nun marschierten sie einen endlos langen weißen Korridor hinunter. Robert stellte fest, daß dieser Flur lückenlos von Videokameras überwacht wurde.

»Wie groß ist dieses Gebäude?«

»Es hat fast zweihunderttausend Quadratmeter Grundfläche, Commander.«

»*Was?*«

»Ja. Dieser Flur ist mit rund dreihundert Metern der längste der Welt. Wir sind hier völlig autark. Wir haben ein Einkaufszentrum, eine Cafeteria, acht Schnellimbisse, einen PX, ein Krankenhaus mit OP, eine Zahnarztpraxis, eine Filiale der State Bank of Laurel, eine chemische Reinigung, ein Schuhgeschäft, einen Friseur und noch ein paar weitere Einrichtungen.«

Sie kamen an einem Saal mit einem Meer von Computern vorbei. Verblüfft blieb Robert stehen.

»Eindrucksvoll, nicht wahr? Dabei ist das nur einer unserer Computerräume. In dem gesamten Komplex stehen elektronische Geräte – Computer und Dechiffriermaschinen – im Wert von drei Milliarden Dollar.«

»Und wie viele Menschen arbeiten hier?«

»Ungefähr sechzehntausend.«

Wozu braucht ihr dann mich, verdammt noch mal? fragte sich Robert Bellamy.

Schließlich gelangten sie zu einem Privataufzug, dessen Tür Keller mit einem Schlüssel aufsperrte. Sie fuhren ein Stockwerk höher und wanderten abermals einen endlos langen Gang entlang, bis sie die Bürosuite am Ende des Korridors erreichten.

»Wir sind da, Commander.« Sie betraten ein großes Vorzimmer mit vier Arbeitsplätzen für Sekretärinnen. Zwei Sekretärinnen saßen bereits an ihren Schreibtischen. Harrison Keller nickte einer von ihnen zu, die daraufhin per Knopfdruck die Tür zum Dienstzimmer ihres Chefs entriegelte.

»Bitte gehen Sie gleich hinein, Gentlemen. Der General erwartet Sie.«

Robert Bellamy folgte Keller ins Allerheiligste. Er fand sich in einem geräumigen Büro wieder, dessen Decke und Wände mit schallschluckendem Material verkleidet waren. Davon abgesehen war der Raum behaglich möbliert und mit vielen Photos und persönlichen Andenken ausgestattet. Offensichtlich verbrachte der Mann, der jetzt vom Schreibtisch aufstand, hier einen großen Teil seiner Zeit.

General Mark Hilliard, der stellvertretende NSA-Direktor, mußte Mitte Fünfzig sein: ein hagerer Riese mit kantigem Gesicht und eisigen, stahlgrauen Augen. Zu seinem dunkelgrauen Anzug trug der General ein weißes Hemd und eine graue Krawatte. *Richtig geraten!* dachte Robert zufrieden.

»General, dies ist Commander Bellamy«, sagte Harrison Keller.

»Danke, daß Sie vorbeigekommen sind, Commander.«

Als ob er mir eine Einladung zum Tee geschickt hätte.

Die beiden Männer schüttelten sich die Hände.

»Nehmen Sie bitte Platz. Ich möchte wetten, daß Sie eine Tasse Kaffee vertragen könnten.«

Der Mann kann Gedanken lesen. »Ja, Sir.«

»Harrison?«

»Nein, vielen Dank.« Keller nahm auf einem Stuhl in einer Ecke des Raums Platz.

Auf ein Klingelzeichen des Generals brachte ein Orientale in weißer Jacke ein Tablett mit Kaffee und dänischen Törtchen herein. Robert fiel auf, daß er keinen Ausweis an seiner Jacke trug. *Was für ein Sakrileg!*

»Der Direktor hat mich gebeten, mit Ihnen zu sprechen.«

Der Direktor. Edward Sanderson. In Geheimdienstkreisen eine legendäre Figur. Ein brillanter, skrupelloser Drahtzieher, dem Dutzende von gewagten Coups in allen Erdteilen zugeschrieben wurden. Ein Mann, der nur selten öffentlich auftrat und über den heimlich um so mehr geflüstert wurde.

»Wie lange sind Sie beim Marinenachrichtendienst, Commander?« fragte General Hilliard.

Robert verzog keine Miene. »Sieben Jahre.« Er hätte einen Monatssold darauf verwettet, daß der General ihm die Uhrzeit seines Eintritts ins Office of Naval Intelligence hätte sagen können.

»Und davor sind Sie Staffelchef bei den Marinefliegern in Vietnam gewesen?«

»Ja, Sir.«

»Sie sind abgeschossen worden. Niemand hat damit gerechnet, daß Sie durchkommen würden.«

›Den könnt ihr vergessen‹, hatte der Arzt gesagt. ›Der hat nicht die geringste Chance.‹ Und er wäre am liebsten gestorben, so unerträglich waren die Schmerzen. Und dann beugte Susan sich über ihn. *›Los, wach schon auf, Seemann. Du willst doch nicht sterben?‹* Robert zwang sich dazu, seine Augen zu öffnen, und starrte die schönste Frau an, die er je gesehen hatte. Sie hatte ein ebenmäßiges ovales Gesicht, dichtes schwarzes Haar, glänzende braune Augen und ein sanftes Engelslächeln. Er versuchte zu sprechen, aber das war zu anstrengend...

»Wir haben ein Problem, Commander. Wir brauchen Ihre Hilfe.«

Der General erhob sich und ging zwischen Tür und Schreibtisch auf und ab. »Was ich Ihnen jetzt erzähle, ist geheimer als *top secret.*«

»Ja, Sir.«

»Gestern ist in den Schweizer Alpen ein NATO-Wetterballon niedergegangen. Seine Gondel enthielt einige streng geheime militärische Versuchsobjekte.

Die Schweizer Behörden haben die Objekte aus der Gondel geborgen, aber leider scheinen mehrere Leute Zeugen geworden zu sein. Für uns ist entscheidend wichtig, daß keiner von ihnen mit anderen über seine Beobachtungen spricht. Denn dadurch könnten bestimmte andere Staaten wertvolle Informationen erhalten. Alles klar bisher?«

»Gewiß, Sir. Ich soll mit den Augenzeugen reden und ihnen einschärfen, mit niemandem über ihre Beobachtungen zu sprechen.«

»Nicht ganz, Commander.«

»Tut mir leid, dann...«

»Ich möchte, daß Sie die Zeugen lediglich aufspüren. Andere werden ihnen dann begreiflich machen, daß sie schweigen müssen.«

»Ich verstehe. Sind die Augenzeugen alle in der Schweiz?«

General Hilliard blieb vor Robert stehen. »Das ist gerade das Problem, Commander. Wir haben keine Ahnung, wie viele Zeugen es gibt, wie sie heißen oder wo sie sich im Augenblick befinden. Oder wer sie sind.«

»Wie bitte, Sir?«

»Wir wissen lediglich, daß die Augenzeugen in einem Ausflugsbus gesessen haben. Sie haben zufällig den Absturz des Wetterballons in der Nähe der Gemeinde...« Er sah fragend zu Harrison Keller hinüber.

»Uetendorf.«

Der General wandte sich wieder an Robert. »Die Fahrgäste sind für ein paar Minuten ausgestiegen, um die Absturzstelle anzuschauen, und dann weitergefahren. Als ihre Rundfahrt zu Ende war, haben sie sich in alle Winde verstreut.«

»General Hilliard«, fragte Robert langsam, »soll das etwa heißen, daß es *keine* Unterlagen darüber gibt, wer diese Leute sind oder wo sie sich jetzt aufhalten?«

»Ganz recht.«

»Und ich soll rüberfliegen und sie finden?«

»Genau! Sie sind mir nachdrücklich empfohlen worden. Sie sprechen ein halbes Dutzend Sprachen fließend und haben in der Vergangenheit bei Auslandseinsätzen hervorragende Arbeit geleistet. Der Direktor hat veranlaßt, daß Sie zur NSA abkommandiert werden.«

Riesig. »Darf ich voraussetzen, daß ich mit den Schweizer Behörden zusammenarbeite?«

»Nein, Sie arbeiten allein.«

»Allein? Aber...«

»Wir dürfen niemanden sonst in diesen Auftrag hineinziehen. Ich kann die Bedeutung der Objekte in der Ballongondel nicht genug unterstreichen, Commander. Wir stehen unter allergrößtem Zeitdruck. Ich möchte, daß Sie mir jeden Tag melden, wie Sie vorankommen.«

General Hilliard schrieb eine Telefonnummer auf ein weißes Kärtchen und gab es Robert. »Unter dieser Nummer bin ich Tag und Nacht zu erreichen. Wir haben ein Flugzeug bereitgestellt, das Sie nach Zürich bringt. Sie werden jetzt in Ihre Wohnung begleitet, damit Sie das Nötigste packen können, und danach zum Flugplatz gefahren.«

Soviel zu ›Danke, daß Sie vorbeigekommen sind.‹ Am liebsten hätte Robert gefragt: »Wer füttert meinen Goldfisch, solange ich weg bin?« – aber er hatte das Gefühl, daß die Antwort lauten würde: »Sie haben keinen Goldfisch.«

»Ich vermute wohl richtig, Commander, daß Sie durch Ihre ONI-Tätigkeit gute Verbindungen zu ausländischen Nachrichtendiensten besitzen?«

»Ja, Sir. Ich habe viele Freunde, an die ich mich wenden kann, um...«

»Sie nehmen mit keinem von ihnen Verbindung auf. Sie nehmen mit überhaupt niemandem Kontakt auf. Die Zeugen, nach denen Sie fahnden, sind zweifellos Bürger verschiedener Staaten.« Der General wandte sich an Keller. »Harrison...«

Keller trat an einen stählernen Karteischrank an der Rückwand des Raums, schloß ihn auf, nahm einen großen braunen Umschlag heraus und gab ihn Robert.

»Er enthält zwanzigtausend Dollar in bar und fünfzigtausend in verschiedenen europäischen Währungen. Außerdem finden Sie darin mehrere falsche Ausweise, die unter Umständen nützlich für Sie sein können.«

General Hilliard hielt ihm eine schwarze Kreditkarte mit weißem Querstreifen hin. »Das ist eine Kreditkarte, mit der Sie...«

»Ich bezweifle, daß ich sie brauchen werde, General. Das Bargeld dürfte reichen, und ich habe außerdem meine ONI-Kreditkarte.«

»Los, nehmen Sie sie schon!«

»Ja, Sir.« Robert begutachtete die Karte. Sie war von einer Bank ausgestellt, von der er noch nie gehört hatte. Unten auf der Karte stand eine Telefonnummer. »Der Name des Karteninhabers fehlt«, stellte Robert fest.

»Diese Karte entspricht einem Blankoscheck. Als Benutzer brauchen Sie sich nicht auszuweisen. Sie veranlassen lediglich, daß diese Telefonnummer angerufen wird. Tragen Sie die Karte unbedingt immer bei sich.«

»Wird gemacht.«

»Noch etwas, Commander.«

»Sir?«

»Sie *müssen* diese Zeugen finden. Jeden einzelnen! Ich werde dem Direktor melden, daß Sie Ihre Arbeit aufgenommen haben.«

Damit war die Besprechung zu Ende.

Harrison Keller begleitete Robert ins Vorzimmer hinaus. Dort saß ein Offizier der Marineinfanterie. Er erhob sich, als die beiden Männer hereinkamen.

»Das hier ist Hauptmann Dougherty. Er bringt Sie zum Flugplatz. Viel Erfolg!«

»Danke.«

Die beiden Männer schüttelten sich die Hand. Keller machte kehrt und verschwand in General Hilliards Dienstzimmer.

»Kann's losgehen, Commander?« fragte Hauptmann Dougherty.

»Ja.« *Aber bin ich wirklich bereit?* Er hatte schon früher schwierige Auslandsaufträge durchgeführt – aber noch keinen so verrückten wie diesen. Noch nie hatte er eine unbekannte Zahl von Augenzeugen aus unbekannten Ländern aufspüren müssen ...

»Ich habe Befehl, Sie direkt in Ihre Wohnung und dann zur Andrews Air Force Base zu bringen«, sagte Hauptmann Dougherty. »Dort wartet eine Maschine, um Sie ...«

Robert Bellamy schüttelte den Kopf. »Ich muß erst noch in meiner Dienststelle vorbeischauen.«

Der Hauptmann zögerte. »Okay. Ich komme mit und warte dort auf Sie.«

Man hätte glauben können, die NSA-Leute wagten nicht, ihn aus den Augen zu lassen. Weil er wußte, daß ein Wetterballon abgestürzt war? Das kam ihm ziemlich unsinnig vor. Robert gab seinen Ausweis am Ausgang ab und trat in den frischen Oktobermorgen hinaus. Wo sein Wagen gestanden hatte, parkte jetzt eine riesige Limousine.

»Um Ihren Wagen kümmern wir uns, Commander«, teilte Hauptmann Dougherty ihm mit. »Wir fahren mit diesem hier.«

Aus alledem sprach eine gewisse arrogante Rücksichtslosigkeit, die Robert ein vages Gefühl der Beunruhigung einflößte.

»Okay«, sagte er.

Sie fuhren zu seiner Dienststelle im Office of Naval Intelligence. Die blasse Morgensonne verschwand hinter Regenwolken. Der Tag versprach beschissen zu werden. *In mehr als nur einer Beziehung*, dachte Robert.

3

Ottawa, Kanada
24.00 Uhr

Sein Deckname war *Janus*. Seine Instruktionen erteilte er den zwölf Männern in dem schwerbewachten Konferenzraum eines Militärlagers.

»Wie Sie alle erfahren haben, ist das Unternehmen Doomsday ausgelöst worden. Es gibt eine Anzahl von Augenzeugen, die möglichst rasch und unauffällig aufgespürt werden müssen. Wir können sie nicht durch die Geheimdienste ihrer jeweiligen Heimatstaaten suchen lassen – die Gefahr, daß etwas durchsickern könnte, wäre zu groß.«

»Wen setzen wir dafür ein?« Der Russe. *Schwerfällig. Cholerisch.*

»Er heißt Commander Robert Bellamy.«

»Wie ist er ausgewählt worden?« Der Deutsche. *Aristokratisch. Skrupellos.*

»Nach gründlicher Analyse der in den Computern von CIA, FBI und einem halben Dutzend weiterer Sicherheitsbehörden gespeicherten Personaldaten.«

»Bitte, darf man erfahren, welche Qualifikationen er besitzt?« Der Japaner. *Höflich. Verschlagen.*

»Commander Bellamy ist ein auch im Ausland bewährter Geheimdienstmann, der fünf Fremdsprachen spricht und bei vielen Einsätzen erfolgreich gewesen ist. Dabei hat er sich immer als sehr erfinderisch erwiesen. Er besitzt keine lebenden Verwandten mehr.«

»Weiß er, wie wichtig dieser Auftrag ist?« Der Engländer. *Snobistisch. Gefährlich.*

»Das weiß er. Wir rechnen fest damit, daß es ihm gelingen wird, alle Augenzeugen sehr rasch aufzuspüren.«

»Weiß er auch, welchen Zweck sein Auftrag in Wirklichkeit hat?« Der Franzose. *Kritisch. Hartnäckig.*

»Nein.«

»Und wenn er die Zeugen ausfindig gemacht hat?« Der Chinese. *Clever. Geduldig.*

»Dann wird er entsprechend belohnt.«

4

Im Washingtoner Pentagon nimmt die Zentrale des Office of Naval Intelligence den gesamten vierten Stock dieses weitläufigen Baus ein: Fünfundzwanzigtausend Soldaten und Zivilisten sind hier beschäftigt. Anfangs hatte die ziemlich sterile Ausstattung – Aktenschränke und Schreibtische in olivgrün oder schlachtschiffgrau – Robert Bellamy gestört, aber inzwischen hatte er sich längst daran gewöhnt.

Als er jetzt sein Büro betrat, saß seine Sekretärin Barbara bereits im Vorzimmer.

»Guten Morgen, Commander. Der Direktor möchte Sie in seinem Büro sprechen.«

»Das hat Zeit. Verbinden Sie mich bitte mit Admiral Whittaker.«

»Ja, Sir.«

Eine Minute später war er mit dem Admiral verbunden.

»Ich nehme an, daß Ihre Besprechung beendet ist, Robert?«

»Vor einer guten halben Stunde.«

»Wie ist's gewesen?«

»Hmmm, recht... interessant. Hätten Sie Zeit, mit mir zu frühstücken, Admiral?« Robert bemühte sich um einen eher beiläufigen Tonfall.

Der Admiral zögerte keine Sekunde. »Natürlich. Treffen wir uns bei Ihnen?«

»Gern. Ich hinterlege einen Besucherausweis für Sie.«

»Danke, Robert. Wir sehen uns in einer Stunde.«

Eine Ironie des Schicksals, daß ich einen Besucherausweis für den Admiral hinterlegen muß, dachte Robert Bellamy, während er auflegte. *Bis vor ein paar Jahren hat er als Chef des Marinenachrichtendienstes hier den Ton angegeben. Wie muß ihm zumute sein, wenn er jetzt wieder hierherkommt?*

Robert drückte auf eine Taste seiner Gegensprechanlage.

»Commander?« fragte Barbara.

»Ich erwarte Admiral Whittaker. Bitte lassen Sie ihm einen Besucherausweis ausstellen.«

»Ich kümmere mich sofort darum.«

Jetzt wurde es Zeit, sich beim Direktor zu melden. Bei Dustin Thornton, diesem Scheißkerl.

5

Dustin »Dusty« Thornton, seit zwei Jahren ONI-Direktor und einer der besten Sportler, die Annapolis jemals hervorgebracht hatte, verdankte seine gegenwärtige exponierte Position einem Footballspiel. Einem Spiel zwischen Army und Navy, um es genau zu sagen.

In seinem letzten Studienjahr in Annapolis war Thornton, ein wahrer Monolith von einem Mann, in diesem für die Navy wichtigsten Spiel des Jahres als Verteidiger eingesetzt worden. Zu Beginn des letzten Viertels, als die Army durch zwei Touchdowns und eine Verwandlung mit 13 : 0 führte, griff das Schicksal ein und veränderte Dustin Thorntons Leben. Thornton fing einen Army-Paß ab, durchbrach die gegnerische Phalanx und erzielte einen Touchdown. Dann gelang der Navy ein Feldtor. Das Spiel stand jetzt 13 : 9.

Keine halbe Minute vor Spielende wurde ein Querpaß angezeigt. Thornton schnappte sich den Ball an der eigenen Zehnyardlinie, stürmte unaufhaltsam los und brach wie ein Panzer durch die gegnerischen Linien. Zwei Sekunden vor dem Abpfiff gelang ihm der Touchdown zum ersten Navy-Sieg seit vier Jahren. Das allein hätte sich nur wenig auf Thorntons Leben ausgewirkt. Bedeutsam wurde dieses Ereignis erst durch zwei Zuschauer in der Ehrenloge: Willard Stone und seine Tochter Eleanor. Während die Massen aufsprangen, um den Navy-Helden lautstark zu bejubeln, wandte Eleanor sich an ihren Vater und sagte ruhig: »Ich möchte ihn kennenlernen.«

Als Frau war Eleanor Stone nicht leicht zufriedenzustellen. Während sie beobachtete, wie Dustin Thornton die gegnerischen Reihen aufrollte, stellte sie sich vor, wie er im Bett sein würde. Wenn alles an ihm so groß war wie sein übriger Körper... Sie wurde nicht enttäuscht.

Ein halbes Jahr später waren Eleanor und Dustin Thornton verheiratet. Damit fing alles an. Dustin arbeitete bei seinem Schwiegervater und wurde von ihm in eine neue, geheimnisvolle Welt eingeführt.

Willard Stone, ein Mann mit geheimnisumwitterter Vergangenheit und Milliardär mit besten Verbindungen zu Politikern, agierte in einem Dutzend Hauptstädten der Welt als Drahtzieher hinter den Kulissen. Stone war Ende Sechzig: ein pedantischer Mann, der stets überlegt und methodisch vorging. Die Augen in seinem scharfgeschnittenen Gesicht lagen tief in ihren Höhlen und wirkten undurchdringlich. Willard Stone hielt nichts davon, Worte oder Gefühle zu vergeuden, und kannte keine Skrupel, wenn es um die Durchsetzung seiner Ziele ging.

Zahlreiche Gerüchte rankten sich um seine Person. Man munkelte, er habe einen Konkurrenten in Malaysia ermordet, eine heiße Affäre mit der Lieblingsfrau eines Emirs gehabt und eine erfolgreiche Revolution in Nigeria unterstützt. Er war in ein halbes Dutzend Strafverfahren verwickelt gewesen, die jedoch alle auf geheimnisvolle Weise niedergeschlagen worden waren. Es gab Gerüchte über Schmiergelder, bestochene Senatoren und verschwundene Zeugen.

Dieser Mann, dessen Rat Könige und Präsidenten schätzten, verkörperte nackte, primitive Macht. Zu Stones vielen Besitztümern gehörte ein großer, abgelegener Landsitz in den Bergen Colorados, auf dem sich alljährlich Wissenschaftler, Industriebosse und Spitzenpolitiker aus aller Welt zu Seminaren versammelten. Schwerbewaffnete Wachposten hielten unerwünschte Besucher fern.

Die Eheschließung seiner Tochter hatte Willard Stone nicht nur gebilligt, sondern sogar gefördert. Sein neuer Schwiegersohn war intelligent, ehrgeizig und vor allem formbar wie Wachs.

Zwölf Jahre nach der Hochzeit sorgte Stone dafür, daß Dustin den Botschafterposten in Südkorea erhielt. Einige Zeit später ernannte der Präsident ihn zum Botschafter bei den Vereinten Nationen. Und als Admiral Ralph Whittaker von heute auf morgen als ONI-Direktor abgelöst wurde, wurde Thornton sein Nachfolger.

An diesem Tag bestellte Willard Stone seinen Schwiegersohn zu sich und eröffnete ihm: »Das ist erst der Anfang, mein Junge. Ich habe noch viel mehr mit dir vor.« Und dann weihte er Dustin in seine Pläne ein.

Vor zwei Jahren war Robert Bellamy zum ersten Mal mit dem neuen ONI-Direktor zusammengetroffen.

»Nehmen Sie Platz, Commander«, sagte Dustin Thornton brüsk, ohne Robert anzusehen. »Wie ich aus Ihrer Personalakte sehe, sind Sie manchmal recht eigenwillig.«

Was zum Teufel soll das heißen? fragte sich Robert, während er sich setzte.

Thornton hob den Kopf. »Ich weiß nicht, wie Admiral Whittaker diese Dienststelle geleitet hat, aber ab sofort arbeiten wir streng nach Vorschrift. Ich erwarte, daß meine Befehle präzise und exakt ausgeführt werden, verstanden?«

Jesus! Was steht uns da bevor?

»Haben Sie verstanden, Commander?«

»Ja, Sir. Sie erwarten, daß Ihre Befehle präzise und exakt ausgeführt werden.« Robert überlegte, ob Thornton vielleicht erwartete, daß er zu diesen Worten salutierte.

»Danke, das war alles.«

Aber es war nicht alles.

Einen Monat später wurde Robert in die DDR geschickt, um einen Wissenschaftler herauszubringen, der überlaufen wollte. Der Auftrag war gefährlich, weil das dortige Ministerium für Staatssicherheit von dem Plan Wind bekommen hatte. Trotzdem gelang es Robert, den Mann über die Grenze zu schmuggeln und an einem sicheren Ort unterzubringen. Als er gerade Vorkehrungen für die Weiterreise nach Washington traf, erhielt er einen Anruf von Dustin Thornton. Sein Chef teilte ihm mit, die Lage habe sich geändert und Roberts Mission sei beendet.

»Wir können den Mann doch nicht einfach hier aussetzen«, protestierte Robert. »Dann bringen sie ihn um!«

»Das ist sein Problem«, erwiderte Thornton. »Sie haben Befehl, sofort zurückzukommen.«

Zum Teufel mit dir! dachte Robert. *Ich lasse ihn nicht im Stich.* Er rief einen Freund beim britischen Nachrichtendienst MI6 an und erläuterte ihm die Situation.

»Wenn er in den Osten zurückgeht«, sagte Robert, »machen sie Hackfleisch aus ihm. Könnt ihr ihn nicht brauchen?«

»Ich prüfe mal, was sich tun läßt, alter Junge. Am besten bringst du ihn gleich mit.«

Und der Wissenschaftler fand in England Zuflucht.

Dustin Thornton verzieh es Robert nie, daß er seinen ausdrücklichen Befehl mißachtet hatte. Seit dieser Zeit herrschte offene Feindschaft zwischen den beiden Männern.

Thornton saß hinter seinem Schreibtisch, als Robert eintrat.

»Sie wollten mich sprechen?«

»Ganz recht. Nehmen Sie Platz, Commander. Wie ich erfahren habe, sind Sie zur National Security Agency abkommandiert worden. Sobald Sie zurückkommen, habe ich einen...«

»Ich komme nicht zurück. Dies ist mein letzter Einsatz.«

»Wie meinen Sie das?«

»Ich quittiere den Dienst.«

Als Robert später über diese Szene nachdachte, fragte er sich, welche Reaktion er eigentlich erwartet hatte. Dustin Thornton hätte überrascht sein können; er hätte protestieren können; er hätte wütend oder erleichtert reagieren können. Statt dessen nickte er lediglich. »Okay, das war's dann, nicht wahr?«

Als Robert zurückkam, erklärte er seiner Sekretärin Barbara: »Ich muß für einige Zeit verreisen – in ungefähr einer Stunde.«

»Sind Sie irgendwo zu erreichen?«

Robert erinnerte sich an General Hilliards Anweisungen. »Nein.«

»Sie haben einige Termine, die...«

»Sagen Sie sie ab.« Er sah auf seine Armbanduhr. Zeit für das Treffen mit Admiral Whittaker.

Sie frühstückten im Innenhof des Pentagons. Um halbwegs ungestört reden zu können, hatte Robert einen Ecktisch reservieren lassen. Admiral Whittaker erschien pünktlich. Als Robert ihn auf sich zukommen sah, hatte er den Eindruck, daß der Admiral merklich gealtert und auch kleiner geworden war. Waren das die Folgen des Ruhestandes?

Trotzdem war Whittaker noch immer ein blendend aussehender Mann mit seinen energischen Zügen, seiner Adlernase, den kräftigen Backenknochen und der silbergrauen Mähne. Robert, dessen Vorgesetzter der Admiral in Vietnam und später im Office of Naval Intelligence gewesen war, empfand große Hochachtung für ihn. *Nein, es war mehr als nur große Hochachtung.* Admiral Whittaker war sein Ersatzvater.

Der Admiral nahm Platz. »Guten Morgen, Robert. Na, gehören Sie jetzt zur NSA?«

Robert nickte. »Abkommandiert«, meinte er knapp.

Die Bedienung kam, und die beiden Männer studierten die Speisekarte.

»Ich hatte vergessen, wie miserabel das Essen hier ist«, meinte Admiral Whittaker mit melancholischem Lächeln. Aus seinem Blick sprach stumme Sehnsucht.

Sie bestellten. Als die Bedienung außer Hörweite war, begann Robert: »Admiral, General Hilliard schickt mich über den Atlantik, damit ich ein paar Leute ausfindig mache, die den Absturz eines Wetterballons beobachtet haben. Weiter hat er mir gesagt, daß die Sache äußerst dringend sei – und mir gleichzeitig verboten, meine Verbindungen zu europäischen Geheimdienstkreisen zu nutzen. Ist das nicht sonderbar?«

Admiral Whittaker zuckte mit den Schultern. »Der General wird seine Gründe dafür haben, nehme ich an.«

»Ich begreife sie nur nicht«, sagte Robert.

Admiral Whittaker musterte ihn. Commander Bellamy hatte in Vietnam unter seinem Kommando gestanden – der beste Pilot seiner Staffel. Dann war jener schreckliche Tag gekommen – und seither hatte Robert für den Admiral den Platz des einzigen Sohnes eingenommen.

»Sie sind noch immer entschlossen, den Dienst zu quittieren?« fragte der Admiral. Robert hatte ihm bereits vor längerer Zeit seinen Entschluß mitgeteilt.

»Ich hab' einfach genug.«

»Wegen Thornton?«

»Es liegt nicht nur an ihm. Ich hab's satt, mich in anderer Leute Leben einzumischen.« *Ich hab' das Lügen und Betrügen satt – und all die gebrochenen Versprechen. Ich hab's satt, Leute zu manipulieren oder selbst manipuliert zu werden. Ich hab' das Versteckspielen und die Gefahr und den Verrat satt. Das hat mich alles gekostet, was mir jemals etwas bedeutet hat.*

»Haben Sie schon eine Vorstellung, was Sie in Zukunft tun wollen?«

»Etwas Nützliches – Positives.«

»Was ist, wenn man Sie nicht gehen läßt?«

»Es bleibt ihnen doch nichts anderes übrig, oder?« meinte Robert.

6

Die schwere Limousine wartete auf dem Parkplatz am Ausgang zum Potomac River.

»Kann's losgehen, Commander?« fragte Hauptmann Dougherty.

Ich bin so bereit, wie ich's jemals sein werde, dachte Robert. »Ja.«

Der Hauptmann fuhr ihn zu seiner Wohnung. *Wie lange braucht man für einen unmöglichen Auftrag?* fragte sich Robert. Er packte genügend Sachen für eine Woche und legte im letzten Augenblick noch ein gerahmtes Photo von Susan in den Koffer. Ob sie sich wohl in Brasilien amüsierte? *Hoffentlich nicht! Hoffentlich ist's dort gräßlich!* dachte er. Und schämte sich augenblicklich für diesen Gedanken.

Als die Limousine mit den beiden Offizieren aufs Vorfeld der Andrews Air Force Base rollte, stand sein Flugzeug schon bereit. Es war eine C-20A, ein Jet der USAF.

Hauptmann Dougherty reichte ihm die Hand. »Viel Glück, Commander.«

»Danke.« *Ich werd's brauchen.* Robert stieg die Fluggasttreppe zur Kabine hinauf. Die Besatzung – Pilot, Copilot, Navigator und Steward, alle in USAF-Uniform – war schon an Bord und überprüfte die Maschine vor dem Start. Robert kannte dieses mit Elektronik vollgestopfte Flugzeug. Außen am Rumpf war in der Nähe des Leitwerks eine HF-Antenne angebracht, die an eine riesige Angelrute erinnerte. An den Kabinenwänden befanden sich zwölf rote Telefone – und ein weißer Apparat für unverschlüsselte Gespräche. Die Kabine war mit bequemen Clubsesseln ausgestattet.

Als der Pilot ihn begrüßte, wurde Robert Bellamy gewahr, daß er der einzige Passagier war. »Willkommen an Bord, Commander. Wenn Sie sich bitte gleich anschnallen wollen ... Wir starten in wenigen Minuten.«

Robert schnallte sich an und lehnte sich behaglich in seinem Sessel zurück, während die Maschine zum Start rollte. Eine Minute später spürte er den vertrauten Druck, als das Flugzeug mit aufheulenden Triebwerken beschleunigte und abhob. Seit seinem Absturz hatte er nicht mehr am Steuerknüppel einer Maschine gesessen.

Vietnam. Korvettenkapitän Robert Bellamy hatte auf dem Flugzeugträger *Ranger* vor der vietnamesischen Küste Dienst getan und war für die Weiterbildung von Jagdbomberpiloten und die Einsatzplanung verantwortlich gewesen. Da er gleichzeitig Chef einer Jabo-Staffel von A-6A Instruders war, hatte er kaum eine ruhige Minute gehabt. Einen seiner wenigen Erholungsurlaube hatte er in Bangkok verbracht und war in dieser Woche praktisch nicht zum Schlafen gekommen.

Bangkok war damals ein ausschließlich auf männliche Bedürfnisse zugeschnittenes Disneyland. Bereits in der ersten Stunde seines Aufenthalts lernte Robert eine bildhübsche Thailänderin kennen, die nicht mehr von seiner Seite wich.

Als er auf die *Ranger* zurückkehrte, erschien ihm Bangkok wie ein ferner Traum. Der Krieg war die Realität, eine grausige Realität. Irgend jemand zeigte ihm eines der Flugblätter, die von Flugzeugen der Marineinfanterie über Vietnam abgeworfen wurden. Der Text lautete:

> LIEBE BÜRGER!
> U. S. Marines kämpfen in Duc Pho an der Seite vietnamesischer Regierungstruppen, damit das vietnamesische Volk ein freies, glückliches Leben ohne Angst vor Hunger und Leid führen kann. Viele Vietnamesen haben jedoch ihr Leben verloren und ihre Häuser sind zerstört worden, weil sie den Vietkong unterstützt haben.
> Die Dörfer Hai Mon, Hai Tan, Sa Binh, Ta Binh und viele andere sind aus diesem Grund zerstört worden. Wir werden nicht zögern, jeden Ort zu zerstören, der den Widerstand des Vietkong gegen die Regierungstruppen und ihre Verbündeten unterstützt. Ihr habt die Wahl! Wenn ihr euch weigert, eure Dörfer durch den Vietkong als Aufmarschgebiet mißbrauchen zu lassen, rettet ihr damit eure Häuser und euer Leben.

Klar, wir retten diese armen Schweinehunde, dachte Robert grimmig. *Wir zerstören bloß ihr Land.*

Der Flugzeugträger *Ranger* war mit modernster Technik und Elektronik ausgestattet. Als Chef der Intruder-Staffel war

Korvettenkapitän Bellamy für 16 Flugzeuge, 40 Offiziere und 350 Unteroffiziere und Mannschaftsangehörige verantwortlich. Die Einsatzpläne wurden an jedem Tag drei bis vier Stunden vor dem ersten Start ausgegeben.

In der Einsatzplanung im Nachrichtenzentrum der *Ranger* erhielten die Bombenschützen die neuesten Zielinformationen und Luftaufnahmen, um ihre Angriffsrouten festlegen zu können.

»Jesus, heute haben wir's wieder gut erwischt!« meinte Edward Whittaker, Roberts Bomberschütze.

Im Gegensatz zu seinem Vater, dem Admiral, der stets unnahbar und respekteinflößend wirkte, war sein Sohn aufgeschlossen, umgänglich und herzlich. Edward hatte sich seinen Platz als »einer der Jungs« verdient. Er war der beste Bombenschütze der A-6-Staffel, und Robert und er waren gute Freunde geworden.

»Wohin müssen wir denn?« fragte Robert.

»Als Strafe für unsere Sünden haben wir Planquadrat sechs gezogen.«

Das war das gefährlichste Zielgebiet. Ihr Flug würde in nördliche Richtung nach Hanoi, Haiphong und weiter ins Mündungsgebiet des Roten Flusses führen, wo das Flakfeuer am heftigsten war.

Robert hatte 34 Jabo-Einsätze von der *Ranger* aus geflogen, ohne auch nur einen schweren Treffer zu erhalten.

Sein 35. Einsatz würde in Planquadrat sechs führen.

Sie flogen nach Nordwesten in Richtung Phu Tho und Yen Bai, und das Flakfeuer wurde immer heftiger. Edward Whittaker, der rechts neben Robert saß, starrte auf den Radarschirm und horchte auf das bedrohliche Brummen feindlicher Feuerleitradare, die den Himmel absuchten.

Weiße Rauchstreifen von kleinkalibriger Flak, dunkelgraue

Sprengwolken von 57-mm-Granaten, schwarze Wattebäusche von 100-mm-Granaten und Leuchtspurgeschosse schwerer MGs überzogen den Himmel. Der Anblick erinnerte die beiden Männer an ein Feuerwerk zum Unabhängigkeitstag.

»Ziel erfaßt!« meldete Edward. Seine Stimme im Kopfhörer des Piloten klang geisterhaft weit entfernt.

»Roger.«

Die A-6A-Intruder flog mit 450 Knoten. Bei dieser Geschwindigkeit ließ sie sich trotz des Gewichts und des Widerstands ihrer Bombenlast erstaunlich gut steuern und war zu schnell, als daß die feindliche Flak sie hätte erfassen können.

Mit seiner linken Hand betätigte Edward den Hauptschalter des Bombenzielgeräts. Jetzt waren die zwölf 225-kg-Bomben abwurfbereit. Die Intruder lag genau auf Zielkurs.

Dann sagte eine Stimme in Roberts Kopfhörer: »Achtung, Romeo! Bandit bei vier Uhr hoch!«

Robert sah sich um. Eine gegnerische MiG stürzte sich aus der Sonne kommend auf sie. Er ließ die A-6A über den linken Flügel abkippen und leitete einen steilen Sturzflug ein. Die MiG saß ihnen im Nacken; dann schoß ihr Pilot eine radargesteuerte Jagdrakete ab. Robert kontrollierte seine Anzeigen. Die Luft-Luft-Rakete kam rasch näher. Noch 800 Meter... 600 Meter... 400 Meter...

»Scheiße, worauf wartest du noch?« brüllte Edward.

In letzter Sekunde stieß Robert eine Düppelwolke aus und riß die Intruder in einer Steilkurve hoch, so daß die Jagdrakete die Düppel verfolgte und harmlos in Bodennähe detonierte.

»Danke, lieber Gott«, sagte Edward leise. »Und dir auch, Kumpel.«

Robert stieg weiter und setzte sich hinter die MiG. Der verblüffte Pilot leitete ein Ausweichmanöver ein, aber dafür war es schon zu spät. Robert schoß eine Sidewinder ab und beobachtete, wie seine Rakete im Triebwerk der MiG detonierte. Im nächsten Augenblick regnete es vor ihnen glühende Metallteile vom Himmel.

»Gut gemacht, Romeo!« stellte die Stimme in ihren Kopfhörern anerkennend fest.

Dann war die Intruder im Zielgebiet. »Jetzt geht's los!« sagte Edward. Er drückte auf den roten Knopf, der die Bomben auslöste, und beobachtete, wie sie ins Ziel fielen. Auftrag ausgeführt! Robert ging auf Kurs zurück zum Träger.

In diesem Augenblick spürten beide einen heftigen Schlag. Der schnelle, bewegliche Jagdbomber wurde plötzlich schwerfällig.

»Uns hat's erwischt!« rief Edward.

Beide Feuerwarnleuchten blinkten rot. Die A-6A machte erratische Bewegungen, war kaum noch steuerbar.

»Romeo, hier Tiger«, meldete sich eine andere Stimme über Funk. »Sollen wir euch Feuerschutz geben?«

Robert traf eine blitzschnelle Entscheidung. »Danke, wir kommen allein zurecht. Ich versuche zurückzufliegen.«

Die Maschine war langsamer geworden und ließ sich nur mit Mühe steuern.

»Schneller«, verlangte Edward nervös, »sonst kommen wir zu spät zum Mittagessen!«

Robert sah auf den Höhenmesser, dessen Nadel rasch fiel. »Basis, hier Romeo. Wir haben 'nen Treffer abgekriegt.«

»Romeo, hier Basis. Wie schlimm sieht's aus?«

»Schwer zu sagen. Ich glaube, daß ich's bis zurück schaffe.«

»Augenblick.« Sekunden später meldete die Stimme sich wieder. »Sie haben Charlie bei Ankunft.«

Das bedeutete die Freigabe zur sofortigen Landung auf dem Flugzeugträger.

»Roger.«

»Alles Gute!«

Die Intruder begann zu gieren. Robert kämpfte dagegen an

und versuchte, Höhe zu gewinnen. »Los, komm schon, Baby, du schaffst es!« Aber sie verloren zuviel Höhe. »Unsere voraussichtliche Ankunftszeit?«

Edward sah auf seine Karten und rechnete. »Bei dieser Geschwindigkeit in vierzehn Minuten.«

»Okay, du sollst dein Mittagessen pünktlich kriegen.«

Robert hielt die Maschine unter Einsatz seines ganzen Könnens in der Luft und versuchte, sie mit Seitenruder und Leistungshebeln auf geradem Kurs zu halten. Die Höhenmessernadel fiel noch immer. Dann sah er endlich weit vor ihnen die blau glitzernden Gewässer des Golfs von Tonking.

»Gleich haben wir's geschafft, Kumpel«, sagte Robert. »Nur noch ein paar Minuten.«

»Riesig! Ich hab' nie bezweifelt, daß du...«

Und dann waren sie da: zwei scheinbar aus dem Nichts kommende MiGs. Feuerstöße aus ihren Maschinenkanonen zerfetzten den Rumpf der flügellahmen Intruder.

»Eddie! Aussteigen!« Er sah zu seinem Bombenschützen hinüber. Edward hing regungslos in seinem Gurtzeug. Seine rechte Seite war aufgerissen, und die Cockpitverglasung vor ihm war voller Blut.

»Nein!« kreischte Robert.

Dann spürte er plötzlich einen lähmenden Schlag gegen die Brust. Seine Fliegerkombi war sofort blutdurchtränkt. Die Maschine geriet ins Trudeln. Robert spürte, daß er das Bewußtsein verlor, umklammerte mit letzter Kraft den Auslösegriff seines Schleudersitzes und blickte noch einmal zu Eddie hinüber. »Tut mir leid«, murmelte er.

Er konnte sich später nicht mehr erinnern, wie er mit dem Schleudersitz ausgestiegen und am Fallschirm im Wasser gelandet war. Über ihm kreiste ein SH-3A-SeaKing des Flugzeugträgers *Yorktown*, um ihn an Bord zu nehmen. In der Ferne waren chinesische Dschunken zu sehen, die sich auf die

Absturzstelle zubewegten... doch sie sollten sie diesmal zu spät erreichen.

Als Robert in den Rettungshubschrauber gehievt wurde, warf ein Sanitäter einen Blick auf seine Verletzungen und sagte: »Jesus, der arme Kerl schafft's wahrscheinlich nicht mal bis ins Lazarett!«

Robert bekam eine Morphiumspritze, erhielt einen Druckverband um den Brustkorb und wurde ins Lazarett auf dem Stützpunkt Cu Chi geflogen.

Als Robert auf einem Wagen in die Intensivstation hineingefahren wurde, hinterließ er eine hellrote Blutspur auf dem Fußboden.

Ein überlasteter Chirurg schnitt seinen Brustverband auf, untersuchte Robert flüchtig und sagte müde: »Der kommt nicht durch. Den könnt ihr gleich in den Kühlraum bringen.«

Damit ging der Arzt weiter.

Robert, der nur ab und zu bei Bewußtsein war, hatte seine Stimme wie aus weiter Ferne gehört. *Jetzt ist's also soweit,* dachte er. *Was für ein schäbiges Ende.*

»Los, wach schon auf, Seemann! Du willst doch nicht sterben?«

Er öffnete mühsam die Augen und sah eine weiße Uniform und darüber ein Frauengesicht. Die Gestalt sagte noch etwas, das er jedoch nicht mehr verstand. Um ihn herum war es zu laut: Verwundete stöhnten und schrien durcheinander, Ärzte brüllten Befehle, Krankenschwestern hasteten hin und her.

Erst später erfuhr Robert, daß Susan Ward, die Krankenschwester, einen Chirurgen dazu überredet hatte, ihn zu operieren, und sogar Blut für ihn gespendet hatte. Denn Robert hatte so viel Blut verloren, daß er drei Transfusionen brauchte.

»Mit dem haben wir nur unsere Zeit vergeudet«, meinte der Chirurg nach der Notoperation seufzend. »Seine Überlebenschance liegt bei zehn Prozent.«

Aber der Arzt kannte Robert Bellamy nicht. Und er kannte Susan Ward nicht. Bei Robert festigte sich der Eindruck, daß jedesmal, wenn er die Augen aufschlug, Susan an seinem Bett saß, seine Hand in ihrer hielt, seine Stirn abtupfte... und ihn durch reine Willenskraft ins Leben zurückbrachte. Die meiste Zeit befand er sich im Delirium. Susan saß in einsamen Nächten im abgedunkelten Krankensaal an seinem Bett und hörte sich geduldig seine Fieberphantasien an.

»... die Zielbeschreibung ist falsch, man kann nicht aus hundertsechzig Grad anfliegen, sonst trifft man den Fluß... sag ihnen, daß sie den Anflugwinkel um mindestens zehn Grad ändern müssen... sag's ihnen...«, murmelte er.

»Wird gemacht. Versuch jetzt zu schlafen.«

»... die Halterungen sind anfangs blockiert gewesen. Weiß der Teufel, wohin die Bomben gefallen sind...«

Häufig verstand Susan gar nicht, worüber ihr Patient phantasierte.

Susan Ward, die in Cu Chi das OP-Schwesternteam leitete, war allen ein Vorbild. Sie stammte aus einer Kleinstadt in Idaho, wo sie mit dem Jungen von nebenan – Frank Prescott, dem Sohn des Bürgermeisters – aufgewachsen war. Die ganze Stadt rechnete damit, daß die beiden eines Tages heiraten würden.

Susan hing sehr an ihrem jüngeren Bruder Michael. Er meldete sich an seinem 18. Geburtstag freiwillig zur Army und wurde prompt nach Vietnam geschickt. Sie schrieb ihm fast täglich. Drei Monate nach seiner Einberufung erhielten die Angehörigen ein Telegramm. Noch bevor sie den Umschlag aufriß, wußte Susan, welche Nachricht es enthielt.

Als Frank Prescott erfuhr, daß Michael gefallen war, kam er sofort herüber. »Es tut mir schrecklich leid, Susan. Ich hab' Michael echt gerngehabt.« Dann machte er den Fehler, ihr vorzuschlagen: »Was hältst du davon, wenn wir jetzt heiraten?«

Und Susan hatte ihn angeschaut und eine Entscheidung getroffen. »Nein«, antwortete sie. »Ich will etwas Nützliches mit meinem Leben anfangen.«

»Himmel! Was ist wichtiger, als mich zu heiraten?«

Die Antwort war: Vietnam.

Susan Ward ließ sich zur Krankenschwester ausbilden.

Sie war seit elf Monaten in Vietnam und dort unermüdlich im Einsatz, als Korvettenkapitän Robert Bellamy hereingefahren und – zum Tode verurteilt wurde. In den hoffnungslos überfüllten Lazaretten untersuchten die Ärzte zwei oder drei Patienten gleichzeitig und entschieden dann, wen sie zu retten versuchen würden.

Susan hatte nie genau begriffen, warum sie nach einem einzigen Blick auf den schwerverwundeten Robert Bellamy gewußt hatte, daß sie diesen Mann nicht sterben lassen konnte. Hatte er sie an ihren Bruder erinnert? Oder gab es irgendein anderes Motiv? Sie war abgespannt und erschöpft, aber anstatt ihre Erholungspausen zu nutzen, verbrachte sie jeden freien Augenblick damit, Robert zu pflegen.

Susan hatte die Personalakte ihres Patienten eingesehen. Als hervorragender Pilot und Fluglehrer bei den Marinefliegern war er mit dem Distinguished Service Cross ausgezeichnet worden. Er stammte aus Harvey, Illinois, einer Kleinstadt südlich von Chicago, war nach dem College zur Navy gegangen und hatte seine Ausbildung in Pensacola absolviert. Und er war unverheiratet.

Während Robert Bellamy darum kämpfte, den schmalen Grat zwischen Tod und Leben zu überschreiten, flüsterte Susan ihm täglich zu: »Weiter so, Seemann! Ich warte auf dich.«

Sechs Tage nach seiner Einlieferung ins Lazarett befand sich Robert immer noch im Delirium. Doch plötzlich setzte er sich im Bett auf, starrte Susan an und sagte laut und deutlich: »Das ist kein Traum. Sie gibt's wirklich.«

Susans Herz machte einen kleinen Freudensprung. »Ja«, bestätigte sie leise, »mich gibt's wirklich.«

»Ich habe geglaubt, alles sei nur ein Traum. Ich habe geglaubt, ich wäre im Himmel... und Gott hätte Sie mir zugeteilt.«

Sie blickte Robert in die Augen und sagte ernsthaft: »Ich hätte Ihnen nie verziehen, wenn Sie gestorben wären.«

»Eddie... er...«

»Tut mir leid, er ist...«

»Das muß ich dem Admiral melden.«

Susan griff nach seiner Hand und sagte sanft: »Er weiß es. Er ist hiergewesen, um Sie zu besuchen.«

Roberts Augen füllten sich mit Tränen. »Ich hasse diesen gottverdammten Krieg! Ich kann Ihnen gar nicht sagen, wie ich ihn hasse!«

Von diesem Augenblick an machte Roberts Gesundheit Fortschritte, die die Ärzte in Erstaunen versetzten. Alle wichtigen Körperfunktionen stabilisierten sich.

»Wir können ihn bald in die Heimat verlegen«, erklärten sie Susan. Und sie spürte einen Stich im Herzen.

Robert wußte später nicht mehr genau, wann er sich in Susan Ward verliebt hatte.

Vielleicht in jenem Augenblick, als draußen Bomben fielen, während sie damit beschäftigt war, seinen Verband zu wechseln, und dabei murmelte: »Hör nur, sie spielen unser Lied.« Vielleicht auch, als Robert mitgeteilt wurde, er sei jetzt so weit hergestellt, daß er zur Nachbehandlung ins Walter Reed Hospital in Washington verlegt werden könne, und Susan sagte: »Glaubst du etwa, daß ich von hier aus zusehe, wie 'ne andere Krankenschwester dich mir wegschnappt? Kommt nicht in Frage! Ich setze alle Hebel in Bewegung und komme mit.«

Zwei Wochen später heirateten sie. Roberts völlige Genesung dauerte fast ein Jahr, und Susan pflegte ihn aufopfernd Tag und Nacht. Er hatte noch nie eine Frau wie sie gekannt und sich nicht träumen lassen, jemals eine so lieben zu können. Er liebte ihr Mitgefühl und ihre Sensibilität, ihre Leidenschaft und Vitalität. Er liebte ihre Schönheit und ihren Sinn für Humor.

An ihrem ersten Hochzeitstag sagte er zu Susan: »Du bist der schönste, der wunderbarste, der liebevollste Mensch auf der ganzen Welt. Auf der ganzen Erde gibt's niemanden mit deiner Herzlichkeit, deinem Witz und deiner Klugheit.«

Und Susan drückte ihn an sich und flüsterte: »Gleichfalls, das kannst du mir glauben.«

Alle ihre Freunde beneideten sie – und das aus gutem Grund. Sie harmonierten in jeder Beziehung: geistig, seelisch, körperlich.

Susan war die sinnlichste Frau, die Robert je gekannt hatte. Sie konnten einander mit einer Geste, mit einem Wort entflammen. Als sie einmal zu einer großen Abendgesellschaft eingeladen waren, hatte Robert sich verspätet. Er stand noch unter der Dusche, als Susan sorgfältig zurechtgemacht und in einem atemberaubenden trägerlosen Abendkleid ins Bad kam.

»Mein Gott, siehst du sexy aus!« sagte Robert. »Nur schade, daß wir nicht mehr Zeit haben.«

»Oh, mach dir deswegen keine Sorgen«, meinte Susan. Im nächsten Augenblick hatte sie ihre Sachen abgestreift und kam zu Robert unter die Dusche.

Die Abendgesellschaft fand ohne sie statt.

Susan ahnte seine Bedürfnisse, fast bevor sie ihm bewußt waren, und sorgte dafür, daß sie befriedigt wurden. Und Robert war ebenso aufmerksam um sie besorgt. Susan fand kleine Liebesbriefe auf ihrem Toilettentisch oder in ihren Schuhen, wenn sie sich anzog. Blumen und kleine Geschenke kamen zu allen möglichen Anlässen ins Haus.

Und das gemeinsame Lachen. Das wunderbare Lachen...

Die Stimme des Piloten ertönte aus den Kabinenlautsprechern: »In zwanzig Minuten landen wir in Zürich, Commander.«

Robert Bellamys Gedanken kehrten abrupt in die Gegenwart zurück.

»Schnallen Sie sich bitte an?«

Die C-20A flog tief über dunkle Wälder an und setzte wenig später zwischen den Lichtern der Landebahnbefeuerung des internationalen Flughafens Zürich-Kloten auf. Auf dem Asphalt standen noch Pfützen von früheren Regenfällen, aber der Nachthimmel war sternenklar.

»Verrücktes Wetter«, meinte der Pilot. »Sonntags war's sonnig, heute den ganzen Tag Dauerregen, und jetzt ist's wieder klar. Hier braucht man keine Uhr, sondern eher ein Barometer. Soll ich einen Wagen für Sie bestellen, Commander?«

»Nein, danke.« Von diesem Augenblick an war er völlig auf sich allein gestellt. Robert wartete, bis die C-20A davongerollt war; dann bestieg er einen Minibus zum Flughafenhotel, nahm sich ein Zimmer und sank in einen tiefen, traumlosen Schlaf.

7

Zweiter Tag
8.00 Uhr

Am nächsten Morgen trat Robert an den Schalter der Leihwagenfirma Europcar und mietete einen grauen Opel Omega.

»Wie lange werden Sie ihn brauchen?« hatte der Angestellte, der ihn bediente, gefragt.

Gute Frage. Eine Stunde? Einen Monat? Vielleicht ein bis zwei Jahre? »Das weiß ich noch nicht genau.«

»Wollen Sie den Wagen hier am Flughafen zurückgeben?«

»Kann sein.«

Robert fuhr in Richtung Züricher Innenstadt. Er genoß es, wieder einmal in der Schweiz zu sein. In sieben ONI-Dienstjahren hatten seine Aufträge ihn mehrmals in dieses Land geführt.

Im Zweiten Weltkrieg war die Schweizer Spionageabteilung in die Ressorts D, F und I unterteilt gewesen, die Deutschland, Frankreich und Italien überwacht hatten. Heute bestand ihre Hauptaufgabe in der Überwachung von Spionageaktivitäten der bei den verschiedenen UN-Organisationen in Genf tätigen Ausländer. Robert hatte Freunde in der Spionageabteilung, aber General Hilliards Anweisung lautete: *Sie nehmen mit keinem von ihnen Verbindung auf.*

Ohne Schwierigkeiten fand er den Weg zum Grandhotel Dolder. Es sah genau so aus, wie er es in Erinnerung hatte: ein von Efeu umranktes, imposantes Schweizer Palais mit Zinnen und Türmen in einem Park mit Blick auf den Zürichsee.

Nachdem er einen Stadtplan von Zürich und eine Straßenkarte der Schweiz gekauft hatte, bezog er ein behagliches Zimmer im Neubauflügel des Hotels. Von dem kleinen Balkon aus hatte man einen wunderschönen Blick auf den See. Robert genoß die Aussicht, sog die frische Herbstluft ein und dachte über die vor ihm liegende Aufgabe nach.

Er hatte keinerlei Anhaltspunkte. Nicht die geringsten Informationen. Sein Auftrag war wie eine Gleichung mit mehreren Unbekannten. Der Name des Veranstalters der Busrundfahrt. Die Zahl der Fahrgäste. Ihre Namen und Wohnorte. *Sind die Augenzeugen alle in der Schweiz? Das ist gerade das Problem. Wir haben keine Ahnung, wo diese Leute sind. Oder wer sie sind.* Und es genügte nicht, bloß einige von ihnen aufzuspüren. *Sie müssen diese Zeugen finden. Jeden einzelnen!* Robert kannte nur den Zeitpunkt und den Ort des Geschehens: Sonntag, 14. Oktober, Uetendorf.

Wenn er sich recht erinnerte, wurden ganztägige Busrundfahrten nur in zwei Großstädten angeboten: Zürich und Genf. Während Robert zum Telefonbuch griff, dachte er: *Vielleicht sollte ich einfach unter W wie Wunder nachschlagen.*

Er fand über ein halbes Dutzend Veranstalter von Busrundfahrten: SUNSHINE TOURS, SWISS-TOUR, TOUR SERVICE, TOURALPINO, TOURISMA REISEN... Er würde überall nachfragen müssen. Robert schrieb sich die Adressen auf, suchte sie auf dem Stadtplan und fuhr zu dem nächstgelegenen Unternehmen: TOUR SERVICE.

»Hoffentlich können Sie mir weiterhelfen«, sagte er zu der jungen Angestellten des Reisebüros. »Meine Frau hat letzten Sonntag eine Ihrer Rundfahrten mitgemacht und ihre Handtasche im Bus liegengelassen. Sie war wohl ein bißchen aufgeregt, glaube ich, weil sie den bei Uetendorf abgestürzten Wetterballon gesehen hat.«

Die Angestellte runzelte die Stirn. »Tut mir leid, das muß ein Irrtum sein. Nach Uetendorf führt keine unserer Touren.«

»Oh. Dann muß ich den Namen verwechselt haben.« *Pech gehabt.*

SUNSHINE TOURS, das zweite Reisebüro, zu dem er fuhr,

lag am Bahnhofsplatz. Robert trat an die Theke und wartete, bis ein Angestellter zu ihm kam. »Guten Tag. Ich möchte mich nach einem Ihrer Busfahrer erkundigen. Soviel ich gehört habe, ist bei Uetendorf ein Wetterballon abgestürzt, und Ihr Fahrer hat eine halbe Stunde gehalten, damit die Fahrgäste die Absturzstelle besichtigen konnten.«

»Nein, nein! Er hat nur eine Viertelstunde lang gehalten. Wir legen größten Wert auf Pünktlichkeit.«

Volltreffer!

»Und warum interessieren Sie sich dafür?«

Robert zückte einen der Ausweise, die ihm Hilliard mitgegeben hatte. »Ich bin Journalist«, stellte er sich vor, »und schreibe für das Magazin *Travel and Leisure* einen Artikel über die Verläßlichkeit des Schweizer Busverkehrs im Vergleich zu anderen Ländern. Glauben Sie, daß ich Ihren Fahrer interviewen könnte?«

»Wirklich höchst interessant! Wir Schweizer sind stolz auf unsere Effizienz.«

»Und das mit vollem Recht«, versicherte Robert ihm.

»Würden Sie den Namen unserer Firma erwähnen?«

»Das versteht sich von selbst.«

Der Mann hinter der Theke lächelte. »Dann ist wohl nichts gegen das Interview einzuwenden.«

»Könnte ich gleich jetzt mit ihm reden?«

»Heute ist sein freier Tag.« Der Angestellte schrieb in Druckbuchstaben einen Namen und eine Adresse auf einen Zettel. »Er wohnt in Kappel. Das ist ein Dorf ungefähr fünfundzwanzig Kilometer südlich von Zürich. Ich nehme an, daß Sie ihn um diese Zeit zu Hause antreffen.«

Robert ließ sich den Zettel geben. »Herzlichen Dank. Äh, noch etwas... Ich hätte gern alle Fakten, damit der Artikel farbiger wird. Können Sie feststellen, wie viele Tickets für die besagte Rundfahrt verkauft worden sind?«

»Selbstverständlich.« Der Mann zog ein dickes Buch unter der Theke hervor und blätterte darin. »Ah, da haben wir's schon! Sonntag. Hans Beckermann. Sieben Fahrgäste. Mit dem Iveco, unserem kleinen Bus.«

Sieben unbekannte Fahrgäste und der Fahrer. Robert wagte einen Vorstoß ins Ungewisse. »Haben Sie zufällig auch die Namen der Fahrgäste?«

Der Angestellte schüttelte den Kopf. »Die Leute kommen von der Straße rein, kaufen ihr Ticket und fahren mit. Wir verlangen keinen Ausweis.«

Wunderbar. »Nochmals vielen Dank.« Robert ging zur Tür.

Da der kleine Iveco ein Teil des großen Puzzles war, das Robert zusammensetzen mußte, fuhr er in die Talstraße, von der aus die Busse abfuhren. Dabei bewegte ihn die absurde Hoffnung, dort irgendeinen verborgenen Hinweis zu entdecken. Der Bus war braun-silbern lackiert und hatte 14 Sitzplätze. *Sehr aufschlußreich,* dachte Robert grimmig.

Dann ging er zu seinem Wagen zurück und suchte auf der Karte die Straße nach Kappel. Er verließ Zürich auf der nach Süden führenden Stadtautobahn, benützte die Ausfahrt Aldiswil und fuhr über Langnau und Hausen weiter. Nach gut halbstündiger Fahrt durch eine in prachtvollen Herbstfarben leuchtende Bilderbuchlandschaft erreichte er Kappel. Das Dorf bestand aus einer Kirche, einem Postamt, einem Restaurant und etwa drei Dutzend über die Hügel verstreuten Häusern.

Nachdem er einen Passanten nach dem Weg zu Hans Beckermann gefragt hatte, bog Robert hinter der Kirche rechts in eine Gasse ab und hielt vor einem bescheidenen einstöckigen Haus mit rotem Ziegeldach. Er parkte seinen Wagen, ging zur Haustür, und klingelte.

Eine dicke Frau mit einem Anflug von Oberlippenbart machte ihm auf. »Sie wünschen?«

»Entschuldigen Sie die Störung – aber ist Herr Beckermann zu Hause?«

Sie musterte ihn mißtrauisch. »Was wollen Sie von ihm?«

Robert setzte sein liebenswürdigstes Lächeln auf. »Sie sind bestimmt Frau Beckermann.« Er zeigte ihr seinen gefälschten Presseausweis. »Ich schreibe für ein Reisemagazin einen Artikel über Schweizer Busfahrer, und Ihr Mann ist meiner Redaktion als besonders guter und sicherer Fahrer empfohlen worden.«

Die dicke Frau wurde sofort freundlicher. »Mein Hans ist ein ausgezeichneter Fahrer«, sagte sie stolz.

»Das habe ich auch gehört, Frau Beckermann. Deshalb möchte ich ihn bitten, mir ein Interview zu geben.«

»Mein Hans soll ein Zeitungsinterview geben?« Diese Vorstellung brachte sie sichtlich durcheinander. »Bitte, kommen Sie herein!«

Sie führte Robert in ein kleines, mustergültig aufgeräumtes Wohnzimmer. »Nehmen Sie bitte einen Augenblick Platz. Ich hole meinen Mann.«

Ein Zimmer mit niedriger Balkendecke und dunklen Bodendielen, auf denen schlichte Holzmöbel standen. Vor den Fenstern hingen Spitzenstores.

Robert blieb nachdenklich an dem offenen Kamin stehen. Dies war nicht nur seine beste, dies war die *einzige* Spur. *Falls Beckermann mir nicht weiterhelfen kann, bleibt mir bloß noch eine Anzeige: Die sieben Busfahrgäste, die letzten Sonntag den Absturz eines Wetterballons beobachtet haben, werden gebeten, sich morgen um 10 Uhr in meinem Hotelzimmer einzufinden. Frühstück wird serviert.*

Ein hagerer, glatzköpfiger Mann kam herein. Sein Gesicht war blaß, und er trug einen buschigen schwarzen Schnurrbart, der gar nicht zu seiner sonstigen Erscheinung paßte. »Guten Tag, Herr...?«

»Smith. Guten Tag!« Robert bemühte sich um einen jovialen Tonfall. »Sehr erfreut, Sie kennenzulernen, Herr Beckermann. Sehr erfreut!«

»Meine Frau sagt, daß Sie einen Zeitungsartikel über Busfahrer schreiben wollen.« Der Mann bemühte sich hörbar, Hochdeutsch zu sprechen.

Robert lächelte einschmeichelnd. »Genau! Ihre langjährige unfallfreie Fahrpraxis interessiert uns sehr, und wir...«

»Den Unsinn können Sie sich sparen!« unterbrach Beckermann ihn grob. »Sie interessiert das Ding, das gestern nachmittag abgestürzt ist, stimmt's?«

Robert gelang es, leicht verlegen zu wirken. »Ja, Sie haben recht, darüber wollte ich auch mit Ihnen sprechen.«

»Warum sagen Sie das nicht gleich? Kommen Sie, setzen Sie sich.«

»Danke.« Robert nahm auf dem Sofa Platz.

»Sie müssen entschuldigen, daß ich Ihnen nichts anbiete«, fuhr Beckermann fort, »aber wir haben keinen Schnaps mehr im Haus.« Er tippte sich auf seinen Magen. »Magengeschwüre. Die Ärzte können mir nicht mal Schmerzmittel verschreiben, weil ich gegen alle allergisch bin.« Er setzte sich Robert gegenüber. »Aber Sie sind nicht hergekommen, um mit mir über meine Gesundheit zu reden, nicht wahr? Was wollen Sie also wissen?«

»Ich möchte mit Ihnen über die Fahrgäste reden, die letzten Sonntag in Ihrem Bus gesessen haben, als Sie in der Nähe von Uetendorf an der Absturzstelle des Wetterballons hielten.«

Hans Beckermann starrte ihn verständnislos an. »Wetterballon? Welcher Wetterballon? Wovon reden Sie überhaupt?«

»Von dem Ballon, der...«

»Sie meinen das Raumschiff.«

Jetzt starrte Robert ihn fassungslos an. »Das... *Raumschiff?*«

»Ja, die Fliegende Untertasse.«

Robert brauchte einen Augenblick, um die Bedeutung dieser Worte zu erfassen. Dann lief ihm ein kalter Schauder über den Rücken. »Soll das heißen, daß Sie eine Fliegende Untertasse gesehen haben?«

»Ja. Mit Leichen drin.«

Gestern ist in den Schweizer Alpen ein NATO-Wetterballon niedergegangen. Seine Gondel enthielt einige höchst geheime militärische Versuchsobjekte. Robert bemühte sich, ruhig weiterzusprechen. »Herr Beckermann, wissen Sie bestimmt, daß Sie eine Fliegende Untertasse gesehen haben?«

»Natürlich! Ein richtiges UFO!«

»Und Sie haben darin Tote gesehen?«

»Keine toten Menschen. *Fremdartige Wesen.* Es ist schwierig, sie zu beschreiben.« Beckermann schauderte. »Sie sind sehr klein gewesen, aber sie haben riesige Augen gehabt. Und sie haben silberne Anzüge getragen. Eigentlich harmlos, aber irgendwie doch erschreckend.«

Robert hatte staunend zugehört. »Haben Ihre Fahrgäste das auch gesehen?«

»O ja! Wir haben's alle gesehen. Ich habe eine gute Viertelstunde dort gehalten.«

Robert stellte seine nächste Frage – und wußte im voraus, daß sie sinnlos war. »Herr Beckermann, kennen Sie zufällig die Namen irgendwelcher Fahrgäste, die Sie an diesem Sonntag befördert haben?«

»Hören Sie, ich bin bloß der Busfahrer. Die Leute kaufen ihr Ticket in Zürich, und wir fahren bis Interlaken und dann weiter nach Bern. Sie können in Bern aussteigen oder nach Zürich zurückfahren. Ihre Namen brauchen sie nie anzugeben.«

»Es gibt also keine Möglichkeit, auch nur einen der Fahrgäste zu identifizieren?« fragte Robert, der nun der Verzweiflung nahe war.

Der Busfahrer dachte kurz nach. »Nun, ich kann Ihnen sagen, daß keine Kinder mitgefahren sind. Nur Männer.«

»Ausschließlich Männer?«

Beckermann schlug sich mit der flachen Hand an die Stirn. »Nein, das stimmt nicht! Eine Frau war dabei.«

Toll! Das ist wirklich ein großer Fortschritt, dachte Robert. *Und die nächste Frage lautet: Warum zum Teufel hast du diesen Auftrag übernommen?*

»Können Sie sich in bezug auf die Fahrgäste an *irgend etwas* erinnern? Was jemand gesagt oder getan hat?«

Beckermann schüttelte den Kopf. »Wissen Sie, man gewöhnt sich an, gar nicht auf sie zu achten. Außer sie machen einem Schwierigkeiten – wie dieser Deutsche.«

»Welcher Deutsche?« fragte Robert gespannt.

»Ein alter Stänkerer! Die anderen sind ganz aufgeregt gewesen wegen des UFOs und den toten Wesen, aber dieser Alte hat die ganze Zeit rumgenörgelt, wir sollten weiterfahren. Er müßte nach Bern, hat er gesagt, um an einer Vorlesung zu arbeiten, die er am nächsten Morgen an der Universität halten sollte.«

Immerhin ein Anfang. »Fällt Ihnen sonst noch etwas zu ihm ein?«

»Nein.«

»Gar nichts?«

»Er hat einen schwarzen Mantel getragen.«

Großartig. »Herr Beckermann, ich möchte Sie um einen Gefallen bitten. Würden Sie mit mir nach Uetendorf fahren?«

»Heute ist mein freier Tag. Ich wollte...«

»Ich würde mich auch erkenntlich zeigen.«

»Ja?«

»Zweihundert Franken.«

»Tut mir leid, ich...«

»Gut. Vierhundert Franken.«

Beckermann überlegte kurz. »Na ja, warum eigentlich nicht? Ist doch ein schöner Tag für einen kleinen Ausflug, oder?«

Sie fuhren gen Süden. Die Landschaft hinter Luzern war atemberaubend schön, aber Robert hatte heute keinen Blick dafür.

Sie kamen durch Brüling und Briens Richtung Interlaken. Dann erreichten sie den Thuner See, auf dessen blauem Wasser sich Segler und Surfer tummelten.

»Wie weit ist's noch?« fragte Robert.

»Wir sind bald da«, versprach Hans Beckermann ihm, »gleich hinter Thun, der nächste Ort.«

Robert spürte, daß sein Herz rascher zu schlagen begann. Er sollte etwas zu sehen bekommen, das alle menschliche Vorstellungskraft überstieg: Besucher aus dem Weltraum! Sie ließen Thun rechts liegen und bogen in Richtung Uetendorf ab, und als einige Minuten später jenseits der Straße ein Wäldchen auftauchte, zeigte Hans Beckermann darauf und sagte: »Dort drüben!«

Robert bremste und parkte den Wagen am Straßenrand.

»Auf der anderen Seite. Hinter den Bäumen.«

Roberts Aufregung wuchs. »Gut, sehen wir uns die Sache mal an.«

Robert folgte dem Busfahrer einen kleinen Abhang hinauf in das Wäldchen. Schon nach wenigen Metern war die Straße nicht mehr zu sehen. Als sie auf eine Lichtung hinaustraten, verkündete Beckermann: »Genau hier ist's gewesen!«

Vor ihnen auf dem Boden erblickten sie die Überreste eines riesigen Wetterballons.

8

Ich werde langsam zu alt für diesen Job, dachte Robert müde. *Beinahe hätte ich seine Geschichte mit der Fliegenden Untertasse für bare Münze genommen.*

Hans Beckermann starrte verwirrt auf den zerfetzten Ballonstoff im Gras. »Da will uns jemand verarschen! Das... das ist nicht die Fliegende Untertasse!«

»Allerdings nicht«, bestätigte Robert seufzend.

Beckermann schüttelte den Kopf. »Gestern war sie noch da.«

»Vermutlich sind Ihre kleinen grünen Männchen damit weggeflogen.«

Hans Beckermann blieb stur. »Nein, nein! Sie sind beide tot gewesen.«

Robert ging zu dem Ballon, um ihn aus der Nähe zu untersuchen. In der metallisierten Hülle von mindestens zehn Metern Durchmesser befanden sich mehrere gezackte Risse, als sei der Ballon geplatzt oder beim Absturz in Bäume geraten. Von den Instrumenten fehlte jede Spur – General Hilliard hatte ja auch gesagt, daß sie von den Schweizer Behörden geborgen worden waren. *Ich kann die Bedeutung der Objekte in der Ballongondel nicht genug unterstreichen, Commander.*

In dem nassen Gras machte Robert einen Rundgang um den verwaisten Ballon, suchte nach irgend etwas, das ihm einen Anhaltspunkt hätte geben können... Nichts. Dieser Ballon sah genau so aus wie die fünf oder sechs anderen Wetterballone, die er in seinem Leben zu Gesicht bekommen hatte.

Und Beckermann in seiner typisch teutonischen Sturheit war noch immer nicht bereit, seinen Irrtum einzusehen. »Die außerirdischen Wesen... Die haben ihr Raumschiff einfach in was anderes verwandelt. Die können nämlich alles, wissen Sie.«

Hier ist nichts weiter zu finden, entschied Robert. Da das feuchte Gras ziemlich hochstand, waren mittlerweile nicht nur seine Socken, sondern auch seine Hosenbeine naß. Als er sich gerade abwenden wollte, fiel ihm etwas ein und er blieb neben dem Ballon stehen. »Heben Sie den Stoff mal kurz hoch?«

Beckermann starrte ihn überrascht an. »Ich soll ihn hochheben?«

»Ja, bitte.«

Der Schweizer zuckte mit den Schultern, griff nach dem Rand der leichten Ballonhülle und hob ihn hoch, so daß Robert in gebückter Haltung unter den Stoff treten konnte. Er stemmte die Hülle mit beiden Händen von seinem Kopf weg und ging unter ihr in Richtung Ballonmitte. Seine Füße versanken im Gras. »Hier drunter ist's naß!« rief Robert.

»Natürlich! Gestern hat's ja auch den ganzen Tag geregnet. Der Boden ist überall naß.«

Robert kam wieder unter der Ballonhülle hervor. »Hier drunter müßte er aber trocken sein.« *Verrücktes Wetter*, hatte der Pilot der C-20A gesagt. *Sonntags war's sonnig*… Und an diesem Sonntag war der Wetterballon abgestürzt!

»Wie ist das Wetter gewesen, als Sie das UFO gesehen haben?« fragte er Beckermann.

»Ziemlich schön, würde ich sagen. Die Sonne hat den ganzen Tag geschienen.«

»Aber gestern hat's den ganzen Tag geregnet?«

Der Busfahrer starrte ihn verständnislos an. »Und?«

»Hätte der Ballon die ganze Nacht hier gelegen, müßte der Boden darunter trocken sein – oder im ungünstigsten Fall etwas feucht. Aber das Gras unter der Hülle ist genau so naß wie hier draußen.«

Beckermann schüttelte den Kopf. »Das ist mir zu hoch. Was bedeutet das?«

»Es könnte bedeuten«, antwortete Robert vorsichtig, »daß irgend jemand gestern, nachdem der Regen eingesetzt hatte, das von Ihnen beobachtete UFO abtransportiert und dafür diesen Ballon ausgelegt hat.«

»Aber wer würde so was Verrücktes tun?«

Keineswegs so verrückt, überlegte Robert sich. *Die Schweizer Behörden könnten diesen Wetterballon hier plaziert haben, um Neugierige zu täuschen.* Er stapfte erneut durchs nasse Gras, suchte den Boden nach Spuren ab und verwünschte seine idiotische Leichtgläubigkeit.

Hans Beckermann beobachtete ihn mißtrauisch. »Für welches Magazin schreiben Sie gleich wieder, Herr Smith?«

»*Travel and Leisure.*«

Beckermanns verdrossene Miene hellte sich auf. »Oh, dann wollen Sie mich bestimmt auch fotografieren – wie der andere Kerl.«

Robert stockte der Atem.

»*Wer?*«

»Der Fotograf, der uns an der Absturzstelle aufgenommen hat. Er hat uns versprochen, jedem ein Bild zu schicken.«

»Augenblick!« sagte Robert langsam. »Soll das heißen, daß jemand die Fahrgäste hier vor dem UFO fotografiert hat?«

»Sie sagen es.«

»Und er hat versprochen, jedem von ihnen ein Bild zu schikken?«

»Richtig.«

»Dann muß er sich alle Namen und Adressen aufgeschrieben haben.«

»Natürlich – woher sollte er sonst wissen, wohin er die Bilder schicken muß?«

Robert stand reglos da. *Viktoria! Robert, du alter Hundesohn, du hast wieder mal Glück gehabt!* Der unmögliche Auftrag war mit einem Schlag zu einem Kinderspiel geworden. »Gehörte der Fotograf zu den Fahrgästen, Herr Beckermann?«

Der Fahrer schüttelte den Kopf. »Nein.« Er deutete in Richtung Straße. »Er hatte eine Panne gehabt. Sein Wagen stand am Straßenrand, und ein Abschleppwagen wollte ihn gerade auf den Haken nehmen, als es plötzlich laut gekracht hat. Der Mann ist über die Straße gelaufen, um nachzusehen, was passiert war. Als er die Fliegende Untertasse gesehen hat, ist er zurückgerannt und hat seine Ausrüstung geholt. Und dann hat er uns alle vor diesem Ding fotografiert.«

»Hat er Ihnen seinen Namen genannt?«

»Nein.«

»Können Sie mir sonst irgend etwas über ihn sagen?«

Der Busfahrer überlegte. »Er war Ausländer. Amerikaner oder Engländer.«

»Und der Abschleppwagen ist gerade dabeigewesen, seinen Wagen mitzunehmen?«

»Richtig.«

»Wissen Sie noch, in welche Richtung er weggefahren ist?«

»Nach Norden, wahrscheinlich nach Bern. Thun wäre viel näher gewesen, aber dort hat sonntags keine Werkstatt offen.«

Robert grinste zufrieden. »Vielen Dank. Sie haben mir sehr geholfen.«

»Sie vergessen nicht, mir Ihren Artikel zu schicken, wenn er rauskommt?«

»Keine Angst, Sie bekommen ihn. Hier ist Ihr Honorar – und hundert Franken extra, weil Sie mir wirklich sehr geholfen haben. Jetzt fahre ich Sie nach Hause.« Die beiden Männer gingen zum Wagen zurück. Bevor sie einstiegen, meinte der Schweizer:

»Sie sind sehr großzügig.« Dann zog er einen Gegenstand aus seiner Jackentasche und reichte ihn Robert. Es war ein rechteckiges Metallstück in der Größe eines Taschenfeuerzeugs, das einen winzigen weißen Kristall umschloß.

»Das habe ich am Sonntag im Gras gefunden, bevor wir zum Bus zurückgegangen sind.«

Robert begutachtete den seltsamen Gegenstand. Das Metallstück war federleicht und sandfarben. Eine Bruchkante ließ darauf schließen, daß es Teil eines größeren Ganzen gewesen sein mußte. *Bestandteil der Ausrüstung des Wetterballons. Oder Bestandteil eines UFOs?*

»Vielleicht bringt's Ihnen Glück«, sagte Beckermann, während er Roberts fünf Hunderter in seiner Geldbörse verstaute. »Bei mir hat's jedenfalls funktioniert!« Mit einem breiten Grinsen stieg er ein.

Nun wurde es Zeit, sich die entscheidende Frage vorzulegen: *Glaube ich wirklich an UFOs?* Robert Bellamy hatte Dutzende von wilden Pressemeldungen über Leute gelesen, die behaupteten, sie seien von UFOs entführt worden und hätten alle möglichen unheimlichen Erlebnisse gehabt. Er hatte solche Berichte stets damit abgetan, daß diese Leute entweder publicitysüchtig waren oder einen guten Psychiater brauchten. Doch in den letzten Jahren hatte es Meldungen gegeben, die sich weniger leicht vom Tisch wischen ließen: Berichte über UFO-Beobachtungen von Astronauten, Luftwaffenpiloten und Polizeibeamten – alles glaubhafte, bestimmt eher publicityscheue Augenzeugen.

Dazu kam die beunruhigende Meldung über einen UFO-Absturz bei Roswell, New Mexico, wo Leichen außerirdischer Wesen gefunden worden sein sollten. Wie es hieß, hatten staatliche Stellen den Leichenfund vertuscht und sämtliche Beweise verschwinden lassen. Bereits im Zweiten Weltkrieg hatten amerikanische Piloten seltsame Objekte beobachtet – sogenannte *Foo Fighters*, unidentifizierte Flugobjekte, die sie anflogen und dann spurlos verschwanden.

Was wäre, wenn die Erde tatsächlich von UFOs mit Lebewesen aus anderen Galaxien besucht würde? dachte Robert. *Wie würde sich das auf unsere Welt auswirken? Würde es Krieg oder Frieden bedeuten? Oder das Ende unserer Zivilisation in ihrer jetzigen Form?*

Im tiefsten Innern seines Herzens hoffte Robert, es würde sich herausstellen, daß Hans Beckermann geisteskrank und das abgestürzte Flugobjekt wirklich ein Wetterballon gewesen sei. Er würde mindestens einen weiteren Zeugen finden müssen, der Beckermanns Aussage bestätigen oder widerlegen konnte.

Weshalb bin ich um sechs Uhr morgens zur National Security Agency beordert worden und habe den Auftrag erhalten, alle Augenzeugen so rasch wie möglich ausfindig zu machen, wenn angeblich doch nur ein Wetterballon abgestürzt ist? Soll hier etwas vertuscht werden? Und wenn ja... was?

9

Später an diesem Tag fand in Bern in den nüchtern möblierten Amtsräumen des Schweizer Innenministeriums eine Pressekonferenz statt. Im Saal waren ein halbes Hundert Journalisten und Kamerateams versammelt; zahlreiche Kollegen, die keinen Platz mehr gefunden hatten, drängten sich vor den offenen Türen im Korridor. Die Reporter aus über einem Dutzend Ländern zückten ihre Kameras, Mikrofone und Videokameras. Alle redeten wild durcheinander.

»Es gibt Gerüchte, daß dort keineswegs ein simpler Wetterballon abgestürzt ist...«

»Ist es wahr, daß dort eine Fliegende Untertasse niedergegangen ist?«

»Angeblich sollen die Leichen von außerirdischen Wesen gefunden worden sein...«

»Oder sind vielleicht nicht alle tot gewesen?«

»Versuchen die zuständigen Stellen etwa, die wahren Ereignisse zu vertuschen?«

Der Pressesprecher des Innenministeriums erhob die Stimme, um sich Gehör zu verschaffen.

»Meine Damen und Herrn, hierbei handelt es sich schlicht und einfach um eine Fehlinterpretation. Solche Anrufe bekommen wir häufig. Die Anrufer sehen Satelliten, Sternschnuppen und dergleichen... Ist es nicht auffällig, daß UFO-Beobachtungen stets anonym gemeldet werden? Vielleicht hat dieser Anrufer wirklich geglaubt, ein UFO gesehen zu haben, aber in Wirklichkeit ist es ein defekter Wetterballon gewesen. Wir haben Busse bereitgestellt, die Sie zur Absturzstelle bringen werden.«

Eine Viertelstunde später waren zwei Busse mit Reportern und Kamerateams nach Uetendorf unterwegs, um die Überreste eines abgestürzten Wetterballons zu besichtigen. Einige Zeit später stapften sie durch das hohe, feuchte Gras und begutachteten die metallisierte Ballonhülle, während der Pressesprecher seine Erläuterungen fortsetzte.

»Meine Damen und Herrn, dies ist Ihre geheimnisvolle Fliegende Untertasse: ein auf einem Flugplatz der italienischen Luftwaffe aufgelassener Wetterballon. Unseres Wissens gibt es keine unidentifizierten fliegenden Objekte, für die unsere Behörden nicht eine befriedigende Erklärung gefunden haben, und die Erde wird unseres Wissens nicht von außerirdischen Wesen besucht. Sollten uns Hinweise dieser Art bekanntwerden, entspräche es den Grundsätzen unserer bewährten Informationspolitik, die Öffentlichkeit umgehend zu unterrichten. Wenn Sie keine weiteren Fragen haben...«

10

Der Hangar 17 der Langley Air Force Base in Virginia war hermetisch abgeriegelt. An seinen Toren standen vier bewaffnete Marineinfanteristen; in dem Gebäude lösten sich drei hohe Heeresoffiziere im Achtstundenturnus bei der Bewachung eines abgesperrten Raums ab. Keiner der Offiziere wußte, was sie hier eigentlich bewachten. Außer Ärzten und Wissenschaftlern waren erst drei Besucher in den abgesperrten Raum eingelassen worden.

Der vierte Besucher war eben angekommen und wurde von Brigadegeneral Paxton, dem für die Sicherheitsmaßnahmen zuständigen Offizier, begrüßt. »Willkommen in unserer Menagerie.«

»Ich bin schon sehr gespannt.«

»Sie werden nicht enttäuscht werden.«

An einem Ständer neben der einzigen Tür des abgesperrten Raums hingen weiße Schutzanzüge.

»Bitte...«, forderte der Brigadegeneral den Besucher auf.

»Gewiß.« Janus schlüpfte wie Paxton in einen der Schutzanzüge. Jetzt war nur noch sein Gesicht hinter der Glasmaske zu erkennen. Nachdem sie ihre Ausrüstung mit Gummihandschuhen und Überschuhen vervollständigt hatten, begleitete der Brigadegeneral ihn zur Tür des abgesperrten Raums. Der Wachposten trat beiseite, und Paxton sperrte auf.

Janus trat ein und sah sich um. Vor ihm in der Mitte stand das Raumschiff. Auf weißen Autopsietischen an der Seitenwand des Raums lagen die Leichen der beiden toten Außerirdischen. Ein Gerichtsmediziner war gerade bei der Autopsie.

»Wir nehmen an, daß wir's hier mit einem Erkundungsschiff zu tun haben«, erklärte Paxton Janus. »Und wir sind davon überzeugt, daß es direkt mit dem Mutterschiff Verbindung aufnehmen kann.«

Die beiden Männer traten näher heran, um das Raumschiff zu betrachten. Es hatte ungefähr zehn Meter Durchmesser. Sein muschelförmiges Inneres war zur Decke hin geöffnet, als sei dies die Ausstiegsluke, und enthielt drei Kontourliegen. Die Wände verschwanden hinter Paneelen mit eigenartig vibrierenden Metallscheiben.

»Bei vielem dort drinnen tappen wir noch im dunkeln«, räumte Brigadegeneral Paxton ein. »Aber was wir bisher rausgekriegt haben, ist teilweise erstaunlich genug.« Er deutete auf eine Art Kontrollpult vor einer der Liegen. »Es enthält ein integriertes optisches Weitwinkelsystem, ein Gerät, das wir vorläufig als Lebens-Scanner bezeichnen, ein Kommunikationssystem mit Stimmensynthesizer und ein Navigationssystem, das wir ehrlich gesagt noch nicht enträtselt haben. Wir vermuten, daß es mit elektromagnetischen Impulsen arbeitet.«

»Irgendwelche Waffen an Bord?« fragte Janus.

Brigadegeneral Paxton zuckte mit den Schultern. »Schwer zu sagen. Die Kapsel enthält 'ne Menge Hardware, deren Zweck uns völlig schleierhaft ist.«

»Welche Antriebsquelle hat sie?«

»Soviel wir bisher beurteilen können, dient als Treibstoff einatomiger Wasserstoff in einem geschlossenen Kreislauf, so daß das als Abfallprodukt entstehende Wasser immer wieder in Wasserstoff umgewandelt werden kann. Mit dieser unerschöpflichen Kraftquelle hat das Schiff im interstellaren Raum freie Fahrt. Wahrscheinlich dauert es Jahre, bis wir alle Einrichtungen an Bord erforscht haben. Und wir haben eine beunruhigende Entdeckung gemacht. Die beiden toten Außerirdischen sind auf ihren Liegen angeschnallt gewesen. Die gelösten Gurte der dritten Liege lassen jedoch darauf schließen, daß sie ebenfalls besetzt gewesen ist.«

»Soll das heißen, daß möglicherweise einer fehlt?«

»So sieht's allerdings aus.«

Janus blieb einen Augenblick mit gerunzelter Stirn stehen. »Gut, sehen wir uns die Eindringlinge mal an«, schlug er dann vor.

Paxton und er gingen zu den Autopsietischen hinüber, auf denen die beiden Außerirdischen lagen. Janus betrachtete die seltsamen Gestalten. Kaum zu glauben, daß so fremdartige Gebilde intelligente Lebewesen sein sollten! Die Stirnen der Außerirdischen waren größer, als er erwartet hatte. Die Lebewesen waren völlig kahl und hatten weder Wimpern noch Augenbrauen. Ihre Augen erinnerten an Tischtennisbälle.

Der Arzt, der die Autopsie durchführte, meinte: »Wirklich faszinierend. Einem der Außerirdischen haben wir eine Hand abgetrennt. Blut ist keines ausgetreten, aber er scheint Adern und Venen zu haben, die eine grüne Flüssigkeit enthalten. Sie ist größtenteils ausgelaufen.«

»Eine grüne Flüssigkeit?« fragte Janus.

»Richtig.« Der Arzt zögerte. »Wir vermuten, daß diese... Lebewesen dem Pflanzenreich zuzuordnen sind.«

»Denkende Pflanzen? Ist das Ihr Ernst?«

»Sehen Sie selbst.« Der Arzt griff nach einer Blumengießkanne und besprengte den Arm des Außerirdischen, an dem die Hand fehlte, mit klarem Wasser. Sekundenlang ereignete sich nichts. Aber dann quoll plötzlich grüne Materie aus dem Armstumpf und begann langsam, eine Hand zu bilden.

Die beiden Männer starrten den Arzt verblüfft an. »Jesus! Sind sie nun tot oder nicht?«

»Das ist eine interessante Frage. Sie sind nicht lebendig, aber es wäre verfrüht, sie als tot zu bezeichnen. Sie scheinen in eine Art Winterschlaf gefallen zu sein.«

Janus konnte immer noch nicht den Blick von der neugebildeten Hand abwenden.

»Viele Pflanzen lassen unterschiedliche Formen von Intelligenz erkennen«, fuhr der Arzt fort.

»Intelligenz?«

»O ja! Es gibt Pflanzen, die Angst zeigen; andere reagieren auf Hitze, Kälte oder Lärm. Wir sind gerade dabei, höchst interessante Versuche mit Pflanzen durchzuführen.«

»Die würde ich gern einmal sehen«, sagte Janus.

»Selbstverständlich. Ich kann gern alles Nötige veranlassen.«

Das riesige Treibhauslabor gehörte zu einem Komplex staatlicher Gebäude, der etwa 50 Kilometer außerhalb von Washington, DC, lag. Auf einer Tafel neben dem Eingang stand:

AHORNE UND FARNE SIND NOCH NICHT KORRUMPIERT,
ABER WENN SIE ZU BEWUSSTSEIN ERWACHEN, WERDEN
AUCH SIE OHNE ZWEIFEL SCHIMPFEN UND FLUCHEN.
RALPH WALDO EMERSON
NATURE, 1836

Professor Rachman, der Laborleiter, war ein ernster Mann von kleinem Wuchs, dem die Begeisterung für seine Arbeit aus den Augen leuchtete. »Schon Charles Darwin hat erkannt, daß Pflanzen denken können. Und Luther Burbank hat den nächsten Schritt getan, indem er Verbindung mit ihnen aufgenommen hat.«

»Halten Sie das wirklich für möglich?«

»Wir wissen, daß das möglich ist. George Washington Carver hat in Kommunikation mit Pflanzen gestanden. ›Berühre ich eine Blume, so berühre ich die Unendlichkeit‹, hat Carver gesagt. ›Blumen haben schon lange existiert, bevor es Menschen auf der Erde gegeben hat, und sie werden noch Millionen Jahre länger als der Mensch existieren. Durch die Blume spreche ich mit der Unendlichkeit...‹«

Janus sah sich in dem riesigen Treibhaus um: ein Meer von

Pflanzen und exotischen Blumen in allen Regenbogenfarben. Die Wirkung der Düfte war atemberaubend.

»Alle diese Pflanzen können Liebe, Haß, Schmerz und Erregung empfinden – genau wie Tiere. Das hat Sir Chandra Bose nachgewiesen.«

»Wie weist man so etwas nach?« fragte Janus.

»Das demonstriere ich Ihnen gern.« Rachman trat an einen Tisch, auf dem neben Topfpflanzen ein Lügendetektor stand. Er legte die Elektroden an eine Pflanze an. Die Nadel des Lügendetektors befand sich in Ruhestellung.

»Jetzt passen Sie auf!«

Rachman beugte sich über die Pflanze und flüsterte: »Ich finde dich sehr schön. Du bist schöner als sämtliche anderen Pflanzen hier...«

Janus beobachtete, wie die Nadel kaum merklich ausschlug.

Plötzlich schrie Professor Rachman die Pflanze an: »Du bist häßlich! Ich reiß dich aus und laß dich verwelken!«

Die Nadel begann zu zittern und zuckte dann steil in die Höhe.

»Großer Gott!« flüsterte Janus. »Unglaublich!«

»Was Sie hier sehen«, erklärte Rachman, »entspricht dem Schrei eines Menschen. In Wissenschaftsmagazinen sind Berichte über solche Experimente erschienen. Zu den interessantesten gehört ein Blindversuch mit sechs Studenten. Ohne daß die fünf anderen davon wußten, wurde einer von ihnen dazu bestimmt, einen Raum mit zwei Pflanzen zu betreten, von denen eine an einen Lügendetektor angeschlossen war. Der junge Mann hatte den Auftrag, die andere Pflanze völlig zu vernichten. Später wurden die Studenten einzeln in den Raum geschickt und gingen an den Pflanzen vorbei. Bei den Schuldlosen war kein Lügendetektorausschlag zu erkennen. Aber sowie der Schuldige erschien, schlug die Nadel heftig aus.«

»Unglaublich!«

»Aber wahr. Darüber hinaus konnte nachgewiesen werden, daß Pflanzen auf verschiedene Arten von Musik reagieren.«

»Auf *verschiedene* Arten?«

»Ja. Bei einem Experiment am Temple Buell College in Denver sind gesunde Blumenpflanzen in drei getrennte Glaskästen gestellt worden. Der erste wurde mit dröhnend lauter Rockmusik beschallt, im zweiten war sanfte ostindische Sitarmusik zu hören, in dem dritten Kasten gab es keine Musik. Der Versuch wurde von einem CBS-Team mit Zeitrafferkameras aufgezeichnet. Nach vierzehn Tagen waren die Rockmusik ausgesetzten Blumen eingegangen, die Pflanzengruppe ohne Musik hatte sich normal entwickelt, und die Pflanzen, die mit der Sitarmusik beschallt worden waren, trugen wunderschöne, dem Lautsprecher zugewandte Blüten. Walter Cronkite hat den Film am 26. Oktober 1970 in seiner Nachrichtensendung gezeigt.«

»Soll das etwa heißen, daß Pflanzen Intelligenz besitzen?«

»Sie atmen, nehmen Nahrung auf und vermehren sich. Pflanzen können Schmerz empfinden und sich gegen Feinde verteidigen. Beispielsweise vergiften manche Arten den Boden um sich herum mit Terpentinen, um andere Pflanzen fernzuhalten. Andere scheiden Alkaloide aus, um für Insekten ungenießbar zu sein. Und wir haben nachgewiesen, daß Pflanzen durch Pheromone miteinander kommunizieren.«

»Richtig, davon habe ich gehört«, stimmte Janus zu.

»Manche Pflanzen – beispielsweise die Venusfliegenfalle – sind Fleischfresser. Allein im Nordosten der USA wachsen über fünftausend blühende Pflanzen, die jeweils charakteristische Eigenschaften aufweisen. Das steht völlig außer Zweifel. Das Vorhandensein einer Intelligenz bei lebenden Pflanzen ist immer wieder bewiesen worden.«

Und der verschwundene Außerirdische läuft irgendwo frei herum, dachte Janus beunruhigt.

11

Dritter Tag
Mittwoch, 17. Oktober

Bern gehörte zu den Städten, in denen Robert sich am wohlsten fühlte. Die Schweizer Bundeshauptstadt war eine elegante, reiche Stadt mit prächtigen Patrizierhäusern und Baudenkmälern aus vergangenen Jahrhunderten. Nach Roberts Einschätzung waren die Berner umgänglicher als andere Schweizer: Sie bewegten sich langsamer, sprachen bedächtiger und waren insgesamt ruhiger. Robert hatte früher mehrmals mit dem Schweizer Geheimdienst am Waisenhausplatz in Bern zusammengearbeitet; er hatte dort Freunde, die ihm hätten weiterhelfen können – wenn da nicht General Hilliards Anweisungen gewesen wären.

Robert mußte fast zwanzig Telefongespräche führen, um die Werkstatt zu eruieren, die den Wagen des Fotografen abgeschleppt hatte. Es war ein kleiner Betrieb in der Freiburger Straße, dessen Besitzer Fritz Mandel zugleich der einzige Mechaniker war. Mandel war ein Endvierziger mit hagerem, von Akne entstelltem Gesicht, schmalen Schultern und gewaltigem Bierbauch.

»Sie haben heute schon mal angerufen. Hat's irgendwelche Beschwerden wegen der Abschlepperei gegeben?« fragte er, nachdem Robert in dem kleinen Büro Platz genommen hatte. »Ich übernehme keine Haftung für...«

»Nein, nein«, unterbrach Robert ihn. »Durchaus nicht! Ich führe eine Umfrage durch und hätte gern auch den Fahrer dieses Wagens befragt.«

Mandel zog eine Schublade aus dem großen Karteikasten. »Letzten Sonntag, haben Sie gesagt?«

»Richtig.«

Mandel nahm eine Karteikarte heraus. »Ja, das war dieser Typ, der uns vor der Fliegenden Untertasse fotografiert hat.«

Robert hatte plötzlich feuchte Hände. »Sie haben das UFO gesehen?«

»Ja. Und ich hab' mir fast in die Hose gemacht.«

»Können Sie's beschreiben?«

Mandel schauderte. »Es... es hat wie lebendig gewirkt.«

»Wie bitte?«

»Ich meine... es ist von 'nem Lichtschein umgeben gewesen, der ständig die Farbe gewechselt hat. Manchmal blau... dann wieder grün... schwer zu beschreiben. Und drinnen haben wir kleine Wesen gesehen. Keine Menschen, aber...« Er sprach nicht weiter.

»Wie viele?«

»Zwei.«

»Lebendig?«

»Ich hab' sie für tot gehalten.« Mandel fuhr sich mit dem Handrücken über die Stirn. »Ich freue mich, daß Sie mir glauben. Als ich Freunden davon erzählt habe, haben die mich ausgelacht. Sogar meine Frau hat geglaubt, ich hätte zu tief ins Glas geguckt. Aber ich weiß, was ich gesehen habe!«

»Und der Wagen, den Sie abgeschleppt haben...«, warf Robert ein.

»Ja, der Renault. Seine Zylinderkopfdichtung war durchgebrannt. Das Abschleppen hat zweihundertvierzig Franken gekostet. An Sonn- und Feiertagen verlange ich das Doppelte.«

»Hat der Fahrer mit Scheck oder Kreditkarte gezahlt?«

»Schecks oder Kreditkarten nehm' ich nicht. Er hat bar gezahlt.«

»Mit Schweizer Franken?«

»Nein, mit englischen Pfund.«

»Herr Mandel, Sie haben sich doch bestimmt das Kennzeichen des abgeschleppten Fahrzeugs notiert?«

»Klar doch«, bestätigte Mandel. Er sah auf die Karteikarte. »Es ist ein Leihwagen gewesen. Von der Firma Avis. Er hat ihn in Genf gemietet.«

»Würden Sie mir bitte das Kennzeichen geben?«

»Klar, warum nicht?« Mandel kritzelte es auf einen Zettel, den er Robert gab. »Worum geht's Ihnen eigentlich? Um die UFO-Sache?«

Robert schüttelte den Kopf und zeigte dem Mann eine seiner vielen Ausweiskarten. »Ich komme vom IAC, dem International Automobile Club. Wir führen eine Umfrage über Abschleppdienste durch.«

»Ah ...«

Als Robert die Werkstatt verließ, dachte er benommen: *Anscheinend geht's in Wirklichkeit um ein UFO mit zwei toten Außerirdischen.* Aber warum hatte General Hilliard ihn dann belogen, obwohl er gewußt hatte, daß Robert herausbekommen würde, daß hier ein UFO abgestürzt war?

Dafür gab es nur eine mögliche Erklärung, die Robert jäh frösteln ließ.

12

Das gigantische Mutterschiff hing scheinbar bewegungslos im Weltraum, obwohl es auf einer fast geostationären Bahn mit dreizehntausend Stundenkilometern lautlos durchs All raste. Die sechs Außerirdischen an Bord studierten die Darstellung auf dem dreidimensionalen Bildschirm, der eine Wand des Kontrollraums einnahm. Während der Planet Erde sich unter ihnen drehte, beobachteten sie holographische Wiedergaben seiner Oberfläche, deren chemische Bestandteile zugleich von einem elektronischen Spektographen analysiert wurden. Die Atmosphäre über den vorbeiziehenden Landmassen war stark verschmutzt. Riesige Fabriken verpesteten die Luft mit Abgasschwaden, biologisch nicht abbaubare Rückstände wurden auf Deponien oder in die Meere gekippt.

Die Außerirdischen betrachteten die einst leuchtend blauen Weltmeere, die jetzt braun von Algen und schwarz von Erdöl waren. Im australischen Great Barrier Reef waren die leuchtenden Farben der Korallen zu einem kränklichen Weiß verblaßt und Milliarden von Fischen verendet. Durch gewaltige Rodungen war der Amazonas-Regenwald ernstlich in seinem Bestand gefährdet. Die Instrumente des Raumschiffs zeigten an, daß die Durchschnittstemperatur der Erdatmosphäre seit der letzten Inspektion vor drei Jahren erneut angestiegen war. Und auf dem Planeten wurden Kriege geführt, die neue Umweltgifte freisetzten.

Die Außerirdischen verständigten sich wortlos durch Gedankenübertragung.

Bei den Erdbewohnern hat sich nichts verändert. Wie traurig. Sie haben nichts dazugelernt. Wir werden ihnen eine Lektion erteilen. Hast du schon versucht, die anderen zu erreichen? Ja. Irgend etwas ist schiefgegangen. Sie antworten nicht. Versuch es weiter. Wir müssen das Schiff finden.

Auf der Erde – achtunddreißig Kilometer unter der Bahn des Raumschiffs – rief Robert aus der Telefonzelle eines winzigen Dorfes, die ganz bestimmt nicht abgehört wurde, General Hilliard an.

»Guten Tag, Commander. Gibt's was zu berichten?«

Aye, aye, Sir. Melde gehorsamst, daß Sie ein verlogener Hundesohn sind. »General, es geht um diesen Wetterballon ... Er scheint sich in ein UFO verwandelt zu haben.« Robert verstummte und wartete auf Hilliards Reaktion.

»Ja, ich weiß. Aus wichtigen Sicherheitsgründen habe ich Ihnen nicht gleich alles mitteilen können.«

Aha. Die übliche Ausrede aller Bürokraten. Robert hüllte sich weiterhin in abwartendes Schweigen.

»Ich will Ihnen etwas anvertrauen, das streng geheim bleiben muß, Commander«, fuhr General Hilliard fort. »Vor drei Jahren sind Außerirdische auf einem US-Luftwaffenstützpunkt gelandet. Wir haben Verbindung mit ihnen aufnehmen können.«

Robert stockte der Atem. »Was... haben sie gesagt?«

»Daß sie vorhaben, uns zu vernichten.«

»*Uns vernichten?*«

»Ja! Sie haben angekündigt, daß sie zurückkehren würden, um die Erde in Besitz zu nehmen und uns zu Sklaven zu machen – ohne daß wir sie daran hindern könnten. Aber wir sind dabei, Abwehrmittel zu entwickeln. Um Zeit zu gewinnen, müssen wir deshalb unter allen Umständen eine Panik in der Öffentlichkeit vermeiden. Bestimmt verstehen Sie jetzt, weshalb es so wichtig ist, den Augenzeugen einzuschärfen, daß sie ihre Beobachtungen für sich behalten müssen. Würden sie bekannt, wäre eine Katastrophe unvermeidlich.«

»Halten Sie's nicht für besser, die Öffentlichkeit zu informieren und...?«

»Commander, im Jahre 1938 wurde im amerikanischen Rundfunk das Hörspiel ›Krieg der Welten‹ von Orson Welles gesendet, in dem die Erde durch eine Invasion von Außerirdischen heimgesucht wird. Innerhalb weniger Minuten ist in zahlreichen Großstädten Amerikas eine Panik ausgebrochen. Hysterische Menschen flüchteten vor den angeblichen Invasoren, das Telefonnetz brach zusammen, die Überlandstraßen waren verstopft, und es hat Tote und Verletzte gegeben. Nein, unsere Abwehr gegen die Außerirdischen muß stehen, bevor wir mit dieser Sache an die Öffentlichkeit gehen. Deshalb sollen Sie die Zeugen ausfindig machen – und zwar zu ihrem eigenen Schutz! Sonst gerät diese Sache außer Kontrolle.«

Robert spürte, daß ihm der Schweiß ausbrach. »Ja, ich ... ich verstehe.«

»Gut. Haben Sie schon mit einem der Zeugen gesprochen?«

»Ich habe zwei gefunden.«

»Ihre Namen?«

»Hans Beckermann, der Fahrer des Rundfahrtbusses. Er lebt in Kappel ...«

»Und der zweite?«

»Fritz Mandel. Er betreibt in Bern eine kleine Autowerkstatt und hat den liegengebliebenen Wagen eines dritten Augenzeugen abgeschleppt.«

»Der Name dieses Zeugen?«

»Den kenne ich noch nicht. Aber ich bleibe dran. Soll ich die Zeugen auffordern, keinem Menschen von ihrer Beobachtung zu erzählen?«

»Nein. Ihr Auftrag besteht lediglich darin, die Zeugen aufzuspüren. Alles weitere überlassen wir den Regierungen ihrer Länder. Wissen Sie schon, wie viele Zeugen es gewesen sind?«

»Ja. Sieben Fahrgäste und der Fahrer, der Mechaniker und ein vorbeikommender Autofahrer.«

»Sie müssen alle aufspüren. Jeden einzelnen der zehn Augenzeugen des Absturzes. Verstanden?«

»Ja, General.«

Langsam ließ Robert den Hörer auf die Gabel sinken. In seinem Kopf drehte sich alles. UFOs waren also kein Hirngespinst. Die Außerirdischen waren Feinde. Eine Horrorvision!

Und da war wieder jenes Unbehagen – das Gefühl, daß man ihm etwas verschwieg...

Robert stürmte in das Genfer Büro der Autovermietung Avis und schoß auf die Angestellte hinter der Theke los.

»Was kann ich für Sie tun, Monsieur?«

Robert knallte den Zettel mit dem Kennzeichen des Renaults

vor ihr auf die Theke. »Diesen Wagen haben Sie letzte Woche vermietet. Ich brauche den Namen des Kerls, der ihn gemietet hat!« Seine Stimme klang wütend.

Die Angestellte wich einen Schritt zurück. »Tut mir leid, Monsieur, über unsere Kunden geben wir grundsätzlich keinerlei Auskünfte.«

»Pech für Sie!« schnaubte Robert. »Wenn das so ist, muß ich eben Ihre Firma auf Schadenersatz verklagen.«

»Das verstehe ich nicht, Monsieur. Wo liegt das Problem?«

»Ich will Ihnen sagen, wo es liegt, Mademoiselle. Letzten Sonntag hat dieses Auto beim Ausparken meinen Wagen angefahren und ziemlich beschädigt. Sein Kennzeichen haben wir noch erkennen können, aber der Mann hat Fahrerflucht begangen, bevor wir ihn anhalten konnten.«

»Ah, ich verstehe.« Die Angestellte musterte Robert prüfend. »Einen Augenblick, Monsieur.« Sie verschwand und kam kurz darauf mit einem Hängeordner zurück. »Laut unseren Unterlagen ist der Wagen mit einem Motorschaden liegengeblieben, aber ein Unfall ist nicht gemeldet worden.«

»Schön, dann melde ich ihn eben jetzt! Und ich mache Ihre Firma für den Schaden an meinem nagelneuen Porsche verantwortlich. Das kostet Sie ein Vermögen!«

»Bedaure sehr, Monsieur, aber da dieser Unfall nicht gemeldet worden ist, können wir keine Verantwortung dafür übernehmen.«

»Hören Sie, Mademoiselle«, sagte Robert in ruhigerem Tonfall, »ich will nur, daß dieser Mann den Schaden an meinem Wagen bezahlt. Er hat Fahrerflucht begangen. Dafür könnte ich ihn anzeigen. Aber wenn Sie mir seinen Namen und seine Adresse geben, kann ich direkt mit ihm sprechen und diese Sache aus der Welt schaffen, ohne Ihre Firma hineinzuziehen. Ist das nicht ein fairer Vorschlag?«

Die Angestellte überlegte kurz und nickte dann. »Ja, das

wäre uns natürlich lieber.« Sie zog den Vertrag aus dem Hängeordner. »Es handelt sich um einen Mr. Leslie Mothershed.«

»Und seine Adresse?«

»213 A Grove Road, Whitechapel, London E 3.«

Kurz darauf saß Commander Robert Bellamy in einem Airbus der Swissair, der nach London flog.

Er saß allein im Dunkeln, überlegte, arbeitete pedantisch genau jede Phase ihres Plans durch und vergewisserte sich selbst, daß nichts schiefgehen konnte. Das Telefon summte leise.

»Janus«, meldete er sich.

»Hier General Hilliard. Commander Bellamy hat die beiden ersten Zeugen ausfindig gemacht.«

»Sehr gut! Veranlassen Sie sofort alles weitere.«

»Ja, Sir.«

»Wo ist der Commander jetzt?«

»Auf dem Flug nach London. Er dürfte Nummer drei bald gefunden haben.«

»Ich informiere den Ausschuß über seine Fortschritte. Sie halten mich weiter auf dem laufenden. Die Geheimhaltungsstufe dieses Unternehmens bleibt weiter Nova Rot.«

»Verstanden, Sir. Ich möchte vorschlagen...«

Am anderen Ende wurde aufgelegt.

BLITZMELDUNG

TOP SECRET ULTRA

NSA AN DIREKTOR SCHWEIZER NACHRICHTENDIENST

PERSÖNLICH

1. AUSFERTIGUNG VON 1 AUSFERTIGUNG(EN)

BETREFF: OPERATION DOOMSDAY

1. HANS BECKERMANN – KAPPEL

2. FRITZ MANDEL – BERN

TEXTENDE

13

Gegen Mitternacht wurde die Familie Lagenfeld auf ihrem kleinen Bauernhof einige Kilometer nördlich von Uetendorf durch einige merkwürdige Ereignisse aufgeschreckt. Ein gelber Lichtschein vor dem Schlafzimmerfenster weckte die ältere Tochter. Als sie jedoch aufstand, um hinauszusehen, verschwand das Licht.

Im Hof begann der Schäferhund Tozzi wütend zu kläffen. Widerwillig erhob sich der alte Lagenfeld von seinem Bett und tappte hinunter, um den Hund zu beruhigen. Als er aus dem Haus trat, hörte er, wie die Schafe sich gegen ihren Pferch warfen und ängstlich durcheinanderblökten. Als Lagenfeld am Wassertrog vorbeikam, den die Regenfälle der letzten Zeit randvoll gefüllt hatten, fiel ihm auf, daß er völlig trocken war.

Tozzi lief auf ihn zu und drängte sich winselnd an seine Beine. Geistesabwesend tätschelte Langenfeld den Kopf des Hundes. »Schon gut, alter Junge, schon gut.«

In diesem Augenblick gingen im ganzen Haus sämtliche Lichter aus. Als der Bauer ins Haus zurückging und nach dem Telefonhörer griff, um das Elektrizitätswerk anzurufen, stellte er fest, daß die Leitung tot war.

Wenn die Lichter noch einen Augenblick länger gebrannt hätten, hätte der Bauer vielleicht eine Frau von seltsamer Schönheit gesehen, die aus seinem Hof kam und übers Feld davonschritt.

14

Schweizer Nachrichtendienst – Bern
13.10 Uhr

In der Zentrale des Schweizer Nachrichtendiensts sah der Minister zu, wie der Direktor die Meldung las. Dann heftete er sie in einem mit STRENG GEHEIM! beschrifteten Ordner ab, legte ihn in den Wandsafe und verstellte das Zahlenschloß der massiven Stahltür.

»Hans Beckermann *und* Fritz Mandel.«

»Ganz recht.«

»Kein Problem, Herr Minister. Die Sache wird erledigt.«

»Gut.«

»Wann?«

»Sofort.«

Als Hans Beckermann am nächsten Morgen zur Arbeit fuhr, hatte er starke Magenschmerzen. *Ich hätte dem Reporter dieses UFO-Teil nicht umsonst geben sollen. Diese Reisemagazine schwimmen doch alle in Geld! Bestimmt wären noch ein paar hundert Franken rauszuholen gewesen. Damit hätte ich zu einem guten Arzt gehen können, um meine Magengeschwüre kurieren zu lassen…*

Er fuhr gerade den Türlersee entlang, als er vor sich am Straßenrand eine Anhalterin erblickte, die ihm zuwinkte. Beckermann fuhr langsamer, um sie sich anzusehen. Sie war jung und hübsch.

Er bremste und hielt am Straßenrand. »Guten Morgen. Wollen Sie mitfahren?« Aus der Nähe war sie noch hübscher.

»Danke«, sagte das Mädchen. »Ich hab' mich mit meinem Freund gestritten, und er hat mich einfach hier draußen abgesetzt. Könnten Sie mich nach Zürich mitnehmen?«

»Aber gern! Steigen Sie ein, steigen Sie ein!«

Die Anhalterin öffnete die Beifahrertür und stieg zu ihm ins Auto. »Das ist wirklich sehr freundlich von Ihnen«, sagte sie. »Ich heiße Karin.«

»Hans.« Er fuhr weiter.

»Ich weiß nicht, was ich hätte tun sollen, wenn Sie nicht vorbeigekommen wären, Hans.«

»Oh, ein hübsches Mädchen wie Sie wäre bestimmt bald mitgenommen worden.«

Sie rückte näher an ihn heran. »Aber sicher nicht von einem so gutaussehenden Mann!«

Er sah zu ihr hinüber. »Meinen Sie das ernst?«

»Ich finde Sie sehr attraktiv.«

Er lächelte. »Das sollten Sie meiner Frau erzählen.«

»Oh, Sie sind verheiratet?« Ihre Stimme klang enttäuscht. »Warum sind die wunderbaren Männer immer schon verheiratet? Sie sehen auch sehr intelligent aus.«

Er richtete sich auf.

»Mir tut's ganz ehrlich gesagt leid, daß ich mich jemals mit meinem Freund eingelassen hab'.« Als sie sich etwas auf dem Sitz bewegte, rutschte ihr Rock hoch. Er bemühte sich, nicht hinzusehen. »Ich mag ältere Männer, reife Männer, Hans. Ich finde sie viel attraktiver als junge Männer.« Sie kuschelte sich an ihn. »Magst du Sex, Hans?«

Er räusperte sich verlegen. »Ob ich Sex mag? Nun ja, ich bin schließlich ein Mann...«

»Das sehe ich«, versicherte sie ihm. Ihre Hand glitt über seinen Oberschenkel. »Soll ich dir was verraten? Der Streit mit meinem Freund hat mich richtig geil gemacht. Hättest du Lust, mich zu bumsen?«

Er konnte sein Glück kaum fassen. Sie war verdammt hübsch und hatte eine Spitzenfigur. Er schluckte mühsam. »Lust hätt' ich schon, aber ich muß in die Arbeit und...«

»Das dauert nur ein paar Minuten«, unterbrach sie ihn lächelnd. »Dort vorn zweigt eine kleine Straße in den Wald ab. Na, wie wär's?«

Er spürte seine wachsende Erregung. *Aber sicher! Wenn das die Jungs in der Firma hören... Das glauben sie mir nie!*

»Klar, warum nicht?« Er bog von der Asphaltstraße ab und fuhr auf der unbefestigten Straße zum Wald. Hier würden sie ungestört sein. Als er anhielt, ließ sie ihre Hand langsam tastend über seinen Oberschenkel gleiten. »Mein Gott, was für starke Beine du hast!«

»Als junger Mann war ich ein guter Läufer«, prahlte er.

»Los, runter mit der Hose!« Sie löste seinen Gürtel und half ihm, die Hose abzustreifen. »Mmmmm, ein Riesenständer!« Sie begann ihn zu streicheln. Er stöhnte, als sie ihr Gesicht über ihn neigte.

»Willst du zuerst in meinen Mund?«

»Ja!« Das hatte seine Frau ihm stets verweigert.

»Gut, laß mich nur machen.«

Beckermann schloß die Augen. Ihre weichen Hände streichelten sein Glied. Dann spürte er einen Nadelstich im Oberschenkel und riß die Augen auf. »Was...?«

Sein Körper wurde starr, und seine Augen traten aus den Höhlen. Keuchend rang er nach Luft. Die Frau beobachtete, wie er über dem Lenkrad zusammensackte. Dann stieg sie aus, zerrte den Toten auf den Beifahrersitz, glitt hinters Steuer, wendete und fuhr auf die Asphaltstraße zurück.

Nach wenigen Metern tauchte rechts neben der Straße die Schlucht auf. Sie bremste und wartete ab, bis die Straße frei war. Dann öffnete sie die Fahrertür, trat aufs Gaspedal und ließ sich aus dem anfahrenden Wagen fallen. Sie kam rasch wieder auf die Beine und sah Beckermanns Wagen nach, der sich mehrere Male überschlagend, in die Schlucht stürzte. Fünf Minuten später hielt eine schwarze Limousine neben ihr.

»Keine Probleme?«

»Nein.«

Fritz Mandel war in seinem Büro und wollte gerade schließen, als zwei Männer hereinkamen.

»Tut mir leid«, sagte er, »aber für heute ist Schluß! Sie müssen...«

»Unser Wagen steht am Helvetiaplatz«, unterbrach ihn der größere der beiden Männer. »Irgendwas mit der Zündung ist nicht in Ordnung. Wir brauchen dringend einen Abschleppdienst.«

»Meine Frau wartet auf mich. Wir haben heute abend Gäste. Ich kann Ihnen die Telefonnummer eines anderen...«

»Das wäre uns hundert Franken wert. Wir haben's ziemlich eilig.«

»Zweihundert Franken?«

»In Ordnung«, sagte der Fremde. »Unser Wagen ist ein Rolls-Royce. Lassen Sie mal sehen, wie Ihre Werkstatt eingerichtet ist.« Mandel und die beiden Männer gingen hinüber und blieben am Rand der Montagegrube stehen. »Sie sind ja ziemlich gut ausgerüstet.«

»Allerdings!« bestätigte Mandel stolz. »Alles vom Feinsten!«

Der Fremde zog seine Brieftasche heraus. »Wir zahlen im voraus.« Er drückte Mandel zwei Hunderter in die Hand. Dabei entglitt ihm die Brieftasche und fiel in die Grube. »Scheiße!«

»Augenblick!« sagte Mandel. »Ich hole sie 'rauf.«

Er stieg in die Grube hinunter. Gleichzeitig trat der kleinere Mann an den Schaltkasten für die Hebebühne und drückte auf einen der beiden roten Knöpfe. Die Hebebühne setzte sich nach unten in Bewegung.

Mandel sah erschrocken auf. »He! Was tun Sie da?«

Er wollte hastig aus der Grube klettern, doch als seine Finger den Rand berührten, trat der Größere mit voller Kraft auf seine

Hand und brach ihm die Fingerknochen. Mandel fiel mit einem Aufschrei in die Grube zurück. Die schwere hydraulische Hebebühne senkte sich unaufhaltsam auf ihn herab.

»Laßt mich raus!« schrie er. »Hilfe! *Hilfe!*«

Die Hebebühne begann, seinen Körper in den Betonboden zu drücken. Einige Minuten später, als die entsetzlichen Schreie verhallt waren, fuhr der kleinere Mann die Hebebühne wieder nach oben. Sein Begleiter stieg in die Grube hinunter und holte sich seine Brieftasche, wobei er darauf achtete, daß kein Blut an seine Kleidung kam. Dann gingen die beiden zu ihrem Wagen zurück und fuhren in die milde Herbstnacht hinaus.

BLITZMELDUNG

TOP SECRET ULTRA

SCHWEIZER NACHRICHTENDIENST AN DIREKTOR NSA

PERSÖNLICH

1. AUSFERTIGUNG VON 1 AUSFERTIGUNG(EN)

BETREFF: OPERATION DOOMSDAY

1. HANS BECKERMANN – LIQUIDIERT

2. FRITZ MANDEL – LIQUIDIERT

TEXTENDE

Ottawa, Kanada
Mitternacht

»Die bisherigen Fortschritte sind zufriedenstellend«, sagte Janus. »Zwei der Augenzeugen sind zum Schweigen gebracht. Bellamy ist bereits einem dritten auf der Spur.«

»Ist bei SDI der entscheidende Durchbruch gelungen?« Der Italiener. *Temperamentvoll. Cholerisch.*

»Noch nicht, aber wir sind zuversichtlich, daß die Technologie für einen ›Krieg der Sterne‹ bald einsatzbereit sein wird.«

»Wir müssen alles nur Menschenmögliche tun, um die Sache voranzutreiben. Falls das eine Frage des Geldes ist...« Der Saudi. *Kryptisch. Zurückhaltend.*

»Nein, es handelt sich nur noch um die letzten Tests.«

»Wann soll der nächste Test steigen?« Der Australier. *Jovial. Clever.*

»In einer Woche. Wir treffen uns übermorgen abend wieder hier.«

15

Vierter Tag – London
Donnerstag, 18. Oktober

Leslie Mothersheds Vorbilder traten in Robin Leachs Show auf. Als begeisterter Zuschauer der Serie »Lifestyles of the Rich and Famous« verfolgte er aufmerksam, wie Leachs Gäste auftraten, redeten und sich kleideten, denn er wußte, daß auch er eines Tages in dieser Sendung auftreten würde. Schon als kleiner Junge hatte Mothershed gewußt, daß er dazu bestimmt war, reich und berühmt zu werden.

»Du bist was ganz Besonderes«, hatte seine Mutter ihm immer wieder erzählt. »Eines Tages wird die ganze Welt mein Baby kennen.«

Diesen Satz hatte der kleine Junge so oft gehört, daß er zuletzt selbst daran glaubte. Mit zunehmendem Alter wurde Mothershed jedoch klar, daß er ein Problem hatte: Er wußte nicht, *wie* er's genau anstellen sollte, reich und berühmt zu werden.

Eine Zeitlang spielte Mothershed mit dem Gedanken, Filmstar zu werden, doch er war ungeheuer schüchtern. Anschließend wollte er für kurze Zeit Fußballstar werden, aber leider war er völlig unsportlich. Dann wieder überlegte er, ob er vielleicht ein berühmter Wissenschaftler oder ein erfolgreicher Anwalt mit Millionenhonoraren werden sollte. Er hatte jedoch nur mittelmäßige Noten und ging von der Schule ab, ohne dem Ruhm auch nur einen Schritt nähergekommen zu sein.

Das Leben behandelte ihn einfach unfair. Leslie Mothershed war körperlich unansehnlich: mager, blaß, pickelig und klein – genau einen Meter sechsundsechzig groß, wie er stets betonte. Er versuchte, sich mit der Tatsache zu trösten, daß viele berühmte Männer klein waren: Dudley Moore, Dustin Hoffman, Peter Falk...

Der einzige Beruf, für den Leslie Mothershed einen Funken von Interesse aufbrachte, war die Fotografie. Bilder zu knipsen, war lächerlich einfach. Das konnte wirklich jeder: Schließlich brauchte man nur auf einen Knopf zu drücken! Nachdem seine Mutter ihm zum sechsten Geburtstag eine Kamera geschenkt hatte, lobte sie alle seine Aufnahmen überschwenglich. So war Mothershed im Alter von achtzehn Jahren zu der festen Überzeugung gelangt, daß er ein brillanter Fotograf war – mindestens so gut wie Ansel Adams, Richard Avedon oder Margaret Bourke-White. Mit einem Darlehen seiner Mutter richtete er sich in seinem Apartment in Whitechapel ein eigenes Labor ein.

»Klein anfangen«, riet seine Mutter ihm, »aber nach großen Zielen streben!« Genau das tat Leslie Mothershed. Er fing sehr klein an und strebte nach sehr großen Zielen, aber leider war er als Fotograf jämmerlich untalentiert. Er knipste Blumen und Tiere und Festzüge, schickte seine Aufnahmen zuversichtlich an Zeitungsredaktionen und bekam sie jedesmal zurück. Mothershed tröstete sich mit dem Gedanken an all die verkannten Genies, die am Ende doch Erfolg gehabt hatten, und betrachtete sich als ein Opfer kleingeistiger Spießer.

Aber dann bot sich ihm ganz unerwartet die Chance seines

Lebens! Seine Tante, die bei dem Londoner Verlag Collins arbeitete, teilte Mothershed unter dem Siegel der Verschwiegenheit mit, ihr Haus plane, einen großformatigen Bildband über die Schweiz in Auftrag zu geben.

»Der Fotograf steht noch nicht fest, Leslie, und wenn du sofort in die Schweiz reist und herrliche Bilder mitbringst, könntest du den Auftrag kriegen.«

Leslie Mothershed packte hastig seine Ausrüstung ein und flog in die Schweiz. Er ahnte – *wußte* –, daß dies die Chance war, auf die er gewartet hatte. Endlich würden die Dummköpfe seine Begabung erkennen! Nachdem er sich in Genf einen Leihwagen genommen hatte, fuhr er kreuz und quer durchs Land und fotografierte Burgen, Wasserfälle und schneebedeckte Gipfel.

Und dann mischte das Schicksal sich ein und veränderte sein gesamtes Leben.

Mothershed befand sich auf der Fahrt nach Bern und hatte soeben die Stadt Thun hinter sich gelassen, als der Motor des Wagens aussetzte. Er ließ ihn wütend am Straßenrand ausrollen. *Warum immer ich?* fragte er sich. *Warum passiert so was immer mir?*

Er hielt einen in Gegenrichtung fahrenden Milchlaster an. »Könnten Sie in Thun eine Werkstatt verständigen, damit ich abgeschleppt werde?« fragte er den Fahrer.

Der Mann schüttelte den Kopf. »Dort haben heute alle Werkstätten geschlossen. Den nächsten Sonntagsdienst gibt's erst in Bern.«

»Bern? Dorthin sind's dreißig Kilometer! Das kostet doch ein Vermögen!«

Der Lastwagenfahrer grinste. »Ja, sonntags nehmen sie einen aus wie 'ne Weihnachtsgans.« Er wollte weiterfahren.

»Augenblick!« schrie Mothershed. »Ich... ich zahle den Abschleppwagen aus Bern.«

»Gut, ich schicke Ihnen einen her.«

Leslie Mothershed setzte sich wütend in seinen liegengebliebenen Wagen. *Das hat mir gerade noch gefehlt!* dachte er erbittert. Er hatte sowieso schon zuviel Geld für diese Reise ausgegeben – und jetzt würde er irgendeinen Gauner dafür bezahlen müssen, daß er ihn nach Bern abschleppte.

Zwei endlose Stunden vergingen, bis der Abschleppwagen endlich kam. Als der Mechaniker gerade dabei war, den defekten Renault hochzukurbeln, ertönte ein lauter Knall, und jenseits der Straße flammte ein Lichtblitz auf. Mothershed hob den Kopf und sah einen leuchtenden fremdartigen Gegenstand vom Himmel stürzen. Im gleichen Augenblick hielt ein Bus hinter seinem Wagen. Die Fahrgäste stürzten heraus und hasteten über die Straße.

»Mothershed folgte den Busfahrgästen zur Absturzstelle. Dort blieb er wie angenagelt stehen. *Großer Gott!* dachte er. *Das darf doch nicht wahr sein!*

Eine Fliegende Untertasse!

Leslie Mothershed hatte schon von UFOs gehört und gelesen, aber nie geglaubt, daß es solche Dinge wirklich gab. Jetzt war er vor Staunen sprachlos. Der aufgeplatzte UFO-Rumpf gab den Blick auf zwei kleine Gestalten in silberglänzenden Anzügen frei, die auffällig große Köpfe, tief in den Höhlen liegende Augen, keine Ohren und fast kein Kinn hatten.

Die Leute aus dem Bus starrten schweigend auf das UFO. Ein Mann, der links neben Mothershed stand, fiel in Ohnmacht. Ein anderer wandte sich ab und übergab sich. Ein ältlicher katholischer Geistlicher umklammerte seinen Rosenkranz und murmelte unverständliche Beschwörungen.

Und dann hatte Leslie Mothershed seine Erleuchtung. *Dir ist ein Wunder in den Schoß gefallen. Du bist mit deinen Kameras an Ort und Stelle, um die Story des Jahrhunderts zu fotografieren! Auf der ganzen Welt gibt's keine Zeitung oder Zeit-*

schrift, die deine Aufnahmen ablehnen wird. Ein Bildband über die Schweiz? Was für eine lachhafte Idee! Die ganze Welt wird deine Bilder bestaunen. Alle Fernsehshows werden sich um dich reißen, aber du trittst zuerst bei Robin Leach auf. Und du verkaufst die Fotos an die London Times, die Sun, die Mail, den Mirror – an sämtliche in- und ausländischen Zeitungen und Zeitschriften... Figaro und Paris Match, Oggi und Spiegel, Time und USA Today. Agenturen in aller Welt werden sich um deine Bilder reißen. Japan und Südamerika, Rußland und China – die Möglichkeiten sind endlos!

Mothersheds Herz hämmerte. *Niemand bekommt die Exklusivrechte. Jeder muß die Fotos einzeln bezahlen. Ich fange mit hunderttausend Pfund pro Bild an, vielleicht mit zweihunderttausend...* In Gedanken zählte er bereits seine Einnahmen zusammen.

Leslie Mothershed war so damit beschäftigt, seine Reichtümer zu addieren, daß er fast vergessen hätte, die dazu nötigen Fotos zu machen. »O Gott!«, murmelte er vor sich hin und lief über die Straße, um seine Kameras zu holen.

Der Mechaniker hatte den defekten Wagen auf den Haken genommen und war abfahrtbereit.

»Was gibt's dort drüben?« fragte er.

Mothershed war damit beschäftigt, seine Ausrüstung zusammenzusuchen. »Kommen Sie, sehen Sie's selbst.«

Sie überquerten die Straße und erreichten die Lichtung, auf der Mothershed sich zwischen den Touristen nach vorn drängte.

»Entschuldigung«, sagte er. »Entschuldigung!«

Er stellte seine Kameras ein und begann, das UFO und seine unheimliche Besatzung schwarzweiß und farbig aufzunehmen. Während der Verschluß wieder und wieder klickte, zählte Mothershed mit: *Eine Million Pfund... noch eine Million Pfund... und noch eine Million Pfund.*

»Das Antlitz Satans«, murmelte der Geistliche und bekreuzigte sich.

So ein Quatsch, dachte Mothershed. *Mir bringen ihre Gesichter einen Berg Geld. Dies sind die ersten Bilder, die beweisen, daß Fliegende Untertassen wirklich existieren.* Dann kam ihm plötzlich ein erschreckender Gedanke. *Was ist, wenn die Zeitungen meine Bilder für Fälschungen halten? Schließlich hat es schon viele gefälschte UFO-Aufnahmen gegeben.* Seine Euphorie schwand schlagartig. *Was ist, wenn sie mir nicht glauben?* Und dann hatte Leslie Mothershed seine zweite Erleuchtung.

Schließlich waren um ihn herum neun Augenzeugen versammelt. Sie konnten bestätigen, daß seine Bildreportage keine Fälschung war.

Mothershed drehte sich nach der Gruppe um. »Alle mal herhören!« rief er. »Wenn Sie sich hier aufstellen wollen, mache ich ein paar Erinnerungsfotos und schicke jedem von Ihnen einen kostenlosen Abzug.«

Sein Vorschlag löste freudige Begeisterung aus. Binnen Sekunden hatten die Fahrgäste sich mit Ausnahme des Geistlichen vor dem UFO aufgestellt.

Der Geistliche sträubte sich. »Ich kann nicht!« erklärte er. »Dieses... Ding ist die Verkörperung des Bösen.«

Aber Mothershed brauchte den Geistlichen – als den glaubwürdigsten Zeugen von allen.

»Darum geht's ja gerade!« sagte Mothershed im Brustton der Überzeugung. »Verstehen Sie das nicht? Damit legen Sie Zeugnis ab von der Existenz des Bösen.«

So ließ der Geistliche sich endlich überzeugen.

»Etwas weiter auseinander«, wies Mothershed die Touristen an, »damit man die Fliegende Untertasse sehen kann.«

Sie stellten sich gehorsam in lockerer Formation auf.

»So ist's recht! Ausgezeichnet! Alle so stehenbleiben!«

Nachdem er ein weiteres halbes Dutzend Aufnahmen gemacht hatte, reichte er sein Notizbuch und einen Bleistift herum.

»Wenn Sie mir Ihre Namen und Adressen aufschreiben, schicke ich jedem von Ihnen eine Aufnahme.«

Selbstverständlich hatte er nicht die Absicht, irgendwelche Bilder zu verschicken. Ihm ging es lediglich darum, die Namen und Adressen der Augenzeugen festzuhalten.

Plötzlich fiel Mothershed auf, daß mehrere Touristen selbst Kameras bei sich hatten. Damit durften sie nicht fotografieren! Es durfte nur Aufnahmen mit dem Vermerk *Copyright by Leslie Mothershed* geben.

»Da fällt mir noch was ein«, sagte er zu der Reisegruppe. »Wenn Sie mir Ihre Kameras geben, mache ich ein paar Aufnahmen, damit Sie mit der Fliegenden Untertasse auf einem Bild sind.«

Die anderen beeilten sich, ihm ihre Kameras zu geben. Niemand merkte, daß Mothershed beim Einstellen der Kameras die Rückwände der Apparate öffnete. *Ein bißchen Sonnenlicht tut euren Aufnahmen sicher gut. Sorry, Freunde, aber nur Profis dürfen historische Augenblicke im Bild festhalten.*

Zehn Minuten später hatte Mothershed alle Namen und Adressen. Er warf einen letzten Blick auf das UFO und dachte jubelnd: *Mutter hat recht gehabt. Damit wirst du reich und berühmt!*

Jetzt konnte er es kaum noch erwarten, nach London zurückzukehren und seine kostbaren Fotos zu entwickeln.

»Was ist bloß heute los, verdammt noch mal?«

Alle Polizeistationen in der weiteren Umgebung von Uetendorf wurden in dieser Nacht mit Anrufen überschwemmt.

»Irgend jemand streicht um mein Haus...«

»Wir haben draußen seltsame Lichter gesehen...«

»Mein Vieh ist außer Rand und Band... es ist, als ob Wölfe unterwegs wären...«

»Irgendein Tier hat meinen Brunnentrog geleert...«

Und zuletzt der unerklärlichste Anruf von allen:

»Wachtmeister Lüthi, schicken Sie sofort alle verfügbaren Abschleppwagen auf die Straße nach Belp. Dort ist die Hölle los! Überall stehen liegengebliebene Fahrzeuge.«

»Was? Wie kommt das?«

»Keine Ahnung. Ihre Motoren sind plötzlich verreckt.«

Wer diese Nacht erlebt hatte, würde sie niemals vergessen.

16

Pünktlich um 18.20 Uhr landete der Schweizer Airbus auf dem Londoner Flughafen Heathrow. Robert fuhr mit einem Taxi ins Zentrum der britischen Hauptstadt. Die bekannten Baudenkmäler flogen an ihm vorbei, und er glaubte Susans Stimme und ihre begeisterten Kommentare zu hören.

Doch diese Zeit gehörte der Vergangenheit an.

Ihre Probleme hatten begonnen, als Robert auf einer Thailandreise mit Susan einen Anruf von Admiral Whittaker bekam. Vor einem halben Jahr war Robert aus der Navy ausgeschieden und hatte seither nicht mehr mit dem Admiral gesprochen. Umso überraschter war er über diesen Anruf, der sie im Hotel Oriental in Bangkok erreichte.

»Es war nicht leicht, Sie aufzuspüren«, sagte Whittaker. »Was treiben Sie in Thailand?«

»Nicht viel. Verlängerte Flitterwochen, könnte man sagen.«

»Wie geht's Susan? Sie sind doch mit *Susan* unterwegs?«

»Ja. Danke, ihr geht's gut.«

»Wie schnell können Sie nach Washington zurückkommen?«

»Wie bitte?«

»Die Ernennung ist noch nicht bekanntgegeben worden, aber ich habe eine neue Aufgabe übernommen, Robert. Ich werde Direktor des Marinenachrichtendienstes. Und ich möchte Sie mit an Bord haben.«

Robert war verblüfft. »Marinenachrichtendienst? Admiral, ich habe keine Ahnung von...«

»Das können Sie alles lernen. Sie würden Ihrem Land damit einen wertvollen Dienst erweisen, Robert. Besuchen Sie mich, damit wir darüber reden können?«

»Nun, ich...«

»Gut. Ich erwarte Sie am Montagmorgen um neun Uhr in meinem Büro. Grüßen Sie Susan von mir.«

Robert erzählte Susan, was der Admiral gesagt hatte.

»Marinenachrichtendienst? Das klingt aufregend!«

»Schon möglich«, meinte Robert zweifelnd. »Bloß habe ich keine Ahnung, worauf's dabei ankommt.«

»Das wirst du schon rauskriegen!«

Er musterte sie prüfend. »Du möchtest, daß ich den Job annehme, stimmt's?«

Sie schlang ihm die Arme um den Hals. »Ich möchte, daß du einen interessanten Job bekommst. Mir ist aufgefallen, wie unruhig du in den letzten Wochen gewesen bist.«

»Ach, du willst mich bloß loswerden«, neckte Robert sie.

Susans Lippen streiften seine. »Niemals! Weißt du nicht, wie verrückt ich nach dir bin, Seemann? Komm, ich will's dir beweisen...«

Als Robert später – zu spät! – darüber nachgedacht hatte, war ihm klargeworden, daß dies der Anfang vom Ende ihrer Ehe gewesen war. Damals war ihm das Angebot verlockend erschienen, und er war nach Washington zurückgeflogen, um mit Admiral Whittaker darüber zu sprechen.

»Für diesen Job braucht man Intelligenz, Mut und Tatkraft,

Robert. Sie erfüllen alle drei Voraussetzungen. Unser Land ist zur Zielscheibe aller Diktaturen geworden, die eine Terroristengruppe ausbilden oder chemische Waffen herstellen können. Ein halbes Dutzend dieser Staaten entwickelt gegenwärtig Atombomben, um uns erpressen zu können. Unsere Geheimdienste – auch der Marinenachrichtendienst – haben den Auftrag, sie zu überwachen und zu versuchen, ihre Pläne zu durchkreuzen. Ich möchte, daß Sie mir dabei helfen.«

Und so nahm Robert den Job beim Marinenachrichtendienst an und fand rasch Gefallen an seiner neuen Tätigkeit. Susan mietete unweit seiner Dienststelle ein hübsches Apartment in Rosslyn, Virginia, und machte sich daran, es einzurichten, während Robert auf der »Farm« der CIA ausgebildet wurde.

Die »Farm« liegt auf einer Lichtung inmitten eines 50 Quadratkilometer großen Waldgebiets im Staate Virginia.

Am Tag seiner Ankunft fand Robert sich gemeinsam mit etwa 30 weiteren Neulingen in einem Hörsaal ein. Dort erteilte ihnen Colonel Frank Johnson, ein hünenhafter schwarzer Oberst in Luftwaffenuniform, die ersten Instruktionen.

»Gentlemen, ich freue mich, Sie hier begrüßen zu können. Während Ihres Aufenthalts sprechen Sie einander nur mit Vornamen an. Ab sofort unterliegt Ihre berufliche Tätigkeit striktester Geheimhaltung. Sie alle haben sich mit einem Eid zur Verschwiegenheit verpflichtet. Über Ihre Tätigkeit dürfen Sie mit niemandem sprechen – weder mit Freunden noch mit Ihrer Frau, ja nicht einmal mit Kollegen.

Sie sind für diesen Lehrgang ausgewählt worden, Gentlemen, weil Sie spezielle Kenntnisse und Fähigkeiten besitzen. Zur Weiterentwicklung dieser Qualifikationen liegt viel harte Arbeit vor Ihnen – und nicht alle werden es schaffen. Zu Ihrer Ausbildung werden Dinge gehören, von deren Existenz Sie bis dahin nicht einmal etwas geahnt haben.

In bestimmten liberalen Kreisen ist es Mode geworden, die Tätigkeit unserer Geheimdienste in den Schmutz zu ziehen, aber ich kann Ihnen versichern, Gentlemen, daß dieses Land ohne die hingebungsvolle Arbeit von Leuten wie Ihnen schön in der Scheiße säße.

Jeder von Ihnen, der diesen Lehrgang besteht, wird später Führungsoffizier. Um es ganz deutlich zu sagen: Als Führungsoffizier sind Sie zugleich Spion und Agentenführer. Und Ihre Arbeit unterliegt strengster Geheimhaltung.

Hier bei uns bekommen Sie die beste Ausbildung der Welt: Abschirmung, Überwachung, Tätigkeit als Funker, Schußwaffengebrauch.

Außerdem werden Sie lernen, wie man Leute für sich gewinnt, ihre persönlichen Motive erforscht und sie in entspannter Atmosphäre aushorcht. Sie werden lernen, wie man einen Agenten ausfindig macht, wie man Tote Briefkästen anlegt und wie man unauffällig mit seinen Agenten in Verbindung bleibt. Manche von Ihnen werden in offizieller Funktion arbeiten – im diplomatischen Dienst oder bei militärischen Dienststellen im Ausland. Andere werden sich als Privatleute tarnen – als Geschäftsmann, Archäologe oder Künstler –, um so an Personen heranzukommen, von denen Sie Informationen brauchen. Und jetzt überlasse ich Sie Ihren Ausbildern. Viel Erfolg!«

17

Als Robert Bellamy sich nach dem Abschluß seiner Ausbildung im Pentagon zum Dienstantritt beim Marinenachrichtendienst meldete, wurde er von Admiral Whittaker herzlich begrüßt.

»Willkommen an Bord, Robert! Sie scheinen Colonel Johnson verdammt beeindruckt zu haben.«

Robert grinste. »Er ist selbst ziemlich beeindruckend.«

Bei einer Tasse Kaffee erkundigte sich der Admiral: »Na, kann's jetzt losgehen mit der praktischen Arbeit?«

»Ich kann's kaum noch erwarten!«

»Gut. Wir haben da eine Situation in Tansania...«

Sein neuer Job im Office of Naval Intelligence war noch aufregender, als Robert es sich in seinen kühnsten Träumen ausgemalt hatte. Robert erhielt stets Aufträge, die als »äußerst sensibel« eingestuft waren. Er verhalf einem Überläufer zur Flucht, der Einzelheiten über Noriegas Drogengeschäfte in Panama berichtete, enttarnte einen Maulwurf, der im US-Generalkonsulat in Manila für Marcos spionierte, und half mit, in Marokko eine geheime Abhörstation zu installieren. Er war dienstlich in Afrika, Lateinamerika und Südostasien unterwegs.

Das einzige, was ihn an seinem Job störte, waren die langen Trennungen von Susan. Doch seine Arbeitsbelastung wuchs ständig, und er war immer seltener zu Hause.

Immer wenn Robert nach Hause zurückkehrte, fielen Susan und er einander in die Arme und liebten sich leidenschaftlich. Aber solche Gelegenheiten wurden immer seltener. Susan gewann den Eindruck, daß Robert unmittelbar nach jedem Auslandsauftrag sofort wieder einen neuen erhielt.

Noch schlimmer wurde alles dadurch, daß Robert nicht mit ihr über seine Arbeit sprechen durfte. Susan wußte nicht, wo er unterwegs war und was er tat. Sie wußte nur, daß seine Arbeit gefährlich war, und befürchtete, er werde eines Tages nicht mehr wiederkommen. Mit der Zeit kam sie sich immer mehr wie eine Fremde vor, die von einem wichtigen Teil seines Lebens völlig ausgeschlossen war. Ihres *gemeinsamen* Lebens. *So kann es nicht weitergehen!* dachte Susan.

Als Robert von einem vierwöchigen Einsatz in Mittelamerika zurückkam, sagte Susan: »Robert, ich habe eine Stellung im Washington Memorial Hospital angenommen.«

Er starrte sie verblüfft an. »Was hast du getan?«

»Ich arbeite wieder als Krankenschwester. Ich kann nicht untätig hier rumsitzen, darauf warten, daß du zu mir heimkommst, mich fragen, wo du bist, was du gerade tust und ob du überhaupt noch lebst.«

»Susan, ich...«

»Das ist schon in Ordnung, Liebling. So tue ich wenigstens etwas Nützliches, solange du unterwegs bist. Das macht die Warterei erträglicher.«

Darauf wußte Robert keine Antwort.

Susan, die Spaß an der Arbeit im Washington Memorial Hospital hatte, bemühte sich stets, Urlaub zu bekommen, wenn Robert daheim war, um mit ihm zusammensein zu können, aber ihr Job nahm sie mehr und mehr in Anspruch.

Wenn sie Robert von ihren Patienten erzählte, erinnerte er sich daran, wie sie ihn umsorgt und gesundgepflegt hatte. Er war glücklich, daß sie etwas Wichtiges tat, das sie ausfüllte, aber trotzdem blieb es eine Tatsache, daß sie sich immer seltener sahen. Zwischen ihnen war eine emotionale Kluft entstanden. Sie glichen zwei Fremden, die sich verzweifelt bemühen, Konversation zu machen.

Mehrere Male wandte Robert sich an Admiral Whittaker und bat ihn um einen Inlandsauftrag. Er hatte auch keine Bedenken, dem Alten von seinen Eheproblemen zu erzählen. Der Admiral, der seine Gefühle nur selten offen zeigte, hörte ihm stets mit undurchdringlichem Gesicht zu, nickte dann und versprach, Roberts Anliegen zu berücksichtigen. Aber da er Robert, wie er sagte, als einen seiner fähigsten Leute betrachtete und es offensichtlich ständig schwierige Aufträge gab, die er nur Topagenten anvertrauen wollte, mußte Robert am Ende doch immer wieder fort.

Als Robert nach einem sechswöchigen Einsatz in der Türkei

nach Washington zurückkam, lud er Susan zum Abendessen ins Sanssouci ein.

»Wir haben einen neuen Privatpatienten«, erzählte sie. »Er ist mit seinem Flugzeug abgestürzt, und die Ärzte hatten ihn bereits aufgegeben. Aber ich sorge dafür, daß er durchkommt!« Ihre Augen leuchteten.

So hat sie bei mir auch reagiert, dachte Robert. Er fragte sich, ob Susan sich über den neuen Patienten gebeugt und geflüstert hatte: »Werd' wieder gesund! Ich wart' auf dich!«

Alle Schwestern? fragte er sich.

Am Samstag danach mußte Robert nach Portugal fliegen. Als er drei Wochen später heimkam, begrüßte Susan ihn aufgeregt.

»Monte hat heute seine ersten Schritte gemacht!« sagte sie und küßte ihn flüchtig.

»Monte?«

»Monte Banks. So heißt er. Er erholt sich erstaunlich gut. Die Ärzte hatten kaum noch Hoffnung, aber wir haben nicht aufgegeben.«

»*Wir?*

»Er ist wirklich reizend. Wir bekommen dauernd Geschenke von ihm, weißt du, er ist nämlich sehr reich. Er ist mit seinem Privatflugzeug verunglückt und...«

»Was für Geschenke?«

»Ach, eigentlich nur Kleinigkeiten... Blumen, Pralinen, Bücher oder Schallplatten. Er wollte jeder von uns eine sehr teure Uhr schenken, aber das haben wir natürlich ablehnen müssen.«

»Natürlich.«

»Er hat eine Jacht, Polopferde und...«

Von diesem Tag an begann Robert, ihn »Moneybags« zu nennen.

Susan erzählte jedesmal von ihm, wenn sie aus dem Krankenhaus nach Hause kam.

»Er ist wirklich süß, Robert. Und er hat so nette Einfälle. Stell dir vor, heute hat er für alle Schwestern unserer Station das Mittagessen aus dem Jockey Club kommen lassen.«

Ein widerlicher Kerl. »Ist dein wundervoller Patient eigentlich verheiratet?«

»Nein, Darling. Warum?«

»Oh, nur so.«

Susan lachte. »Du bist doch nicht etwa eifersüchtig?«

»Auf irgendeinen alten Knacker, der gerade erst wieder gehen lernen muß? Natürlich nicht.« *Und wie ich's bin!* Aber er wollte ihr diese Genugtuung nicht gönnen.

Der folgende Tag war Susans Geburtstag.

»Paß auf, den feiern wir ganz groß«, schlug Robert vor. »Wir gehen aus und amüsieren uns und...«

»Ich hab' bis zwanzig Uhr Dienst.«

»Gut, dann hol' ich dich vom Krankenhaus ab.«

»Wie du willst. Monte möchte dich sowieso schon lange kennenlernen. Ich hab' ihm viel von dir erzählt.«

»Oh, ich freue mich auch darauf, den alten Knaben endlich kennenzulernen«, behauptete Robert.

Wirklich, ich kann's kaum erwarten!

Susan führte Robert in ein riesiges Privatzimmer mit Unmengen von Büchern, Blumensträußen und Obstkörben und sagte: »Monte, dies ist Robert, mein Mann.«

Robert stand da und starrte den Mann im Bett an. Er war nur drei, vier Jahre älter als Robert und hatte eine ungeheure Ähnlichkeit mit Paul Newman. Robert verabscheute ihn vom ersten Augenblick an.

»Freut mich sehr, Sie kennenzulernen, Commander. Susan hat mir schon viel von Ihnen erzählt.«

Ach was! Sie haben sich wohl über mich unterhalten, wenn sie nachts an seinem Bett gesessen hat?

Robert empfand Susans Blick als stumme Aufforderung, höflich zu sein. Er riß sich zusammen.

»Wie ich höre, werden Sie voraussichtlich bald entlassen.«

»Ja – und das verdanke ich vor allem Ihrer Frau. Sie hat wahre Wunder an mir gewirkt.«

Glaubst du etwa, daß ich von hier aus zusehe, wie 'ne andere Krankenschwester dich mir wegschnappt? »Ja, das ist ihre Spezialität«, sagte Robert verbittert.

Das Geburtstagsdinner war ein völliges Fiasko.

»Findest du nicht, daß er jemand ähnlich sieht, Liebling?«

»Doch. Boris Karloff.«

»Warum bist du so unhöflich zu ihm gewesen?«

»Ich bin sehr höflich gewesen, finde ich. Ich mag deinen Moneybags eben nicht.«

Susan starrte ihn an. »Aber du kennst ihn doch gar nicht! Was mißfällt dir an ihm?«

Ganz einfach: *Mir gefällt es nicht, wie er dich ansieht; mir gefällt es nicht, wie du ihn ansiehst; mir gefällt es nicht, wie unsere Ehe zum Teufel geht. Ich will dich nicht verlieren!* »Entschuldige. Ich bin bloß müde, glaub' ich.«

Schweigend aßen sie zu Ende.

Als Robert am nächsten Morgen zum Dienst fahren wollte, sagte Susan: »Robert, du weißt, daß ich dich liebe. Ich werde dich immer lieben. Du bist der liebste, wundervollste Mann, den ich je gekannt habe.«

»Susan...«

»Nein, laß mich ausreden. Es fällt mir schwer, das zu sagen, aber wir führen keine Ehe mehr. Wir haben uns auseinandergelebt.«

Jedes Wort bohrte sich wie ein Messer in sein Herz.

»Du hast recht!« stimmte er verzweifelt zu. »Ich muß mich ändern. Ich quittiere den Dienst. Auf der Stelle. Noch heute. Wir ziehen irgendwohin und...«

Susan schüttelte den Kopf. »Nein, Robert. Wir wissen beide, daß das nicht funktionieren würde. Deine Arbeit macht dir Spaß. Würdest du sie meinetwegen aufgeben, würdest du mir im stillen ewig Vorwürfe machen. Wir können beide nichts dafür, daß es so gekommen ist. Es ist einfach... passiert. Ich reiche die Scheidung ein.«

Robert hatte das Gefühl, daß sich alles um ihn herum zu drehen begann.

»Das... das ist nicht dein Ernst, Susan. Es muß doch eine Möglichkeit geben, gemeinsam...«

»Dafür ist es zu spät. Ich habe lange über alles nachgedacht. Ich habe mir alles überlegt, während du unterwegs warst und ich allein zu Hause gesessen und auf dich gewartet habe.«

»Hat das etwas mit Moneybags zu tun?«

Susan zögerte kaum merklich. »Monte hat mir einen Heiratsantrag gemacht.«

Robert fühlte, daß er weiche Knie bekam. »Und du wirst ihn heiraten?«

»Ja.«

Alles erschien ihm wie ein verrückter Alptraum. *Das kann nicht wahr sein!* Er hatte plötzlich Tränen in den Augen.

Susan umarmte Robert und drückte ihn an sich. »Was ich für dich empfunden habe, werde ich für keinen anderen Mann mehr empfinden. Ich habe dich von ganzem Herzen, mit ganzer Seele geliebt. Ich werde dich immer lieben. Du bleibst mein liebster Freund.« Dann löste sie sich von ihm und sah ihm in die Augen. »Aber das genügt nicht, verstehst du?«

Er verstand nur, daß sie ihm das Herz brach. »Wir könnten neu anfangen. Wir könnten...«

Sie schüttelte den Kopf. »Tut mir leid, Robert«, sagte sie mit tränenerstickter Stimme. »Tut mir leid, aber es geht nicht mehr.«

Susan flog nach Reno, um sich scheiden zu lassen, und für Commander Robert Bellamy begann eine zweiwöchige Sauftour.

Alte Gewohnheiten sind schwer abzulegen. Robert telefonierte mit einem Freund beim FBI. Al Traynor, mit dem er in der Vergangenheit ein halbes Dutzend Male zusammengearbeitet hatte, war absolut vertrauenswürdig.

»Tray, du mußt mir 'nen Gefallen tun. Ich möchte, daß du jemanden von euren Computern überprüfen läßt.«

»Wird gemacht. Name?«

»Monte Banks. Das ist bloß 'ne Routineanfrage.«

»Okay. Was willst du über ihn wissen?«

»Wahrscheinlich habt ihr gar nichts über ihn, Tray, aber falls du was findest... Hat er jemals einen Strafzettel wegen Falschparkens bekommen, seinen Hund mißhandelt, eine rote Ampel überfahren? Die üblichen Sachen.«

»Klar.«

»Und mich interessiert, woher er sein Geld hat. Ich hätte gern ein paar Hintergrundinformationen. Und kein Wort darüber zu anderen Leuten, Tray. Okay?«

Bildnis eines Mannes, der sich an einen Strohhalm klammert, dachte Robert, während er auflegte. *Worauf hoffe ich eigentlich? Daß er sich als zweiter Jack the Ripper erweist und daß Susan eilends zurückkommt und sich in meine Arme wirft?*

Am nächsten Morgen bestellte ihn Dustin Thornton zu sich. »Welche Sache bearbeiten Sie im Augenblick, Commander?«

Er weiß genau, welchen Fall ich bearbeite, dachte Robert.

»Ich bin dabei, die Akte des Botschaftssekretärs aus Singapur abzuschließen, um...«

»Damit sind Sie offensichtlich nicht ausgelastet.«

»Wie bitte?«

»Falls Sie's vergessen haben sollten, Commander: Das Office of Naval Intelligence ist nicht berechtigt, gegen amerikanische Bürger zu ermitteln.«

Robert blickte seinen Vorgesetzten verwirrt an. »Worauf wollen Sie...?«

»Das FBI hat mir mitgeteilt, daß Sie versucht haben, sich Informationen zu verschaffen, die unsere Dienststelle keinesfalls anfordern darf.«

Robert fühlte, wie heißer Zorn in ihm aufstieg. Dieser Hundesohn Traynor hatte ihn verraten. Ein schöner Freund! »Das ist eine Privatsache gewesen«, sagte Robert. »Ich...«

»Die FBI-Computer sind nicht dazu da, um damit angesehene Bürger zu belästigen. Habe ich mich klar genug ausgedrückt?«

»Durchaus, Sir.«

»Gut, das wäre alles.«

Robert beeilte sich, in sein Dienstzimmer zurückzukommen. Seine Finger zitterten, als er die Nummer des FBI wählte. Eine Frauenstimme meldete sich.

»Ich möchte Al Traynor sprechen.«

»Tut mir leid, aber Agent Traynor arbeitet nicht mehr bei unserer Dienststelle.«

Roberts Magen verkrampfte sich. »Was?«

»Agent Traynor ist versetzt worden.«

»*Versetzt?*«

»Ja.«

»Wohin?«

»Boise, Idaho. Aber er wird seinen Dienst vorläufig noch nicht antreten können. Noch lange nicht, fürchte ich.«

»Wie meinen Sie das?«

»Er ist gestern abend beim Joggen im Rock Creek Park von einem Auto angefahren worden, dessen Fahrer nach dem Unfall geflüchtet ist. Unglaublich, nicht wahr? Der Idiot muß total besoffen gewesen sein, sonst wäre er nicht von der Fahrbahn auf den Fußweg geraten. Traynor ist zehn Meter weit durch die Luft geschleudert worden. Die Ärzte wissen noch nicht, ob er durchkommt.«

Robert ließ langsam den Hörer sinken. *Was ging hier vor, verdammt noch mal?* Monte Banks, dieser amerikanische Musterknabe, genoß offenbar mächtigen Schutz. *Jesus*, dachte Robert, *worauf läßt Susan sich da ein?*

Nachmittags besuchte er sie.

Susan war in ihrem neuen Apartment, einer luxuriösen Wohnung in der M Street. Robert fragte sich, ob Moneybags ihre Miete bezahlte.

»Bitte entschuldige, daß ich so hereinplatze, Susan. Ich weiß, daß ich versprochen habe, das nicht zu tun.«

»Du hast gesagt, die Sache sei wichtig.«

»Das ist sie auch.« Er schwieg verlegen, weil er nicht wußte, wie er anfangen sollte.

»Was ist passiert?«

»Es handelt sich um Monte.«

Sie runzelte die Stirn. »Was ist mit ihm?«

Das war eben das Schwierige. Wie konnte er ihr etwas sagen? Ihm war nur klar, daß da etwas nicht stimmte. Monte Banks war tatsächlich in den FBI-Computern gespeichert, aber mit dem Vermerk: *Auskünfte nur mit Sondergenehmigung*. Und das Auskunftsersuchen war sofort ans ONI zurückgeleitet worden. *Weshalb?*

»Susan ... womit verdient er sein Geld?«

Seine Frage schien sie zu überraschen. »Monte besitzt eine sehr erfolgreiche Import- und Exportfirma.«

Die älteste Tarnung der Welt, dachte Robert.

»Weshalb fragst du danach?«

»Ich ... ich wollte nur sichergehen, daß er der richtige Mann für dich ist«, sagte Robert verlegen.

»Oh, Robert!« Ihre Stimme klang enttäuscht.

»Ich hätte lieber nicht kommen sollen. Entschuldige, Susan.«

Sie trat rasch auf ihn zu und umarmte ihn. »Ich verstehe«, sagte sie leise.

Aber Susan verstand gar nichts. Sie wußte nicht, daß ein Mann, der versucht hatte, an Informationen über Monte Banks heranzukommen, mit lebensgefährlichen Verletzungen im Krankenhaus lag.

Als nächstes rief Robert einen Freund an, der beim Forbes Magazine arbeitete.

»Monte Banks? Interessant, daß du gerade seinen Namen erwähnst. Wir vermuten, daß er auf unsere Liste der hundert reichsten Männer Amerikas gehört, aber es gibt nirgends handfeste Informationen über ihn. Kannst du uns da irgendwie helfen?«

Pech gehabt.

Robert ging in die Stadtbibliothek und suchte vergeblich Monte Banks' Namen im *Who's who.*

Dann setzte er sich an ein Mikrofilmlesegerät und überflog die Ausgaben der Washington Post aus der Zeit, in der Monte Banks mit seinem Flugzeug verunglückt war. Über den Absturz wurde in einer kurzen Meldung berichtet, in der Banks als Unternehmer bezeichnet wurde.

Das klang alles ganz harmlos. *Vielleicht täusche ich mich,* sagte sich Robert. *Vielleicht hat Monte Banks wirklich eine weiße Weste. Der Staat würde ihn nicht in Schutz nehmen, wenn er ein Spion, Mörder oder Drogenhändler wäre... In Wirklichkeit versuche ich nur, Susan zurückzugewinnen.*

Wieder Junggeselle zu sein, bedeutete Leere, bedeutete Einsamkeit mit arbeitsreichen Tagen und schlaflosen Nächten. Manchmal überkam ihn abgrundtiefe Verzweiflung, und er weinte. Er weinte um sich selbst, um Susan und um alles, was sie verloren hatten.

Seine Freunde machten sich Sorgen um ihn.

»Du solltest nicht alleinbleiben, Robert. Hör mal, ich glaub', ich hab' 'ne Frau für dich!«

Auf diese Weise lernte er eine ganze Menge Frauen kennen: Fotomodelle, Sekretärinnen, Führungskräfte aus der Werbebranche, geschiedene Karrierefrauen und Anwältinnen. Aber keine von ihnen war Susan. Und der Versuch, mit diesen Frauen, die ihn nicht wirklich interessierten, Konversation zu machen, bewirkte nur, daß er sich noch einsamer fühlte.

Robert verspürte nicht die geringste Lust, mit einer von ihnen ins Bett zu gehen. Er wollte allein sein. Er wollte den Film bis zum Anfang zurückspulen, das Drehbuch neu schreiben. Nachträglich gesehen war es so einfach, seine Fehler zu begreifen!

Er wollte sein Leben umschreiben, ihm ein Happy-End geben. Aber es war zu spät. Das Leben gab niemandem eine zweite Chance.

Er kaufte selbst ein, kochte sich einfache Mahlzeiten und ging einmal in der Woche in den Waschsalon, wenn er zu Hause war.

Das war eine einsame, schreckliche Zeit in Roberts Leben. Aber das Schlimmste kam erst noch. Eine sehr attraktive Modeschöpferin, die er in Washington kennengelernt hatte, rief mehrmals an, um ihn zum Abendessen zu sich einzuladen.

Nachdem Robert mehrmals Ausflüchte gemacht hatte, ließ er sich endlich doch überreden. Sie erwartete ihn mit einem köstlichen Abendessen für zwei Personen bei Kerzenschein.

»Du kochst sehr gut«, sagte Robert anerkennend.

»Ich bin auf allen Gebieten sehr gut.« Sie trat dicht an ihn heran. »Komm, ich will's dir beweisen!« Sie umschlang ihn und küßte ihn leidenschaftlich.

Es ist schon lange her, dachte Robert. *Vielleicht zu lange.*

Sie gingen miteinander ins Bett, und zu seiner Bestürzung endete dieser Versuch mit einem Desaster. Robert war zum ersten Mal in seinem Leben impotent. Er fühlte sich gedemütigt.

»Macht nichts, Darling«, tröstete sie ihn. »Das kommt mal vor.«

Aber sie täuschte sich.

Beschämt fuhr Robert nach Hause. Er fühlte sich wie ein Krüppel. Als er mit ihr schlafen wollte, hatte er das Gefühl gehabt, daß er damit einen Verrat an Susan begehen würde. *Wie dämlich kann man eigentlich noch werden?*

Einige Wochen später wagte er einen zweiten Versuch mit einer bildhübschen Sekretärin aus seiner Dienststelle. Sie erwies sich als temperamentvolle Liebhaberin, die ihn streichelte und sich bemühte, sein Geschlecht mit warmen Lippen zum Leben zu erwecken. Vergebens. Er wollte nur Susan. Danach verzichtete Robert auf weitere Versuche. Er dachte daran, zu einem Arzt zu gehen, aber dann genierte er sich doch zu sehr. Und schließlich wußte er ja, wie sein Problem zu lösen gewesen wäre – aber das vergangene Glück war unwiederbringlich verloren. Also konzentrierte er sich ganz auf seine Arbeit.

Susan rief mindestens einmal in der Woche an. »Vergiß nicht, deine Hemden aus der Wäscherei zu holen«, ermahnte sie ihn. Oder: »Ich schicke unser Mädchen hinüber, damit sie bei dir putzt. Die Wohnung hat's bestimmt wieder nötig.«

Jeder Anruf machte die Einsamkeit noch unerträglicher.

Sie hatte ihn auch am Abend vor ihrer Hochzeit angerufen.

»Robert, ich möchte, daß du weißt, daß ich morgen heirate.«

Sein Herzschlag stockte.

»Susan...«

»Ich liebe Monte«, sagte sie, »aber dich liebe ich auch. Ich werde dich lieben, solange ich lebe. Ich möchte, daß du das nie vergißt.«

Was sollte er dazu sagen?

»Robert, was ist mit dir?«

Oh, mir fehlt nichts. Außer daß ich seit der Trennung von dir ein gottverdammter Eunuch bin.

»Robert?«

Er konnte es nicht über sich bringen, sie mit seinem Problem zu belasten. »Keine Angst, mir geht's gut. Aber tust du mir 'nen Gefallen, Baby?«

»Wenn ich kann.«

»Macht... macht eure Hochzeitsreise bitte nicht in Städte, in denen wir damals gewesen sind.«

Dann legte Robert auf und ging los, um sich wieder zu betrinken.

Das war vor nunmehr einem Jahr gewesen. Er hatte sich damit abfinden müssen, daß Susan jetzt einem anderen gehörte. Das Leben ging weiter. Er hatte einen Auftrag zu erfüllen. Es wurde Zeit für ein Gespräch mit dem Fotografen Leslie Mothershed, der die Bilder von dem UFO und die Namen der Zeugen hatte, die Robert im Rahmen dieses Auftrags – seines letzten – aufspüren sollte.

18

Leslie Mothershed befand sich in einem Zustand überschäumender Euphorie. Sobald er mit den kostbaren Filmen, die er wie seinen Augapfel hütete, nach London zurückgekehrt war, hastete er in die ehemalige Speisekammer, in der er das Fotolabor eingerichtet hatte, und überzeugte sich davon, daß er alles hatte, was er brauchte: Entwicklungstank, Thermometer, Negativklammern, vier große Schalen, Kurzzeitmesser, Entwickler und Fixierbad.

Dann schaltete er die Deckenbeleuchtung aus und ließ nur eine kleine rote Lampe brennen. Seine Hände zitterten, als er die Filmpatronen öffnete und die Filme herauszog. Um sich zu beruhigen, atmete er mehrmals tief durch. *Diesmal darf nichts schiefgehen*, sagte er sich. *Nichts! Diesen Erfolg weihe ich deinem Andenken, Mutter.*

Nachdem er die Filme vorsichtig herausgezogen hatte, wickelte er sie auf die Spulen. Er stellte sie in den Tank, den er mit Entwicklerflüssigkeit gefüllt hatte, ließ den Kurzzeitmesser anlaufen und drehte die Spulen gleichmäßig, bis es Zeit wurde, die Flüssigkeit abzugießen. Danach stellte er die Spulen in eine Wasserschale und bewegte sie 30 Sekunden lang, bevor er das Fixierbad zugoß.

Seine Nervosität steigerte sich wieder, weil er fürchtete, er könnte einen Fehler machen. Nachdem er die Filme fünf Minuten lang in einem Reinigungsbad bewegt hatte, kamen sie noch in eine Foto-flo-Lösung. Zuletzt nahm er sie ganz vorsichtig heraus und hängte sie an Negativklammern zum Trocknen auf.

Jetzt wurde es Zeit, die Negative zu begutachten. Mit angehaltenem Atem griff Mothershed nach dem ersten Filmstreifen und hielt ihn ans Licht. *Perfekt. Hundertprozentig perfekt!*

Jede einzelne Aufnahme war ein Juwel, auf das jeder Fotograf der Welt stolz gewesen wäre. Alle Details der Fliegenden

Untertasse waren klar zu erkennen – auch die beiden toten Außerirdischen in der Raumkapsel.

Mothershed wurde auf zwei Einzelheiten aufmerksam, die er bislang übersehen hatte: In der aufgeplatzten Kabine des Raumschiffs befanden sich drei schmale Liegen – aber eine davon war leer. Ebenfalls merkwürdig war die Tatsache, daß einem der Außerirdischen eine Hand fehlte, die nirgends auf dem Bild zu sehen war.

Vielleicht hat er bloß eine gehabt, dachte Leslie Mothershed. *Mein Gott, diese Aufnahmen sind Meisterwerke! Mutter hat recht gehabt. Ich bin ein Genie.* Er sah sich in dem winzigen Raum um und dachte: *In Zukunft entwickle ich meine Filme in einer großen, komplett eingerichteten Dunkelkammer in meinem Stadthaus am Eaton Square.*

Um diese Aufnahmen würden sich sämtliche Zeitungen und Zeitschriften der Welt reißen! Er dachte daran, wie diese Schweine seine Einsendungen jahrelang mit beleidigenden Kurzbriefen zurückgeschickt hatten. »Besten Dank für Ihre Aufnahmen, die Sie als Anlage zurückerhalten, da wir gegenwärtig keine Verwendung für sie haben.« Oder einfach: »Als Anlage erhalten Sie die übersandten Fotos zurück.«

Jahrelang hatte er die Schweine um Aufträge angebettelt, aber jetzt würden sie gekrochen kommen, und er würde sie ausnehmen!

Er konnte es kaum noch erwarten. Er mußte sofort anfangen. Seit die verdammte British Telecom ihm das Telefon gesperrt hatte, nur weil er seine Rechnung ein paar Monate lang nicht mehr bezahlt hatte, mußte Mothershed außer Haus gehen, wenn er telefonieren wollte. Er beschloß, sich ein Mittagessen in Langan's Restaurant zu gönnen. Eigentlich konnte er sich keinen Lunch in dem Prominentenlokal leisten, aber heute war schließlich ein besonderer Tag. War er nicht im Begriff, reich und berühmt zu werden?

Der Ober wies ihm einen kleinen Tisch im hinteren Teil des Restaurants zu. Als Mothershed Platz nahm, erblickte er keine drei Meter von sich entfernt zwei vertraute Gesichter. Im nächsten Augenblick erkannte er sie, ein ehrfurchtsvoller Schauer lief über seinen Rücken. Es waren Michael Caine und Roger Moore!

Die beiden Männer lachten unbekümmert und amüsierten sich, als hätten sie keinerlei Sorgen. Mothershed starrte sie unverwandt an, doch sie würdigten ihn keines Blickes.

Eingebildete Affen! dachte Leslie Mothershed aufgebracht. *Wahrscheinlich erwartet ihr, daß ich rüberkomme und euch um ein Autogramm bitte. Aber in ein paar Tagen werdet ihr eines von mir haben wollen! Ihr werdet mich eifrig euren Freunden vorstellen: ›Leslie, ich möchte Sie mit Charles und Di bekanntmachen – und mit Fergie und Andrew. Sie wissen schon: Leslie ist der Bursche, der die berühmten UFO-Fotos gemacht hat.‹*

Nachdem Mothershed gegessen hatte, ging er an den beiden Filmstars vorbei nach oben in die Telefonkabine. Von der Auskunft ließ er sich die Nummer der Zeitung The Sun geben.

»Ich möchte Ihren Bildredakteur sprechen.«

Eine Männerstimme meldete sich. »Bildredaktion.«

»Wieviel wären Ihnen Aufnahmen wert, die ein UFO mit zwei toten Außerirdischen zeigen?«

Die Stimme am anderen Ende der Leitung antwortete: »Wenn sie gut genug sind, könnten wir sie als Beispiel für einen cleveren Schwindel zeigen und ...«

»Hören Sie, das ist kein Schwindel!« unterbrach ihn Mothershed beleidigt. »Ich habe die Namen und Adressen von neun Augenzeugen – darunter ein Geistlicher –, die für die Echtheit der Aufnahmen bürgen können.«

Der Tonfall des Mannes änderte sich. »Was Sie nicht sagen! Und wo sind die Aufnahmen gemacht worden?«

»Das tut nichts zur Sache.« Mothershed war stolz auf seine Schlauheit. Er dachte gar nicht daran, sich vorzeitig Informationen entlocken zu lassen. »Sind Sie interessiert?«

»Wenn Sie beweisen können, daß die Fotos authentisch sind, wären wir *sehr* interessiert«, antwortete die Stimme.

Das glaube ich! dachte Mothershed befriedigt. »Ich melde mich wieder.« Er hängte ein.

Die beiden nächsten Gespräche waren ebenso zufriedenstellend. Mothershed jubelte innerlich. Seine Aufnahmen würden weltweit auf den Titelseiten aller großen Zeitungen und Zeitschriften erscheinen. *Mit dem Zusatz: Copyright by Leslie Mothershed.*

Nachdem er in den Speiseraum zurückgekehrt war, konnte Mothershed das Bedürfnis nicht unterdrücken, an den Tisch der beiden Filmstars zu treten und sie um ein Autogramm zu bitten.

Roger Moore und Michael Caine sahen lächelnd zu ihm auf und kritzelten bereitwillig ihre Namen auf den hingehaltenen Zettel. »Bitte sehr!«

»Vielen Dank.«

Auf der Straße zerriß Leslie Mothershed wütend den Zettel und warf die Papierfetzen in den Rinnstein.

Zum Teufel mit euch! dachte er. *Bald bin ich berühmter als ihr!*

19

Das Taxi brachte Robert Bellamy nach Whitechapel. Die Fahrt führte durch die City, das Londoner Geschäftsviertel, nach Osten zur Whitechapel Road, die im vorigen Jahrhundert durch Jack the Ripper zu trauriger Berühmtheit gelangt war. Entlang der Whitechapel Road waren Dutzende von Verkaufsständen aufgebaut, an denen von Obst und Gemüse bis hin zu Kleidung und Teppichen alle möglichen Waren angeboten wurden.

Je näher sie Mothersheds Adresse kamen, desto verwahrloster wirkte das Viertel. Die ramponierten Klinkerfassaden der alten Häuser waren über und über mit Graffiti besprüht.

Schließlich erreichten sie die Adresse 213A Grove Road. Nachdem Robert das Taxi bezahlt hatte, musterte er den häßlichen einstöckigen Bau. In einem dieser Apartments wohnte also der Mann, der eine vollständige Liste der Augenzeugen hatte, die Robert aufspüren sollte.

Als es klingelte, hockte Leslie Mothershed gerade im Wohnzimmer, betrachtete seinen Schatz und schwelgte in Träumen von Ruhm und Reichtum. Überrascht fuhr er hoch. Warum erfüllte ihn plötzlich diese unerklärliche Angst? Es klingelte ein zweites Mal. Hastig raffte Mothershed die kostbaren Bilder zusammen und eilte damit in seine Dunkelkammer. Nachdem er sie zwischen alten Abzügen versteckt hatte, ging er in die Diele hinaus und öffnete die Wohnungstür.

Ein Unbekannter stand vor ihm.

»Sind Sie Leslie Mothershed?«

»Ja. Was kann ich für Sie tun?«

»Darf ich hereinkommen?«

»Wozu? Worum geht's überhaupt?«

Robert hielt ihm einen Dienstausweis des britischen Verteidigungsministeriums hin. »Ich bin dienstlich hier, Mr. Mothershed. Wir können uns bei Ihnen oder im Ministerium unterhalten.« Das war natürlich ein Bluff. Aber er sah, wie im Gesicht des Fotografen jähe Angst aufflammte.

Leslie Mothershed schluckte trocken. »Ich weiß nicht, was Sie von mir wollen, aber... gut, kommen Sie rein.«

Robert ging durch die Diele und betrat das mit alten Möbeln

vollgestellte Wohnzimmer. Keine Umgebung, in der er hätte leben mögen.

»Würden Sie mir jetzt bitte erklären, was Sie von mir wollen?« fragte Mothershed.

»Ich bin gekommen, um Sie wegen einiger Aufnahmen zu befragen, die Sie in der Schweiz von einem abgestürzten UFO gemacht haben.«

Mothershed starrte Robert einen Augenblick scheinbar überrascht an, bevor er sich ein Lächeln abrang. »Oh, *die* meinen Sie. Ich wollte, ich könnte sie Ihnen geben.«

»Sie *haben* also Aufnahmen gemacht?«

»Ich hab's versucht.«

»Wie meinen Sie das?«

»Die verdammten Bilder sind nichts geworden.« Mothershed lachte nervös. »Der Kameraverschluß hat versagt. Das ist mir schon zum zweiten Mal passiert.« Er brabbelte übereifrig weiter. »Ich hab' die Negative wegwerfen müssen. Alle total unterbelichtet! Bloß Material vergeudet! Und Sie wissen ja, wie teuer heutzutage Filme sind.«

Er ist ein schlechter Lügner, dachte Robert. »Wirklich schade«, meinte er laut. »Die Aufnahmen hätten sehr nützlich sein können.«

Dann sah er sich um. Die Fotos und die Liste mußten hier irgendwo versteckt sein. *Sie dürften nicht schwer zu finden sein.* Offensichtlich bestand das Apartment aus Diele, Wohnzimmer, Schlafzimmer, Küche und Bad. Robert war sich darüber im klaren, daß er den Mann nicht zwingen konnte, ihm das Material auszuhändigen. Er besaß keine legale Handhabe.

»Diese Aufnahmen wären ein Vermögen wert gewesen«, seufzte Mothershed.

»Erzählen Sie mir von dem Raumschiff«, forderte ihn Robert auf.

Mothershed schauderte zusammen. Die unheimliche Szene

hatte sich ihm unauslöschlich eingeprägt. »Das vergess' ich nie!« sagte er. »Das Schiff hat irgendwie... pulsiert, als sei es ein lebendes Wesen. Und in seinem Inneren haben zwei tote Außerirdische gelegen.«

»Können Sie mir irgend etwas über die Fahrgäste des Busses erzählen?«

Klar könnte ich das! dachte Mothershed triumphierend. *Schließlich habe ich mir ihre Namen und Adressen notiert.* »Nein, leider nicht.« Er sprach rasch weiter, um seine Nervosität zu verbergen. »Über die Fahrgäste kann ich Ihnen nichts erzählen, weil ich nicht mit diesem Bus gefahren bin und sie daher gar nicht kannte.«

»Ja, ich verstehe. Jedenfalls besten Dank für Ihre Hilfsbereitschaft, Mr. Mothershed. Tut mir leid, daß Ihre Aufnahmen nichts geworden sind.«

»Mir auch«, sagte Mothershed. Als die Tür sich hinter dem Fremden schloß, dachte er zufrieden: *Geschafft! Ich hab' die Schweinehunde ausgetrickst!*

Draußen im Flur inspizierte Robert das Schloß an der Wohnungstür. Ein Chubb – und noch dazu ein altes Modell, das er binnen Sekunden aufsperren konnte. Er würde das Apartment ab Mitternacht überwachen und darauf warten, daß Mothershed aus dem Haus ging. *Wenn ich erst die Liste der Augenzeugen habe, ist alles weitere ein Kinderspiel.*

Robert quartierte sich in einem kleinen Hotel in der Nähe von Mothersheds Wohnung ein und rief General Hilliard an.

»Ich habe den Namen des Engländers, General. Er heißt Leslie Mothershed und wohnt im Londoner Stadtteil Whitechapel. In der 213A Grove Road.«

»Ausgezeichnet. Ich sorge dafür, daß die zuständigen britischen Stellen mit ihm reden.«

BLITZMELDUNG

TOP SECRET ULTRA

NSA AN DIREKTOR SIS

PERSÖNLICH

1. AUSFERTIGUNG VON 1 AUSFERTIGUNG(EN)

BETREFF: OPERATION DOOMSDAY

3. LESLIE MOTHERSHED – WHITECHAPEL

TEXTENDE

Reggie's Fish and Chips Shop lag in einer kleinen Sackgasse an der Brompton Road. Die Gäste des kleinen Lokals waren vor allem Angestellte und Sekretärinnen aus der näheren Umgebung. Die Wände, an denen Fußballplakate hingen, waren seit dem Suezkrieg nicht mehr gestrichen worden.

Das Telefon hinter der Theke klingelte zweimal, bevor der Hörer von einem Hünen in einem schmuddeligen grauen Pullover abgenommen wurde.

»Reggie«, meldete er sich.

»Hier ist der Bischof.«

»Ja, Sir?« Reggie senkte seine Stimme zu einem Flüstern.

»Unser Mann heißt Mothershed. Vorname Leslie. Wohnhaft in der 213A Grove Street. Dieser Auftrag muß rasch durchgeführt werden, verstanden?«

»Ist so gut wie erledigt, Sir.«

20

Leslie Mothershed hing goldenen Tagträumen nach. Gerade gab er eine internationale Pressekonferenz. Die Journalisten fragten ihn nach dem riesigen schottischen Schloß, das er soeben gekauft hatte, nach seinem Château in Südfrankreich, nach seiner Luxusjacht. ›*Und ist es wahr, daß die Queen Ih-*

nen die Position des Hoffotografen angeboten hat?‹ – ›Ja, aber ich habe mich noch nicht entschieden. Und wenn Sie mich jetzt bitte entschuldigen wollen, meine Damen und Herrn, sonst komme ich zu spät zu meiner BBC-Show...‹

Das Schrillen der Türklingel riß ihn aus seinen Träumen. Er warf einen Blick auf seine Armbanduhr. 21.10 Uhr. *Ist der Kerl etwa zurückgekommen?* Er ging zur Tür und öffnete sie vorsichtig. Im Flur stand ein Mann mit blassem, schmalem Gesicht und einer dicken Brille. Mothershed fiel sogleich auf, daß der Fremde kleiner als er selbst war.

»Entschuldigen Sie bitte«, sagte der Mann verlegen, »daß ich Sie um diese Zeit noch störe. Ich wohne gleich um die Ecke. Auf Ihrem Schild am Hauseingang steht, daß Sie Fotograf sind. Machen Sie vielleicht auch Paßfotos?«

Macht Leslie Mothershed, der Mann, dem bald die Welt gehören wird, Paßfotos? Das wäre, als wollte man Michelangelo auffordern, einem das Bad zu streichen!

»Nein«, sagte er grob.

»Ich belästige Sie nicht gern, aber ich sitze schrecklich in der Patsche. Ich muß morgen früh um acht nach Tokio fliegen, und als ich vorhin einen Blick in meinen Paß geworfen habe, hab' ich gesehen, daß das Foto sich irgendwie abgelöst hat. Es ist verschwunden! Ich hab's überall gesucht. Und ohne Paßfoto lassen sie mich nicht durch die Kontrolle.« Der kleine Mann war den Tränen nahe.

»Sorry«, erwiderte Mothershed, »ich kann Ihnen nicht helfen.«

»Ein Foto wäre mir hundert Pfund wert!«

Hundert Pfund? Für einen Mann mit einem schottischen Schloß, einem französischen Château und einer Luxusjacht? Das war eine Beleidigung.

»Ich könnte Ihnen sogar noch mehr zahlen«, jammerte der Kleine. »Zwei- oder dreihundert Pfund. Ich muß dieses Flugzeug unbedingt nehmen, wissen Sie, sonst bin ich meinen Job los!«

Dreihundert Pfund für ein Paßbild? Die reine Aufnahme ohne die Arbeit in der Dunkelkammer würde nicht mehr als eine halbe Minute in Anspruch nehmen. Mothershed begann zu rechnen. Das waren 600 Pfund pro Minute – oder ein Stundenlohn von 36000 Pfund. Wenn man von einem Achtstundentag ausging, ergab das 288000 pro Tag. Und bei einer Fünftagewoche...

»Tun Sie mir den Gefallen?«

Mothershed Ego lag im Kampf mit seiner Geldgier, und die Geldgier siegte. *Ein bißchen Taschengeld könnte ich gut brauchen.*

»Gut, kommen Sie rein«, sagte er. »Stellen Sie sich dort drüben an die Wand.

»Vielen Dank. Ich bin Ihnen wirklich sehr dankbar.«

Mothershed wünschte sich, er hätte eine Polaroid gehabt. Mit der wäre alles ganz einfach gewesen. Er griff nach seiner Konica mit eingebautem Blitz und sagte: »Den Kopf ein bißchen nach rechts drehen... so ist's gut!«

Binnen zehn Sekunden war die Aufnahme gemacht.

»Das Entwickeln dauert 'ne Weile«, sagte Mothershed. »Am besten kommen Sie in...«

»Ich warte lieber, wenn's Ihnen recht ist.«

»Wie Sie wollen.«

Mothershed ging mit der Kamera in seine provisorische Dunkelkammer, schaltete die Deckenbeleuchtung aus, ließ nur die kleine rote Lampe brennen und nahm den Film heraus. Er würde rasch arbeiten, ohne sonderlich auf Qualität zu achten. Paßfotos sahen sowieso immer gräßlich aus.

Als Mothershed zehn Minuten später das Negativ begutachtete, glaubte er plötzlich, Rauch zu riechen. Er holte prüfend Luft. Bildete er sich das nur ein? Nein, der Brandgeruch wurde sogar immer stärker. Er drehte sich um und wollte die Tür öffnen. Sie schien zu klemmen. Mothershed warf sich dagegen. Sie gab nicht nach.

»Hallo!« rief er ängstlich. »Was ist dort draußen los?«

Keine Antwort.

»Hallo?« Er warf sich erneut gegen die Tür, die aber durch irgend etwas Schweres von außen blockiert schien. »Mister?«

Wieder keine Antwort. Das einzige Geräusch war ein ständig lauter werdendes Prasseln. Der Brandgeruch wurde überwältigend stark. Die Wohnung brannte! *Bestimmt ist der Mann weggegangen, um Hilfe zu holen!* Leslie Mothershed warf sich erneut gegen die Tür, die aber keinen Milimeter nachgab. »Hilfe!« brüllte er. »Holt mich hier raus!«

Unter der Tür quollen Rauchschwaden in den kleinen Raum. Mothershed spürte bereits die Hitze der Flammen. Er bekam kaum noch Luft. Als er spürte, daß ihm die Sinne schwanden, sank er auf die Knie. »Lieber Gott, laß mich nicht sterben. Nicht jetzt, wo ich reich und berühmt werden könnte...«

»Hier Reggie.«

»Ist der Auftrag ausgeführt?«

»Ja, Sir. Ein bißchen zu sehr durchgebraten, aber rechtzeitig serviert.«

»Ausgezeichnet.«

BLITZMELDUNG

TOP SECRET ULTRA

SIS AN DIREKTOR NSA

PERSÖNLICH

1. AUSFERTIGUNG VON 1 AUSFERTIGUNG(EN)

BETREFF: OPERATION DOOMSDAY

3. LESLIE MOTHERSHED – LIQUIDIERT

TEXTENDE

Als Robert Bellamy gegen zwei Uhr morgens in die Grove Road zurückkam, um den Eingang zu überwachen, herrschte dort ein völliges Verkehrschaos. Auf der Straße standen ein halbes Dutzend Löschfahrzeuge, ein Krankenwagen und drei Streifenwagen mit eingeschalteten Blinklichtern. Er arbeitete sich bis in die erste Reihe der Neugierigen vor.

Ein Feuer hatte das Haus 213 A Grove Street verwüstet. Die Wohnung des Fotografen im ersten Stock war nur noch ein gähnendes schwarzes Loch.

»Um Gottes willen, wie ist das passiert?« fragte Robert einen Feuerwehrmann.

»Wissen wir noch nicht. Bitte zurücktreten!«

»Die Wohnung dort oben gehört meinem Cousin. Ihm ist hoffentlich nichts passiert?«

»Leider doch, Sir«, sagte der Mann in mitfühlendem Tonfall. »Er wird gerade abtransportiert.«

Robert beobachtete, wie zwei Sanitäter eine Tragbahre mit einer zugedeckten Gestalt in den Krankenwagen schoben.

»Ich habe bei ihm gewohnt«, behauptete er. »Meine ganzen Sachen sind noch in seiner Wohnung. Am besten gehe ich kurz rauf und...«

Der Feuerwehrmann schüttelte den Kopf. »Das würde nichts nützen, Sir. Die Wohnung ist völlig ausgebrannt.«

Völlig ausgebrannt. Mitsamt den Fotos und der kostbaren Liste mit den Namen und Adressen der Fahrgäste des Busses.

Soviel zu deinem vermeintlichen Glückstreffer, dachte Robert bedrückt.

21

Auf den Straßen von Zürich drängten sich fremdartige Lebewesen: eigenartig mißgestaltete Riesen mit grotesken Körpern und winzigen Augen, deren Haut die Farbe von gekochtem Fisch hatte. Diese Wesen waren Fleischfresser, und sie haßte den Aasgeruch, den ihre Leiber absonderten. Einige der Weibchen trugen Tierfelle – die Überreste von Lebewesen, die sie ermordet hatten. Sie stand noch immer unter dem Schock des gräßlichen Unfalls, der ihren Gefährten die Lebensessenz geraubt hatte.

Sie war seit vier Zyklen des Trabanten, den diese Lebewesen *Luna* nannten, auf der Erde und hatte seither keine Nahrung zu sich genommen. Das einzige Wasser, das sie hatte trinken können, war das frische Regenwasser in der Viehtränke des Bauern gewesen, aber seither hatte es nicht mehr geregnet. Und alles sonstige Wasser war ungenießbar. Sie hatte versucht, Obst und rohes Gemüse zu essen, aber beides war im Vergleich zu den saftigen Früchten ihrer Heimat völlig geschmacklos.

Sie war hochgewachsen, elegant und schön und hatte leuchtendgrüne Augen. Nach dem Absturz hatte sie die Gestalt einer Erdbewohnerin angenommen, so daß sie sich unerkannt in der Menge bewegen konnte.

Jetzt saß sie an einem Tisch auf einem harten, unbequemen Stuhl, der für Menschenleiber bestimmt war, quälte sich mit einer Portion Salat ab und las die Gedanken der Erdbewohner in ihrer Umgebung.

Am Nebentisch saßen zwei dieser Wesen. Einer von ihnen redete auf den anderen ein. »Das ist die Chance deines Lebens, Franz! Mit fünfzigtausend Franken kannst du gleich zu Anfang einsteigen. Fünfzigtausend kannst du doch leicht aufbringen?« Sie las seine Gedanken. *Los, du geiziges Schwein, ich brauche die Provision!*

»Klar, aber ich weiß nicht recht ...« *Das Geld müßte ich mir von meiner Frau borgen.*

»Hab' ich dich bei Investitionen jemals schlecht beraten?« *Entschließ dich endlich!*

»Das ist verdammt viel Geld.« *Soviel gibt sie mir nie.*

»Bei diesem Potential? Damit kannst du Millionen verdienen!« *Sag schon ja.*

»Gut, ich bin dabei.« *Vielleicht kann ich einen Teil ihrer Juwelen verpfänden, ohne daß sie's merkt.*

Er hat angebissen! »Das wirst du niemals bereuen, Franz.« *Notfalls kann er den Verlust steuerlich abschreiben.*

Sie hatte keine Ahnung, worum es gegangen war.

An einem entfernteren Tisch saßen ein Mann und eine Frau, die halblaut miteinander sprachen. Sie strengte sich an, ihre Gedanken zu lesen.

»Jesus!« sagte der Amerikaner. »Wieso bist du schwanger, verdammt noch mal?« *Du blöde Kuh!*

»Was glaubst du, wieso ich schwanger bin?« *Daran ist dein Schwanz schuld, wenn du's genau wissen willst!*

Durch Schwangerschaft pflanzten diese Lebewesen sich fort, nachdem sie sich mit ihren Genitalien wie das Vieh auf ihren Feldern begattet hatten.

»Was hast du jetzt vor, Tina?« *Ich muß sie zur Abtreibung überreden.*

»Was erwartest du von mir? Du hast mir versprochen, mit deiner Frau zu reden.« *Verdammter Lügner!*

»Hör zu, Schatz, das will ich auch, aber jetzt ist nicht der richtige Zeitpunkt.« *Ich muß verrückt gewesen sein, als ich mich mit dir eingelassen habe. Ich hätte wissen müssen, daß du mir nur Scherereien machen würdest.*

»Ich hab's auch nicht leicht, Paul. Ich glaub' sogar, daß du mich nicht mehr liebst.« *Bitte sag', daß du mich noch immer liebst!*

»Natürlich liebe ich dich. Die Sache ist nur die, daß meine Frau gerade eine ziemlich schwierige Zeit durchmacht.« *Ich denke nicht daran, mich von ihr zu trennen.*

»Für mich ist diese Zeit auch schwierig. Begreifst du das nicht? Ich bekomme ein Kind von dir.« *Und du wirst mich heiraten!*

»Reg dich nicht auf, Schatz. Alles kommt wieder in Ordnung, das versprech' ich dir. Ich will das Baby so sehr wie du.« *Ich muß sie zur Abtreibung überreden.*

An einem anderen Tisch saß ein männliches Wesen allein. *Sie haben's mir versprochen. Sie haben gesagt, der Jockey sei bestochen, der Ausgang des Rennens stehe schon fest, und ich Idiot hab' ihnen das ganze Geld gegeben. Ich muß es irgendwie ersetzen, bevor die Revision stattfindet. Ich könnte's nicht ertragen, wegen Unterschlagung eingesperrt zu werden. Vorher bring' ich mich um. Das ist mein heiliger Ernst: Vorher bring' ich mich um!*

An einem weiteren Tisch unterhielt ein Paar sich angeregt.

»... daran habe ich nie gedacht. Aber nachdem ich nun mal ein schönes Chalet in den Bergen habe, würde es dir bestimmt guttun, mitzukommen und übers Wochenende auszuspannen.« *Bevorzugt in meinem Bett, Chérie.*

»Ach, ich weiß nicht, Claude. Ich bin noch nie mit einem Mann einfach so weggefahren.« *Ob er mir das abnimmt?*

»Aber hier geht's doch nicht um Sex. Ich habe nur an mein Chalet gedacht, weil du gesagt hast, du bräuchtest Ruhe und Erholung. Stell dir einfach vor, ich wäre dein Bruder.« *Und wer sagt, daß Inzest keinen Spaß macht?*

Ich muß eine Möglichkeit finden, mit dem Mutterschiff Verbindung aufzunehmen, dachte sie und griff nach ihrem silberfarbenen Minisender, einem zweiteiligen Neuro-Netz-System, das zur einen Hälfte aus lebendem biologischen Material und zur anderen aus einer auf der Erde unbekannten Metallverbindung bestand. Aber leider war der Dilitheumkristall, der den Sender aktivierte, abgebrochen und verlorengegangen.

Sie versuchte, ein weiteres Salatblatt zu essen, aber der Gestank war unerträglich. Sie stand auf und ging zum Ausgang. »Augenblick, Fräulein!« rief die Bedienung hinter ihr her. »Sie haben vergessen zu zahlen!«

»Tut mir leid, aber ich besitze keines eurer Zahlungsmittel.«

»Das können Sie der Polizei erzählen!«

Sie blickte der Bedienung in die Augen, sah die Hypnotisierte zu vorübergehender Bewegungslosigkeit erstarren, wandte sich ab und verließ das Restaurant.

Ich muß den Kristall wiederfinden. Die anderen warten darauf, von mir zu hören. Sie mußte sich konzentrieren, um nicht das Bewußtsein zu verlieren. Trotzdem nahm sie ihre Umgebung nur verzerrt und verschwommen wahr.

Wenn sie nicht bald Wasser bekam, würde sie sterben.

22

Fünfter Tag
Bern

Mit Mothersheds Adressenliste haben sich alle meine Hoffnungen in Rauch aufgelöst, dachte Robert. *Und das im wahrsten Sinne des Wortes! Ich hätte die Liste an mich bringen sollen, als ich in seiner Wohnung gewesen bin. Das wird mich lehren...*

Lehren? Natürlich! Aus seinem Unterbewußtsein tauchte eine Erinnerung auf. Hans Beckermann hatte gesagt: *Ein alter Stänkerer! Die anderen sind ganz aufgeregt gewesen wegen des UFOs und den toten Wesen, aber dieser Alte hat rumgenörgelt, wir sollten weiterfahren. Er müßte nach Bern, hat er gesagt, um an einer Vorlesung zu arbeiten, die er am nächsten Morgen an der Universität halten sollte.* Diese vage Fährte war jetzt Roberts einzige Hoffnung.

Er nahm sich auf dem Berner Flughafen einen Leihwagen und fuhr damit zur Universität.

Ein Student zeigte ihm den Weg zum Verwaltungstrakt, und Robert fragte sich dort bis zu der für seinen Fall zuständigen Sachbearbeiterin durch. Die junge Frau hinter dem Schreibtisch trug eine schwarzgeränderte Brille und hatte die Haare zu einem straffen Knoten zusammengebunden.

»Sie wünschen?«

Robert zeigte einen seiner Dienstausweise vor. »Interpol. Wir ermitteln im Augenblick wegen einer Sache, bei der Sie uns helfen könnten, Fräulein...«

»Frau... Frau Schreiber. Worum geht's?«

»Ich suche einen Professor.«

Sie runzelte die Stirn. »Wie heißt er?«

»Das weiß ich nicht.«

»Sie kennen seinen Namen nicht?«

»Nein. Er hat am Montag eine Gastvorlesung gehalten.«

»Bei uns halten tagtäglich mehrere Professoren Gastvorlesungen. Seine Disziplin?«

»Wie bitte?«

»Welches Fach lehrt er?« Ihr Tonfall verriet wachsende Ungeduld. »Was war das Thema seiner Vorlesung?«

»Das weiß ich nicht.«

»Tut mir leid, dann kann ich Ihnen nicht helfen. Und ich habe keine Zeit für unsinnige...«

»Von unsinnig kann hier keine Rede sein!« unterbrach Robert sie. »Die Sache ist sehr dringend.« Er beugte sich über ihren Schreibtisch und fuhr halblaut fort: »Hören Sie, ich will Sie ins Vertrauen ziehen. Der Professor, nach dem wir fahnden, gehört zu einem internationalen Mädchenhändlerring.«

»Oh!« sagte Frau Schreiber überrascht.

»Interpol ist ihm seit Monaten auf der Spur. Nach unseren Informationen hat er hier am fünfzehnten Oktober eine Vorlesung gehalten.« Er zuckte die Schultern. »Wenn Sie mir nicht weiterhelfen können oder wollen, muß ich die Kollegen von der hiesigen Polizei einschalten. Dann macht der Fall bestimmt Schlagzeilen, die...«

»Nein, nein!« wehrte sie ab. »Das wäre uns sehr unangenehm.« Plötzlich wirkte sie äußerst besorgt. »Wann, sagen Sie, ist er bei uns gewesen?«

»Am Fünfzehnten. Montag.«

Frau Schreiber stand auf, trat an einen Karteischrank und zog das oberste Fach auf. Sie blätterte in den Karten und zog schließlich mehrere heraus. »So, die hätten wir. Am fünfzehnten Oktober haben drei Professoren Gastvorlesungen gehalten – und zwar in Chemie, Psychologie und Betriebswirtschaft.«

»Darf ich die Karten mal sehen?« fragte Robert.

Frau Schreiber überließ sie ihm widerstrebend.

Er studierte die Eintragungen auf den Karteikarten. Wichtig waren nur Name, Adresse und Telefonnummer.

»Ich kann sie Ihnen kopieren, wenn Sie wollen.«

»Nein, danke.« Er hatte die Namen und Telefonnummern bereits im Kopf. »Der Mann, den wir suchen, ist leider nicht dabei.«

Frau Schneider seufzte erleichtert. »Gott sei Dank! Mädchenhandel! Damit möchte die Universität auf keinen Fall zu tun haben.«

»Entschuldigen Sie, daß ich Sie wegen dieser Sache belästigt habe.« Robert verließ ihr Büro und suchte nach einer Telefonzelle.

Als erstes wählte er die Berliner Nummer. »Professor Streubel?«

»Ja.«

»Hier ist die Firma SUNSHINE TOURS. Als Sie letzten Sonntag eine Rundfahrt mit uns gemacht haben, ist Ihre Brille in einem unserer Busse liegengeblieben, und wir...«

»Ich weiß gar nicht, wovon Sie reden«, unterbrach Streubel ihn irritiert.

»Sie sind am vierzehnten Oktober in der Schweiz gewesen, nicht wahr, Herr Professor?«

»Nein, am fünfzehnten. Zu einer Gastvorlesung an der Universität Bern.«

»Und Sie haben keine Busrundfahrt gemacht?«

»Für solchen Unsinn habe ich keine Zeit. Ich bin ein vielbeschäftigter Mann.« Damit legte der Professor auf.

Auch Professor Heinrich in Hamburg wies die Vermutung, er könnte sich an solch fachfremden Freizeitaktivitäten wie einer Busrundfahrt beteiligt haben, empört zurück. Also blieb nur noch die Münchner Nummer übrig.

»Hallo. Ist dort Professor Otto Schmidt?«

»Ja.«

»Herr Professor, hier ist die Firma SUNSHINE TOURS. Wir haben Ihre Brille, die Sie vor einigen Tagen in einem unserer Busse liegengelassen haben, und...«

»Das muß ein Irrtum sein.«

Robert war wie vor den Kopf geschlagen. Dies war seine letzte Chance gewesen! Jetzt wußte er nicht mehr weiter.

Der Professor sprach weiter. »Ich habe meine Brille hier. Ich habe sie nicht verloren.«

Roberts Herz schlug schneller. »Wissen Sie das bestimmt, Herr Professor? Sie haben doch am vierzehnten Oktober unsere Rundreise mitgemacht?«

»Ja, gewiß, aber ich habe nichts verloren!«

»Vielen Dank, Herr Professor.« Robert hängte ein. *Hauptgewinn!*

Die Plattenstraße in München ist eine ruhige Wohnstraße mit Altbauten. Robert betrat das Haus Nummer 5, stieg in den ersten Stock hinauf und klingelte an der Wohnungstür von Professor Otto Schmidt.

Die Tür wurde von einem großen, hageren Mann mit weißer, leicht zerzauster Mähne geöffnet. Er trug einen ausgebeulten Pullover und rauchte eine Pfeife. Robert fragte sich, ob er sich absichtlich den Habitus eines typischen Gelehrten zugelegt hatte oder ob sein Beruf ihn so geformt hatte.

»Herr Professor Schmidt?«

»Ja?«

»Haben Sie einen Augenblick Zeit für mich? Ich komme von der...«

»Wir haben schon miteinander gesprochen«, unterbrach ihn Schmidt. »Sie sind der Mann, der mich heute vormittag angerufen hat. Ich erkenne jede Stimme wieder, die ich einmal gehört habe. Bitte, treten Sie ein.«

»Danke.« Aus der kleinen Diele gelangte man in ein Wohnzimmer, dessen Wände hinter Schränken mit Tausenden von Büchern verschwanden. Überall waren weitere Bücher gestapelt: auf Tischen, auf Stühlen, auf dem Fußboden. Nur die beiden Sessel, auf denen sie jetzt Platz nahmen, waren freigehalten worden.

»Sie sind bei keinem Schweizer Busunternehmen, stimmt's?«

»Nun, ich...«

»Sie sind Amerikaner.«

»Ja.«

»Und dieser Besuch hat auch nichts mit meiner Brille zu tun, die sie angeblich gefunden haben.«

»Äh... nein, Herr Professor.«

»Sie interessieren sich für das UFO, das ich gesehen habe. Ein sehr beunruhigendes Erlebnis! Ich habe die Existenz von

UFOs immer für möglich gehalten, aber ich hätte mir nicht träumen lassen, daß ich selbst mal eines sehen würde.«

»Können Sie's mir beschreiben?«

»Irgendwie hat es ... fast lebendig gewirkt. Es war von einer schimmernden Aura umgeben. Blau. Nein, eigentlich eher Grautöne. Der Rumpf war aufgeplatzt, und ich konnte in dem UFO zwei Außerirdische sehen. Sie waren klein und hatten riesige Augen.«

»Können Sie mir irgend etwas über die anderen Fahrgäste Ihres Busses erzählen?«

Der Professor zuckte mit den Schultern. »Von denen weiß ich so gut wie nichts. Ich habe mir die Landschaft angesehen und mich auf meine Vorlesung am nächsten Morgen konzentriert. Allerdings ... wenn Ihnen damit geholfen ist, kann ich Ihnen sagen, woher sie gekommen sind. Ich lehre Chemie, aber Phonetik ist mein Hobby.«

»Ich bin Ihnen für jegliche Informationen dankbar.«

»Zu den Fahrgästen gehörten: ein italienischer Geistlicher, neben dem ein Amerikaner mit texanischem Akzent saß, ein Ungar, ein Engländer, eine Russin ...«

»Eine Russin?«

»Ja – aber nicht aus Moskau. Ihrem Akzent nach tippe ich eher auf Kiew und Umgebung.«

»Haben einige zufällig ihre Namen oder Berufe erwähnt?«

»Tut mir leid, darauf habe ich nicht geachtet. Ich habe mich, wie gesagt, auf die Landschaft und meine Vorlesung konzentriert.«

»Erzählen Sie mir von dem Geistlichen und dem Texaner.«

Der Professor entlockte seiner Pfeife bläuliche Rauchwolken. »Der Texaner hat damit geprahlt, was für ein großartiger Staat Texas sei. Er hat ununterbrochen geredet. Das ist sehr lästig gewesen. Ich weiß nicht mal, wieviel der Geistliche davon verstanden hat.«

»Dieser Geistliche...«

»Er hat mit römischem Akzent gesprochen.«

»Können Sie mir sonst noch irgendwas über die Busfahrgäste erzählen?«

Der Professor schüttelte den Kopf. »Nein, leider nicht.« Er paffte wieder. »Tut mir leid, daß ich Ihnen nicht weiterhelfen kann.«

Plötzlich fiel Robert etwas ein. »Sie sind Chemiker, nicht wahr?«

»Ja.«

»Wären Sie so freundlich, sich das hier anzusehen, Herr Professor?« Robert zeigte ihm das mysteriöse Objekt, das Beckermann ihm gegeben hatte. »Können Sie mir sagen, was das ist?«

Während Professor Schmidt es betrachtete, veränderte sich sein Gesichtsausdruck. »Wo... wo haben Sie das her?«

»Das darf ich Ihnen leider nicht sagen. Wissen Sie, was das ist?«

»Es scheint Bestandteil eines Senders zu sein.«

»Wissen Sie das bestimmt?«

Schmidt betrachtete das Teil von allen Seiten. »Der Kristall besteht aus Delitheum. Ein sehr seltenes Element. Sehen Sie die beiden Nuten? Sie lassen darauf schließen, daß dieses Teil zu einem größeren Gerät gehört. Das Metall selbst ist... Mein Gott, so was hab' ich noch nie gesehen!« Seine Stimme klang aufgeregt. »Können Sie mir dieses Teil für ein paar Tage überlassen? Ich würde es gern spektrographisch untersuchen.«

»Das ist leider nicht möglich«, sagte Robert.

»Aber...«

»Tut mir leid.« Robert nahm das Teil wieder an sich.

Der Professor versuchte, seine Enttäuschung zu verbergen. »Vielleicht bei anderer Gelegenheit. Wollen Sie mir nicht Ihre Visitenkarte geben? Damit ich Sie anrufen kann, falls mir noch etwas einfällt.«

Robert tat so, als suche er seine Visitenkarte. »Bedaure, aber ich scheine keine bei mir zu haben.«

»Das hab' ich mir gedacht«, sagte Professor Schmidt.

»Commander Bellamy ist am Apparat.«

General Hilliard nahm den Hörer ab. »Ja, Commander?«

»Der nächste Augenzeuge ist ein Professor Schmidt. Er wohnt in München in der Plattenstraße fünf.«

»Danke, Commander. Ich benachrichtige sofort die zuständigen deutschen Behörden.«

Wenig später hielt ein Abteilungsleiter des deutschen Bundesnachrichtendienstes ein Fernschreiben in den Händen.

Ein Texaner und ein italienischer Geistlicher, dachte Robert. Und der Geistliche mußte auch noch aus Rom stammen, einer Stadt, in der es Zehntausende von Geistlichen gab.

Ich habe die Wahl. Ich kann aufgeben und nach Washington zurückfliegen. Oder ich kann nach Rom fliegen und es auf einen Versuch ankommen lassen...

Sechster Tag
München, Deutschland

Als Professor Otto Schmidt am nächsten Morgen ins Labor fuhr, dachte er an das Gespräch, das er am Abend zuvor mit dem Amerikaner geführt hatte. Woher konnte er dieses rätselhafte Metallteil gehabt haben? Und der Amerikaner selbst war kaum weniger geheimnisvoll gewesen.

Er hat gesagt, er interessiere sich für die Fahrgäste des Busses. Weshalb? Weil sie alle das UFO gesehen haben? Soll ihnen eingeschärft werden, ihre Beobachtungen nicht weiterzuerzählen? Aber warum hat der Amerikaner nicht versucht, auch mich zur Verschwiegenheit zu verpflichten? Irgendwie merkwürdig...

Der Professor betrat sein Labor, zog seine Jacke aus und hängte sie auf. Nachdem er einen weißen Labormantel angezogen hatte, trat er an den Tisch, auf dem ein Versuch aufgebaut war, an dem er seit Monaten arbeitete. *Wenn er klappt, bin ich ein gemachter Mann*, überlegte er sich. Dann griff er nach einer Flasche mit destilliertem Wasser, um es in einen Behälter mit einer bernsteingelben Flüssigkeit zu schütten. *Merkwürdig, so gelb hatte ich sie gar nicht in Erinnerung...*

Der Knall der Explosion war gewaltig. Die Druckwelle fegte Glassplitter, Metallteile und Fleischfetzen an die Wände.

BLITZMELDUNG

TOP SECRET ULTRA

BND AN DIREKTOR NSA

PERSÖNLICH

1. AUSFERTIGUNG VON 1 AUSFERTIGUNG(EN)

BETREFF: OPERATION DOOMSDAY

4. OTTO SCHMIDT – LIQUIDIERT

TEXTENDE

23

Dustin Thornton wurde allmählich ungeduldig. Seitdem er Macht besaß, wirkte sie wie eine Droge auf ihn. Er wollte mehr, immer mehr. Willard Stone, sein Schwiegervater, hatte ihm seit langem versprochen, ihn in irgendeinen geheimnisvollen inneren Zirkel einzuführen, aber bisher hatte er sein Versprechen noch nicht wahrgemacht.

Thornton hatte rein zufällig herausbekommen, daß sein Schwiegervater jeden Freitag verschwand. Als er einmal an einem Freitag bei ihm angerufen hatte, um sich mit ihm zum Mittagessen zu verabreden, hatte Willard Stones Privatsekretärin ihm mitgeteilt, ihr Chef sei den ganzen Tag »außer Haus«.

»Oh, das ist schade. Und nächsten Freitag?«

»Tut mir leid, Mr. Thornton, aber Mr. Stone ist nächsten Freitag auch außer Haus.«

Seltsam. Und die Sache wurde noch merkwürdiger, denn als Thornton zwei Wochen später anrief, erhielt er wieder dieselbe Auskunft. *Wohin verschwindet der Alte jeden Freitag?* Er war kein Golfer und hatte eigentlich auch sonst kein Hobby...

Also war nur ein einziger Schluß möglich: Sein Schwiegervater hatte eine Geliebte. Und damit eröffneten sich ganz neue Perspektiven für Thornton, denn Willard Stones Gattin, die aus einer vornehmen, sehr reichen Familie stammte, gehörte nicht zu den Ehefrauen, die sich mit einem Seitensprung ihres Mannes abfanden. *Falls er wirklich eine Affäre hat,* dachte Thornton, *hab' ich ihn in der Hand.*

Mit den ihm zur Verfügung stehenden Möglichkeiten hätte Thornton sehr rasch herausbekommen können, was sein Schwiegervater am Freitag trieb – aber Dustin Thornton war kein Dummkopf. Er wußte sehr genau, daß der kleinste Fehltritt das Ende seiner Karriere bedeutet hätte, denn Willard Stone war nicht der Mann, der andere Leute ungestraft in seinem Privatleben herumschnüffeln ließ. Deshalb beschloß Thornton, die Sache selbst in die Hand zu nehmen.

Am nächsten Freitag um sechs Uhr kauerte Dustin Thornton hinter dem Lenkrad eines unauffälligen Ford Taunus, einen halben Block von Stones imposantem Anwesen entfernt.

Um sieben Uhr öffnete sich das Garagentor, und der kleine rote Kombi, den die Dienstboten seines Schwiegervaters zu benutzen pflegten, fuhr auf die Straße hinaus. Doch am Steuer saß – Willard Stone! Thornton fühlte, wie sein Herz rascher schlug.

Er folgte seinem Schwiegervater quer durch Washington und auf die Straße nach Arlington hinaus.

Ich muß behutsam vorgehen, dachte Thornton. *Ich darf ihn nicht zu stark unter Druck setzen. Ich behaupte einfach, es ginge mir nur darum, ihn zu schützen. Er wird dann schon wissen, was damit gemeint ist. Einen Skandal wird er um jeden Preis vermeiden wollen ...*

Dustin Thornton war so in seine Gedanken vertieft, daß er fast an der Einfahrt, an der Stone abbog, vorbeigefahren wäre. Sie befanden sich in einer exklusiven Wohngegend. Der rote Kombi verschwand plötzlich in einer Zufahrtstraße, die zu dem Hintereingang einer einstöckigen Villa führte.

Thornton parkte seinen Wagen in einer Seitenstraße und näherte sich vorsichtig dem Gartentor in dem Holzzaun, der das Grundstück umgab. Das Tor war nicht verschlossen.

Im Schutz der hohen Bäume, die den gepflegten Rasen säumten, bewegte sich Thornton auf den Hintereingang des Hauses zu.

Zu seiner Überraschung war auch die Hintertür nicht verschlossen. Thornton schlüpfte ins Haus und stand in einer großen altmodischen Küche. Da niemand zu sehen war, öffnete er auch die zweite Tür einen Spalt weit. Sie führte in die Eingangshalle der Villa. Er durchquerte sie auf Zehenspitzen und blieb horchend vor einer geschlossenen Tür stehen, hinter der sich der Salon oder die Bibliothek befinden mußte. Im ganzen Haus herrschte Totenstille. *Der Alte ist wahrscheinlich oben im Schlafzimmer.*

Thornton holte tief Luft, öffnete die Tür – und erstarrte. Zwölf Männer, die um den großen Tisch in der Mitte der Bibliothek saßen, musterten ihn interessiert.

»Komm rein, Dustin«, forderte Willard Stone ihn auf. »Wir haben dich erwartet.«

24

Auf dem Flughafen Leonardo da Vinci herrschte reger Betrieb, und Robert hatte den Eindruck, daß dort jeder Dritte ein katholischer Priester war. Und hier wollte er einen Geistlichen aufspüren, von dem er nur wußte, daß er auf einer Busfahrt in der Schweiz teilgenommen hatte? *Ich muß übergeschnappt sein*, dachte Robert.

Nachdem Robert im Hotel Hassler ein Zimmer gemietet hatte, fuhr er mit einem Taxi zum Petersplatz.

Der Vatikan, die Residenz des Papstes, erhebt sich majestätisch auf dem Vatikanischen Hügel, der im Nordwesten Roms auf dem rechten Tiberufer liegt. Die von Michelangelo entworfene Kuppel der Peterskirche überragt einen riesigen Platz, auf dem sich Tag und Nacht Touristen aller Glaubensrichtungen drängen.

Beim Anblick des Petersplatzes krampfte sich Roberts Herz zusammen. Hier hatte er mit Susan gestanden – damals, in ihren Flitterwochen, als die Welt noch in Ordnung war.

Das für die Öffentlichkeitsarbeit des Vatikans zuständige Büro befand sich in einem Flügel des für weltliche Angelegenheiten bestimmten Gebäudes. Der junge Mann hinter dem riesigen Schreibtisch lächelte zuvorkommend.

»Was kann ich für Sie tun?«

Robert zeigte einen Presseausweis vor. »Ich arbeite für das Time Magazine und schreibe gerade einen Artikel über römische Geistliche, die vorige Woche an einer Kirchentagung in der Schweiz teilgenommen haben.«

Der junge Mann runzelte die Stirn. »Einige unserer Priester haben letzten Monat an einer Tagung in Venedig teilgenommen. Aber ich weiß von keinem, der in letzter Zeit in der Schweiz gewesen wäre.«

»Ich brauche dringend Informationen über diese Sache. Wissen Sie jemanden, der mir weiterhelfen könnte?«

»Die Gruppe, die Sie suchen . . . welchem Orden gehörte sie an?«

»Wie bitte?«

»Es gibt zahlreiche römisch-katholische Orden. Franziskaner, Benediktiner, Trappisten, Kapuziner, Jesuiten, Dominikaner und viele andere. Am besten wenden Sie sich an den betreffenden Orden und erkundigen sich dort.«

Großartig, dachte Robert. *Den Heuhaufen hab' ich gefunden, jetzt muß ich bloß noch die Nadel darin aufstöbern.*

Er verließ den Vatikan und wanderte ziellos durch die Straßen Roms, ohne auf die Menschen um ihn herum zu achten. Auf der Piazza del Popolo setzte er sich in ein Straßencafé und bestellte einen Cinzano.

Am späten Nachmittag gab es eine Maschine nach Washington. *Die nehme ich,* entschied Robert. *Ich gebe auf.*

»Die Rechnung, bitte.«

»Si, signore.«

Roberts Blick wanderte zu der Haltestelle vor dem Café, an der eben ein Bus hielt. Robert beobachtete, wie die Fahrgäste zahlten und nach hinten durchgingen. Aber die beiden Priester, die an der Haltestelle gewartet hatten, lächelten dem Fahrer nur zu und setzten sich, ohne gezahlt zu haben.

»Ihre Rechnung, *signore*«, sagte der Ober.

Aber Robert achtete nicht auf ihn. Sein Verstand arbeitete auf Hochtouren. Hier im Stammland der katholischen Kirche besaßen Geistliche bestimmte Privilegien. Weshalb sollten sie nicht auch . . . ?

Das Swissair-Büro liegt in der Via Po, keine fünf Minuten von der Via Veneto entfernt.

Robert Bellamy zückte einen seiner Ausweise. »Michael Hudson. Interpol. Einige große Airlines klagen über illegale

Discountpreise in Europa – vor allem hier in Rom. Wie Sie wissen, sind alle IATA-Gesellschaften verpflichtet, ihre ...«

»Entschuldigung, Mr. Hudson«, unterbrach ihn der Angestellte hinter der Theke, »aber Swissair gibt keine Rabatte. Jeder Fluggast zahlt den offiziellen Preis.«

»Sie geben also keinen Rabatt für Geistliche?«

»Nein. Bei unserer Gesellschaft zahlen sie den vollen Preis.

Robert Bellamys nächstes Ziel war die Alitalia. »Illegale Preisnachlässe?« Der Manager starrte den vermeintlichen Interpol-Mann gekränkt an. »Rabatt erhalten nur unsere eigenen Mitarbeiter.«

»Haben Sie denn keine Sondertarife für Geistliche?«

»Natürlich«, erwiderte der Manager. »Aber daran ist nichts illegal. Wir haben eine Vereinbarung mit der katholischen Kirche getroffen.«

Roberts Herz schlug rascher. »Gut, nehmen wir mal an, ein Priester wollte von Rom ... in die Schweiz fliegen. Würde er dann mit Ihnen fliegen?«

»Das nehme ich doch an. Billiger könnte er jedenfalls nirgends fliegen.«

»Um unsere Unterlagen auf den neuesten Stand zu bringen, müßten wir wissen, wie viele Geistliche in den letzten beiden Wochen in die Schweiz geflogen sind.«

»Augenblick, ich sehe mal im Computer nach.«

Einige Minuten später kam der Manager mit einem Computerausdruck in der Hand zurück. »In diesem Zeitraum ist nur ein Geistlicher mit uns in die Schweiz geflogen.« Er warf einen Blick auf den Ausdruck. »Er ist am Elften aus Rom nach Zürich geflogen und vor zwei Tagen zurückgekommen.«

Robert holte tief Luft. »Sein Name?«

»Pater Romero Patrini.«

»Seine Adresse?«

Der Manager warf erneut einen Blick auf den Computerausdruck. »Er lebt in Orvieto. Falls Sie nähere Auskünfte brauchen…« Er blickte auf.

Robert Bellamy war verschwunden.

25

Siebter Tag
Orvieto, Italien

Er hielt in einer Haarnadelkurve der S-71, um den atemberaubenden Blick auf die Stadt zu genießen, die sich jenseits des Tals auf einem einzelnen Tuff-Felsen erhob. Orvieto war eine uralte Etruskerstadt mit einer weltberühmten Kathedrale, zahlreichen Kirchen und einem Geistlichen, der Augenzeuge eines UFO-Absturzes gewesen war. In dieser Stadt mit ihren gepflasterten Straßen, prächtigen alten Gebäuden und dem Marktplatz, auf dem die Landbevölkerung Obst, Kleinvieh und frisches Gemüse verkaufte, schien die Zeit stillzustehen.

Robert fand einen Parkplatz auf der Piazza del Duomo vor der Kathedrale. Dann betrat er den gewaltigen Bau und näherte sich einem ältlichen Priester, der eben den Altarraum verließ.

»Entschuldigen Sie, Pater«, sagte Robert, »ich suche einen Geistlichen aus Orvieto, der letzte Woche in der Schweiz gewesen ist.«

Das Gesicht des Priesters verdüsterte sich. »Ach ja. Der arme Pater Patrini. Er hat einen Nervenzusammenbruch erlitten.«

»Wie schrecklich! Weiß man, warum?«

Der Pfarrer senkte die Stimme zu einem Flüstern. »Er hat des Teufels Streitwagen gesehen.«

»Und wo ist er jetzt? Ich hätte ihn gern gesprochen.«

»Er liegt im Krankenhaus an der Piazza di San Patrizio – aber ich glaube nicht, daß er Besuch empfangen darf.«

Das Krankenhaus war ein schlichter ebenerdiger Bau in einem Außenbezirk am Stadtrand.

»Guten Morgen«, sagte Robert zu der Krankenschwester am Empfang. »Ich möchte zu Pater Patrini.«

»Es tut mir leid, aber das ist unmöglich. Er kann mit niemandem sprechen.«

»Entschuldigen Sie, aber Pater Patrini hat mich *gebeten*, ihn zu besuchen. Ich bin eigens auf seinen Wunsch nach Orvieto gekommen.«

»Er hat um Ihren Besuch *gebeten*?«

»Ja. Er hat mir nach Amerika geschrieben. Ich habe diese weite Reise nur seinetwegen gemacht.«

Die Schwester zögerte. Dann gab sie ihrem Herzen einen Stoß. »Gut. Sie dürfen zu ihm, *signore* – aber nur für ein paar Minuten.«

»Die genügen mir«, versicherte Robert ihr.

»Kommen Sie bitte mit.«

Sie gingen einen Flur entlang. Vor einer der Türen blieb die Krankenschwester stehen und sagte: »Nur ein paar Minuten, *signore*.«

»*Grazie*.«

Robert betrat den kleinen Raum und erblickte einen Mann, der nur noch wie ein Schatten seiner selbst aussah. Robert blieb vor seinem Bett stehen und sagte halblaut: »Pater...«

Der Geistliche sah zu ihm auf. Robert hatte noch nie solche Seelenpein im Blick eines Menschen gesehen.

»Pater, ich bin...«

Die Hand des Kranken umklammerte Roberts Arm. »Helfen Sie mir!« murmelte der Priester. »Sie müssen mir helfen. Ich habe meinen Glauben verloren. Mein ganzes Leben habe ich in den Dienst des einen, allmächtigen Gottes gestellt. Doch jetzt weiß ich, daß es keinen Gott gibt. Es gibt nur den Teufel! Ich habe sie mit eigenen Augen gesehen! Im Wagen des Satans sind nur zwei gewesen – aber andere werden folgen! Warten Sie's nur ab! Wir sind alle zum Fegefeuer verdammt.«

»Bitte hören Sie mir zu, Pater. Sie haben keinen Teufelswagen, sondern ein Raumschiff gesehen, das...«

Der Geistliche ließ Roberts Arm los und starrte ihn plötzlich ernüchtert an. »Wer sind Sie? Was wollen Sie?«

»Ich meine es gut mit Ihnen«, versicherte Robert ihm. »Ich möchte Ihnen nur ein paar Fragen zu der Busfahrt stellen, die Sie in der Schweiz gemacht haben.«

»Ah, der Bus! Ich wollte, ich wäre nie eingestiegen!«

»Sie haben in dem Bus neben einem Texaner gesessen. Sie haben lange mit ihm gesprochen, wissen Sie das noch?«

»Gesprochen. Mit dem Texaner. Ja, ich erinnere mich.«

»Hat er Ihnen gesagt, wo er in Texas lebt?«

»Ja, ja. Er hat es mir gesagt.«

»Wo ist er daheim, Pater?«

»In Texas. Er hat von Texas gesprochen.«

Robert nickte aufmunternd. »Richtig! Und wo –«

»Ich habe sie mit eigenen Augen gesehen. Ich wollte, Gott hätte mich zuvor geblendet. Ich...«

»Bleiben wir bei dem Mann aus Texas, Pater. Hat er gesagt, wo er lebt?«

Der Geistliche verfiel wieder ins Delirium. »Sie kommen! Der Armageddon ist nahe! Die Bibel lügt! Satan wird sich die Erde untertan machen. Nehmt euch in acht! Nehmt euch in acht!«

Die Krankenschwester kam hereingestürzt. Vorwurfsvoll blickte sie Robert an. »Sie müssen sofort gehen, *signore.*«

»Ich brauche nur noch eine Minute, um...«

»Nein, *signore*. Bitte gehen Sie!«

Robert warf einen letzten Blick auf den Priester, der unzusammenhängende Worte vor sich hinbrabbelte, und wandte sich ab.

Die »Ponderosa« – das war die Ranch der mythischen Cartwrights. *Der alte Knabe hat zuviel ferngesehen und im Delirium Texas mit der früher so beliebten Fernsehserie ›Bonanza‹ gleichgesetzt,* dachte Robert erbittert.

Trotzdem – ein Versuch konnte nicht schaden. Also rief Robert Bellamy Admiral Whittaker an.

»Robert, nett, daß Sie sich bei mir melden.« Die Stimme des Alten klang müde. »Wo stecken Sie?«

»Das darf ich nicht sagen, Sir.«

Eine kurze Pause. »Ja, ich verstehe. Kann ich irgend etwas für Sie tun?«

»Ja, Sir. Das ist mir ein bißchen peinlich, weil ich Befehl habe, völlig selbständig zu arbeiten. Aber ich brauche Hilfe von außen. Ich muß unbedingt wissen, ob es irgendwo in Texas eine Ranch gibt, die ›Ponderosa‹ heißt.«

»Wie in der Fernsehserie ›Bonanza‹?«

»Ja, Sir.«

»Das läßt sich feststellen. Wo sind Sie zu erreichen?«

»Es ist besser, wenn ich noch mal anrufe, Admiral.«

Robert hatte den Eindruck, daß die Müdigkeit in der Stimme des Alten sich verflüchtigt hatte. *Wenigstens hat er jetzt wieder einmal eine Aufgabe,* dachte Robert. *Selbst wenn es sich um etwas so Triviales wie das Aufspüren einer Ranch handelt.*

Nach zwei Stunden rief Robert Bellamy erneut den Admiral an.

»Ich habe schon auf Ihren Anruf gewartet«, sagte der Admiral, und in seiner Stimme schwang ein leiser Triumph mit. »In Texas gibt's tatsächlich eine Ranch, die ›Ponderosa‹ heißt. Sie liegt bei Waco. Der Besitzer ist ein gewisser Dan Wayne.«

Robert seufzte erleichtert auf. »Vielen Dank, Admiral«, sagte er. »Dafür bin ich Ihnen ein Abendessen schuldig, wenn ich zurückkomme.«

»Darauf freue ich mich schon, Robert.«

Als nächstes rief Robert Bellamy General Hilliard an. »Ich habe in Italien einen weiteren Zeugen aufgespürt. Einen Pater Patrini.«

»Ein katholischer Geistlicher?«

»Ja. Er liegt mit einem Nervenzusammenbruch in Orvieto im Krankenhaus. Ich fürchte, daß er auch für die italienischen Behörden nicht ansprechbar sein wird.«

»Das gebe ich weiter. Besten Dank, Commander.«

Eine Minute später telefonierte General Hilliard bereits mit Janus.

»Commander Bellamy hat sich wieder gemeldet. Der nächste Zeuge ist ein Geistlicher. Ein Pater Patrini in Orvieto.«

»Veranlassen Sie das nötige.«

BLITZMELDUNG

TOP SECRET ULTRA

NSA AN DIREKTOR SIFAR

PERSÖNLICH

1. AUSFÜHRUNG VON 1 AUSFÜHRUNG(EN)

BETREFF: OPERATION DOOMSDAY

5. PATER PATRINI – ORVIETO

TEXTENDE

Es war nach Mitternacht, als die Nonne am Stationszimmer der beiden Nachtschwestern in dem kleinen Krankenhaus in Orvieto vorbeiging.

»Wahrscheinlich besucht sie Signora Filippi«, sagte Schwester Giulia.

»Oder den alten Rigano. Beide werden nicht mehr lange unter uns weilen.«

Die Nonne glitt lautlos um die Ecke und betrat das Zimmer des Geistlichen. Pater Patrini schlief friedlich, und seine Hände lagen wie zum Gebet gefaltet auf seiner Brust. Ein durch die Jalousie fallender Streifen Mondlicht lag wie ein mattsilbernes Band auf seinem Gesicht.

Aus einer Rocktasche ihrer Ordenstracht zog die Nonne ein kleines Etui, entnahm ihm einen Rosenkranz und legte ihn zwischen die Hände des alten Priesters. Während sie die Perlen zurechtschob, ritzte sie mit einer die Haut der Daumenkuppe, so daß ein dünner Blutstreifen austrat. Dann entnahm sie dem Etui ein winziges Fläschchen und träufelte mit einer Pipette drei Tropfen einer wasserklaren Flüssigkeit in die Schnittwunde.

Wenige Minuten später hatte das tödliche Gift seine Wirkung getan. Mit einem tiefen Seufzer schlug die Nonne das Kreuz über dem Toten und entfernte sich.

BLITZMELDUNG

SIFAR AN DIREKTOR NSA

PERSÖNLICH

1. AUSFERTIGUNG VON 1 AUSFERTIGUNG(EN)

BETREFF: OPERATION DOOMSDAY

5. PATER PATRINI – LIQUIDIERT

TEXTENDE

26

Sie wurden auf ihn aufmerksam, weil er ein Schwarzer war. Sie brauchten einen verbitterten Mann, der sich im Kampf bewährt hatte und das Establishment haßte. Er war der ideale Mann für sie. Als Green Beret war er in Vietnam und hatte sich dort den Spitznamen »Killermaschine« erworben. Er tötete gern. Er war motiviert und hochintelligent.

Das erste Gespräch fand in einer Kaserne statt. Ein Hauptmann sprach mit Frank Johnson.

»Macht Ihnen unsere Regierung nicht auch Sorgen?« fragte er den Schwarzen. »Sie besteht aus lauter Weltverbesserern, die unser Land dem Untergang preisgeben. Amerika braucht Kernenergie, aber die verdammten Politiker hindern uns daran, neue Atomkraftwerke zu bauen. Beim Erdöl sind wir von den verdammten Arabern abhängig – doch die Regierung läßt nicht zu, daß vor unseren Küsten nach Öl gebohrt wird! Anscheinend sind ihr die Fische dort wichtiger als wir. Können Sie das begreifen?«

»Ich verstehe, was Sie meinen«, meinte Frank Johnson.

»Das hab' ich gewußt. Schließlich sind Sie ein intelligenter Mensch.« Während er weitersprach, beobachtete er Johnsons Gesicht scharf. »Wenn der Kongreß nichts zur Rettung Amerikas tun will, müssen eben einige von uns die Initiative ergreifen.«

Frank Johnson zog die Augenbrauen hoch. »Einige von *uns*?«

»Yeah.« *Das reicht fürs erste,* dachte der Hauptmann. »Darüber können wir uns gelegentlich unterhalten.«

Beim nächsten Gespräch kam er dann zur Sache. »Es gibt eine Gruppe patriotischer Amerikaner, Frank, denen daran gelegen ist, unser Land zu schützen. Ziemlich einflußreiche Gentlemen, die ein Komitee gebildet haben. Manchmal muß das Komitee mit nicht ganz legalen Mitteln arbeiten, aber es wird sich letztlich auszahlen. Sind Sie interessiert?«

Frank Johnson grinste. »Sehr sogar.«

Damit fing alles an. Bei der nächsten Sitzung im kanadischen Ottawa lernte Frank Johnson die meisten Komiteemitglieder kennen. Sie vertraten mächtige Interessengruppen aus einem Dutzend Staaten.

»Wir sind gut organisiert«, erklärte eines der Mitglieder Frank Johnson. »Bei uns herrscht straffe Disziplin. Wir haben Abteilungen für Propaganda, Anwerbung, Taktik, Fernmeldeverbindungen... und eine Todesschwadron.« Er fuhr fort: »Alle großen Nachrichtendienste der Welt sind an diesem Unternehmen beteiligt.«

»Soll das heißen, daß ihre Direktoren...?«

»Nein, die eigentliche Arbeit machen ihre Stellvertreter. Die Praktiker, die auf dem laufenden sind und am besten beurteilen können, in welcher Gefahr die Welt schwebt.«

Erst nach einem guten halben Jahr bestellte Janus ihn zu sich.

»Ihre Vorgesetzten beurteilen Sie glänzend, Oberst.«

Frank Johnson grinste. »Meine Arbeit macht mir Spaß.«

»Das habe ich gehört. Sie befinden sich in der vorteilhaften Lage, uns helfen zu können, Oberst.«

Frank Johnson setzte sich auf. »Zählen Sie auf mich.«

»Gut. Auf der ›Farm‹ sind Sie für die Ausbildung von Agenten der verschiedenen Dienste zuständig.«

»Stimmt.«

»Und dabei lernen Sie die Leute und ihre Fähigkeiten kennen.«

»Sehr genau.«

»Ich möchte«, fuhr Janus fort, »daß Sie die Leute anwerben, die Ihnen für unsere Organisation geeignet erscheinen. Uns interessieren nur die Besten.«

»Das läßt sich machen«, antwortete Oberst Johnson. »Kein Problem.« Er zögerte kurz. »Ich frage mich, ob...«

»Ja?«

»Diesen Auftrag kann ich mit links erledigen. Eine größere, eine anspruchsvollere Aufgabe wäre mir lieber.« Er beugte sich nach vorn. »Ich habe von der Operation Doomsday gehört. Doomsday wäre die ideale Sache für mich.«

Janus musterte ihn sekundenlang prüfend. Dann nickte er. »Okay, Sie sind dabei.«

Johnson grinste. »Danke, Sir. Sie werden's nicht bereuen.«

27

Achter Tag
Waco, Texas

Für Dan Wayne war dies kein schöner Tag. Tatsächlich war es ein miserabler Tag. Er war eben von dem fürs Waco County zuständigen Gericht zurückgekommen, wo das Konkursverfahren gegen ihn eröffnet worden war. Und seine Frau, die ihn mit ihrem jungen Arzt betrogen hatte, hatte die Scheidung eingereicht und verlangte nun die Hälfte seines Besitzes, der möglicherweise demnächst bei einer Zwangsversteigerung unter den Hammer kommen würde. Jetzt saß er in seinem Arbeitszimmer und grübelte über seine unerfreulichen Zukunftsaussichten nach.

Dan Wayne war ein stolzer Mann. Er kannte all die Witze, die Texaner als lärmende, großmäulige Angeber charakterisierten, aber er war der ehrlichen Überzeugung, auf seine Heimat stolz sein zu können. Er stammte aus Waco, der modernen und zugleich ein wenig altmodischen Stadt inmitten des fruchtbaren Gebiets im Brazos River Valley. Er liebte Waco mit allen Fasern seines Herzens und hatte kürzlich bei einer Busrundfahrt in der Schweiz einem italienischen Geistlichen fast fünf Stunden lang von seiner Heimatstadt vorgeschwärmt.

Und der kleine Priester hatte gelächelt und genickt, und Wayne hatte sich später gefragt, ob er wirklich alles verstanden hatte, was ihm der Rancher in seinem texanischen Englisch erzählt hatte.

Dan Waynes Vater hatte ihm 4000 Hektar Ranchland hinterlassen, und der Sohn hatte den Viehbestand von 2000 Rindern auf 10000 Tiere erhöht, hielt sechs Zuchttiere und besaß einen Hengst, der einmal ein Vermögen wert sein würde. Und jetzt wollten die Schweinehunde ihm alles wegnehmen. Dabei war es nicht seine Schuld, daß die Viehpreise in den Keller gefallen waren, so daß er mit den Hypothekenzahlungen in Verzug geraten war. Die Banken waren auf eine Zwangsversteigerung aus, und Waynes einzige Chance bestand darin, selbst einen Käufer für die Ranch zu finden, um die Ansprüche seiner Gläubiger befriedigen und einen kleinen Gewinn erzielen zu können.

Wayne hatte von einem reichen Schweizer gehört, der in Texas eine Ranch suchte, und war nach Zürich geflogen, um mit ihm zu verhandeln. Er hätte sich diese Mühe sparen können. Unter einer Ranch verstand der Kerl ein bis zwei Hektar Land mit einem hübschen kleinen Gemüsegarten. *Scheiße!*

Und während seines Aufenthalts in der Schweiz hatte Dan Wayne an jener Busrundfahrt teilgenommen, bei der diese verrückte Sache passiert war. Unmittelbar nach seiner Rückkehr hatte er den Redakteur eines Lokalblatts angerufen.

»Du wirst's nicht glauben, Johnny, aber ich hab' eine echte Fliegende Untertasse mit zwei toten Außerirdischen gesehen!«

»Yeah? Hast du sie fotografiert, Dan?«

»Nein. Ich hab' ein paar Aufnahmen gemacht, aber die Bilder sind nichts geworden.«

»Macht nichts. Wir schicken unseren Fotografen hin. Ist sie auf deiner Ranch?«

»Äh, nein. Die ganze Sache hat sich in der Schweiz abgespielt.«

Am anderen Ende herrschte zunächst Schweigen. Dann meinte Johnny: »Ach so... Weißt du, am besten rufst du mich noch mal an, Dan, wenn du auf deiner Ranch eine siehst.«

»Warte! Ich kriege ein Foto von einem Mann, der auch alles gesehen hat!« Aber Johnny hatte bereits aufgelegt.

Und das war's gewesen.

Eigentlich hätte Wayne gar nichts dagegen einzuwenden gehabt, wenn eine Invasion von Außerirdischen die Erde heimsuchen würde. Vielleicht würden sie ihn ja von seinen verdammten Gläubigern befreien.

Draußen hielt ein Auto. Der Rancher stand auf und trat ans Fenster. Der Mann sah wie ein Yankee aus. *Wahrscheinlich noch ein Gläubiger.*

Dan Wayne öffnete die Haustür.

»Guten Tag. Sind sie Daniel Wayne?« fragte Robert.

»Meine Freunde nennen mich Dan. Was kann ich für Sie tun?«

»Haben Sie vielleicht ein paar Minuten Zeit für mich?«

»Das ist ungefähr das einzige, was ich noch habe«, meinte Wayne. »Oder sind Sie etwa ein Gläubiger?«

»Ein Gläubiger? Nein.«

»Gut. Kommen Sie bitte 'rein.«

Die beiden Männer gingen in das große behagliche Wohnzimmer, das im Westernstil möbliert war.

Nachdem sie auf den weichen Ledersesseln Platz genommen hatten, fragte Robert: »Sie haben letzte Woche in der Schweiz eine Busrundfahrt mitgemacht, nicht wahr?«

»Richtig. Läßt meine Exfrau mich beobachten? Sie arbeiten doch nicht etwa für sie?«

»Nein, Sir.«

»Ah!« Wayne verstand plötzlich. »Sie sind wegen des UFOs hier. Ein verrücktes Ding.« Er schauderte. »Von denen träume ich noch jetzt manchmal!«

»Mr. Wayne, können Sie mir irgend etwas über die anderen Fahrgäste des Busses erzählen?«

Dan Wayne überlegte einen Augenblick. »Nun, einer ist ein

italienischer Geistlicher gewesen. Mit ihm habe ich mich lange unterhalten. Er ist ein netter Kerl gewesen. Die Sache mit der Fliegenden Untertasse hat ihn ziemlich mitgenommen.«

»Mit wem haben Sie sonst noch geredet?«

Wayne zuckte mit den Schultern. »Eigentlich mit keinem... Augenblick! Ich habe kurz mit einem Kerl gesprochen, dem in Kanada eine Bank gehört.« Er fuhr sich mit der Zungenspitze über die Lippen. »Ehrlich gesagt, habe ich ein kleines finanzielles Problem mit dieser Ranch. Wahrscheinlich gehört sie mir nicht mehr lange. Ich hasse die gottverdammten Bankiers! Lauter Blutsauger! Jedenfalls hab' ich gehofft, dieser Kerl sei vielleicht anders, und versucht, ihn für eine Umschuldung zu gewinnen. Aber er hat genauso reagiert wie alle anderen. Mein Anliegen hat ihn überhaupt nicht interessiert.«

»Sie sagen, er kam aus Kanada?«

»Yeah, aus Fort Smith in den Northwest Territories. Mehr kann ich Ihnen nicht erzählen, fürchte ich.«

Robert bemühte sich, seine Aufregung zu verbergen. »Danke, Mr. Wayne, Sie haben mir sehr geholfen.« Er stand vom Sofa auf und verabschiedete sich.

»General Hilliard?«

»Ja, Commander?«

»Ich habe einen weiteren Zeugen aufgespürt. Er heißt Dan Wayne. Ihm gehört die Ranch ›Ponderosa‹ bei Waco, Texas.«

»Ausgezeichnet! Ich sorge dafür, daß Leute unserer Außenstelle Dallas mit ihm reden.«

BLITZMELDUNG

TOP SECRET ULTRA

NSA AN DIREKTOR DCI

PERSÖNLICH

1. AUSFERTIGUNG VON 1 AUSFERTIGUNG(EN)

BETREFF: OPERATION DOOMSDAY

6. DANIEL WAYNE – WACO

TEXTENDE

Die beiden Männer kamen mit einem dunkelblauen Kleinbus auf die Ranch. Sie parkten im Hof und sahen sich beim Aussteigen vorsichtig um.

Dan Wayne, der sie schon vom Fenster aus beobachtet hatte, öffnete ihnen die Haustür.

»Dan Wayne?«

»Ja. Was kann ich...?«

Weiter kam er nicht.

Der kleinere Mann war blitzschnell hinter ihn getreten und hatte ihn mit seinem Gummiknüppel auf den Hinterkopf geschlagen.

Der Größere der beiden trug den bewußtlosen Rancher über den Hof in den Pferdestall. In den ersten acht Boxen standen nur Stuten. Die Männer gingen an ihnen vorbei zur letzten Box weiter, in der ein prachtvoller schwarzer Hengst stand.

»Das ist er«, sagte der Große. Er ließ Wayne zu Boden gleiten.

Der andere hob einen elektrischen Viehtreiberstock vom Boden auf, trat an die Box und schlug den Hengst damit über die Kruppe. Als das Pferd den Stromstoß fühlte, bäumte es sich laut wiehernd auf. Der Mann schlug wieder zu. Der Hengst keilte mit gefletschten Zähnen und wild mit den Augen rollend aus. Seine Hufe krachten gegen die Holzwände der Box.

»Los!« sagte der kleinere Mann. Sein Begleiter hob den Bewußtlosen hoch und warf ihn in die enge Pferdebox. Die beiden beobachteten die blutige Szene einige Augenblicke lang, bevor sie sich zufrieden abwandten, um zu gehen.

BLITZMELDUNG

TOP SECRET ULTRA

DCI AN DIREKTOR NSA

PERSÖNLICH

1. AUSFERTIGUNG VON 1 AUSFERTIGUNG(EN)

BETREFF: OPERATION DOOMSDAY

6. DANIEL WAYNE – LIQUIDIERT

TEXTENDE

28

Neunter Tag
Fort Smith, Kanada

Fort Smith in den Northwest Territories ist eine florierende Kleinstadt mit 2000 Einwohnern – Farmern, Viehzüchtern und einigen Geschäftsleuten. Die langen, sehr strengen Winter stellen die Menschen vor große Herausforderungen. Daher bietet die Stadt hervorragendes Anschauungsmaterial für Darwins These, daß sich nur die ihrer Umwelt am besten angepaßten Wesen im Kampf ums Dasein durchsetzen werden.

William Mann gehörte zu den Begünstigten, die stets überleben würden. Er stammte eigentlich aus Michigan, war jedoch mit Anfang Dreißig auf einem Angelausflug nach Fort Smith gekommen und hatte erkannt, daß die Kleinstadt eine weitere Bank brauchen konnte. Diese Gelegenheit hatte er sich nicht entgehen lassen. In Fort Smith gab es damals nur eine weitere Bank, und William Mann brauchte keine zwei Jahre, um seinen Konkurrenten zu schlucken.

Im Laufe der Jahre machten zahlreiche kanadische und amerikanische Banken Pleite, aber Manns Bank war besser im Geschäft als je zuvor. Seine Philosophie war einfach: Keine Darlehen für neugegründete Firmen, keine Darlehen für Nachbarn, deren Kinder vielleicht dringend eine Operation brauchten.

Da Manns Respekt vor dem Schweizer Bankensystem fast an Ehrfurcht grenzte, war er nach Zürich gereist, um sich vor Ort darüber zu informieren. Sehr viel Neues hatte er jedoch nicht erfahren.

Am letzten Tag seines Aufenthalts gönnte er sich eine Busrundfahrt durch die Alpen, aber die Tour war ziemlich langweilig. Sicher, die Landschaft war ganz reizvoll, aber Berge gab es auch in Kanada. Einer der Mitfahrer, ein Texaner, hatte Mann um ein Darlehen gebeten, mit dem er seine vom Konkurs bedrohte Ranch retten wollte. Er hatte ihm ins Gesicht gelacht.

Das einzig Interessante an der Rundfahrt war der Absturz einer sogenannten Fliegenden Untertasse gewesen. Allerdings war Mann sich sicher, daß die Sache vom Schweizer Fremdenverkehrsamt arrangiert worden war, um Touristen zu beeindrucken. Aber da er in Disneyland gewesen war, konnte man ihn mit solchen Effekten nicht beeindrucken.

Man verpaßte also nichts Wesentliches, wenn man zu Hause in Nordamerika blieb. Daher war William Mann sehr zufrieden, als er alles erledigt hatte und die Heimreise antreten konnte.

Jede Minute von Manns Arbeitstag war verplant, und als seine Sekretärin hereinkam und sagte, ein Robert Bellamy wünsche ihn zu sprechen, runzelte der Bankier zunächst abweisend die Stirn. »Was will er denn?«

»Er möchte Sie interviewen. Für einen Artikel über erfolgreiche Bankiers.«

Das war natürlich etwas anderes. Die richtige Art Publicity war außerordentlich wichtig fürs Geschäft. William Mann zog sein Jackett an, fuhr sich mit einer Hand übers Haar und sagte: »Schicken Sie ihn rein.«

Manns Besucher war Amerikaner. Er war gut angezogen, was darauf schließen ließ, daß er für eine der besseren Zeitungen oder Zeitschriften arbeitete.

»Nehmen Sie bitte Platz, Mr. Bellamy. Meine Sekretärin sagt, daß Sie einen Artikel über mich schreiben wollen. Darf ich fragen, für welche Zeitung Sie arbeiten?«

»Für das Wall Street Journal.«

Donnerwetter!

»Unsere Redaktion findet, daß die meisten Bankiers zu wenig Auslandserfahrung haben. Sie reisen selten; sie interessieren sich nicht genug für die Verhältnisse in anderen Ländern. Sie dagegen stehen in dem Ruf, ein weitgereister Mann zu sein.«

»Das könnte man sagen«, antwortete Mann bescheiden. »Tatsächlich bin ich erst letzte Woche von einer Reise durch die Schweiz zurückgekommen.«

»Wirklich? Ist sie informativ gewesen?«

»Ja. Ich bin mit mehreren Kollegen zusammengetroffen. Wir haben über die Weltwirtschaftslage gesprochen.«

Robert hatte ein Notizbuch aufgeschlagen und schrieb mit. »Haben Sie auch Zeit für Privates gehabt?«

»Eigentlich nicht. Ich habe lediglich eine kleine Busrundfahrt mitgemacht, um die Alpen zu sehen.«

Robert notierte sich auch dieses Stichwort. »Genau solche Einzelheiten interessieren uns«, sagte er aufmunternd. »Ich nehme an, daß Sie im Bus eine Menge interessanter Leute kennengelernt haben.«

»Interessant?« Mann dachte an den Texaner, der versucht hatte, ihn anzuschnorren. »Eigentlich nicht.«

»Wirklich nicht?«

William Mann warf ihm einen prüfenden Blick zu. Der Journalist wollte offenbar mehr hören. »In unserem Bus ist eine Russin mitgefahren.«

Robert schrieb diese Information nieder. »Tatsächlich? Erzählen Sie mir von ihr.«

»Nun, wir sind ins Gespräch gekommen, und ich habe ihr erklärt, wie rückständig ihr Land ist und welche großen Schwierigkeiten ihm bevorstehen, wenn es seine Wirtschaft nicht umkrempelt.«

»Das hat sie bestimmt sehr beeindruckt«, meinte Robert.

»Und wie! Sie hat einen recht intelligenten Eindruck gemacht. Für 'ne Russin, meine ich. Diese Leute sind nicht gerade weltoffen, wissen Sie.«

»Hat sie ihren Namen genannt?«

»Nein. Augenblick... Sie hat Olga Sowieso geheißen.«

»Hat sie zufällig gesagt, woher sie kommt?«

»Ja. Sie arbeitet als Bibliothekarin in der Stadtbücherei Kiew. Dies ist ihre erste Auslandsreise gewesen – wahrscheinlich ein Ergebnis von Gorbatschows Perestrojka. Wenn Sie meine Meinung hören wollen...« Er machte eine Pause, um sicherzugehen, daß Robert mitschrieb. »Gorbatschow ruiniert Rußland systematisch. Bonn hat Ostdeutschland praktisch ohne Gegenleistung bekommen. Auf politischem Gebiet bewegt Gorbatschow sich zu schnell – und auf wirtschaftlichem Gebiet ist er zu langsam.«

Robert Bellamy tat, als sei er von dieser nicht gerade neuen oder originellen Einschätzung seines Gegenübers tief beeindruckt. Er hörte sich eine halbe Stunde lang geduldig Manns von Vorurteilen geprägte Kommentare über die Abrüstungsverhandlungen und die Europäische Gemeinschaft an, doch es gelang ihm nicht, dem Bankier weitere Informationen über die Mitreisenden bei der Busrundfahrt in der Schweiz zu entlokken.

»General, ich habe einen weiteren Zeugen aufgespürt.«

»Sein Name?«

»William Mann. Ihm gehört eine Bank in Fort Smith in Kanada.«

»Danke. Ich veranlasse sofort, daß die kanadischen Behörden mit ihm sprechen.«

»Übrigens hat er mir einen weiteren Tip gegeben. Ich muß in die Sowjetunion fliegen. Dazu brauche ich einen Reisepaß mit Besuchervisum.«

»Von woher telefonieren Sie?«

»Aus Fort Smith.«

»Schauen Sie im Stockholmer Hotel Visgoth vorbei. An der Reception wird ein Umschlag für Sie deponiert werden.«

»Danke, Sir.«

BLITZMELDUNG

TOP SECRET ULTRA

NSA AN DIREKTOR CGHQ

PERSÖNLICH

1. AUSFERTIGUNG VON 1 AUSFERTIGUNG(EN)

BETREFF: OPERATION DOOMSDAY

7. WILLIAM MANN – FORT SMITH

TEXTENDE

Um 19 Uhr an diesem Abend klingelte es an William Manns Haustür. Er war allein zu Hause, da seine Frau sich auf einer Kur befand. Übellaunig öffnete der Bankier die Haustür, nachdem er zunächst durch den Spion geblickt hatte. Immerhin wirkten die beiden Männer in ihren dunklen Geschäftsanzügen höchst seriös.

»William Mann?«

»Ja.«

Einer der Männer zeigte einen Dienstausweis vor. »Wir sind von der Federal Reserve Bank. Dürfen wir einen Augenblick hereinkommen?«

Mann runzelte die Stirn. »Was gibt's denn?«

»Das würden wir lieber drinnen mit Ihnen besprechen, wenn Sie nichts dagegen haben.«

»Gut, meinetwegen.« Er führte die beiden ins Wohnzimmer.

»Sie sind vor kurzem in der Schweiz gewesen, stimmt's?«

Diese Frage verblüffte ihn. »Wie bitte? Ja, aber was zum Teufel...«

»Während Ihrer Abwesenheit haben wir eine Buchprüfung vornehmen lassen, Mr. Mann. Sind Sie sich darüber im klaren, daß Ihre Aktiva einen Fehlbestand von einer Million Dollar aufweisen?«

William Mann sprang von seinem Sessel auf und starrte die Besucher entgeistert an. »Ausgeschlossen! Ich prüfe diese Bücher jede Woche persönlich. Bei uns hat noch nie ein Cent gefehlt!«

»Eine Million Dollar, Mr. Mann. Wir glauben, daß Sie das Geld unterschlagen und in die Schweiz gebracht haben.«

Mann lief zornrot an. Vor Wut stotterte er fast. »Wie... wie können Sie so was behaupten? Verschwinden Sie, sonst hole ich die Polizei!«

Einer der Männer zog eine Pistole. »Setzen Sie sich, Mr. Mann.«

Großer Gott, sie wollen mich berauben! »Hören Sie«, sagte Mann heiser, »nehmen Sie sich, was Sie wollen. Gewaltanwendung ist überflüssig und...«

»Bitte setzen Sie sich.«

Während der Bankier sich in einen Sessel fallen ließ, trat einer der Männer an den abgeschlossenen Barschrank, schlug mit dem Ellbogen die Glasscheibe ein und öffnete die Tür. Dann nahm er ein großes Wasserglas heraus, füllte es bis zum Rand mit Scotch und trug es zu Mann hinüber.

»Trinken Sie das. Das wird Sie beruhigen.«

»Ich ... ich trinke nach dem Abendessen nichts mehr. Mein Arzt ...«

Der andere setzte William Mann die Pistolenmündung an die Schläfe. »Trinken Sie, sonst finden Sie Ihr Gehirn in diesem Glas wieder.«

Mann begriff jetzt, daß er zwei Wahnsinnigen in die Hände gefallen war. Er griff mit zitternder Hand nach dem Glas und nahm einen kleinen Schluck.

»Austrinken!«

Er nahm einen größeren Schluck. »Was ... was wollen Sie von mir?«

»Trinken Sie das Glas aus.«

»Hören Sie, das ist nicht nötig. Ich ...«

Der Pistolengriff traf ihn über dem linken Ohr. Mann stöhnte vor Schmerz. »Austrinken!«

Mann leerte das Glas mit einem Zug. Er hatte das Gefühl, daß sich ein glühender Lavastrom in seinen Magen ergoß. Dann wurde ihm schwindlig. »Mein Safe ist oben im Schlafzimmer«, murmelte er mit schwerer Zunge.

»Wir haben's nicht eilig«, sagte der Mann mit der Pistole. »Sie haben reichlich Zeit für einen weiteren Drink.«

Der andere Mann ging an den Barschrank und füllte das Glas erneut bis zum Rand. »Hier.«

»Nein!« protestierte Mann. »Ich will nichts mehr!«

Das Glas wurde ihm in die Hand gedrückt. »Austrinken.«

»Ich will wirklich nichts ...«

Der zweite Schlag war so schmerzhaft, daß Mann das Gefühl hatte, der Pistolengriff hätte ihm die linke Schläfe zerschmettert. Fast wäre er ohnmächtig geworden.

»Austrinken.«

Wenn sie unbedingt wollen ... Je schneller dieser Alptraum zu Ende ist, desto besser. Mann nahm einen großen Schluck und spürte einen Brechreiz.

»Wenn ich noch mehr trinke, muß ich kotzen.«

»Wenn Sie das tun, erschieße ich Sie«, sagte der Kerl mit der Pistole.

Mann stierte ihn an. Er sah jetzt alles doppelt.

»Was wollt ihr denn alle?« murmelte er.

»Wir wollen, daß Sie bereuen, Mr. Mann.

William Mann nickte betrunken. »Okay, ich bereue.«

Der andere lächelte zufrieden. »Sehen Sie, mehr verlangen wir gar nicht.« Er drückte Mann einen Schreibblock in die Hand. »Am besten nehmen Sie Ihren eigenen Kugelschreiber. Sie brauchen nur zu schreiben: ›Ich bereue alles. Verzeiht mir.‹«

William Mann starrte ihn benommen an. »Das is' alles?«

»Das ist alles. Danach gehen wir.«

Er war plötzlich in Hochstimmung. *Darum geht's also! Die beiden sind religiöse Fanatiker.* Sobald sie gegangen waren, würde er die Polizei anrufen und sie verhaften lassen. *Wartet nur, ich sorge dafür, daß ihr eingelocht werdet!*

»Schreiben Sie, Mr. Mann.«

Der Block verschwamm vor seinen Augen. »Was soll ich also schreiben?«

»Schreiben Sie einfach: ›Ich bereue alles. Verzeiht mir.‹«

»Okay.« Obwohl er Mühe hatte, den Kugelschreiber zu halten, begann er zu schreiben. *Ich bereue alles. Verzeiht mir.*

Der andere nahm ihm den Block aus der Hand, wobei er ihn, wie bereits zuvor, nur an den Kanten anfaßte. »Ausgezeichnet, Mr. Mann. Sehen Sie, wie einfach das war?«

Das Zimmer begann sich vor seinen Augen zu drehen. »Yeah. Danke. Ich hab' bereut. Gehen Sie jetzt bitte?«

»Wie ich sehe, sind Sie Linkshänder.«

»Was?«

»Sie sind Linkshänder.«

»Ja.«

»In letzter Zeit sind hier viele Straftaten verübt worden, Mr. Mann. Deshalb wollen wir Ihnen die Pistole dalassen.«

Mann spürte, daß ihm die Waffe in die linke Hand gedrückt wurde.

»Wissen Sie, wie man damit umgeht?«

»Nein.«

»Das ist ganz einfach. Man setzt sie so an...« Der Unbekannte hob die Pistole an William Manns Schläfe und betätigte mit Manns Zeigefinger den Abzug. Ein dumpfer Knall ließ die Gläser im Barschrank klirren. Blut spritzte auf den Schreibblock.

»Sehen Sie, so einfach ist das«, sagte einer der beiden Unbekannten. »Gute Nacht, Mr. Mann.«

BLITZMELDUNG

TOP SECRET ULTRA

CGHQ AN DIREKTOR NSA

PERSÖNLICH

1. AUSFERTIGUNG VON 1 AUSFERTIGUNG(EN)

BETREFF: OPERATION DOOMSDAY

7. WILLIAM MANN – LIQUIDIERT

TEXTENDE

Zehnter Tag
Fort Smith, Kanada

Am nächsten Morgen meldete die Bankenaufsicht, in Manns Bank sei ein Fehlbetrag von einer Million Dollar festgestellt worden. Die Polizei kam bei ihren Ermittlungen zu dem Ergebnis, daß William Mann Selbstmord begangen hatte.

Die verschwundene Million tauchte nie wieder auf.

29

Elfter Tag
Brüssel, 03.00 Uhr

General Edgar Shipley, der Kommandant des USAF-Stützpunktes Ramstein, wurde von seinem Adjutanten geweckt.

»Entschuldigen Sie, daß ich Sie wecke, General, aber es ist wirklich wichtig.«

General Shipley setzte sich gähnend auf und rieb sich den Schlaf aus den Augen. Gestern war es verdammt spät geworden, weil er eine Gruppe amerikanischer Senatoren hatte bewirten müssen. »Was gibt's denn, Billy?«

»Vorhin ist ein dringender Anruf vom Tower gekommen, Sir. Entweder spielen alle unsere Radargeräte verrückt, oder wir haben... seltsame Besucher.«

General Shipley war sofort hellwach. Mit einem Ruck stand er auf. »Ich bin in fünf Minuten drüben.«

In dem abgedunkelten Raum drängten sich Offiziere und Unteroffiziere um grünlich leuchtende Radarschirme. Als der General hereinkam, nahmen sie Haltung an.

»Weitermachen!« Shipley wandte sich an Hauptmann Muller, den diensthabenden Offizier. »Was geht hier vor, Lewis?«

Hauptmann Muller kratzte sich am Hinterkopf. »Das ist mir ein Rätsel, Sir. Kennen Sie ein Flugzeug, das fünfunddreißigtausend Stundenkilometer erreichen, abrupt bremsen und ebenso schnell in Gegenrichtung fliegen kann?«

General Shipley starrte ihn an. »Wovon reden Sie eigentlich?«

»Nach Angaben unserer Radargeräte hat sich mindestens eine halbe Stunde lang genau das abgespielt. Anfangs haben wir vermutet, da würde irgendein elektronisches Gerät getestet. Aber unsere Anfragen bei den Deutschen, Franzosen, Engländern und Russen haben ergeben, daß sie die gleichen Phänomene auf ihren Radarschirmen sehen.«

»Also kann's kein Gerätefehler sein«, stellte der General fest.

»Richtig, Sir. Außer Sie würden annehmen, alle Radargeräte der Welt seien plötzlich durchgedreht.«

»Wie viele dieser Erscheinungen haben Sie im Radar beobachtet?«

»Über ein Dutzend, Sir. Sie sind so schnell, daß wir Mühe haben, ihrer Flugbahn zu folgen. Kaum haben wir sie erfaßt, verschwinden sie wieder. Ich wollte schon unsere Abfangjäger aufsteigen lassen, aber diese Objekte – was immer sie sein mögen – fliegen so hoch, daß wir sie nie erreichen könnten.«

General Shipley trat an eines der Radargeräte. »Haben Sie sie noch auf den Schirmen?«

»Nein, Sir. Sie sind verschwunden.« Muller zögerte einen Augenblick. »Aber ich habe den schrecklichen Verdacht, General, daß sie zurückkommen werden.«

30

Ottawa, Kanada
05.00 Uhr

Nachdem Janus General Shipleys Bericht laut verlesen hatte, sprang der Italiener auf und rief erregt: »Sie bereiten eine Invasion vor!«

»Ihre Invasion läuft bereits«, stellte der Franzose fest.

»Unsere Abwehrmaßnahmen kommen zu spät«, sagte der Russe. »Die Katastrophe ist da, und wir können sie nicht mehr verhindern.«

»Ihre Forderungen sind unannehmbar«, erklärte der Brasilianer. »Was wir mit unseren Bäumen machen, geht sie nichts an. Der sogenannte Treibhauseffekt ist wissenschaftlicher Unsinn, völlig unbewiesen.«

»Und was ist mit uns?« fragte der Deutsche. »Wenn sie uns dazu zwingen, die Luft unserer Großstädte sauberer zu machen, müssen wir unsere Fabriken schließen. Damit wäre unsere Industrie erledigt.«

»Und wir müßten aufhören, Autos zu bauen«, sagte der Japaner. »Wo stünde die zivilisierte Welt dann?«

»Wir sitzen alle im gleichen Boot«, konstatierte der Russe. »Wenn wir ihre Forderungen erfüllen und jegliche Umweltverschmutzung einstellen würden, würde das den Zusammenbruch der Weltwirtschaft bedeuten. Wir müssen Zeit gewinnen, bis wir SDI gegen sie einsetzen können.«

»Darüber sind wir uns einig«, sagte Janus energisch. »Im Augenblick geht es darum, die Öffentlichkeit im unklaren zu lassen und jegliche Panik zu vermeiden.«

»Wie kommt Commander Bellamy voran?« wollte der Kanadier wissen.

»Er macht ausgezeichnete Fortschritte. Ich rechne damit, daß sein Auftrag in zwei bis drei Tagen abgeschlossen ist.«

31

Kiew, UdSSR

Wie die meisten ihrer Landsleute war Olga Romantschenko von der *Perestrojka* enttäuscht. Anfangs hatte sie Hoffnung in die Verheißungen der neuen Männer in Moskau gesetzt und erwartet, daß es nun bald Frischfleisch, Gemüse, hübsche Kleider, Lederschuhe und weitere wundervolle Artikel in den Geschäften der sowjetischen Hauptstadt zu kaufen geben würde. Aber jetzt – sechs Jahre nachdem alles angefangen hatte – machte sich bittere Enttäuschung breit. Das Warenangebot war spärlicher als je zuvor. Schwarzmarktgeschäfte waren lebensnotwendig. Praktisch alles war jetzt knapp, und die Preise hatten sich verdreifacht. Und die Hauptstraßen waren noch immer von *Rytwina* – riesigen Schlaglöchern – übersät. Täglich gab es Protestdemonstrationen, und die Zahl der Verbrechen stieg unaufhaltsam.

Olga Romantschenko arbeitete seit zehn Jahren in der Kiewer Stadtbibliothek am Lenkomsomol-Platz. Unmittelbar vor ihrem 33. Geburtstag hatte sie den Beschluß gefaßt, sich einen lange gehegten Wunschtraum zu erfüllen und eine Auslandsreise zu machen. Also zog sie einen Atlas aus ihrem Bücherregal und blätterte darin. Da ihr für eine größere Reise das Geld fehlte, kam nur ein europäisches Land in Frage. Und schließlich entschied sie sich für die Schweiz.

Obwohl sie das niemals zugegeben hätte, erschien ihr die Schweiz vor allem deshalb verlockend, weil sie einmal Schweizer Schokolade gekostet und diesen Geschmack nie wieder vergessen hatte. Sie hatte eine Vorliebe für Süßigkeiten. Russische Süßigkeiten – wenn sie überhaupt zu bekommen waren – wurden fast ohne Zucker hergestellt und schmeckten abscheulich.

Ihre Vorliebe für Schokolade sollte Olga Romantschenko das Leben kosten.

Olga war von Zürich begeistert. Die Menschen auf den Straßen waren so elegant gekleidet und fuhren so teure Autos, daß Olga den Eindruck hatte, in dieser Stadt lebten nur Millionäre. Und erst die Geschäfte! Sie machte einen Schaufensterbummel auf der Bahnhofstraße, der großen Züricher Einkaufsstraße, und staunte über die unglaubliche Vielfalt des Warenangebots.

Dann stieß Olga auf die für ihre Pralinen und Schokoladen berühmte Confiserie Sprüngli. Vier große Schaufenster waren mit einer verwirrenden Vielzahl von Süßigkeiten aller Art dekoriert. Es gab riesige Schachteln mit verschiedenen Pralinen, Schokoladentiere, Marzipan mit Schokoladeüberzug, Schokoladetafeln, in Schokolade getauchte Nüsse, Bananen in Schokolade und Likörbohnen. Schon die Auslagen waren ein Fest fürs Auge. Olga hätte am liebsten von allem etwas gekauft, aber als sie die Preise sah, begnügte sie sich mit der kleinsten Schachtel Pralinen und einem Schokoriegel.

Im Laufe der folgenden Woche besuchte Olga den Zürichberg, das Rietberg-Museum, das Großmünster und ein Dutzend weiterer Touristenattraktionen.

Am vorletzten Tag ihres Aufenthalts in der Schweiz nahm sie an einer höchst aufregenden Busrundfahrt durch die Alpen teil. Die Landschaft war atemberaubend schön, und unterwegs sahen sie den Absturz eines mysteriösen Flugobjekts, das Olga für eine Fliegende Untertasse hielt. Aber der neben ihr sitzende kanadische Bankier erklärte ihr, es gäbe keine Fliegenden Untertassen und dies sei lediglich ein vom Schweizer Fremdenverkehrsamt inszeniertes Touristenspektakel. Olga war nicht restlos überzeugt und sprach nach der Heimkehr mit ihrer Mutter darüber.

»Natürlich gibt es Fliegende Untertassen!« sagte ihre Mutter. »Ich sehe jeden Abend welche.«

Nachdem Robert sein Visum an der Reception des Stockholmer Hotels abgeholt hatte, verspürte er plötzlich das heftige Bedürfnis, mit Susan zu sprechen. *Vielleicht ist sie ja schon wieder aus Brasilien zurück*, dachte er. Und er hatte Glück!

»Hallo?« *Diese kehlige, sexy klingende Stimme!*

»Hi, Susan. Wie war's in Brasilien?«

»Robert! Ich hab' versucht, dich anzurufen, und nie erreicht.«

»Ich bin nicht zu Hause.«

»Oh.« Sie wußte, daß es keinen Sinn hatte zu fragen, von wo aus er anrufe. »Geht's dir gut?«

Für 'nen Eunuchen bin ich prima in Form. »Klar. Großartig. Wie geht's Money... Monte?«

»Danke, auch gut. Robert, wir laufen morgen nach Gibraltar aus.«

»Oh?« *Natürlich auf Moneybags' verdammter Jacht. Wie heißt sie gleich wieder? Ah, richtig: Halcyon.* »Mit der Jacht?«

»Ja. Du kannst mich an Bord anrufen. Weißt du das Rufzeichen noch?«

»Ja, natürlich. WS 337.« *Was bedeutet wohl die Abkürzung WS? Wunderbare Susan?*

»Meldest du dich mal? Nur damit ich weiß, daß bei dir alles in Ordnung ist.«

»Klar. Ich vermisse dich, Baby.«

Am anderen Ende herrschte lange, schmerzliche Stille. Robert wartete. Was erwartete er zu hören? *Komm und rette mich vor diesem charmanten Mann, der wie Paul Newman aussieht und mich dazu zwingt, auf seiner Achtzigmeterjacht zu verreisen und in unseren schäbigen kleinen Palästen in Rom, Monte Carlo, Paris, London und weiß der Teufel wo noch zu leben.*

»Ich vermisse dich auch, Robert. Paß gut auf dich auf.«

Nachdem Robert ein Zimmer im Kiewer Hotel Dnjepr bezogen hatte, sah er auf seine Armbanduhr. 20.10 Uhr. Die Bibliothek würde bereits geschlossen sein. Das bedeutete, daß er bis zum nächsten Morgen warten mußte.

Nach dem Abendessen verließ er das Hotel und schlenderte durch die Innenstadt. Die ukrainische Metropole war eine attraktive, europäisch wirkende Großstadt mit Parks und herrlichen Alleen. Überragt wurde Kiew von prachtvollen alten Kirchen – der Zehntkirche zu Mariä Geburt, der Kirche des hl. Andreas, und der weißen, im Jahre 1037 erbauten Kathedrale der hl. Sophia mit ihrem vierstöckigen Glockenturm.

Zwölfter Tag
Kiew, UdSSR

Früh am nächsten Morgen, nur wenige Minuten nach Öffnung der Stadtbibliothek, betrat Robert Bellamy das riesige düstere Gebäude und blieb an der Information stehen.

»Ich suche eine Frau, die meines Wissens hier arbeitet. Olga…«

»Olga? Ja, natürlich.« Die Frau hinter der Theke deutete auf den Eingang des Lesesaals. »Olga ist im Saal dahinter.«

So einfach war das also gewesen. Robert durchquerte den Lesesaal, in dem an langen Tischen eifrig lernende Studenten saßen. In dem kleineren Raum dahinter erblickte er eine Frau, die damit beschäftigt war, Bücher von einem Wagen in die Regale zurückzustellen.

»Entschuldigung«, sagte Robert.

Sie drehte sich um. »Ja?«

»Olga?«

»Ich bin Olga. Was wollen Sie von mir?«

Robert lächelte entwaffnend. »Ich schreibe einen Zeitungsartikel über die Auswirkungen der *Perestrojka* auf russische Durchschnittsbürger. Hat sie Ihr Leben sehr verändert?«

Die Frau zuckte mit den Schultern. »Vor Gorbatschow haben wir nicht gewagt, den Mund aufzumachen. Jetzt dürfen wir den Mund aufmachen – aber wir haben nichts, was wir reinstecken könnten.«

»Aber einiges hat sich doch bestimmt zum Besseren verändert. Beispielsweise dürfen Sie jetzt reisen.«

»Soll das ein Witz sein? Welche Familie mit vier Kindern kann sich eine Reise leisten?«

Er ließ nicht locker. »Trotzdem sind Sie in der Schweiz gewesen und...«

»In der Schweiz? Ich bin noch nie im Ausland gewesen!«

Robert starrte sie an. »Sie sind noch nie in der Schweiz gewesen?« fragte er langsam.

»Wenn ich's Ihnen doch sage!« Sie nickte zu einer dunkelhaarigen Kollegin hinüber, die mit einem weiteren Bücherwagen hereinkam. »Das ist die Glückliche, die eine Schweizreise gemacht hat!«

Rasch sah er zu ihr hinüber. »Wie heißt sie?«

»Olga. Genau wie ich. Olga Romantschenko.«

Robert seufzte erleichtert. »Vielen Dank.«

Eine Minute später unterhielt Robert sich mit der zweiten Olga über ihre Reise in die Schweiz. Bald hatte er das Gespräch auf die Busrundfahrt und den Absturz des merkwürdigen Flugobjekts gelenkt, der Olga immer noch sehr beschäftigte.

»Sind Sie bei der Rundfahrt auch mit Ihren Reisegefährten ins Gespräch gekommen?«

»O ja! Sie waren alle sehr freundlich. Ich habe sogar einen Mann aus Washington kennengelernt.«

»Wirklich?«

»Ja. Er war sehr nett. Ich weiß sogar noch seinen Namen: Kevin Parker. Er spielt in der Politik eine wichtige Rolle. Er sagt Senatoren, wie sie abstimmen müssen.«

Robert war verblüfft. »Hat er Ihnen das erzählt?«

»Ja. Er lädt sie zu Reisen ein und macht ihnen Geschenke, und sie stimmen dann so ab, wie seine Klienten es wünschen. So funktioniert die Demokratie in Amerika.«

Ein Lobbyist. Robert ließ Olga noch eine Viertelstunde erzählen, doch sie konnte ihm keine weiteren nützlichen Informationen über die anderen Fahrgäste geben.

»General Hilliard? Ich habe die russische Zeugin aufgespürt. Sie heißt Olga Romantschenko und arbeitet in der Stadtbibliothek Kiew.«

»Gut, ich sorge dafür, daß die sowjetischen Stellen sich mit ihr befassen.«

BLITZMELDUNG
TOP SECRET ULTRA
NSA AN DIREKTOR GRU
PERSÖNLICH
1. AUSFERTIGUNG VON 1 AUSFERTIGUNG(EN)
BETREFF: OPERATION DOOMSDAY
8. OLGA ROMANTSCHENKO – KIEW
TEXTENDE

An diesem Nachmittag flog Robert Bellamy mit einer Iljuschin Il-82 der Aeroflot nach Paris. Dort stieg er in eine Maschine der Air France nach Washington um.

Gegen zwei Uhr nachts schreckte Olga Romantschenko aus dem Schlaf auf und horchte. Nein, sie hatte sich nicht getäuscht: Jemand pochte heftig gegen ihre Wohnungstür. Hastig stand sie auf und lief in den Vorraum ihrer winzigen Wohnung.

»Wer ist da«, rief sie ängstlich.

»Genossin Olga Romantschenko?« fragte eine Männerstimme.

»Ja.«

»Glawnoje Raswediwatelnoje Uprawlenije.«

Die gefürchtete GRU.

Zitternd öffnete sie die Tür. Vor ihr standen zwei bullige Männer in Zivil. Sie drängten sich an ihr vorbei in die Wohnung.

»Was... was wollen Sie von mir?«

»*Wir* stellen hier die Fragen. Ich bin Juri Gromkow. Das hier ist Wladimir Semski.«

Sie fühlte eine kalte Hand nach ihrem Herzen greifen. »Was wollen Sie von mir? Was hab' ich getan?«

Semski ging sofort darauf ein. »Aha, Sie wissen also, daß Sie was verbrochen haben!«

»Nein, natürlich nicht«, widersprach Olga verwirrt. »Ich weiß nicht, weshalb Sie hier sind.«

»Sie sind gerade von einer Reise in die Schweiz zurückgekommen, stimmt's?«

»J-j-ja«, stotterte sie, »aber es... war alles legal... ich hab' alle Papiere gehabt...«

»Spionage ist nicht legal, Genossin Romantschenko.«

»Spionage?« fragte Olga fassungslos. »Ich weiß gar nicht, wovon Sie reden!«

Gromkow starrte schweigend auf ihren Körper. Olga wurde plötzlich bewußt, daß sie nur ein dünnes Nachthemd trug.

»Los, mitkommen!«

»Aber wohin denn?«

»Zum Verhör in die Zentrale.«

Olga durfte einen Mantel über ihr Nachthemd ziehen. Dann wurde sie die Treppe hinuntergestoßen und in eine schwarze Tschaika-Limousine geschoben. Sie dachte an all die Menschen, die in solchen Limousinen weggebracht worden waren, um nie mehr zurückzukehren, und war wie gelähmt vor Angst.

Gromkow setzte sich ans Steuer, während Semski neben Olga auf dem Rücksitz Platz nahm.

»Bitte glauben Sie mir«, sagte Olga in flehentlichem Ton. »Ich würde mein Land niemals...«

»Maul halten!« blaffte Gromkow sie an.

»Warum bist du so grob zu ihr?« fragte Semski. »Ich glaube ihr, wenn du's genau wissen willst.«

Olga begann neue Hoffnung zu schöpfen.

»Die Zeiten haben sich geändert«, fuhr Semski fort. »Genosse Gorbatschow will nicht, daß wir rumlaufen und Unschuldige belästigen.«

»Wer sagte, daß sie nicht schuldig ist?« knurrte Gromkow. »Vielleicht ist sie's, vielleicht auch nicht. Beim Verhör in der Zentrale stellt sich das ganz schnell raus.«

»Red' keinen Unsinn, Juri!« widersprach Semski. »Du weißt genau, daß sie in der Zentrale ein Geständnis unterschreiben wird – egal, ob sie nun schuldig ist oder nicht. Das gefällt mir nicht.«

»Dann hat sie eben Pech gehabt. Wir können nichts dagegen tun.«

»Doch, das könnten wir!«

»Was denn?«

Der Mann neben Olga schwieg einen Augenblick. »Hör zu, Juri«, sagte er dann. »Warum lassen wir sie nicht einfach laufen? Wir könnten behaupten, sie sei nicht zu Hause gewesen. Wir halten die Kollegen ein, zwei Tage hin, und dann ist ihr Fall vergessen, weil sie so viele andere Leute zu vernehmen haben.«

Olga versuchte etwas zu sagen, aber ihre Kehle war wie ausgedörrt. Sie hoffte inständig, der Mann neben ihr würde den anderen überzeugen können.

»Wozu sollen wir unseren Hals für sie riskieren?« brummte Gromkow. »Was haben wir davon? Womit will sie sich revanchieren?«

Semski warf Olga einen fragenden Blick zu. Sie schluckte. »Geld hab' ich keines«, flüsterte sie heiser.

»Wer braucht dein Geld? Geld haben wir selbst reichlich.«

»Sie hat was anderes«, warf Gromkow ein.

»Augenblick, Juri!« protestierte Semski, bevor Olga antworten konnte. »So was kannst du nicht von ihr erwarten.«

»Das muß sie selbst entscheiden. Entweder sie ist nett zu

uns, oder sie landet in der Zentrale. Vielleicht kriegt sie dort 'ne besonders hübsche *Schiso.*«

Was *Schisos* waren, wußte Olga: unbeheizte winzige Einzelzellen mit einer Holzpritsche ohne Decken. ›*Nett zu uns sein*...‹ Was meinte er damit?

Semski wandte sich an Olga. »Also, was ist dir lieber?«

»Ich... ich verstehe nicht, was er meint.«

»Mein Kollege will damit sagen, daß wir deinen Fall vergessen könnten, wenn du nett zu uns bist. Nach einiger Zeit würde kein Mensch mehr daran denken.«

»Was... was müßte ich dafür tun?«

Gromkow grinste sie im Rückspiegel an. »Du brauchst bloß ein paar Minuten Zeit für uns zu haben.«

Olga begriff plötzlich, worauf die beiden hinauswollten. Sie schüttelte den Kopf. »Nein, das könnte ich nicht!«

»Auch recht.« Gromkow fuhr schneller. »Dann amüsieren sie sich eben in der Zentrale mit dir.«

»Warten Sie doch!« Olga war nahe daran, in Panik zu geraten. Sie hatte schreckliche Geschichten über mißhandelte Untersuchungshäftlinge gehört. Eigentlich hatte sie ja geglaubt, damit sei jetzt Schluß, aber das stimmte offenbar nicht. Die *Perestrojka* war nur ein schöner Traum. Sie würde keinen Anwalt bekommen und mit niemandem reden dürfen. Sie saß in der Falle. Die GRU-Leute konnten sie wochenlang einsperren, schlagen, vergewaltigen, vielleicht sogar ermorden. Mit diesen beiden Männern war wenigstens alles in ein paar Minuten überstanden, und danach würden die Kerle sie laufenlassen.

»Einverstanden«, sagte sie bedrückt. »Fahren wir in meine Wohnung zurück?«

»Nein, ich weiß einen besseren Platz«, antwortete Gromkow. Er wendete auf der Straße.

»Tut mir leid, daß es so gekommen ist«, flüsterte Semski, »aber er ist mein Vorgesetzter. Ich kann ihn nicht abhalten.«

Olga gab keine Antwort.

Sie fuhren an der Schewtschenko-Oper vorbei und erreichten einen großen Park mit alten Bäumen. Um diese Zeit war er völlig menschenleer. Gromkow parkte unter den Bäumen, schaltete die Scheinwerfer aus und stellte den Motor ab.

»Kommt, wir steigen aus«, sagte er.

Die drei stiegen aus.

Gromkow starrte Olga an. »Du kannst von Glück sagen, daß du damit wegkommst. Darüber bist du dir hoffentlich im klaren?«

Olga nickte nur. Angst schnürte ihr die Kehle zu.

Gromkow führte sie auf eine kleine Lichtung. »Los, zieh dich aus!«

»Es ist kalt«, sagte Olga. »Könnten wir nicht...?«

Gromkow schlug sie mit voller Kraft ins Gesicht. »Tu, was ich dir sage, bevor ich's mir anders überlege.«

Olga zögerte noch einen Augenblick, aber als Gromkow weiteres Mal ausholte, begann sie ihren Mantel aufzuknöpfen.

»Zieh ihn aus.«

Sie ließ ihn zu Boden gleiten.

»Jetzt das Nachthemd.«

Olga zog es sich langsam über den Kopf.

»Hübsche Figur«, meinte Gromkow anerkennend. Er nahm eine Brustwarze zwischen Daumen und Zeigefinger.

»Bitte...«

»Keinen Laut, sonst bringen wir dich sofort in die Zentrale.« Er stieß sie zu Boden.

Ich denke einfach nicht daran. Ich stelle mir vor, ich sitze in dem Schweizer Bus und fahre durch eine herrliche Landschaft.

Gromkow hatte seine Hose heruntergelassen und drückte Olgas Beine auseinander.

Ich sehe die schneebedeckten Alpengipfel. Ein junger Mann und ein Mädchen fahren auf einem Schlitten zu Tal.

Sie spürte seine Hände unter ihren Hüften, und dann drang sein Geschlecht in sie ein. Sie stöhnte vor Schmerz.

Auf den Straßen fahren schöne Autos. Mehr Autos, als ich im Leben gesehen habe. In der Schweiz hat jeder ein Auto.

Er stieß noch fester zu, knetete ihre Brüste, gab wilde, tierische Laute von sich.

Irgendwann gehört mir ein kleines Haus in den Bergen. Wie nennen die Schweizer sie gleich wieder? Chalets. Und ich esse jeden Tag Schokolade und eine ganze Schachtel Pralinen.

Nun zog Gromkow sich schweratmend aus ihr zurück. Er stand auf und nickte Semski zu. »Jetzt bist du an der Reihe!«

Ich heirate und kriege Kinder, und im Winter sind wir alle in den Bergen beim Skifahren.

Semski zog den Reißverschluß seiner Hose herunter und bestieg sie.

Dort lebe ich glücklich und zufrieden. Und ich gehe nie wieder in meine Heimat zurück. Nie. Nie. Nie.

Er war in sie eingedrungen, umfaßte mit hartem Griff ihre Gesäßbacken und drückte ihren Leib auf den kalten Erdboden, bis der Schmerz fast unerträglich war.

Wir leben auf einem Bauernhof, wo es immer ruhig und friedlich ist, und haben einen wunderschönen Blumengarten.

Als Semski mit ihr fertig war, sah er zu seinem Kollegen auf. »Das hat ihr sicher gefallen«, sagte er grinsend.

Dann packte er Olgas Hals und brach ihr mit einem kurzen Ruck das Genick.

Am übernächsten Tag brachten die Kiewer Zeitungen eine Meldung über eine Bibliothekarin, die im Park vergewaltigt und ermordet worden war. Der Bericht schloß mit einer strengen Warnung der Miliz, für junge Frauen könnten nächtliche Spaziergänge im Park lebensgefährlich sein.

BLITZMELDUNG

TOP SECRET ULTRA

DIREKTOR GRU AN DIREKTOR NSA

PERSÖNLICH

1. AUSFERTIGUNG VON 1 AUSFERTIGUNG(EN)

BETREFF: OPERATION DOOMSDAY

8. OLGA ROMANTSCHENKO – LIQUIDIERT

TEXTENDE

32

Willard Stone und Monte Banks waren geschworene Feinde. Beide waren erbarmungslose Raubtiere, und der Dschungel, den sie durchstreiften, waren die Steinschluchten der Wall Street mit ihren Aktiengeschäften und Firmenaufkäufen.

Als Konkurrenten gerieten die beiden erstmals aneinander, als es um die Übernahme eines riesigen Energieversorgungsunternehmens ging. Willard Stone, der das erste Gebot abgegeben hatte, erwartete keine Schwierigkeiten. Er war so mächtig, daß nur wenige es wagten, ihn herauszufordern. Deshalb war er sehr überrascht, als er hörte, ein gewisser Monte Banks habe ein höheres Gebot abgegeben. Stone mußte sein eigenes Gebot erhöhen, und Banks hielt lange mit. Zwar blieb Willard Stone zuletzt doch Sieger, aber das Unternehmen kostete ihn weit mehr, als er erwartet hatte.

Ein halbes Jahr später sah Stone sich erneut mit Monte Banks konfrontiert. Diesmal ging es um die Übernahme einer großen Elektronikfirma. Nach heftigen Bietgefechten behielt diesmal Banks die Oberhand.

Als Willard Stone erfuhr, daß Monte Banks ihm die Aktienmehrheit eines Computerherstellers wegschnappen wollte, wußte er, daß es Zeit für ein Gespräch mit diesem Konkurrenten war. Die beiden trafen sich auf neutralem Boden: auf der Bahamasinsel Paradise Island. Stone hatte sich gründlich über seinen Konkurrenten informiert und wußte, daß Banks ein reicher Ölerbe war, der mit seinen ererbten Millionen sehr geschickt spekulierte.

Die beiden Konkurrenten trafen sich zum Mittagessen. Stone alt und weise; Banks jung und lernbegierig.

»Sie werden allmählich verdammt lästig«, bemerkte Willard.

Monte Banks grinste. »Wenn Sie das sagen, ist das ein großes Kompliment.«

»Was wollen Sie eigentlich?« fragte Stone.

»Nichts anderes als Sie. Ich will die Welt beherrschen.«

»Nun ja, die Welt ist groß«, meinte Willard Stone bedächtig.

»Was soll das heißen?«

»Daß in ihr Platz genug für uns beide ist.«

Von diesem Tag an waren sie Partner. Beide leiteten ihre Unternehmen selbständig, aber beim Erwerb neuer Firmen kooperierten sie. Die staatliche Kartellbehörde versuchte mehrmals, ihnen illegale Absprachen nachzuweisen, aber dank Willard Stones guter Beziehungen kamen sie stets ungeschoren davon. Monte Banks besaß Chemiewerke, die Seen und Flüsse stark verschmutzten, und sollte vor Gericht gestellt werden. Die Anklage wurde – wundersamerweise – niedergeschlagen.

Die beiden Männer waren in perfekter Symbiose miteinander verbunden.

Und beide waren maßgeblich an der Operation Doomsday beteiligt. Denn Stone und Banks beabsichtigten fünf Millionen Hektar üppigen Regenwaldes im Amazonasbecken zu erwerben. Dieses Geschäft sollte eines der gewinnträchtigsten werden, zu dem die beiden sich je zusammengetan hatten.

Deshalb konnten sie nicht dulden, daß sich ihnen jemand in den Weg stellte.

33

Dreizehnter Tag
Washington, D. C.

Der Senat der Vereinigten Staaten war zu einer Plenarsitzung zusammengetreten. Das Wort hatte der zweite Senator aus Utah.

»... und wie mit der Umwelt umgegangen wird, ist eine nationale Schande. Es wird Zeit, daß dieses Hohe Haus erkennt, daß es seine Pflicht ist, das uns von unseren Vorfahren anvertraute kostbare Erbe zu bewahren. Luft, Land und Meer müssen vor unverantwortlichen Elementen geschützt werden, die Raubbau an der Natur betreiben, weil ihnen ihre wirtschaftlichen Interessen wichtiger sind, als die natürlichen Lebensgrundlagen der Menschheit...«

Auf der Besuchertribüne sah Kevin Parker zum dritten Mal innerhalb von fünf Minuten auf seine Uhr und fragte sich, wie lange diese Rede noch dauern würde. Er ließ sie nur deshalb über sich ergehen, weil er den Senator, der ihm einen Gefallen tun mußte, zum Mittagessen eingeladen hatte.

So fing alles an.

Endlich kam der Senator aus Utah zum Schluß. »... und ich erkläre Ihnen jetzt, daß wir dieses Gesetz verabschieden müssen, wenn wir einen Rest unserer Umwelt retten wollen. Deshalb beantrage ich namentliche Abstimmung.«

Gott sei Dank! Die quälend lange Sitzung näherte sich ihrem Ende. Kevin Parker dachte an den Abend, der vor ihm lag, und spürte, daß er eine Erektion bekam. Am Abend zuvor hatte er in Danny's »P« Street Station, einer bekannten Schwulenbar, einen jungen Mann kennengelernt, der leider in Begleitung gewesen war. Aber sie hatten mehrmals Blickkontakt gehabt, und bevor Parker gegangen war, hatte er einen kleinen Zettel geschrieben und dem jungen Mann in die Hand gedrückt. Auf dem Zettel hatte nur *Morgen abend* gestanden. Der Junge hatte ihn lächelnd angesehen und genickt.

Kevin Parker zog sich hastig zum Ausgehen um. Er mußte schon vor dem Jungen in der Bar sein. Der junge Mann war viel zu attraktiv, und Parker fürchtete, daß ihn jemand anderer abschleppen könnte. Dann klingelte es an seiner Wohnungstür. *Scheiße!* Parker machte auf.

Draußen stand ein Fremder. »Kevin Parker?«

»Ja...«

»Mein Name ist Bellamy. Ich hätte Sie gern einen Augenblick gesprochen. Es geht um Ihre Schweizreise vor neun Tagen.«

»Meine Reise in die Schweiz? Was ist damit?«

»Meine Dienststelle interessiert sich für einige der Leute, die Sie dort kennengelernt haben könnten.« Robert zeigte einen CIA-Ausweis vor.

»Sie haben doch von Zürich aus eine Busrundfahrt gemacht, nicht wahr?«

Darum geht's also! Um die Sache mit der Fliegenden Untertasse. Das Verrückteste, was ich in meinem Leben gesehen habe. »Sie interessieren sich für das UFO, stimmt's?«

»Zweifellos, aber meine Dienststelle glaubt offen gesagt nicht an Fliegende Untertassen. Ich habe den Auftrag, Sie wegen Ihrer Mitreisenden im Bus zu befragen.«

Parker war verblüfft. »Oh... Tut mir leid, aber da kann ich Ihnen nicht weiterhelfen. Im Bus sind lauter Fremde mitgefahren.«

»Das ist mir klar, Mr. Parker«, meinte Robert geduldig, »aber *irgend etwas* an ihnen muß Ihnen doch im Gedächtnis haften geblieben sein.«

Kevin Parker zuckte mit den Schultern. »Na ja, ein paar Kleinigkeiten ... Ich weiß noch, daß ich kurz mit einem Engländer gesprochen habe, der uns fotografiert hat.«

Leslie Mothershed. »An wen erinnern Sie sich sonst noch?«

»Ich habe auch ein paar Worte mit einer jungen Russin gewechselt.«

Olga Romantschenko. »Ausgezeichnet! Fällt Ihnen noch jemand ein, Mr. Parker?«

»Nein, das ist so ziemlich alles, was ... oh, jetzt erinnere ich mich an zwei weitere Männer. Einer ist Amerikaner gewesen – aus Texas.«

Daniel Wayne. »Und der andere?«

»Der andere war Ungar. Er sagte, er sei Schausteller. Er hat einen Zirkus oder eine Kuriositätenschau oder irgendwas in dieser Art.« Parker runzelte die Stirn und dachte kurz nach. »Richtig, eine Kuriositätenschau, die er auf Jahrmärkten vorführt. Das UFO hat ihn natürlich sehr interessiert. Am liebsten hätte er's mitgenommen, um es in seiner Kuriositätenschau auszustellen. Es hat wirklich sehr merkwürdig ausgesehen, das gebe ich zu. Ich hätte meine Beobachtung gemeldet, aber ich kann's mir nicht leisten, mit all den Verrückten, die Fliegende Untertassen gesehen haben wollen, in einen Topf geworfen zu werden.«

»Hat er zufällig seinen Namen genannt?«

»Ja, aber das ist einer dieser unaussprechlichen ausländischen Namen gewesen. Ich hab' ihn leider nicht behalten.«

»Fällt Ihnen sonst noch was zu ihm ein?«

»Nur daß er's plötzlich eilig gehabt hat, nach Ungarn zurückzukommen.« Parker sah auf seine Uhr. »Kann ich sonst noch was für Sie tun, Mr. Bellamy? Ich bin schon ziemlich spät dran.«

»Danke, das war's, Mr. Parker. Sie haben uns sehr geholfen.«

Robert Bellamy rief General Hilliard an. »Mein Auftrag ist so gut wie abgeschlossen, General. Ich habe Kevin Parker aufgespürt. Er ist Lobbyist in Washington, D. C. Jetzt bin ich unterwegs, um den letzten Busreisenden zu überprüfen.«

»Ich bin sehr zufrieden mit Ihnen«, lobte General Hilliard. »Sie haben ausgezeichnete Arbeit geleistet, Commander. Melden Sie sich, so rasch Sie können.«

»Ja, Sir.«

BLITZMELDUNG

TOP SECRET ULTRA

NSA AN DIREKTOR CIA

PERSÖNLICH

1. AUSFÜHRUNG VON 1 AUSFÜHRUNG(EN)

BETREFF: OPERATION DOOMSDAY

9. KEVIN PARKER – WASHINGTON, D. C.

TEXTENDE

Als Kevin Parker hereinkam, herrschte in Danny's »P« Street Station noch mehr Betrieb als am Abend zuvor. Die älteren Gäste trugen konservative Anzüge, während die meisten jüngeren Männer Jeans, Blazer und Stiefel bevorzugten. Die wenigen, die in schwarzer Ledermontur erschienen waren, wirkten ziemlich fehl am Platz, fand Parker. Ledertypen waren nicht sein Fall.

Der hübsche Junge war noch nicht da. Kevin Parker trat an die Bar, bestellte einen Drink und sah sich um. Auf den Fernsehschirmen an den Wänden liefen MTV-Programme. Die jüngeren Männer nahmen möglichst attraktive Posen ein, während die älteren Männer – die Käufer – sie begutachteten und dann ihre Wahl trafen.

Kevin Parker hörte sich mit halbem Ohr an, was um ihn herum geredet wurde. Erstaunlicherweise waren es immer die gleichen Gespräche – ob in Lederbars, Tanzbars, Videobars oder Untergrundclubs, die wöchentlich ihren Standort wechselten.

»Bist du ein Oberer oder Unterer?«

»Ein Oberer. Ich sage, was Sache ist, Mädchen.« Dazu ein Fingerschnalzen.

»Gut. Ich passe mich gern an...«

»Er hat mich echt fertiggemacht... Er hat einfach dagestanden und mich kritisiert... mein Gewicht, meinen Teint, meine Einstellung. ›Mary, mit uns ist Schluß‹, hab' ich gesagt. Aber es hat wehgetan. Deshalb bin ich heute hier... um ihn zu vergessen. Kann ich noch 'nen Drink haben...?«

Kurz nach ein Uhr kam der Junge herein. Er sah sich um, erblickte Parker und ging auf ihn zu. Der Junge war noch schöner, als Parker ihn in Erinnerung hatte.

»Hallo.«

»Hallo. Tut mir leid, daß ich mich verspätet habe.«

»Macht nichts. Auf dich hab' ich gern gewartet.«

Der Junge nahm sich eine Zigarette und wartete, bis Parker ihm Feuer gab.

»Darf ich dich zu einem Drink einladen?«

»Wenn's dich glücklich macht.«

Parker lächelte. »Bist du daran interessiert, mich glücklich zu machen?«

Der Junge sah ihm in die Augen und sagte leise: »Ich glaube schon.«

»Ich habe den Mann gesehen, mit dem du gestern hier gewesen bist. Er ist nicht der Richtige für dich.«

»Aber du bist der Richtige für mich?«

»Schon möglich. Wollen wir's nicht ausprobieren?«

»Warum nicht?«

Parker fühlte, wie seine Erregung wuchs. »Ich weiß da ein

verschwiegenes Apartment, in dem wir ganz allein sein würden.«

»Gut, dann verzichte ich auf den Drink.«

Als sie gerade auf den Ausgang zugingen, flog plötzlich die Tür auf, und zwei große junge Männer stürmten herein. Sie bauten sich vor dem Jungen auf und vertraten ihm den Weg. »Da bist du also, du Dreckskerl!« knurrte der eine. »Wo ist das Geld, das du mir schuldest?«

Der Junge sah verwirrt zu ihm auf. »Welches Geld? Ich weiß überhaupt nicht, wovon du redest! Wie soll ich dir Geld schulden, wenn ich dich gar nicht...«

»Den Scheiß kannst du dir sparen!« Der Mann packte ihn an der Schulter und schob ihn vor sich her auf die Straße hinaus.

Parker kochte vor Wut, aber er konnte es sich nicht leisten, in einen Vorfall verwickelt zu werden, der sich zu einem Skandal auswachsen konnte. Deshalb blieb er stehen und sah zu, wie der Junge in der Nacht verschwand.

Der zweite Mann lächelte Kevin Parker mitfühlend zu. »Du solltest bei der Auswahl deiner Freunde vorsichtiger sein. So einer wie der bringt dich bloß in Schwierigkeiten.«

Parker betrachtete den jungen Mann genauer. Er war blond und äußerst attraktiv. Parker hatte plötzlich das Gefühl, daß dies vielleicht doch kein verlorener Abend war. »Wahrscheinlich hast du recht«, stimmte er zu.

»Man weiß nie, was das Schicksal für uns parat hat, nicht wahr?« Der Mann blickte Parker in die Augen.

»Ja, das stimmt. Ich heiße Tom. Und du?«

»Paul.«

»Darf ich dich zu einem Drink einladen, Paul?«

»Ja, gern.«

»Hast du heute nacht schon was Bestimmtes vor?«

»Das hängt ganz von dir ab.«

»Möchtest du die Nacht mit mir verbringen?«
»Das könnte ganz reizvoll sein.«
»Wieviel?«
»Du gefällst mir. Für dich zweihundert.«
»Das scheint angemessen.«
»Das ist es auch. Du wirst's nicht bereuen.«

Eine halbe Stunde später führte Paul Kevin Parker in ein altes Apartmentgebäude in der Jefferson Street. Sie gingen in den zweiten Stock hinauf und betraten ein winziges Apartment. Parker sah sich um. »Nicht gerade luxuriös, was?«

Paul grinste. »Schließlich brauchen wir bloß das Bett.«

»Da hast du recht. Willst du dich nicht schon mal ausziehen? Ich möchte sehen, was ich kaufe.«

»Klar.« Paul begann sich auszuziehen. Er hatte einen wundervollen Körper.

Parker beobachtete ihn wortlos.

»Zieh dich auch aus«, flüsterte Paul. »Beeil dich, ich will dich!«

»Ich will dich auch.« Parker begann seine Kleidung abzustreifen.

»Was magst du lieber?« fragte Paul. »Hüften oder Lippen?«

»Am liebsten einen ›Cocktail‹. Schließlich haben wir die ganze Nacht lang Zeit.«

»Klar. Ich muß nur mal schnell ins Bad«, sagte Paul. »Bin gleich wieder da.«

Parker streckte sich mit geschlossenen Augen nackt auf dem Bett aus und träumte von den Freuden des Leibes, die ihn erwarteten. Dann hörte er, wie der junge Mann das Bad verließ und barfuß näher kam.

Er streckte die Arme aus. »Komm zu mir, Paul«, sagte er.

»Ich komme.«

Parker spürte namenlose Schmerzen, als das Messer sich in

seinen Körper bohrte. Verzweifelt riß er die Augen auf und keuchte: »Mein Gott, was...?«

Paul zog sich wieder an. »Wegen des Geldes mach dir keine Sorgen«, sagte er. »Geht alles auf Kosten des Hauses.«

BLITZMELDUNG
TOP SECRET ULTRA
CIA AN DIREKTOR NSA
PERSÖNLICH
1. AUSFERTIGUNG VON 1 AUSFERTIGUNG(EN)
BETREFF: OPERATION DOOMSDAY
9. KEVIN PARKER – LIQUIDIERT
TEXTENDE

Robert Bellamy hörte die Morgennachrichten nicht mehr, weil er bereits in einem Flugzeug nach Ungarn saß, um einen Mann zu finden, dem eine Kuriositätenschau gehörte.

34

Vierzehnter Tag
Budapest

Der Flug von Paris nach Budapest mit der ungarischen Fluggesellschaft Malev dauerte eindreiviertel Stunden. Vom Flughafen fuhr Robert mit dem Bus ins Zentrum der ungarischen Hauptstadt. Dabei kam er an dem imposanten Parlamentsgebäude vorbei, einem riesigen neugothischen Bau, der das Pester Ufer der Donau beherrscht. Auf der anderen Seite des Flusses erblickte er die Burg und die berühmte Fischerbastei.

Der Bus hielt vor dem Hotel Duna Intercontinental. Robert durchquerte die Hotelhalle und trat an die Rezeption.

»Entschuldigung, sprechen Sie Englisch?« fragte er einen der livrierten Hotelangestellten.

»Gewiß, Sir. Was kann ich für Sie tun?«

»Einer meiner Freunde ist vor paar Tagen in Budapest gewesen und hat mir von einem malerischen kleinen Jahrmarkt vorgeschwärmt. Ich dachte, ich könnte hingehen, wenn ich schon mal hier bin. Können Sie mir sagen, wo ich ihn finde?«

Der Angestellte runzelte die Stirn. »Jahrmarkt?« Er griff nach einer Liste und überflog sie. »In Budapest haben wir im Augenblick Opern- und Theatervorstellungen, Stadtrundfahrten, Ausflüge ins Umland...« Er blickte auf. »Tut mir leid, aber mit einem Jahrmarkt kann ich Ihnen nicht dienen.«

»Haben Sie eine Idee, wer mir sonst weiterhelfen könnte?«

»Vielleicht das Kultusministerium«, schlug der Angestellte vor.

Eine halbe Stunde später sprach Robert mit einem Beamten des Kultusministeriums.

»In Budapest findet gegenwärtig kein Jahrmarkt statt.«

Robert seufzte resigniert. Dann hatte er eine Idee. »Ich habe noch eine Frage. Nehmen wir einmal an, ich wollte mit einem Schaustellerbetrieb nach Ungarn einreisen – müßte ich dann eine Genehmigung beantragen?«

»Gewiß.«

»Und wo bekäme ich die?«

»Auf dem städtischen Gewerbeamt.«

Das Gewerbeamt war auf der Budaer Seite in einem Gebäude an der mittelalterlichen Stadtmauer untergebracht. Robert wartete eine weitere halbe Stunde lang, bis er in das Dienstzimmer eines aufgeblasenen Beamten vorgelassen wurde.

»Sie wünschen?«

»Ich hoffe, daß Sie mir helfen können. Ich belästige Sie nur ungern wegen einer Bagatelle, aber ich bin mit meinem zwölfjährigen Sohn hier, und er hat von einem originellen Jahrmarkt mit Schaustellerbetrieben gehört, der irgendwo in Ungarn stattfinden soll. Ich habe ihm versprochen, mit ihm hinzufahren. Sie wissen ja, wie Kinder sind, wenn sie sich was in den Kopf gesetzt haben ...«

Der Beamte musterte ihn von oben herab. »Weswegen wollten Sie mich also sprechen?«

»Offensichtlich scheint niemand zu wissen, wo der Jahrmarkt stattfindet ... Aber ich habe mir sagen lassen, daß Sie der einzige sind, der immer weiß, was in Ungarn vor sich geht.«

Der Beamte nickte gewichtig. »Ja. Solche Veranstaltungen müssen immer genehmigt sein.« Er drückte auf den Summerknopf, um seine Sekretärin hereinzurufen, und gab ihr auf ungarisch eine kurze Anweisung.

Eine Minute später kam die Sekretärin mit einem Ordner zurück, den sie ihrem Chef gab. Nachdem er darin geblättert hatte, sagte er: »Letzten Monat haben wir nur zwei Genehmigungen für Jahrmärkte ausgestellt. Eine ist bereits abgelaufen.«

»Und die andere?«

»Den anderen Jahrmarkt finden Sie zur Zeit in Sopron. Das ist eine Kleinstadt an der Grenze zu Österreich.«

»Können Sie mir sagen, wer die Genehmigung beantragt hat?«

Der Beamte warf einen Blick in den Ordner. »Ein Schausteller namens Buszfekete. Laszlo Buszfekete.«

Nur wenigen Menschen ist es vergönnt, ihr Leben lang genau das zu tun, was ihnen Spaß macht, und Laszlo Buszfekete gehörte zu diesen Glücklichen. Er war ein Hüne von Gestalt – über 1,90 Meter groß – und wog gut zweieinhalb Zentner. Sein Vater hatte einen kleinen Schaustellerbetrieb gehabt, und nach seinem Tod hatte der Sohn ihn übernommen. Ein anderes Leben hatte er nie gekannt.

Laszlo Buszfekete hatte grandiose Träume. Er wollte seinen kleinen Schaustellerbetrieb zum größten und besten Europas ausbauen. Vorläufig konnte er nur mit den üblichen Attraktionen aufwarten: dem Riesenweib, dem tätowierten Mann, den Siamesischen Zwillingen und der fünftausendjährigen Mumie, die »aus der Grabkammer einer ägyptischen Königspyramide« stammte. Dazu kamen noch der Messerwerfer, der Feuerschlucker und die niedliche kleine Schlangenbeschwörerin Marika. Sein Schaustellerbetrieb unterschied sich also in nichts von anderen vergleichbaren Unternehmen.

Aber das würde sich jetzt alles ändern. Laszlo Buszfekete war nach Zürich geflogen, um sich einen berühmten Entfesslungskünstler anzusehen. Am letzten Tag seines Aufenthalts in der Schweiz hatte er an einer Busrundfahrt teilgenommen, um die Zeit bis zum Abflug seiner Maschine totzuschlagen. Und diese Fahrt brachte die große Wende in seinem Leben.

Wie seine Reisegefährten war Buszfekete zu dem Schauplatz der sonderbaren Explosion gelaufen, um vielleicht Überlebende des vermeintlichen Flugzeugabsturzes zu retten. Und dann hatte er die Fliegende Untertasse mit den beiden seltsamen Gestalten erblickt, die reglos in der Raumkapsel lagen.

Laszlo Buszfekete hatte einen Rundgang um das UFO gemacht und war dann plötzlich wie angewurzelt stehengeblieben. Ungefähr drei Meter hinter dem Wrack – wo die anderen sie nicht sehen konnten – lag eine winzige abgetrennte Hand mit sechs Fingern und zwei gegeneinander gerichteten Daumen. Instinktiv zog er sein Taschentuch heraus, wickelte die Hand hinein und steckte sie in seine Tasche. Sein Herz klopfte heftig. Er besaß die Hand eines echten Außerirdischen!

Ab sofort ist Schluß mit Riesendamen, tätowierten Männern und Schwert- und Feuerschluckern, dachte Buszfekete. *Hereinspaziert, meine Damen und Herrn, bei uns erwartet Sie die größte Sensation, die Sie jemals erleben werden! Sie wer-*

den etwas sehen, das noch keines Menschen Auge erblickt hat – eines der unglaublichsten Objekte des Universums...

Es ist kein Tier. Es ist keine Pflanze. Es ist kein Mineral. Was ist es sonst? Es gehört zu den sterblichen Überresten eines außerirdischen Lebewesens, eines Wesens von einem anderen Planeten. Dies ist kein Science-fiction-Trick, meine Damen und Herrn, dies ist das unverfälschte Original! Für nur tausend Forint können Sie sich mit unserem Ausstellungsstück fotografieren lassen, um...

Er konnte es kaum noch erwarten, nach Ungarn heimzukehren und sich seinen großen Traum zu erfüllen.

Als er zu Hause das Taschentuch auseinanderfaltete, mußte er feststellen, daß die kleine Hand geschrumpft war. Aber als Buszfekete den Schmutz von ihr abspülte, wurde sie zu seiner Verblüffung wieder so fest wie zuvor.

Buszfekete ließ einen prunkvollen Glaskasten mit spezieller Befeuchtungsanlage für die Hand bauen. Nach Ungarn würde er ganz Europa, ja die ganze Welt bereisen, um sie auszustellen. Er dachte bereits an Sonderausstellungen in Museen, an Besichtigungstermine für Wissenschaftler, vielleicht sogar für Staatsoberhäupter. Und alle würden dafür zahlen müssen.

Er hatte noch niemand von seinem Glücksfund erzählt, nicht einmal seiner Geliebten Marika, der heißen kleinen Schlangenbeschwörerin, die mit Kobras und Puffottern arbeitete. Natürlich waren die Giftdrüsen der Tiere entfernt worden – aber das wußten die Zuschauer nicht, weil er auch eine Kobra mit intakten Giftdrüsen hielt, der das Publikum kostenlos zusehen durfte, wie sie Ratten erlegte und verschlang.

Kein Wunder, daß die Zuschauer begeistert waren, wenn die schöne Marika ihre Lieblingsschlangen über ihren aufreizend halbnackten Leib kriechen ließ. Zwei, drei Nächte in der Woche kam Marika in Laszlo Buszfeketes Wohnwagen und kroch wie ihre Lieblinge züngelnd über seinen Körper. Sie hatten sich auch in der vergangenen Nacht geliebt, und Buszfekete war von Marikas unglaublicher Gelenkigkeit noch immer ganz erschöpft. Aber nun wurde er von einem Besucher aus seinen Erinnerungen gerissen.

»Mr. Buszfekete?« sprach ihn jemand auf englisch an.

»Was kann ich für Sie tun?«

»Sie sind letzte Woche in der Schweiz gewesen?«

Buszfekete stutzte. *Hat jemand gesehen, daß ich die Hand aufgehoben und mitgenommen habe?* »Ja, das stimmt.«

»Sie haben letzten Sonntag eine Busrundfahrt mitgemacht?« fragte der Unbekannte weiter.

»Richtig«, bestätigte Buszfekete vorsichtig.

Robert Bellamy atmete auf. Damit war er praktisch am Ziel. Dies war der letzte Augenzeuge. Robert hatte einen unmöglichen Auftrag übernommen und gute Arbeit geleistet. *Verdammt gute Arbeit, wenn ich das mal sagen darf. ›Wir haben keine Ahnung, wie viele Zeugen es gibt, wie sie heißen oder wo sie sich im Augenblick befinden.‹* Und er hatte sie alle aufgespürt! Er fühlte sich, als wäre eine Riesenlast von seinen Schultern genommen worden. Jetzt war er frei. Er konnte nach Hause zurückkehren und ein neues Leben beginnen.

»Was wollen Sie denn nun wissen, Mister?«

»Eigentlich nichts Besonderes«, versicherte Robert Bellamy ihm. »Ich hatte mich für Ihre Mitreisenden interessiert, Mr. Buszfekete, aber mittlerweile weiß ich schon alles über sie und...«

»Über die kann ich Ihnen einiges erzählen«, erklärte Laszlo Buszfekete. »Meine Mitreisenden waren: ein italienischer Geistlicher aus Orvieto, ein Deutscher – ein Chemieprofessor aus München, wenn ich mich recht erinnere –, eine junge Russin, die in der Stadtbibliothek Kiew arbeitet, ein Rancher aus Texas, ein kanadischer Bankier aus Fort Smith und ein Lobbyist namens Parker aus Washington.«

Großer Gott! dachte Robert. *Wäre ich gleich an diesen Mann geraten, hätte ich viel Zeit gespart.* »Sie haben ein erstaunlich gutes Gedächtnis«, meinte er anerkennend.

»Stimmt.« Buszfekete lächelte geschmeichelt. »Oh, und dann war da noch die andere Frau!«

»Die junge Russin?«

»Nein, nein, die *andere*. Die große, schlanke Frau ganz in Weiß.«

Robert überlegte kurz. Keiner der anderen Fahrgäste hatte von einer zweiten Frau gesprochen. »Sie täuschen sich.«

»Nein, bestimmt nicht!« beteuerte der Ungar. »An der Absturzstelle sind zwei Frauen gewesen.«

»Sie müssen sich täuschen.«

Buszfekete war gekränkt. »Als der Fotograf uns alle vor dem UFO aufgenommen hat, hat sie neben mir gestanden. Sie war 'ne richtige Schönheit.« Er dachte nach. »Komisch, ich kann mich nicht daran erinnern, sie im Bus gesehen zu haben. Wahrscheinlich hat sie irgendwo hinten gesessen. Sie hat so blaß ausgesehen, daß ich mir Sorgen um sie gemacht habe.«

Robert runzelte die Stirn. »Ist sie mitgekommen, als Sie alle zum Bus zurückgegangen sind?«

»Wenn ich's mir recht überlege, hab' ich sie danach nicht mehr gesehen. Aber vielleicht bin ich ja wegen dieser Sache mit dem UFO so aufgeregt gewesen, daß ich nicht mehr auf sie geachtet habe.«

Irgend etwas stimmte hier nicht. *Könnten es elf statt zehn Augenzeugen gewesen sein? Das muß ich überprüfen*, dachte Robert. »Danke, Mr. Buszfekete.«

»Ich habe den Namen des Ungarn«, teilte Robert Bellamy General Hilliard mit. »Er heißt Laszlo Buszfekete und hat auf einem Jahrmarkt im ungarischen Sopron eine Kuriositätenschau.«

»Ist das der letzte Augenzeuge?«

Robert zögerte einen Augenblick. »Ja, Sir.« Er wollte noch weitere Nachforschungen anstellen, bevor er General Hilliard über die mysteriöse »Frau in Weiß« informierte.

»Danke, Commander. Gute Arbeit.«

BLITZMELDUNG

TOP SECRET ULTRA

NSA AN DIREKTOR HRQ

PERSÖNLICH

1. AUSFERTIGUNG VON 1 AUSFERTIGUNG(EN)

BETREFF: OPERATION DOOMSDAY

10. LASZLO BUSZFEKETE – SOPRON

Sie kamen lange nach Mitternacht, als die Kuriositätenschau bereits seit Stunden geschlossen hatte, und entfernten sich eine Viertelstunde später ebenso leise, wie sie gekommen waren.

Laszlo Buszfekete träumte, er stehe am Eingang des großen weißen Zelts und beobachte das Gedränge der Menschenmassen, die an der Kasse anstanden, um Eintrittskarten zu lösen.

Nur hereinspaziert, meine Damen und Herrn! Sehen Sie den echten Körperteil eines außerirdischen Lebewesens. Ein echter Körperteil eines echten E. T. s. Nur 1000 Forint für einen Anblick, den Sie nie vergessen werden.

Und dann war Laszlo mit Marika im Bett, und sie waren beide nackt, und er fühlte, wie die Spitzen ihrer Brüste über seine Haut strichen und ihre Zunge über seinen Körper glitt. Ihre Lippen schienen überall gleichzeitig zu sein. Er griff nach Marika, und seine Hände schlossen sich um etwas Kaltes und Schleimiges, und er schrak hoch und riß die Augen auf und schrie – und in diesem Augenblick stieß die Kobra zu.

Seine Leiche wurde am nächsten Morgen aufgefunden. Das große Terrarium der Giftschlange war leer.

BLITZMELDUNG

TOP SECRET ULTRA

HRQ AN DIREKTOR NSA

PERSÖNLICH

1. AUSFERTIGUNG VON 1 AUSFERTIGUNG(EN)

BETREFF: OPERATION DOOMSDAY

10. LASZLO BUSZFEKETE – LIQUIDIERT

TEXTENDE

General Hilliard telefonierte mit Janus. »Ich habe soeben Commander Bellamys Abschlußbericht erhalten. Er hat den letzten Zeugen aufgespürt. Wir haben uns um alle gekümmert.«

»Ausgezeichnet. Ich informiere die anderen. Und Sie setzen inzwischen den Rest unseres Plans in die Tat um.«

»Sofort, Sir.«

BLITZMELDUNG

TOP SECRET ULTRA

NSA AN DIREKTOREN:

SIFAR, MI6, GRU, CIA, COMSEC, DCI, CGHQ, BND

PERSÖNLICH

1. AUSFERTIGUNG VON 1 AUSFERTIGUNG(EN)

BETREFF: OPERATION DOOMSDAY

11. COMMANDER ROBERT BELLAMY – LIQUIDIEREN

Der Gejagte

35

Fünfzehnter Tag

Kann es eine elfte Augenzeugin gegeben haben? Und weshalb ist sie dann von keinem der übrigen Zeugen erwähnt worden? Der Angestellte der Firma SUNSHINE TOURS, der die Busfahrkarten verkauft hatte, hatte ausdrücklich von sieben Fahrgästen gesprochen. Robert war der Überzeugung, der ungarische Schausteller müsse sich geirrt haben.

Es wäre ein leichtes gewesen, Buszfeketes Aussage einfach für ein Hirngespinst zu halten und zu ignorieren – aber das ließ Roberts gewissenhafte Ausbildung nicht zu. Die Angaben des Ungarn mußten überprüft werden. *Wie?* Robert überlegte. *Hans Beckermann, der Busfahrer, muß es wissen.*

Spät am Abend kam Robert in Zürich an. Die Herbstluft war kühl und klar, und am Himmel stand ein voller Mond. Robert mietete einen Wagen und fuhr nach Kappel. Im Dorf bog er hinter der Kirche rechts ab und hielt vor Beckermanns Haus.

Das Haus war dunkel. Robert klingelte und wartete. Nichts. Er klingelte abermals. Schließlich öffnete sich ein Fenster im ersten Stock, und Frau Beckermann blickte hinaus. Sie war bereits im Nachthemd. »Ja, bitte?«

»Erinnern Sie sich an mich, Frau Beckermann? Ich bin der Journalist, der einen Artikel über Ihren Mann schreibt. Entschuldigen Sie die späte Störung, aber ich müßte ihn dringend sprechen.«

»Hans ist tot.«

Robert Bellamy stockte der Atem. »*Was* sagen Sie?«

»Mein Mann ist tot.«

»Ich... das tut mir leid. Wie ist das passiert?«

»Er ist mit seinem Auto von der Straße abgekommen und in eine Schlucht gestürzt.« Ihre Stimme klang verbittert. »Die Dummköpfe von der Polizei behaupten, er hätte Drogen genommen.«

»Drogen?« *Sie müssen entschuldigen, daß ich Ihnen nichts anbiete, aber wir haben keinen Schnaps mehr im Haus. Magengeschwür. Die Ärzte können mir nicht mal Schmerzmittel verschreiben, weil ich gegen alle allergisch bin.*

»Die Polizei nimmt also an, daß es ein Unfall war?«

»Ja.«

»Ist eine Autopsie vorgenommen worden?«

»Ja – und dabei wollen sie Drogen entdeckt haben. Aber das kann nicht sein!«

Robert wußte nicht, was er dazu sagen sollte. »Es tut mir schrecklich leid, Frau Beckermann. Ich...«

»Auf Wiedersehen.« Das Fenster schloß sich.

Ein Augenzeuge ist tot. Nein, schon zwei... Leslie Mothershed ist beim Brand seiner Wohnung umgekommen. Robert blieb lange unbeweglich stehen. Er glaubte, die Stimme seines Ausbilders auf der »Farm« zu hören: *Nehmen wir mal an, Sie stoßen bei einem Einsatz auf »Zufälle«; ein Gesicht, das Sie überall wiedersehen, ein Wagen, der Ihnen ständig auffällt, und dergleichen mehr... Nun, für uns gehören »Zufälle« in dieselbe Kategorie wie der Weihnachtsmann. »Zufälle« gibt's nicht! Wenn Sie mit einem sogenannten »Zufall« konfrontiert werden, müssen Sie um Ihr Leben fürchten.*

Robert wurde von widersprüchlichen Emotionen hin- und hergerissen. Was da passiert war, *mußte* Zufall gewesen sein, und trotzdem... *Ich muß die Sache mit der geheimnisvollen Frau überprüfen.*

Als erstes rief er im kanadischen Fort Smith an. Eine Frauenstimme meldete sich. »Ja?«

»Könnte ich bitte William Mann sprechen?«

»Tut mir leid«, antwortete die Frau mit tränenerstickter Stimme. »Mein Mann ist tot. Er hat Selbstmord verübt.«

Selbstmord? Dieser hartgesottene Bankier? Was zum Teufel geht hier vor? fragte Robert sich. Ein entsetzlicher Gedanke stieg in ihm auf. *Unvorstellbar,* dachte er. *Und trotzdem...* Er griff erneut zum Telefon.

»Professor Schmidt, bitte.«

»Der Professor ist bei einer Explosion in seinem Labor ums Leben gekommen...«

»Ich hätte gern Dan Wayne gesprochen.«

»Der arme Kerl. Sein Hengst hat ihn letzte Woche totgetrampelt und...«

»Wissen Sie, ob sich Laszlo Buszfeketes Kuriositätenschau noch in Sopron befindet?«

»Sein Unternehmen ist geschlossen. Buszfekete ist tot...«

»Fritz Mandel, bitte.«

»Fritz ist in der Werkstatt tödlich verunglückt...«

Die Alarmsirenen schrillten jetzt ohrenbetäubend laut.

»Würden Sie bitte Olga Romantschenko ans Telefon holen?«

»Die Ärmste ist im Park ermordet worden! Und dabei war sie noch so jung...«

»Ich rufe an, um nach Pater Patrinis Zustand zu fragen.«
»Der Pater ist friedlich entschlafen...«

»Ich möchte Kevin Parker sprechen.«
»Kevin ist ermordet worden...«

Tot. Sämtliche Augenzeugen tot. Und er war der Mann, der sie aufgespürt und identifiziert hatte.

Robert war dazu mißbraucht worden, die Zeugen aufzuspüren. *Was steckt hinter dieser Sache? Otto Schmidt ist in Deutschland ermordet worden, Hans Beckermann und Fritz Mandel sind in der Schweiz getötet worden, Dan Wayne und Kevin Parker in den USA, Olga Romantschenko ist in der UdSSR ermordet worden, William Mann in Kanada, Leslie Mothershed in England, Pater Patrini in Italien und Laszlo Buszfekete in Ungarn. Das bedeutet, daß die Geheimdienste von mehr als einem halben Dutzend Staaten am größten Täuschungsmanöver der Weltgeschichte beteiligt sind. Auf höchster Ebene muß irgend jemand entschieden haben, sämtliche Zeugen des UFO-Absturzes liquidieren zu lassen. Aber wer? Und warum?*

Das Ganze war eine internationale Verschwörung, und Robert Bellamy steckte mitten drin.

Er mußte untertauchen. Zwar konnte er kaum glauben, daß auch er liquidiert werden sollte, denn schließlich war er einer von ihnen. Aber bevor er sich nicht Gewißheit verschafft hatte, durfte er nichts riskieren. Als erstes mußte er zu Ricco nach Rom, um sich einen gefälschten Paß zu besorgen.

Während des Fluges wurde Robert bewußt, wie sehr ihn die Strapazen der letzten zwölf Tage mitgenommen hatten. Er hatte Mühe wachzubleiben.

Als er nach der Landung auf dem Flughafen Leonardo da

Vinci das Terminal betrat, erblickte er *sie*. Wie angewurzelt blieb er stehen. Sie kehrte ihm den Rücken zu, und er glaubte einen Augenblick lang, er habe sich getäuscht. Doch dann hörte er ihre Stimme.

»Nein, danke. Mein Chauffeur holt mich ab.«

Robert ging auf sie zu. »Susan...«

Sie drehte sich erstaunt um. »Robert! Was... was für ein Zufall!«

»Ich dachte, du seist in Gibraltar«, sagte Robert.

Susan lächelte gezwungen. »Ja, wir sind dorthin unterwegs. Aber Monte hatte hier noch was Geschäftliches zu erledigen. Wir fliegen morgen weiter. Und was tust du in Rom?«

»Ich muß meinen Auftrag abschließen.« *Den allerletzten Auftrag. Ich habe gekündigt, Darling. In Zukunft können wir zusammensein, und nichts kann uns mehr trennen. Verlass Monte und komm wieder zu mir zurück.*

Sie musterte ihn prüfend. »Du siehst müde aus.«

Er lächelte. »Ich bin ziemlich viel unterwegs gewesen.«

Schweigend sahen sie einander in die Augen. Der alte Zauber wirkte noch immer. Brennendes Verlangen und Erinnerungen und Lachen und Sehnsucht...

Susan ergriff seine Hand und sagte halblaut: »Robert. Ach, Robert, ich wollte, wir...«

»Susan...«

In diesem Augenblick kam ein stämmiger Mann in der Livree eines Chauffeurs auf Susan zu. »Der Wagen steht draußen, Mrs. Banks.« Und der Zauber verflog.

»Danke.« Sie wandte sich an Robert. »Schade, ich muß jetzt gehen. Paß gut auf dich auf, ja?«

»Klar.« Robert sah ihr nach. Es gab so vieles, was er ihr hätte sagen wollen.

Dann fuhr er mit einem Taxi zum Hotel Hassler.

»Ein Page wird Sie sofort auf Ihr Zimmer begleiten«, sagte der Portier.

»Augenblick.« Robert sah auf seine Armbanduhr. 21 Uhr. Am liebsten wäre er nach oben gegangen, um zu schlafen, aber der neue Reisepaß war wichtiger.

»Ich gehe nicht gleich hinauf«, sagte Robert. »Lassen Sie bitte mein Gepäck raufbringen?«

»Selbstverständlich, Commander.«

Als Robert sich abwandte, öffnete sich die Aufzugtür, und ein halbes Dutzend amerikanischer Shriner strömten in die Hotelhalle. Die Shriner schwatzten lachend miteinander, wirkten bereits ein wenig angeheitert. Einer von ihnen, ein rotgesichtiger, stiernackiger Mann, winkte Robert fröhlich zu.

»Hallo, Kumpel... wie geht's immer?«

»Wunderbar«, sagte Robert. »Einfach wunderbar.«

Dann ging er durch die Hotelhalle zum Taxistand hinaus. Als er einstieg, fiel ihm ein unauffälliger grauer Opel ins Auge, der auf der anderen Straßenseite parkte. Ein unauffälliger grauer Opel inmitten von protzigen Luxuslimousinen...

»Via Monte Grappa«, nannte Robert dem Taxifahrer als Ziel. Unterwegs sah er mehrmals aus dem Heckfenster. Nirgends ein grauer Opel... *Du siehst schon Gespenster*, sagte Robert sich.

An der Einmündung zur Via Monte Grappa stieg Robert aus. Während er die Fahrt bezahlte, erblickte er aus dem Augenwinkel heraus keine hundert Meter von sich entfernt den grauen Opel – obgleich er hätte schwören können, daß er nicht beschattet worden war. Er schlenderte in der Gegenrichtung davon, betrachtete die Auslagen der Geschäfte... In den Schaufensterscheiben spiegelte sich der Opel, der ihm langsam folgte.

Robert bog in eine Einbahnstraße ein und ging sie entlang – entgegen der Fahrtrichtung der Autos, die dicht hintereinander an ihm vorbeibrausten. Der Opelfahrer zögerte nur kurz; dann gab er Gas und fuhr geradeaus weiter – offensichtlich wollte er Robert am anderen Ende der Einbahnstraße abfangen. Robert ging zur Via Monte Grappa zurück und hielt ein Taxi an. »Via Monticelli.«

Das Gebäude war alt und baufällig, ein Überbleibsel aus besseren Zeiten. Robert war bei verschiedenen Einsätzen häufig hiergewesen. Er ging die drei Stufen der Kellertreppe hinunter und klopfte an die Tür. Von innen mußte jemand durch den Spion gesehen haben, denn die Tür wurde abrupt aufgerissen.

»Roberto!« rief ein Mann aus und schloß Robert in die Arme. »Wie geht's Ihnen, mein Freund?«

Der Mann, der Robert so überschwenglich begrüßte, war ein dicker Mittsechziger mit buschigen Augenbrauen, weißen Bartstoppeln, gelblichen Zähnen und Dreifachkinn. Nachdem sein Gast eingetreten war, schloß er die Tür hinter sich und sperrte ab.

»Ich kann nicht klagen, Ricco.«

Ricco hatte keinen Nachnamen. »Ein Mann wie ich«, prahlte er gern, »braucht nur einen Namen – wie Madonna.«

»Was kann ich heute für Sie tun, mein Freund?«

»Ich bearbeite einen Fall«, sagte Robert, »und hab's ziemlich eilig. Können Sie mir zu einem Reisepaß verhelfen?«

Ricco lächelte selbstgefällig. »Können Vögel scheißen?« Er watschelte an einen Eckschrank und sperrte die Tür auf. »Aus welchem Land möchten Sie denn sein?« Er sortierte eine Handvoll Reisepässe mit verschiedenfarbigen Umschlägen. »Wir haben einen griechischen Paß, einen türkischen, einen jugoslawischen, einen britischen...«

»Bitte einen amerikanischen«, sagte Robert.

Ricco zog einen blauen Paß aus dem Stapel. »Da haben wir ihn schon. Gefällt Ihnen der Name Arthur Butterfield?«

»Sehr«, behauptete Robert.

»Wenn Sie sich dort drüben hinstellen, fotografiere ich Sie gleich.«

Robert trat an die Wand, während Ricco seine Polaroidkamera hervorholte. Eine Minute später hielt Robert sein Paßfoto in der Hand.

»Ich habe nicht gelächelt«, stellte er fest.

Ricco zog die Augenbrauen hoch. »Wie bitte?«

»Ich habe nicht gelächelt. Machen Sie noch eine Aufnahme.«

Ricco zuckte mit den Schultern. »Klar. Wie Sie wünschen.«

Bei der zweiten Aufnahme lächelte Robert. »Schon besser«, sagte er, als Ricco sie ihm zeigte. Gleichzeitig steckte er das erste Paßfoto unauffällig ein.

»Jetzt kommt der High-tech-Teil«, verkündete Ricco. Robert beobachtete, wie er an seine Werkbank ging, auf der ein Laminiergerät stand. Dort legte er das Paßfoto in den aufgeschlagenen Reisepaß.

Robert trat an den mit Gerätschaften überladenen Zeichentisch des Paßfälschers und steckte ein Schneidmesser und eine kleine Flasche Flüssigkleber in seine Jackentasche.

Ricco begutachtete das fertige Produkt. »Nicht schlecht«, meinte er und reichte Robert den Paß. »Das macht fünftausend Dollar.«

»Qualitätsarbeit ist ihren Preis wert«, bemerkte Robert, während er zehn Fünfhunderter abzählte.

»Es ist immer ein Vergnügen, mit euch Geschäfte zu machen. Sie wissen, wie ich zu Ihnen stehe.«

Das wußte Robert allerdings genau. Ricco war ein erfahrener Paßfälscher, der für ein halbes Dutzend Geheimdienste arbeitete und keinem gegenüber loyal war. Robert steckte seinen Paß ein.

»Alles Gute, Mr. Butterfield«, sagte Ricco lächelnd.

»Danke.«

Sobald sich die Tür hinter dem Amerikaner geschlossen hatte, griff Ricco nach dem Telefonhörer. Solche Informationen konnte man immer verkaufen.

Draußen auf der Straße zog Robert schon nach hundert Metern den neuen Paß aus der Tasche und warf ihn in einen Müllcontainer. *Düppel.* Damit hatte er als Pilot im Einsatz feindliche Raketen von seiner Maschine abgelenkt. *Viel Spaß bei der Fahndung nach Arthur Butterfield!*

An der nächsten Straßenecke parkte wieder der graue Opel. *Unmöglich.* Vorhin hatte er sie doch abgehängt – und trotzdem hatten sie ihn wiedergefunden. Sie mußten irgendeine Möglichkeit haben, seine Bewegungen zu orten. Dafür gab es nur eine Erklärung: Sie peilten einen Minisender an, den er, ohne es zu ahnen, bei sich trug.

Ob sie ihn in seiner Kleidung versteckt hatten? Nein, dazu hatten sie keine Gelegenheit gehabt. Robert ging in Gedanken seinen Tascheninhalt durch: Bargeld, Schlüssel, Geldbörse, Taschentuch, Kreditkarte... *Die Kreditkarte! Ich bezweifle, daß ich sie brauchen werde, General. Los, nehmen Sie schon! Tragen Sie die Karte unbedingt immer bei sich.*

Dieser heimtückische Hundesohn! *Kein Wunder, daß sie mich mühelos wiedergefunden haben.*

Der graue Opel war nirgends mehr zu sehen. Robert zog die Kreditkarte aus seiner Geldbörse, um sie zu untersuchen. Sie war etwas dicker und steifer als eine gewöhnliche Kreditkarte und enthielt eine ertastbare Innenschicht. Vermutlich wurde sie ferngesteuert aktiviert. *Gut,* dachte Robert, *dann wollen wir den Kerlen mal was zu tun geben.*

Entlang der Straße parkten mehrere Lastwagen, die Waren aus- oder einluden. Robert achtete im Vorbeigehen auf die Kennzeichen. Als er zu einem französischen Lastwagen kam, stellte er mit einem raschen Blick in die Runde fest, daß er nicht beobachtet wurde, und warf die Kreditkarte nach hinten in den Laderaum.

Dann hielt er ein Taxi an. »Hassler, *per favore.*«

In der Hotelhalle trat Robert an die Reception. »Sehen Sie bitte nach, ob heute abend noch ein Flug nach Paris geht?«

»Sofort, Commander.«

»Danke.« Robert wandte sich an den Portier. »Bitte meinen Schlüssel. Zimmer 314. Und ich reise in ein paar Minuten ab.«

»Wie Sie wünschen, Commander.« Der Portier griff in Fach 314 und holte den Schlüssel und einen Umschlag heraus. »Dieser Brief ist für Sie abgegeben worden.«

Robert griff zögernd danach. Auf dem zugeklebten Umschlag stand nur sein Name: *Commander Robert Bellamy.* Er tastete ihn nach Metall oder Plastiksprengstoff ab. Dann riß er ihn vorsichtig auf. Der Briefumschlag enthielt lediglich die Werbepostkarte eines römischen Restaurants. Eigentlich war er ganz harmlos – bis auf seinen Namen auf dem Umschlag.

»Wissen Sie zufällig noch, wer Ihnen das gegeben hat?«

»Tut mir leid«, entschuldigte sich der Portier, »aber wir haben heute abend soviel Betrieb gehabt...«

Das war nicht weiter wichtig. Der Mann hatte bestimmt ein Durchschnittsgesicht gehabt. Er hatte die Karte in dem Briefumschlag an der Reception abgegeben und gewartet, um zu sehen, in welches Fach er gelegt wurde. Jetzt würde er oben in Zimmer 314 auf Robert warten. Es wurde Zeit, dem Feind ins Gesicht zu sehen.

Robert hörte unbekümmert lärmende Stimmen, drehte sich um und sah die Shriner, denen er zuvor begegnet war, lachend und singend in die Hotelhalle kommen. Sie hatten sich offensichtlich noch ein paar Drinks genehmigt. Der rotgesichtige Stiernackige rief Robert zu: »Hallo, Kumpel! Sie haben 'ne Riesenparty verpaßt.«

Roberts Verstand arbeitete auf Hochtouren. »Ihr geht wohl gern auf Parties?«

»Ho-ho!«

»Oben bei mir steigt gleich eine«, behauptete Robert Bellamy. »Drinks. Mädchen... was ihr wollt! Kommt einfach mit, Jungs.«

»So spricht 'n echter Amerikaner, Kumpel.« Der stiernakkige Shriner schlug Robert auf den Rücken. »Habt ihr das gehört, Jungs? Unser Freund hier gibt 'ne Party!«

Sie zwängten sich gemeinsam in den Lift und fuhren in den dritten Stock hinauf.

»Diese Italiener versteh'n was vom süßen Leben«, sagte der Shriner unterwegs. »Aber schließlich haben sie die Orgien erfunden, stimmt's?«

»Bei mir erlebt ihr 'ne *richtige* Orgie«, versprach Robert ihm.

Sie polterten den Flur entlang hinter Robert her zu Zimmer 314. Er steckte den Schlüssel ins Schloß und drehte sich nach der Gruppe um. »Okay, kann der Spaß losgehen?«

Allgemeine lärmende Zustimmung.

Robert drehte den Schlüssel um, stieß die Tür auf und trat zur Seite. Das Zimmer war dunkel. Er knipste das Licht an. Vor dem Bett stand ein hagerer Fremder, der eine mit einem Schalldämpfer ausgerüstete Mauser in der Hand hielt. Der Mann starrte die Gruppe verblüfft an und schob die Pistole dann hastig wieder unter seine Jacke.

»Hey, wo ist der Schnaps?« fragte einer der Freimaurer.

Robert deutete auf den Unbekannten. »Er hat ihn. Das ist euer Mann!«

Die Shriner umringten den Hageren. »Wo bleiben die Drinks, Kumpel? ... Wo sind die Mädchen? ... Wann geht's los mit der Party?«

Der Hagere versuchte, zu Robert vorzudringen, aber die angeheiterten Amerikaner versperrten ihm den Weg. Er konnte nur hilflos zusehen, wie Robert nach draußen verschwand.

Unten in der Hotelhalle rannte Robert gerade zum Ausgang, als der junge Mann an der Reception ihm nachrief: »Commander Bellamy! Ich habe Ihren Flug bei der Air France gebucht: Flug 212 um ein Uhr morgens.«

»Danke«, sagte Robert hastig.

Dann war er zur Tür hinaus und stand auf dem kleinen Platz oberhalb der Spanischen Treppe. Ein Taxi setzte eben seinen Fahrgast ab. Robert Bellamy stieg ein. »Piazza Farnese.«

Robert wußte jetzt, womit er zu rechnen hatte. Er sollte liquidiert werden. Er war vom Jäger zum Gejagten geworden, aber er hatte einen großen Vorteil: Sie hatten ihn gut ausgebildet. Er kannte alle ihre Methoden, ihre Stärken und ihre Schwächen – und er würde sein Wissen nutzen, um zu überleben.

Als erstes mußte er es schaffen, die Verfolger irgendwie von seiner Fährte abzubringen. Den Männern, die ihn jagten, hatte man wahrscheinlich falsche Informationen gegeben: Sie glaubten wohl, Robert werde wegen Drogenschmuggels oder wegen Mordes oder Spionage gesucht. Ihre Auftraggeber würden sie gewarnt haben: *Bellamy ist gefährlich. Riskiert nichts! Schießt ohne Vorwarnung.*

Robert ließ den Fahrer halten, stieg aus und nahm an der nächsten Ecke ein anderes Taxi. »Stazione Termini.« Sie jagten ihn, aber sie würden noch keine Zeit gehabt haben, ein Fahndungsfoto zu verbreiten. Bisher war er noch gesichtslos.

Das Taxi hielt vor dem Bahnhofsgebäude an der Via Giolitto, und der Fahrer verkündete: »Stazione Termini, *Signore.*«

»Halten Sie einen Augenblick.« Robert blieb sitzen und beobachtete den Platz vor dem Bahnhofsgebäude, auf dem nur die gewöhnliche Betriebsamkeit zu herrschen schien. Privatautos und Taxis kamen an und setzten Fahrgäste ab oder nahmen welche auf und fuhren davon. Gepäckträger luden Koffer ein und aus. Ein Polizist mit Trillerpfeife war damit beschäftigt, Autofahrer aus dem Parkverbot zu weisen.

Trotzdem störte Robert irgend etwas an dieser Szene. Dann wurde ihm plötzlich klar, was hier nicht stimmte. Genau vor dem Haupteingang parkten drei unauffällige Limousinen, deren Fahrer nirgends zu sehen waren, im absoluten Halteverbot. Und der sonst so eifrig trillernde Polizeibeamte übersah sie geflissentlich.

»Ich hab's mir anders überlegt«, erklärte Robert dem Fahrer. »Via Veneto 110 A.« Dort würden sie ihn am allerwenigsten vermuten.

Die amerikanische Botschaft und das Generalkonsulat befinden sich in der Via Veneto in einem rosa Gebäude, dessen Vorgarten zur Straße hin von einem schwarzen schmiedeeisernen Zaun begrenzt wird. Die Botschaft war um diese Zeit geschlossen, aber die Paßabteilung des Konsulats hatte für Notfälle Tag und Nacht geöffnet. Hinter dem Schreibtisch in der Eingangshalle im Erdgeschoß saß ein Marineinfanterist.

»Ich brauche einen neuen Paß«, erklärte ihm Robert Bellamy. »Ich hab' meinen verloren.«

Der Marineinfanterist wies auf den Flur. »Letzte Tür rechts. Dort helfen sie Ihnen weiter, Sir.«

»Danke.«

In der Paßabteilung traf er auf ein halbes Dutzend Männer und Frauen mit den unterschiedlichsten Anliegen.

»Brauche ich für Albanien ein Visum? Ich möchte dort Verwandte besuchen...«

»Ich muß diesen Paß unbedingt noch heute abend verlängert bekommen, sonst kann ich morgen nicht weiterfliegen...«

»Ich weiß nicht, wo er geblieben ist. Ich muß ihn in Mailand im Hotel liegengelassen haben...«

»Sie haben mir den Paß auf offener Straße aus der Handtasche geklaut...«

Robert stand da und hörte zu. In Italien war Paßdiebstahl gang und gäbe. Mehrere dieser Leute würden einen neuen oder verlängerten Reisepaß erhalten. An der Spitze der Schlange befand sich ein gutgekleideter Fünfziger, dem ein Konsulatsbeamter eben einen neuen Paß überreichte.

»Bitte sehr, Mr. Cowan. Tut mir leid, daß Sie ein so unangenehmes Erlebnis gehabt haben. Aber in Rom gibt's eben viele Taschendiebe.«

»Auf den hier passe ich auf, darauf können Sie Gift nehmen!« beteuerte Cowan.

»Tun Sie das, Sir.«

Robert beobachtete, wie Cowan den Reisepaß in die Jackentasche steckte und sich zum Gehen wandte. Er drehte sich um, wartete, bis sich der Mann dicht hinter ihm befand, und verließ den Raum. Der Mann folgte ihm auf dem Fuße. Als ihnen im Korridor eine Frau entgegenkam, trat Robert einen Schritt zurück und prallte gegen den Mann, als sei er gestoßen worden.

»Oh, entschuldigen Sie vielmals!« sagte Robert, indem er Cowan die Jacke glattzog.

»Nichts passiert«, antwortete Cowan.

Robert wandte sich ab und verschwand mit dem Paß des Mannes in der Tasche auf die Herrentoilette nebenan. Nachdem er sich davon überzeugt hatte, daß er allein war, betrat er eine der Kabinen und holte das bei Ricco geklaute Schneidmesser und die Flasche Flüssigkleber aus der Jackentasche. Als erstes schlitzte er vorsichtig die Oberkante der Plastikbeschichtung auf und zog Cowans Paßfoto heraus. Dann schob er sein eigenes Foto hinein, klebte die Folie wieder zu und begutachtete das Ergebnis. Perfekt. Jetzt war er Henry Cowan. Fünf Minuten später stieg er auf der Via Veneto in ein Taxi. »Leonardo da Vinci.«

Die Uhren des Auslandsterminals zeigten 0.30 Uhr an, als Robert Bellamy aus seinem Taxi stieg. Er blieb vor dem Gebäude stehen und suchte die Umgebung nach irgend etwas Auffälligem ab. Auf den ersten Blick schien alles normal zu sein. Keine Streifenwagen, keine verdächtig aussehenden Männer.

Robert betrat das Terminal und blieb gleich hinter der automatischen Tür stehen. An vielen Schaltern internationaler Fluggesellschaften herrschte noch Betrieb. Soweit Robert sehen konnte, gab es auch hier keine betont unauffälligen Personen, die betont unauffällig herumstanden. Trotzdem blieb er mißtrauisch. Er wußte keine rechte Erklärung für sein Mißtrauen, aber irgendwie erschien ihm alles *zu* normal.

Genau gegenüber befanden sich die Schalter der Air France. *Ich habe Ihren Flug bei der Air France gebucht: Flug 212 um ein Uhr morgens.* Robert trat an einen Alitalia-Schalter. »Guten Abend.«

»Guten Abend. Was kann ich für Sie tun, *Signore?*«

»Sie können mir einen Gefallen tun«, sagte Robert. »Würden Sie bitte Commander Robert Bellamy ausrufen? Er möchte ans Fluggasttelefon kommen.«

»Gern«, antwortete die Hosteß und griff nach einem Mikrofon.

Am übernächsten Schalter wollte eine dicke Mittvierzigerin mehrere Koffer aufgeben und diskutierte erregt mit einem Angestellten der Fluggesellschaft, weil sie fürs Übergewicht zahlen sollte. »In Amerika verlangen sie nie was für Übergewicht!«

»Tut mir leid, Madam, aber wenn Sie diese Koffer alle aufgeben wollen, müssen Sie fürs Übergewicht zahlen.«

Robert trat näher heran. Er hörte die Durchsage der Alitalia-Hosteß. »Commander Robert Bellamy bitte ans weiße Fluggasttelefon. Commander Robert Bellamy bitte ans weiße Fluggasttelefon.«

Ein Mann mit Reisetasche und typisch amerikanischem Aussehen ging an ihm vorbei. »Entschuldigen Sie...«, sagte Robert.

Der Mann blieb stehen. »Ja?«

»Ich höre, daß meine Frau mich ausrufen läßt, aber...« Er zeigte auf die Koffer der Dicken. »Ich muß bei meinem Gepäck bleiben. Könnten Sie bitte an das weiße Telefon dort drüben gehen und ihr bestellen, daß ich sie in einer Stunde in unserem Hotel abhole? Damit täten Sie mir einen großen Gefallen.«

»Wird gemacht«, sagte der Mann bereitwillig.

Robert beobachtete, wie er ans weiße Telefon ging und den Hörer abnahm. Er hielt ihn ans Ohr und sagte: »Hallo... Hallo...?«

Im nächsten Augenblick tauchten vier riesige Kerle in dunklen Anzügen auf, stürzten sich auf den Ahnungslosen und drückten ihn gegen die Wand.

»Hey, was soll das?«

»Machen Sie keine Schwierigkeiten«, sagte einer der Männer.

»Hey, was bilden Sie sich ein? Lassen Sie mich gefälligst los!«

»Regen Sie sich nicht auf, Commander. Wir müssen...«

»*Commander?* Da haben Sie den Falschen erwischt! Ich heiße Melvyn Davis. Ich komme aus Omaha!«

»Los, mitkommen!«

»Augenblick! Ich bin reingelegt worden. Der Mann, den Sie suchen, ist dort drüben!« Er deutete zu dem Schalter hinüber, an dem Robert gestanden hatte.

Aber dort stand niemand mehr.

Robert stieg in einen Flughafenbus, der ihn nach Rom zurückbringen würde. Während der Fahrt überlegte er fieberhaft, was er als nächstes tun sollte.

Er mußte unbedingt mit Admiral Whittaker sprechen. Vielleicht konnte er ihm sagen, was hier gespielt wurde. Wer war dafür verantwortlich, daß Unschuldige ermordet wurden, weil sie Zeugen eines UFO-Absturzes geworden waren? Etwa General Hilliard? Dustin Willard Stone? Handelten die Killer auf Anweisung von Edward Sanders, dem NSA-Direktor, oder John Dessault, dem ONI-Direktor? Oder steckten alle unter einer Decke? War vielleicht sogar der Präsident eingeweiht? Auf alle diese Fragen brauchte Robert eine Antwort.

Die Busfahrt ins Zentrum der Hauptstadt dauerte eine Stunde. Als der Bus vor dem Hotel Eden hielt, stieg Robert aus.

Ich muß aus Italien raus, überlegte er sich. Hier in Rom gab es nur einen Mann, dem er vertrauen konnte: Oberst Francesco Cesare, Abteilungsleiter im italienischen Nachrichtendienst SIFAR. Er würde Robert zur Flucht verhelfen.

Oberst Cesare arbeitete noch. Zwischen einem halben Dutzend ausländischer Nachrichtendienste gingen Fernschreiben hin und her – und alle betrafen Commander Robert Bellamy. Der Oberst hatte in der Vergangenheit mit Robert zusammengearbeitet und schätzte ihn sehr. Mit einem Seufzer überflog er noch einmal die vor ihm liegende Blitzmeldung. *Liquidieren.*

Im selben Augenblick kam seine Sekretärin herein.

»Commander Bellamy ist am Telefon und möchte Sie sprechen. Auf Leitung eins.«

Der Oberst starrte sie an. »Bellamy? Persönlich? Gut, ich danke Ihnen.« Er wartete, bis seine Sekretärin den Raum verlassen hatte, bevor er den Hörer von der Gabel riß.

»Robert?«

»*Ciao*, Francesco. Was ist los, verdammt noch mal?«

»Das möchte ich von dir wissen, *amico*. Ich habe deinetwegen alle möglichen dringenden Meldungen bekommen. Was hast du angestellt?«

»Das ist eine lange Geschichte«, sagte Robert. »Die kann ich dir jetzt nicht erzählen. Was hast du über mich gehört?«

»Daß du übergelaufen bist. Daß du dich hast umdrehen lassen und singst wie ein Kanarienvogel.«

»Hör zu, Francesco. In den letzten Tagen habe ich zehn unschuldige Menschen in den Tod geschickt. Und ich soll die Nummer elf werden.«

»Wo bist du jetzt?«

»Ich bin in Rom. Ich schaff's irgendwie nicht, aus eurer Scheißstadt rauszukommen.«

»*Cacciatura!*« Cesare schwieg einen Augenblick. »Wie kann ich dir helfen?« fragte er dann.

»Bring mich in ein sicheres Haus, in dem wir miteinander reden und überlegen können, wie ich hier rauskomme. Läßt sich das arrangieren?«

»Klar, aber du mußt vorsichtig sein. Verdammt vorsichtig! Ich hole dich selbst ab.«

Robert seufzte hörbar erleichtert auf. »Danke, Francesco. Ich bin dir wirklich dankbar.«

»Dafür bist du mir einen Gefallen schuldig. Wo steckst du im Augenblick?«

»In der Lido Bar in Trastevere.«

»Rühr dich nicht von der Stelle. Ich hole dich in genau einer Stunde ab.«

»Danke, *amico.*« Robert hängte ein. Das würde eine verdammt lange Stunde werden.

Eine halbe Stunde später hielten zwei Limousinen vor der Lido Bar. In beiden Wagen saßen je vier mit Maschinenpistolen bewaffnete Männer. Oberst Cesare stieg aus der ersten Limousine. »Alles muß blitzschnell ablaufen! Unbeteiligte dürfen nicht zu Schaden kommen.«

Vier der Männer verschwanden lautlos um die Ecke, um den Hinterausgang des Gebäudes zu überwachen.

Robert Bellamy sah vom Dach eines Gebäudes auf der anderen Straßenseite zu, wie Cesare und seine Leute mit schußbereiten Waffen in die Bar stürmten.

Okay, ihr Schweinehunde, dachte Robert grimmig, *dann spielen wir also nach euren Regeln.*

36

Sechzehnter Tag
Rom, Italien

Robert rief Oberst Cesare aus einer Telefonzelle an der Piazza Dante an. »Wie war das nochmal mit unserer Freundschaft?« erkundigte er sich.

»Nicht so naiv, mein Freund. Ich habe nun mal meine Befehle – genau wie du. Und ich kann dir versichern, daß Flucht zwecklos ist. Du stehst bei allen großen Nachrichtendiensten ganz oben auf der Liste der meistgesuchten Männer. Die halbe Welt fahndet nach dir.«

»Glaubst du, daß ich ein Verräter bin?«

»Was ich glaube, spielt keine Rolle, Robert. Du darfst die Sache nicht persönlich nehmen. Ich habe meine Befehle.«

»Mich zu liquidieren.«

»Du hast vielleicht noch eine Chance, wenn du dich freiwillig stellst.«

»Danke, *amico.* Sollte ich noch einen Rat brauchen, rufe ich die Telefonseelsorge an.« Er hängte ein.

Robert Bellamy war sich darüber im klaren, daß die Gefahr um so größer wurde, je länger er sich auf freiem Fuß befand. Geheimdienstleute aus einem halben Dutzend Staaten würden sich ihm an die Fersen heften.

Er sah sich auf der jetzt fast menschenleeren Piazza um. Allmählich wurde es Zeit, mit dem Mann zu reden, dem er diesen Alptraum verdankte: General Hilliard. Aber er mußte vorsichtig sein, denn seine Leute würden innerhalb weniger Minuten ermittelt haben, von woher ein Anruf kam.

Robert stellte fest, daß die beiden benachbarten Telefonzellen ebenfalls leer waren. *Perfekt.* Er wählte nicht die Privatnummer, die General Hilliard ihm gegeben hatte, sondern rief die NSA-Vermittlung an. Als die Zentrale sich meldete, sagte Robert: »Bitte General Hilliards Vorzimmer.«

Einen Augenblick später hörte er die Stimme einer Sekretärin: »Vorzimmer General Hilliard.«

»Überseegespräch – bitte bleiben Sie dran«, verlangte Robert, hastete in die Telefonzelle nebenan und wählte noch einmal die gleiche Nummer. Diesmal meldete sich eine andere Sekretärin: »Vorzimmer General Hilliard.«

»Überseegespräch – bitte bleiben Sie dran«, sagte Robert. Dann trat er in die dritte Telefonzelle und wählte erneut. Als eine weitere Sekretärin abnahm, sagte er: »Hier ist Commander Bellamy. Ich möchte General Hilliard sprechen.«

Die Sekretärin schnappte nach Luft. »Augenblick, Commander!« Dann drückte sie auf die Summertaste der Gegensprechanlage. »General, Commander Bellamy auf Leitung drei.«

Der General blickte überrascht Harrison Keller an, den er vor wenigen Minuten zu sich gebeten hatte. »Lassen Sie sofort feststellen, woher der Anruf kommt!«

Keller hastete zu dem Telefon auf dem Sideboard und ließ sich mit Adams verbinden, der in dem Tag und Nacht besetzten Network Operations Center Dienst hatte.

»Wie schnell schaffen Sie es, einen Anruf zurückzuverfolgen?« fragte er.

»Ein bis zwei Minuten, Sir.«

»Okay, dann los! General Hilliards Dienstzimmer, Leitung drei. Ich bleibe am Apparat.« Er sah zu seinem Chef hinüber und nickte.

General Hilliard nahm den Hörer ab.

»Sind Sie's, Commander?«

Im NOC gab Adams einen Computercode ein. »Die Suche läuft an«, meldete er Keller.

»Ich finde, daß es Zeit wird, daß wir mal miteinander reden, General.«

»Ich freue mich, daß Sie angerufen haben, Commander. Wollen Sie nicht selbst herkommen, damit wir die Situation besprechen können? Ich lasse Ihnen ein Flugzeug bereitstellen, mit dem Sie...«

»Nein, danke. Flugzeuge verunglücken zu häufig, General.«

In der Fernmeldezentrale war das Electronic Switching System (ESS) aktiviert worden. Auf dem Computermonitor erschienen Kombinationen aus Buchstaben und Zahlen: AX121-B... AX122-C... AX123-C...

»Wie kommen Sie voran?« flüsterte Harrison Keller in seinen Hörer.

»Das Network Operations Center in New Jersey sucht die Washingtoner Stammleitungen ab, Sir. Bleiben Sie bitte dran.«

Der Monitor wurde dunkel. Dann blinkte plötzlich die Meldung ATLANTIK-STAMMLEITUNG 1 auf.

»Der Anruf kommt irgendwo aus Europa. Jetzt verfolgen wir ihn ins Ursprungsland zurück...«

»Commander, ich fürchte, daß hier ein Mißverständnis vorliegt«, sagte der General eben. »Ich möchte Ihnen einen Vorschlag machen, der...«

Robert hängte ein.

General Hilliard sah zu Keller hinüber. »Haben Sie ihn?«

»Was ist passiert?« fragte Harrison Keller Adams.

»Wir haben ihn verloren.«

Robert trat in die zweite Telefonzelle und griff nach dem herabbaumelnden Hörer.

Aus der Gegensprechanlage auf dem Schreibtisch des Generals ertönte die Stimme der zweiten Sekretärin. »Commander Bellamy ist auf Leitung zwei.«

Die beiden Männer starrten sich an. Mit einem Knopfdruck stellte General Hilliard die Verbindung her.

»Commander?«

»Lassen Sie *mich* einen Vorschlag machen«, antwortete Robert.

Der General hielt die Sprechmuschel zu. »Stellen Sie fest, woher der Anruf kommt!« wies er Keller an.

Keller gab seinen Befehl an Adams weiter. »Er ist wieder dran. Leitung zwei. Schnell!«

»Wird gemacht, Sir.«

»Ich schlage vor, General, daß Sie die Jagd auf mich abblasen. Und zwar *sofort*!«

»Ich glaube, daß Sie die Situation mißverstehen, Commander. Wir können dieses Problem gemeinsam lösen...«

»Ich will Ihnen sagen, wie es zu lösen ist. Ich soll liquidiert werden. Ich verlange, daß Sie diesen Befehl widerrufen.«

Im Network Operations Center erschien eine neue Meldung auf dem Monitor: AX155-C UNTERSTAMM A21 BESTÄTIGT. HAUPTLEITUNG 301 NACH ROM. ATLANTIKSTAMMLEITUNG 1.

»Wir haben den Anruf nach Rom verfolgt«, meldete Adams.

»Jetzt noch die Rufnummer und seinen Standort!« verlangte Keller.

In Rom sah Robert auf seine Armbanduhr. »Sie haben mir einen Auftrag erteilt. Ich habe ihn ausgeführt.«

»Sie haben hervorragende Arbeit geleistet, Commander. Ich schlage vor, daß Sie...«

Am anderen Ende wurde eingehängt.

Der General wandte sich an Keller. »Er hat wieder aufgelegt.«

Keller sprach mit Adams. »Haben Sie ihn erwischt?«

»Nein. Es ging zu schnell, Sir.«

Robert trat in die Telefonzelle nebenan und griff nach dem Hörer.

»Commander Bellamy auf Leitung eins, General«, meldete die dritte Sekretärin.

»Seht zu, daß ihr den Hundesohn findet!« knurrte der General, drückte einen Knopf und nahm den Hörer ab. »Commander?«

»Ich möchte, daß Sie mir aufmerksam zuhören, General. Sie haben eine Menge unschuldiger Leute ermorden lassen. Wenn Sie Ihre Männer nicht zurückpfeifen, wende ich mich an die Medien und informiere sie darüber, was bisher vorgefallen ist.«

»Davon würde ich Ihnen abraten – es sei denn, Sie wollten eine weltweite Panik auslösen. Die Außerirdischen existieren wirklich, und wir sind ihnen hilflos ausgeliefert. Sie bereiten sich darauf vor, uns zu unterjochen. Sie haben keinen Begriff davon, Commander, was passieren würde, wenn diese Tatsachen bekannt würden.«

»Sie auch nicht«, erwiderte Robert Bellamy. »Ihnen bleibt keine andere Wahl. Pfeifen Sie Ihre Männer zurück. Der nächste Anschlag auf mein Leben würde mich dazu zwingen, an die Öffentlichkeit zu gehen.«

»Gut, Sie haben gewonnen«, bestätigte General Hilliard widerstrebend. »Ich blase die Jagd auf Sie ab. Und ich schlage vor, daß wir uns...«

»Die Telefonüberwachung hat mich bestimmt schon fast aufgespürt«, sagte Robert. »Schönen Abend noch.«

Damit hängte er ein.

»Haben Sie ihn?« blaffte Keller Adams an.

»Er hat aus Rom angerufen – irgendwo aus der Innenstadt. Mehr haben wir nicht herauskriegen können, weil er ständig die Nummern gewechselt hat.«

Der General sah zu Keller hinüber. »Und?«

»Ganz knapp verfehlt, Sir. Wir wissen nur, daß er irgendwo in Rom ist. Nehmen Sie seine Drohung ernst? Widerrufen wir den Befehl, ihn zu liquidieren?«

»Nein. Wir müssen ihn zum Schweigen bringen.«

Robert überlegte. Flughäfen, Bahnhöfe, Busbahnhöfe und Leihwagenfirmen würden überwacht werden. Er konnte in kein Hotel gehen, weil SIFAR-Leute seine Personenbeschreibung verbreiten würden. Trotzdem mußte er irgendwie aus Rom herauskommen. Er brauchte etwas zur Tarnung...

Plötzlich kam ihm ein Gedanke: Sie fahndeten nach einem einzelnen Mann... Also brauchte er eine Begleiterin!

An der nächsten Straßenecke stand ein Taxi. Robert zerzauste sein Haar, zog den Krawattenknoten herunter und torkelte wie ein Betrunkener auf den Wagen zu. »Hey!« grölte er heiser. »Sie da!«

Der Taxifahrer starrte ihn angewidert an.

Robert zog einen Zwanzigdollarschein aus der Tasche und klatschte ihn dem Mann in die Hand. »Hey, Freundchen, ich will irgendwo bumsen. Weischt du, was das heischt? Verstehscht du überhaupt Englisch?«

Der Fahrer betrachtete den Geldschein. »Sie wünschen eine Frau?«

»Du hascht's erraten, Kumpel. Ich wünsch' eine Frau.«

»*Andiamo*«, sagte der Taxifahrer.

Er fuhr los, sobald der Betrunkene sich auf den Rücksitz hatte fallen lassen.

Zwanzig Minuten später hatten sie den von Nutten und Zuhältern bevölkerten römischen Rotlichtbezirk Tor di Quinto erreicht. Sie fuhren die Passeggiata Archeologica entlang, und der Taxifahrer hielt an einer Straßenecke.

»Hier finden Sie eine Frau«, sagte er.

»Danke, Kumpel.« Robert stieg schwankend aus. Das Taxi fuhr mit quietschenden Reifen davon.

Robert musterte seine Umgebung. Keine Polizei. Einige Autos, eine Handvoll Fußgänger. Auf dem Gehsteig flanierten ein gutes Dutzend Mädchen. Die meisten waren sehr attraktiv. Vor allem eine fiel Robert angenehm auf.

Sie schien Anfang Zwanzig zu sein, hatte lange schwarze Haare und trug unter ihrem offenen Kamelhaarmantel einen raffiniert geschnittenen schwarzen Rock und eine unschuldig wirkende weiße Bluse. Robert vermutete, daß sie nebenbei Schauspielerin oder Fotomodell war. Sie beobachtete ihn.

Robert torkelte zu ihr hinüber. »Hallo, Schatz«, murmelte er. »Schprichst du Englisch?«

»Ja.«

»Gut. Wie wär's mit 'ner kleinen Party zu zweit?«

Sie lächelte zögernd. *Betrunkene können Scherereien machen.* »Vielleicht solltest du erst wieder nüchtern werden«, sagte sie mit weichem italienischen Akzent.

»Hey, ich bin nüchtern genug!«

»Ich koste hundertfünfzig Dollar.«

»Einverschtanden, Schatz.«

»*Va bene.* Komm, wir gehen in ein Hotel gleich um die Ecke.«

»Wunnerbar. Wie heischt du, Schatz?«

»Pier.«

»Ich heische Henry.« Er sah, wie ein Streifenwagen auf sie zukam. »Komm, wir hau'n ab.«

Die neiderfüllten Blicke der anderen Mädchen folgten Pier, als sie mit ihrem amerikanischen Freier davonging.

Das Hotel war kein Hassler, aber dafür verlangte der pickelige junge Mann an der Reception auch keinen Ausweis. Tatsächlich sah er kaum auf, als er Pier einen Zimmerschlüssel gab. »Siebzigtausend Lire.«

Robert zog drei Geldscheine aus der Tasche und gab sie dem jungen Mann.

Die Einrichtung des schäbigen Zimmers bestand aus einem französischen Bett, einem kleinen Tisch, zwei Stühlen und einem Spiegel über dem Waschbecken. Innen an der Tür waren mehrere Kleiderhaken angebracht.

»Bezahlt wird im voraus.«

»Klar.« Robert drückte ihr drei Fünfzig-Dollar-Scheine in die Hand.

»*Grazie.*«

Während Pier sich auszog, trat Robert ans Fenster, schob den Vorhang etwas zur Seite und beobachtete die Straße, ohne etwas Verdächtiges zu sehen. Er ließ den Vorhang sinken, drehte sich um und blickte Pier an, die jetzt nackt vor ihm stand. Sie hatte einen überraschend schönen Körper: feste junge Brüste, eine schmale Taille, sanft gerundete Hüften und lange, wohlgeformte Beine.

Sie zog die Augenbrauen hoch. »Willst du dich nicht ausziehen, Henry?«

Jetzt kam der schwierige Teil. »Ich hab' doch ein bißchen zuviel getrunken«, gab Robert zu. »Ich bin zu nichts imstande, fürchte ich.«

»Wenn ich mich hier ausschlafe, können wir uns morgen früh lieben.«

Pier schüttelte den Kopf. »Ich muß arbeiten. Das Geschäft wartet nicht.«

»Kein Problem.« Er zählte fünf Hunderter ab und drückte sie ihr in die Hand. »Reicht das?«

Sie betrachtete das Geld, während sie überlegte. Das Angebot war natürlich sehr verlockend. Um diese Zeit ging das Geschäft ohnehin nicht besonders. Andererseits erschien ihr dieser Mann ziemlich seltsam. Er war gut angezogen und hätte für soviel Geld in ein Luxushotel gehen können. *Was soll's?* dachte Pier schließlich. »Gut, meinetwegen. Aber wir haben nur dieses eine Bett.«

»Das genügt.«

Pier beobachtete, wie Robert erneut ans Fenster trat und den Vorhang einen winzigen Spalt weit aufzog.

»Suchst du was Bestimmtes?«

»Hat dieses Hotel einen Hinterausgang?«

Worauf hab' ich mich bloß eingelassen? fragte sich Pier. Ihre beste Freundin war ermordet worden, weil sie sich mit *Mafiosi* eingelassen hatte. Pier bildete sich ein, etwas von Männern zu verstehen, aber der hier war ihr ein Rätsel. Obwohl er kein Verbrecher zu sein schien, benahm er sich, als sei er auf der Flucht... »Ja, hier gibt's einen«, bestätigte sie.

Ein gellender Schrei ließ Robert zusammenzucken.

»Dios! Dios! Sono venuto tre volte!« rief eine Frauenstimme im Zimmer nebenan.

»Was sagt sie?« Roberts Herz schlug wie rasend.

Pier grinste. »Sie sagt, sie ist eben zum dritten Mal gekommen.«

Robert hörte Sprungfedern knarren.

»Willst du nicht ins Bett gehen?« Pier stand nackt da, ohne sich zu genieren, und betrachtete ihn.

»Klar.« Robert setzte sich auf die Bettkante, streifte nur die Schuhe ab und streckte sich auf seiner Hälfte aus.

»Ziehst du dich nicht aus?«

»Nein.«

»Wie du meinst.« Pier schlüpfte auf der anderen Seite unter die Steppdecke. »Hoffentlich schnarchst du nicht«, sagte sie noch.

»Morgen früh weißt du's.«

Robert hatte nicht die Absicht zu schlafen. Er mußte die Straße im Auge behalten. Wenn seine Verfolger alle besseren Hotels abgesucht hatten, würden sie auch solche drittklassigen Absteigen kontrollieren. Er war todmüde. Schließlich deckte er sich zu, weil ihn fröstelte. Dann fielen ihm die Augen zu, und er war wieder zu Hause, wieder in seinem eigenen Bett. Neben sich spürte er Susans warmen Körper. *Sie ist zurückgekommen,* dachte er glücklich. *Sie ist zu mir zurückgekommen. Baby, du hast mir so gefehlt!*

Siebzehnter Tag
Rom, Italien

Robert wachte auf, weil ihm die Sonne ins Gesicht schien. Abrupt setzte er sich auf, starrte erschrocken um sich und wußte nicht gleich, wo er war. Erst als er Pier sah, erinnerte er sich daran, wie er in dieses fremde Zimmer gekommen war, und atmete auf. Das Mädchen stand nackt vor dem Spiegel und bürstete sich die Haare.

»*Buon giorno*«, sagte sie lächelnd. »Du schnarchst nicht.«

Robert sah auf seine Armbanduhr. Schon fast 9 Uhr! Er hatte kostbare Stunden vergeudet.

»Möchtest du mich jetzt lieben? Schließlich hast du schon bezahlt.«

»Macht nichts«, wehrte Robert ab.

Sie kam auf ihn zu und blieb dicht vor ihm stehen. »Wirklich nicht?«

Ich könnte nicht mal, wenn ich wollte, Lady. »Nein.«

»*Va bene.*« Während sie sich anzog, fragte sie beiläufig: »Wer ist Susan?«

Ihre Frage traf ihn unvorbereitet. »Susan? Wie kommst du darauf?«

»Du redest im Schlaf.«

Robert erinnerte sich an seinen Traum, in dem Susan zu ihm zurückgekehrt war. Vielleicht war das ein gutes Omen. »Susan ist... meine Freundin.« *Meine Frau. Eines Tages wird sie Moneybags satthaben und zu mir zurückkommen. Falls ich dann noch lebe...*

Er trat ans Fenster, zog den Vorhang einen Spalt weit auf und blickte hinaus. Auf der Straße herrschte reger Verkehr, doch es war weit und breit nichts Verdächtiges zu sehen.

Er wandte sich wieder zu dem Mädchen um. »Pier, möchtest du eine kleine Reise mit mir machen?«

Sie betrachtete ihn mißtrauisch. »Eine Reise... wohin?«

»Ich muß geschäftlich nach Venedig, aber ich reise nicht gern allein. Kennst du Venedig?«

»Nein.«

»Um so besser! Ich zahle dir, was du sonst verdient hättest, und wir machen ein paar Tage Urlaub.« Er blickte wieder aus dem Fenster.

»Das kostet dich pro Tag tausend Dollar.« Sie hätte auch die Hälfte genommen.

»Einverstanden«, sagte Robert und gab ihr 2000 Dollar. »Das ist für die beiden ersten Tage.«

Pier zögerte noch. Irgendwie hatte sie ein schlechtes Gefühl bei dieser Sache. Aber der Drehbeginn des Films, in dem sie eine kleine Rolle spielen sollte, hatte sich verzögert, und sie brauchte dringend Geld. »Einverstanden«, sagte sie.

Unten beobachtete Pier, wie Robert mit den Augen vorsichtig die Straße absuchte, bevor er an den Randstein trat, um ein Taxi anzuhalten. *Irgend jemand hat's auf ihn abgesehen,* dachte sie. *Mit dem darfst du nicht zusammenbleiben.*

»Hör zu«, sagte sie, »vielleicht ist's besser, wenn ich doch nicht nach Venedig mitfahre. Ich...«

»Du wirst sehen, wir amüsieren uns herrlich!« versicherte Robert ihr hastig. Dann erblickte er ein Juweliergeschäft auf der gegenüberliegenden Straßenseite und hatte eine Idee. »Komm, ich kaufe dir was Hübsches.«

»Aber...«

Er führte sie über die Straße in das Juweliergeschäft.

»*Buon giorno, Signorina... Signore*«, sagte der Verkäufer lächelnd. »Haben Sie einen bestimmten Wunsch?«

»Ja«, antwortete Robert. »Wir suchen etwas besonders Hübsches für die junge Dame.« Er wandte sich an Pier. »Magst du Smaragde?«

»Ich... ja.«

»Haben Sie ein schönes Smaragdarmband?« fragte Robert den Verkäufer.

»*Si, Signore.* Wir haben ein besonders schönes Stück da.« Er trat an eine Vitrine, nahm ein Armband heraus und legte es ihnen vor. »Es kostet fünfzehntausend Dollar.«

Robert wandte sich an Pier. »Gefällt's dir?«

Sie starrte ihn sprachlos an. Dann nickte sie.

»Gut, wir nehmen es«, entschied Robert und reichte dem Verkäufer seine ONI-Kreditkarte.

»Augenblick, bitte.« Der Verkäufer nahm das Schmuckstück mit und verschwand nach nebenan. Als er zurückkam, fragte er: »Soll ich's einpacken, oder...?«

»Nein, meine Freundin trägt es gleich.« Robert legte Pier das Armband ums Handgelenk.

»Das macht sich in Venedig bestimmt gut, meinst du nicht?« fragte er sie.

Pier lächelte ihn strahlend an. »Und wie!«

Draußen auf der Straße sagte Pier: »Ich... ich weiß gar nicht, wie ich dir danken soll.«

»Ich will nur, daß du dich gut amüsierst«, behauptete Robert. »Hast du ein Auto?«

»Nein. Ich hatte eins, aber es ist mir gestohlen worden.«

»Hast du wenigstens deinen Führerschein bei dir?«

Pier starrte ihn verwundert an. »Ja – aber was nützt ein Führerschein ohne Auto?«

»Das wirst du gleich sehen. Komm, wir haben's eilig!«

Er hielt ein Taxi an. »Via Po, bitte.«

Auf der Fahrt saß sie hinten neben Robert und beobachtete ihn aus dem Augenwinkel heraus. *Warum legt er so großen Wert auf meine Gesellschaft? Dabei hat er mich noch nicht mal angerührt. Ob er etwa...?*

»Halten Sie hier, bitte!« rief Robert dem Fahrer zu. Sie waren noch etwa hundert Meter von der Autovermietung Maggiore entfernt.

»Wir steigen hier aus«, erklärte Robert Pier. Er bezahlte den Fahrer und wartete, bis das Taxi außer Sicht war, bevor er Pier einen dicken Packen Geldscheine in die Hand drückte. »Ich möchte, daß du einen Wagen für uns mietest. Einen Alfa oder Fiat für vier bis fünf Tage. Du mietest ihn unter deinem Namen. Ich warte in der Bar dort drüben auf dich.«

Nur eineinhalb Kilometer von ihnen entfernt verhörten zwei Kriminalbeamte den aufgebrachten Fahrer eines roten LKWs mit französischem Kennzeichen.

»*Va te faire chier!*« schrie der Mann. »Woher soll ich wissen, wie die Scheißkarte auf meine Ladefläche gekommen ist? Wahrscheinlich hat sie irgendein verrückter Italiener draufgeschmissen.«

»Die Hälfte aller Geheimdienstleute Europas fahnden nach ihm«, sagte General Hilliard zu Oberst Frank Johnson. »Bisher haben sie leider kein Glück gehabt.«

»Dazu werden sie mehr als Glück brauchen«, antwortete der schwarze Hüne. »Bellamy ist ein verdammt guter Mann.«

»Wir wissen, daß er in Rom ist. Der Hundesohn hat gerade mit seiner ONI-Kreditkarte ein Armband für fünfzehntausend Dollar gekauft. Wir haben ihm sämtliche Fluchtwege abgeschnitten. Aus Italien kommt er unmöglich raus. Wir wissen sogar, auf welchen Namen sein gefälschter Reisepaß lautet: Arthur Butterfield.«

Oberst Johnson schüttelte den Kopf. »Wie ich Bellamy kenne, weiß kein Mensch, welchen Namen er im Augenblick benützt. Bei ihm kann man sich nur darauf verlassen, daß er das tut, was man am allerwenigsten erwartet. Wir sind hinter einem Mann her, der zu den Top-Leuten seiner Branche gehört. Falls es eine Möglichkeit zur Flucht gibt, wird Bellamy sie nutzen, falls es ein sicheres Versteck gibt, wird er es finden. Ich glaube, wir sollten versuchen, ihn auszuräuchern. Vorerst kontrolliert er noch alle Spielzüge. Wir müssen ihm die Initiative entreißen.«

»Sie meinen, wir sollten an die Öffentlichkeit gehen? Die Medien informieren?«

»Richtig.«

General Hilliard schob die Unterlippe vor. »Das wird bestimmt schwierig. Unser wahres Motiv dürfen wir nicht preisgeben.«

»Das brauchen wir auch nicht. Wir geben eine Pressemitteilung heraus, daß er wegen Drogenschmuggels gesucht wird. Auf diese Weise können wir Interpol und sämtliche europäischen Polizeibehörden für uns einspannen, ohne den wahren Grund angeben zu müssen.«

General Hilliard dachte kurz nach. »Die Idee gefällt mir.«

»Gut, dann fliege ich jetzt nach Rom«, sagte der Oberst. »Am besten nehme ich die Fahndung selbst in die Hand.«

Als Frank Johnson in seine Dienststelle zurückkam, war er äußerst nachdenklich. Er spielte ein gefährliches Spiel, das stand fest. Er *mußte* Commander Bellamy finden.

37

Robert Bellamy hielt den Telefonhörer an sein Ohr und lauschte. Am anderen Ende der Leitung klingelte es bereits zum fünften Mal. In Washington, D. C., war es jetzt gerade sechs Uhr morgens. *Das ist schon das zweite Mal, daß ich den Alten wecke,* dachte Robert.

Admiral Whittaker meldete sich nach dem sechsten Klingeln.

»Admiral, hier ist Robert Bellamy. Ihr Telefon wird vermutlich abgehört, daher muß ich mich kurz fassen. Ich möchte Ihnen nur sagen, daß Sie nichts von dem glauben dürfen, was über mich verbreitet wird. Ich möchte, daß Sie herauszukriegen versuchen, was überhaupt gespielt wird. Vielleicht brauche ich später Ihre Hilfe.«

»Selbstverständlich. Ich tue, was ich kann, Robert.«

»Ja, ich weiß. Ich rufe Sie später noch mal an.«

Robert legte auf. Während des kurzen Gesprächs konnten sie unmöglich festgestellt haben, woher der Anruf kam.

Ein dunkelblauer Fiat fuhr vor der Bar vor. Pier saß am Steuer.

»Fahren wir jetzt nach Venedig?« wollte das Mädchen wissen.

»Mmh-hmm. Aber erst müssen wir noch ein paar Kleinigkeiten erledigen.« Es wurde Zeit für weitere Ablenkungsmanöver. Robert bog auf die Via Rossini ab. Vor ihnen lag das Reisebüro Rossini. Robert fand eine Parklücke, in die der Fiat knapp hineinpaßte. »Ich bin gleich wieder da.«

Pier beobachtete, wie er in dem Reisebüro verschwand. *Ich könnte einfach wegfahren,* überlegte sie sich, *und die zweitausend Dollar und das Armband behalten. Wiederfinden würd' er mich hier nie! Aber das verdammte Auto ist auf meinen Namen gemietet. Cacchio!*

»Fahren wir jetzt endlich?« fragte Pier ungeduldig, als Robert wieder in den Wagen stieg. In der Hand hielt er drei Briefkuverts.

»Wir müssen bloß noch ein paar Kleinigkeiten erledigen, dann geht's los«, versicherte Robert ihr.

Pier beobachtete, wie er wieder die Straße mit den Augen absuchte, bevor er rückwärts aus der Parklücke fuhr und sich in den Verkehr einordnete.

Sie parkten vor dem Hotel Victoria. Robert gab Pier einen der Umschläge aus dem Reisebüro. »Könntest du bitte an die Reception gehen und eine Suite für Commander Robert Bellamy reservieren lassen. Sag' ihnen, daß du seine Sekretärin bist, daß er in einer Stunde eintreffen wird und daß du die Suite vorher sehen möchtest. Dabei läßt du diesen Umschlag auf einem Tisch in der Suite liegen.«

Sie starrte ihn verblüfft an. »Das ist alles?«

»Das ist alles.«

Der Teufel mochte aus diesem Mann schlau werden! »*Bene.*« Sie hätte gern gewußt, was der verrückte Amerikaner damit bezweckte. *Und wer ist Commander Robert Bellamy?* Pier stieg aus und betrat die Hotelhalle. Sie war ein bißchen nervös, denn als Nutte war sie schon aus einigen erstklassigen Hotels hinausgeflogen. Aber der soignierte grauhaarige Mann hinter der Reception begrüßte sie freundlich. »Sie wünschen, *Signora?*«

»Ich bin Commander Robert Bellamys Sekretärin. Ich möchte eine Suite für ihn reservieren lassen. Er trifft in etwa einer Stunde ein.«

Der Empfangschef warf einen Blick auf den Belegungsplan. »Wir haben zufällig eine sehr hübsche Suite frei.«

»Darf ich Sie mir bitte ansehen?« fragte Pier.

»Gewiß.«

Ein Hotelpage fuhr mit Pier in den ersten Stock. Nachdem

sie einen Blick in das Bad und das Schlafzimmer geworfen hatte, blieb sie im Wohnzimmer stehen und sah sich ein wenig schüchtern um. »Sind Sie zufrieden, *Signora?*«

Pier nickte hastig. »Ja, sehr hübsch«, murmelte sie. Dann holte sie den Briefumschlag aus ihrer Handtasche und legte ihn auf den Couchtisch. »Den möchte ich für den Commander hierlassen.«

»Gewiß, *Signora.*«

Dann siegte Piers Neugier, und sie öffnete den nicht zugeklebten Umschlag. Er enthielt ein auf den Namen Robert Bellamy ausgestelltes einfaches Flugticket Erster Klasse Rom-Peking.

Der blaue Fiat stand im Halteverbot vor dem Hotel.

»Irgendwelche Schwierigkeiten?« fragte Robert.

»Nein.«

Als nächstes hielten sie vor dem Hotel Valadier. Auch hier mußte Pier eine Suite für Commander Robert Bellamy reservieren und einen Umschlag in einem der Zimmer deponieren. Dann fuhren sie weiter zum Hotel Leonardo da Vinci. Mittlerweile hatte Pier ihre Scheu überwunden. *Tritt einfach wie 'ne Dame auf,* sagte sie sich. *Cool und ein bißchen abweisend. Das ist das ganze Geheimnis.*

Auch hier begleitete sie ein Hotelpage hinauf. »Dies ist unsere beste Suite, *Signora*«, teilte er ihr beflissen mit. Und Pier mußte ihm rechtgeben: Sie war geradezu feudal!

»Sie dürfte genügen«, meinte Pier von oben herab. »Der Commander ist sehr anspruchsvoll, müssen Sie wissen.« Sie nahm den dritten Umschlag aus ihrer Handtasche, konnte wie bei den beiden anderen der Versuchung nicht widerstehen, ihn zu öffnen, schüttelte irritiert den Kopf und legte ihn auf den Glastisch im Wohnzimmer.

Der Hotelpage hatte mittlerweile den riesigen Farbfernseher eingeschaltet, um die offensichtlich äußerst verwöhnte Dame ein wenig mehr für die Vorzüge der besten Suite des Hauses einzunehmen.

Plötzlich erschien auf dem Bildschirm der Amerikaner, den sie als Henry kannte, und der Reporter sagte: »... der sich nach Auskunft von Interpol gegenwärtig in Rom aufhält. Er wird im Zusammenhang mit internationalen Drogengeschäften gesucht...«

Pier starrte wie gebannt auf den Bildschirm.

Der Hotelangestellte schaltete den Fernseher aus. »Sind Sie zufrieden, *Signora*?«

»Ja«, sagte Pier langsam. *Ein Drogenschmuggler!*

Als sie wieder zu Robert in den Wagen stieg, betrachtete sie ihn mit ganz anderen Augen.

»Jetzt können wir fahren«, sagte Robert lächelnd.

Im Hotel Victoria kontrollierte ein Mann in einem dunklen Anzug das Gästebuch. »Wann ist Commander Bellamy angekommen?« fragte er den Mann an der Reception.

»Er ist noch nicht da. Die Suite ist von seiner Sekretärin reserviert worden. Sie hat gesagt, er werde in etwa einer Stunde eintreffen.«

Der Mann wandte sich an seinen Begleiter. »Lassen Sie das Hotel umstellen. Fordern Sie Verstärkung an. Ich warte oben.«

Drei Minuten später sperrte der Hotelangestellte die Tür der Suite auf. Der Mann in dem dunklen Anzug trat vorsichtig mit gezogener Pistole über die Schwelle. Die Suite war leer. Dann erblickte er den Umschlag auf dem Couchtisch und griff danach. Auf dem Briefumschlag stand *Commander Robert Bellamy*. Er öffnete ihn und warf einen Blick hinein. Eine Sekunde später wählte er die Nummer der SIFAR-Zentrale.

Francesco Cesare sprach gerade mit Oberst Frank Johnson. Der schwarze Hüne war erst vor zwei Stunden auf dem Flughafen Leonardo da Vinci angekommen, aber man merkte ihm keine Müdigkeit an.

»Soviel wir wissen«, erklärte Cesare dem Besucher, »hält Bellamy sich noch immer in Rom auf. Uns liegen über dreißig Aussagen von Zeugen vor, die ihn gesehen haben wollen.«

In diesem Augenblick klingelte das Telefon. »Hier ist Luigi«, meldete sich eine Männerstimme. »Wir haben ihn! Ich bin in seiner Suite im Hotel Victoria. Dort liegt ein Ticket, mit dem er am Freitagabend nach Peking fliegen will.«

»Gut gemacht!« sagte Cesare aufgeregt. »Wir kommen sofort rüber.« Er legte auf und wandte sich an Johnson. »Ihre Reise hätten Sie sich sparen können, fürchte ich. Wir haben ihn! Er wohnt im Hotel Victoria. Meine Leute haben ein auf seinen Namen ausgestelltes Ticket für einen Flug nach Peking gefunden.

»Bellamy hat sich im Hotel auf seinen richtigen Namen angemeldet?« fragte Oberst Johnson ruhig.

»Ja.«

»Und das Flugticket lautet auf seinen Namen?«

»Ja.« Oberst Cesare stand auf. »Kommen Sie, wir fahren sofort hin!«

Johnson schüttelte den Kopf. »Das wäre Zeitverschwendung.«

»Wie meinen Sie das?«

»Bellamy würde niemals...«

Das Telefon klingelte erneut. Cesare riß den Hörer von der Gabel. »Oberst, hier ist Mario. Wir haben Bellamy aufgespürt. Er ist im Hotel Valadier. Kommenden Montag will er mit dem Zug nach Budapest fahren. Was sollen wir jetzt tun?«

»Ich rufe zurück!« Oberst Cesare legte auf. Er sah zu dem Amerikaner hinüber. »Meine Leute haben eine für Bellamy ausgestellte Bahnfahrkarte nach Budapest gefunden. Ich verstehe nicht, was...«

Wieder klingelte das Telefon.

»Hier ist Bruno. Wir haben Bellamy gefunden. Er wohnt im Hotel Leonardo da Vinci. Am Sonntag will er nach Miami fliegen. Was soll ich...«

»Kommen Sie hierher zurück!« knurrte der Oberst und knallte den Hörer auf die Gabel. »Was beabsichtigt er damit, verdammt noch mal?«

»Er sorgt dafür, daß Sie 'ne Menge Arbeitskraft vergeuden, nicht wahr?« sagte Oberst Johnson grimmig.

»Was tun wir jetzt?«

»Wir stellen dem Hundesohn eine Falle.«

Sie waren bei Olgiata auf der Via Cassia nach Norden in Richtung Venedig unterwegs. Die Polizei würde alle großen Grenzübergänge kontrollieren, aber sie würde damit rechnen, daß er nach Westen in die Schweiz oder nach Frankreich zu flüchten versuchen würde. *Von Venedig aus,* dachte Robert, *kann ich mit dem Tragflächenboot nach Triest fahren und mich nach Österreich absetzen. Und von dort aus...*

Piers Stimme riß ihn aus seinen Überlegungen. »Ich hab' Hunger.«

»Was?«

»Ich hab' weder Frühstück noch Mittagessen gehabt.«

»Entschuldigung«, murmelte Robert. Er war zu beschäftigt gewesen, um an Essen zu denken. »Wir halten beim nächsten Restaurant.«

Pier beobachtete ihn, während er fuhr. Robert gab ihr immer mehr Rätsel auf. Sie kannte genügend Zuhälter, Diebe und Drogenschmuggler. Und daher wußte sie, daß dieser Mann kein Krimineller war.

Im nächsten Ort hielten sie vor einer kleinen Trattoria. Robert wählte einen Tisch an der Wand und setzte sich so hin, daß er den Eingang im Auge behalten konnte. Ein Ober brachte ihnen die Speisekarte.

Susan müßte inzwischen auf der Jacht sein, überlegte Robert sich. *Vielleicht habe ich nicht so schnell wieder eine Gelegenheit, mit ihr zu reden.* »Such dir was aus«, sagte er zu dem Mädchen und stand auf. »Ich bin gleich wieder da.«

Pier sah zu, wie er zu dem Telefon ging, das auf der Bartheke stand.

»Geben Sie mir bitte die Seefunkvermittlung in Gibraltar. Danke.« Einige Sekunden verstrichen.

»Vermittlung, ich möchte ein R-Gespräch mit der amerikanischen Jacht *Halcyon* vor Gibraltar anmelden. Das Rufzeichen ist Whiskey Sierra drei-drei-sieben... Danke.«

Robert wartete. *Das dauert ja eine Ewigkeit,* dachte er ungeduldig.

Dann hörte er Susans Stimme.

»Susan...«

»Robert! Ist bei dir alles in Ordnung?«

»Mir geht's gut. Ich wollte dir bloß sagen...«

»Ich weiß, was du mir sagen willst. Ich hab's in den Nachrichten gehört. Warum fahndet Interpol nach dir?«

»Das ist eine lange Geschichte.«

»Laß dir ruhig Zeit. Ich möchte es wissen.«

Er zögerte. »Das hat politische Hintergründe, Susan. Ich besitze Informationen, die einige Staaten unterdrücken wollen. Deshalb ist Interpol hinter mir her.«

»Was kann ich tun, um dir zu helfen?« fragte Susan.

»Nichts, Darling. Ich wollte nur noch mal deine Stimme hören, falls ich... für den Fall, daß mir was zustößt.«

»Das darfst du nicht sagen!« Ihre Stimme klang ängstlich. »Kannst du mir sagen, in welchem Land du bist?«

»Italien.«

Am anderen Ende herrschte kurzes Schweigen. »Dann sind wir nicht allzu weit von dir entfernt. Wir liegen vor Gibraltar im Mittelmeer. Wir können dich an Bord nehmen, wo du willst.«

»Nein, ich...«

»Sei bitte vernünftig. Das ist wahrscheinlich deine einzige Chance zur Flucht.«

»Ich kann dein Angebot nicht annehmen, Susan. Das könnte dich in Gefahr bringen.«

»Augenblick, Robert. Monte will mit dir reden.«

»Susan...«

Dann war Monte am Apparat. »Robert, soviel ich gehört habe, haben Sie ziemliche Probleme.«

Das ist die Untertreibung des Jahres. »Ja, das könnte man so sagen.«

»Wir möchten Ihnen gern helfen. Auf meiner Jacht suchen sie Sie nicht. Wo könnten wir Sie abholen?«

»Danke, Monte. Ich weiß Ihr Angebot zu würdigen. Aber ich möchte es lieber nicht annehmen.«

»Das ist ein Fehler. Hier wären Sie in Sicherheit.«

Warum will er mir nur unbedingt helfen? »Trotzdem vielen Dank. Ich versuche lieber, mich allein durchzuschlagen. Jetzt möchte ich noch mal mit Susan reden...«

»Natürlich.« Monte Banks gab ihr den Hörer zurück. »Vielleicht kannst du ihn überreden«, flüsterte er ihr so laut zu, daß Robert es hören konnte.

Dann hörte er wieder Susans Stimme. »Bitte, laß dir von uns helfen, Robert.«

»Du hast mir schon geholfen, Susan.« Er räusperte sich und schwieg einen Augenblick. »Und du sollst wissen, daß ich dich lieben werde, solange ich lebe.« Er lachte gezwungen. »Na ja, vielleicht ist das nicht mehr allzu lange.«

»Rufst du mich wieder an?«

»Wenn ich kann.«

»Versprich's mir!«

»Gut, ich versprech's dir.«

Robert legte langsam auf. *Weshalb hast du ihr das angetan? Weshalb hast du dir das angetan? Bellamy, du bist ein sentimentaler alter Trottel.* Er ging an den Tisch zurück.

»Hast du schon was gefunden?« fragte er Pier. Sie bestellten.

»Ich weiß, daß die Polizei nach dir fahndet. Vorhin haben sie im Fernsehen eine Suchmeldung ausgegeben«, sagte sie plötzlich.

Robert erstarrte. »Das Ganze ist ein Mißverständnis. Ich...«

»Bitte versuch nicht, mich für dumm zu verkaufen, Robert – so heißt du doch? Ich möchte dir helfen.«

Er musterte sie mißtrauisch. »Weshalb solltest du mir helfen wollen?«

Pier beugte sich über den Tisch. »Weil du sehr großzügig gewesen bist. Und weil ich die Polizei hasse. Du hast keine Ahnung, wie es ist, wenn eine von uns in eine Razzia der Bullen gerät. Sie behandeln uns wie den letzten Dreck! Oft schleppen sie eine von uns aufs nächste Revier und lassen sie dann rumgehen. Ich hasse diese Bestien! Ich würde alles tun, um mich an ihnen zu rächen. *Alles!* Und ich kann dir helfen.«

»Pier, du kannst nichts für mich tun...«

»In Venedig schnappt die Polizei dich todsicher. Bleibst du in einem Hotel, findet sie dich. Versuchst du, auf irgendein Schiff zu kommen, fängt sie dich ab. Aber ich weiß einen Ort, an dem du sicher bist. Meine Mutter und mein Bruder leben in Neapel. Du könntest dich in ihrem Haus verstecken. Dort sucht die Polizei dich bestimmt nicht.«

Robert dachte einen Augenblick nach. Ein Privathaus war natürlich viel sicherer als jede andere Unterkunft. Und Neapel war eine große Hafenstadt: Dort würde es leicht sein, an Bord eines Schiffs zu gelangen.

»Pier, falls sie mich erwischen, könntest du als meine Komplizin angesehen werden und dadurch Schwierigkeiten bekommen.«

»Dagegen weiß ich ein gutes Mittel«, meinte sie und lächelte aufmunternd. »Wir sorgen dafür, daß sie dich nicht finden.«

Robert erwiderte ihr Lächeln. Sein Entschluß stand fest. »Einverstanden. Wir fahren nach Neapel.«

»Ihre Leute haben keine Ahnung, wohin er unterwegs sein könnte?« fragte Oberst Johnson.

»Im Augenblick nicht«, gab Francesco Cesare seufzend zu. »Aber es ist nur eine Frage der Zeit, bis...«

»Leider haben wir keine Zeit. Haben Sie prüfen lassen, wo seine Exfrau sich aufhält?«

»Seine Exfrau? Nein. Ich sehe keinen Zusammenhang mit...«

»Dann haben Sie Ihre Hausaufgaben nicht gemacht«, knurrte der Amerikaner. »Sie ist mit einem gewissen Monte Banks verheiratet. An Ihrer Stelle würde ich den Aufenthaltsort der beiden schnellstens feststellen lassen.«

38

Sie irrte den breiten Boulevard hinunter, ohne wahrzunehmen, wohin sie ging. Wie viele Tage waren seit dem schrecklichen Absturz vergangen? Mittlerweile hatte sie den Überblick verloren. Sie war so erschöpft, daß sie Mühe hatte, sich zu konzentrieren. Sie brauchte dringend Wasser – nicht das vergiftete Wasser, das die Erdenbewohner tranken, sondern frisches, klares Regenwasser. Sie brauchte diese reine Flüssigkeit, um ihre

Lebensessenz wiederzubeleben. Nur dann würde sie die Kraft haben, den Kristall zu finden.

Sie stolperte und stieß mit einem Mann zusammen.

»Hey! Passen Sie doch auf, wohin Sie...« Der Amerikaner verstummte, musterte sie von oben bis unten und grinste. »Hallo, Schätzchen. Was für ein schöner Zufall, daß wir uns hier begegnet sind!« *Was für ein tolles Weib!* »Woher sind Sie, Schätzchen?«

»Aus dem siebten Sonnensystem der Plejaden.«

Er lachte. »Ich mag Frauen mit Humor. Wohin wollen Sie?«

Sie schüttelte den Kopf. »Das weiß ich nicht. Ich bin hier fremd.«

Jesus, daraus könnte was werden! »Haben Sie schon zu Abend gegessen?«

»Nein. Ich vertrage euer Essen nicht.«

Anscheinend leicht verrückt. Aber 'ne echte Schönheit. »Wo wohnen Sie?«

»Ich wohne nirgends.«

»Sie haben kein Hotel?«

»Ein Hotel?« *Was war das noch gleich? Ach ja: Unterkunftsboxen für reisende Erdenbewohner.* »Nein. Ich muß einen Ort finden, um auszuruhen. Ich bin sehr müde.«

»Na, dafür kann Papa sorgen. Wollen wir nicht in mein Hotelzimmer gehen? Dort steht ein schönes, großes, weiches Bett. Würde Ihnen das gefallen?«

»O ja, sogar sehr.«

Er konnte sein Glück kaum fassen. »Wunderbar!« *Ich möchte wetten, daß sie im Heu großartig ist.*

Sie musterte ihn verwirrt. »Ihr Bett besteht aus Heu?«

Er starrte sie an. »Was? Nein, nein. Sie machen gern kleine Scherze, was?«

Sie konnte kaum noch die Augen offenhalten. »Könnten wir jetzt ins Bett gehen?«

Er rieb sich die Hände. »Mein Hotel ist gleich um die Ecke.«

Er führte sie in die Hotelhalle, holte seinen Schlüssel von der Reception, und dann fuhren sie mit dem Lift in den dritten Stock. Als sie in seinem Zimmer angelangt waren, fragte der Amerikaner: »Wie wär's mit 'nem kleinen Drink?« *Der löst Verkrampfungen.*

Sie hätte nichts lieber getan, als etwas zu trinken – nur keine der Flüssigkeiten, wie sie Erdbewohner zu sich nahmen. »Nein«, sagte sie. »Wo ist das Bett?«

Hey, die geht vielleicht ran! »Dort drinnen, Schätzchen.« Er führte sie ins Schlafzimmer. »Weißt du bestimmt, daß du keinen Drink möchtest?«

»Ganz bestimmt.«

Er fuhr sich mit der Zungenspitze über die trockenen Lippen. »Willst... äh... willst du dich nicht ausziehen?«

Sie nickte. Bei den Erdenbewohnern war das so üblich. Sie zog ihr schlichtes weißes Kleid über den Kopf. Darunter war sie nackt.

Der Mann betrachtete sie gierig. »Das wird eine wahre Glücksnacht für mich, Schätzchen«, sagte er zufrieden grinsend. »Und auch für dich.« *Ich werd' dich durchvögeln, wie du noch nie gevögelt worden bist.*

Er riß sich die Kleider vom Leib und sprang zu ihr ins Bett. »Jetzt geht's los!« kündigte er an. »Jetzt sollst du erleben, was Action ist!« Dann stutzte er. »Scheiße! Ich hab' das Licht angelassen.« Er wollte aufstehen.

»Schon gut«, murmelte sie schläfrig. »Ich mach's aus.«

Und dann wurde ihr Arm länger und länger, bis er quer durchs Zimmer reichte, und ihre Finger verwandelten sich in blättrige grüne Fühler, die den Lichtschalter streiften.

Das Licht erlosch, aber im selben Augenblick ertönte ein markerschütternder Schrei. Die Bewohner der angrenzenden Zimmer schreckten auf. *Daß ein Mann so schreien konnte...*

Sie waren auf der Autobahn nach Neapel unterwegs. In der letzten halben Stunde hatten sie schweigend nebeneinandergesessen. Beide hingen ihren eigenen Gedanken nach.

Schließlich brach Pier das Schweigen. »Wie lange möchtest du bei meiner Mutter bleiben?« fragte sie.

»Drei bis vier Tage, wenn das möglich ist.«

»Natürlich ist das möglich.«

Robert hatte nicht die Absicht, dort mehr als eine oder zwei Nächte zu verbringen. Aber er behielt seine Absichten für sich.

»Ich freue mich darauf, meine Familie wiederzusehen«, sagte Pier.

»Du hast nur einen Bruder?«

»Ja – Carlo. Er ist jünger als ich.«

»Erzähl mir von deiner Familie, Pier.«

Sie zuckte mit den Schultern. »Da gibt's nicht viel zu erzählen. Mein Vater hat sein Leben lang im Hafen gearbeitet. Als ich fünfzehn war, ist er von einem Kran erschlagen worden. Meine Mutter ist krank gewesen, und ich habe sie und Carlo unterstützen müssen. Ein Freund in Cinecittà hat mir kleine Filmrollen verschafft. Die Gagen sind minimal gewesen, und ich habe mit dem Regieassistenten schlafen müssen. Dann habe ich gemerkt, daß auf der Straße mehr Geld zu verdienen ist. Jetzt arbeite ich mal hier, mal dort.«

»Pier ..., weißt du bestimmt, daß deine Mutter nichts dagegen hat, wenn du einen Fremden mit nach Hause bringst?«

»Natürlich hat sie nichts dagegen! Wir verstehen uns sehr gut. Mutter wird sich freuen, mich wiederzusehen. Liebst du sie sehr?«

Robert sah überrascht zu ihr hinüber. »Deine Mutter?«

»Die Frau, von der du im Schlaf gesprochen hast. Du hast in der Trattoria mit ihr telefoniert, nicht wahr?«

»Wie kommst du darauf, daß ich sie liebe?« fragte Robert brüsk.

Sie schwieg einen Augenblick. Dann sagte sie: »Versprichst du mir, nicht böse auf mich zu sein, wenn ich dir was erzähle?«

»Versprochen!«

Mit leiser Stimme sagte sie: »Ich bin dabei, mich in dich zu verlieben, glaub' ich.«

»Pier...«

»Ich weiß, daß es dumm ist. Aber das hab' ich noch zu keinem Mann gesagt. Ich will, daß du das weißt.«

Robert wußte nicht, was er sagen sollte. »Danke... Pier.«

»Du machst dich nicht über mich lustig?«

Er schüttelte den Kopf. Er sah auf die Benzinuhr.

Knapp eine Viertelstunde später bog Robert an einer Raststätte ab. »Wir müssen tanken«, sagte er.

»Und ich kann inzwischen daheim anrufen«, meinte Pier lächelnd, »und Mutter sagen, daß ich einen attraktiven Mann mitbringe.«

Robert hielt an einer Zapfsäule. *»Pieno, per favore«*, wies er den Tankwart an.

»Si, Signore.«

Pier küßte Robert auf die Wange. »Bin gleich wieder da!«

Robert beobachtete, wie sie Telefonmünzen kaufte. *Sie ist wirklich sehr hübsch,* überlegte er sich. *Und intelligent. Ich muß aufpassen, daß ich sie nicht verletze.*

Dann stand Pier am Wandapparat und wählte. Sie drehte sich nach Robert um und nickte ihm lächelnd zu. Als die Vermittlung sich meldete, flüsterte sie hastig: »Geben Sie mir Interpol. *Subito!*«

40

Seitdem Pier im Fernsehen das Fahndungsbild Robert Bellamys gesehen hatte, wußte sie, daß sie reich werden würde. Wenn Interpol nach Robert fahndete, würde für sachdienliche Hinweise bestimmt eine riesige Belohnung ausgesetzt sein. Und sie war die einzige, die wußte, wo er steckte! Deshalb stand die Belohnung ganz allein ihr zu. Daß sie Robert dazu überredet hatte, mit ihr nach Neapel zu kommen, wo sie ihn im Auge behalten konnte, war ein Geniestreich gewesen.

»Interpol-Außenstelle Rom«, meldete sich eine Männerstimme am Telefon.

Pier blickte rasch zum Wagen, um sich davon zu überzeugen, daß Robert noch an der Zapfsäule stand. »Sie fahnden nach einem Commander Robert Bellamy, stimmt's?«

Am anderen Ende herrschte kurzes Schweigen. »Darf ich Sie um Ihren Namen bitten?«

»Der tut nichts zur Sache!« wehrte sie ab. »Sind Sie hinter ihm her oder nicht?«

»Augenblick, ich muß Sie weiterverbinden. Bleiben Sie bitte am Apparat?«

Eine halbe Minute später sprach Pier mit einem höheren Beamten.

»Sie suchen Commander Robert Ballamy, nicht wahr? Er ist bei mir. Wieviel ist er Ihnen wert?«

»Sprechen Sie von einer Belohnung?«

»Natürlich spreche ich von einer Belohnung!« Wieder blickte sie zum Auto hinüber. *Mit was für Idioten telefoniere ich da?*

Der Interpol-Beamte zögerte. »Wir haben noch keinen Betrag festgesetzt, *Signora*, deshalb...«

»Gut, dann setzen Sie ihn eben jetzt fest! Ich hab's eilig.«

»Wieviel haben Sie sich denn vorgestellt?«

»Hmmm, das muß ich mir erst überlegen.« Pier dachte kurz nach. »Wie wär's mit zehntausend Dollar?«

»Zehntausend Dollar sind eine Menge Geld. Wenn Sie mir sagen, wo Sie im Augenblick sind, könnten wir zu Ihnen kommen, um eine Vereinbarung zu treffen, die...«

Kommt nicht in Frage! »Nein. Sie zahlen, was ich verlange, oder ich...« Pier blickte auf und sah, wie Robert auf den Kassenraum zukam. »Schnell! Ja oder nein?«

»Uns bleibt keine andere Wahl, *Signorina*. Ja. Sie bekommen das Geld, sobald wir...«

Robert kam durch die Tür auf sie zu.

»... und sind dann ungefähr zum Abendessen da, Mama«, sagte Pier in den Hörer. »Ich bin sicher, daß er dir gefällt. Er ist wirklich sehr nett... Gut, dann bis später. *Ciao!*«

Pier hängte ein und wandte sich an Robert. »Mutter ist ganz wild darauf, dich kennenzulernen.«

In der Interpol-Außenstelle Rom erkundigte sich der Beamte, der mit Pier gesprochen hatte: »Habt ihr feststellen können, woher der Anruf gekommen ist?«

»Ja – aus einer Raststätte an der Autostrada del Sol. Anscheinend sind die beiden nach Neapel unterwegs.«

Oberst Francesco Cesare und Oberst Frank Johnson studierten die Wandkarte in Cesares Dienstzimmer.

»Neapel ist eine große Stadt«, stellte Cesare fest. »Dort gibt's tausend Verstecke.«

»Und was ist mit der Frau?«

»Wir haben keine Ahnung, wer sie ist.«

»Wir könnten's rauskriegen«, schlug Johnson vor.

Cesare zog fragend die Augenbrauen hoch.

»Nehmen wir mal an, Bellamy bräuchte zur Tarnung schnellstens eine Begleiterin – was würde er dann tun?«

»Er würde sich 'ne Nutte anlachen, vermute ich.«
»Richtig! Wo fangen wir also an?«
»Tordi Quinto.«

Sie fuhren die Passeggiata Archeologica entlang und beobachteten, wie die Straßenmädchen ihrem Geschäft nachgingen. Cesare und Johnson wurden von *Capitano* Bellini begleitet, dem Polizeichef dieses Bezirks.

»Das wird nicht einfach werden«, meinte Bellini. »Sie konkurrieren alle miteinander, aber der Polizei gegenüber halten sie eisern zusammen. Da macht keine den Mund auf.«

»Wir werden ja sehen«, sagte Oberst Johnson.

Bellini ließ den Fahrer halten, und die drei Männer stiegen aus dem Dienstwagen. Die Prostituierten beobachteten sie mißtrauisch. Bellini sprach eine von ihnen an. »*Ciao*, Maria. Wie läuft das Geschäft?«

»Bestimmt läuft es noch besser, wenn ihr abgehauen seid.«

»Wir haben nicht vor, lange zu bleiben. Ich will dich nur was fragen. Wir suchen einen Amerikaner, der neulich nachts eines der Mädchen abgeschleppt hat. Wir vermuten, daß die beiden noch immer zusammen sind, und wüßten gern, wo er jetzt ist. Kannst du uns weiterhelfen?« Er zeigte ihr eine Aufnahme von Robert Bellamy.

Mittlerweile umringte sie ein ganzer Schwarm neugieriger Mädchen.

»Ich kann euch leider nicht helfen«, sagte Maria, »aber ich kenn' eine, die ihr vielleicht fragen könntet.«

Bellini nickte aufmunternd. »Gut, gut! Wer ist das?«

Maria deutete auf ein Schaufenster gegenüber, in dem ein großes Schild verkündete: *Wahrsagerin – Handleserin.* »Madame Lucia kann euch bestimmt weiterhelfen.«

Die Mädchen kicherten.

»Ah, ihr habt Sinn für Humor, was?« meinte Hauptmann

Bellini. »Das trifft sich sehr gut, denn wir haben auch einen kleinen Scherz mit euch vor. Diese beiden Gentlemen wüßten sehr gern den Namen des Mädchens, das mit dem Amerikaner gegangen ist. Solltet ihr ihn nicht kennen, schlage ich vor, daß ihr mit euren Kolleginnen redet und mich anruft, wenn ihr ihn wißt.«

»Warum sollten wir das tun?« fragte eine der Prosituierten trotzig.

»Das werdet ihr bald merken.«

Eine Stunde später begann die große Razzia. Einsatzkommandos durchkämmten die Stadt, nahmen alle Straßenmädchen fest und verhafteten auch ihre Zuhälter.

Es kam zu schrillen Protesten.

»Hey, das könnt ihr nicht machen... Ich zahl' den Bullen doch Schutzgeld!«

»Dies ist seit fünf Jahren mein Revier...«

»Ich hab's dir und deinen Freunden umsonst gemacht. Ist das der Dank dafür?«

»Wozu hab' ich eigentlich immer Schutzgeld gezahlt...?«

Am nächsten Tag war auf den Straßen keine einzige Prostituierte zu sehen, aber die Gefängnisse waren voll von ihnen.

Cesare und Johnson saßen in *Capitano* Bellinis Dienstzimmer. »Wir können sie natürlich nicht ewig hinter Gittern behalten«, meinte Bellini warnend. »Außerdem wäre das ausgesprochen schlecht für den Fremdenverkehr.«

»Keine Angst«, beruhigte Oberst Johnson ihn, »irgend jemand packt bestimmt bald aus. Sie dürfen nur den Druck nicht verringern.«

Die Wende kam am Spätnachmittag, als Bellinis Sekretärin meldete: »*Capitano*, ein *Signore* Lorenzo möchte Sie sprechen.«

»Schicken Sie ihn rein.«

Lorenzo, der Zuhälterkönig von Rom, trug einen sehr teuren Maßanzug und hatte an drei Fingern protzige Brillantringe.

»Was kann ich für Sie tun?« fragte Bellini.

Lorenzo bedachte ihn mit einem öligen Lächeln. »Mir geht's darum, was ich für *Sie* tun kann, *Signori.* Wie ich von einigen Mitarbeiterinnen höre, suchen Sie ein bestimmtes Mädchen, das Rom gemeinsam mit einem Amerikaner verlassen hat, und da wir größten Wert auf gute Zusammenarbeit mit den Behörden legen, werde ich Ihnen den Namen gerne nennen.«

»Wie heißt sie also?« fragte Oberst Johnson.

Lorenzo ignorierte seine Frage. »Ich gehe natürlich davon aus, daß Sie sich dafür erkenntlich zeigen, indem Sie meine Mitarbeiterinnen und ihre Freundinnen entlassen.«

»Ihre Nutten interessieren uns nicht«, stellte Oberst Cesare fest. »Wir wollen nur den Namen des Mädchens.«

»Ja, natürlich. Sie heißt Pier, Pier Valli. Der Amerikaner hat die Nacht mit ihr im Hotel L'Incrocio verbracht und ist am nächsten Morgen mit ihr weitergefahren. Sie gehört nicht zu meinen Mädchen, sonst...«

Bellini war bereits am Telefon. »Bringt die Akte Pier Valli rauf! Sofort!«

»Ich hoffe, Sie zeigen sich dafür erkenntlich.«

Der *Capitano* nickte und sagte ins Telefon: »Und blast das Unternehmen Putana ab.«

Lorenzo strahlte. »*Grazie.*«

Fünf Minuten später lag die Akte Pier Valli auf dem Schreibtisch des Hauptmanns. »Sie hat mit fünfzehn angefangen, auf den Strich zu gehen. Seither ist sie mindestens zehnmal festgenommen worden. Sie...«

»Woher stammt sie?« unterbrach Oberst Johnson ihn.

»Neapel.« Die beiden Männer wechselten einen Blick. »Dort leben ihre Mutter und ihr Bruder.«

»Können Sie die genaue Adresse rauskriegen?«
»Das müßte zu machen sein.«
»Dann los! Und beeilen Sie sich!«

41

Sie näherten sich den Außenbezirken Neapels. Mit ihren vielen flatternden Wäschestücken wirkten die alten Mietskasernen entlang der engen Straßen wie farbenprächtig beflaggte Betonberge.

Sie fuhren die Spiaggia di Chiaja entlang und passierten das Castello dell' Ovo, ein mittelalterliches Kastell auf einer vorgelagerten Insel.

An der Via Toledo verlangte Pier: »Hier abbiegen!«

Sie näherten sich Spaccio Napoli, der Altstadt Neapels.

»Gleich dort vorn«, sagte Pier. »Wir biegen nach links in die Via Benedetto Croce ab.«

Robert bog ab. Der Verkehr wurde dichter, und das allgemeine Gehupe war ohrenbetäubend. Obwohl er nur langsam fuhr, mußte er einige Male bremsen, um nicht Fußgänger oder Hunde zu überfahren, die sich mit Todesverachtung durch den Verkehr schlängelten.

»Dort vorn rechts«, wies Pier ihn an, »auf die Piazza del Plebiscito.« Der Verkehr war hier noch dichter, und die Gebäude wirkten noch heruntergekommener.

»Halt!« rief Pier.

Robert hielt am Randstein vor einigen schäbigen Geschäften. »Hier wohnt deine Mutter?« fragte er.

»Nein«, sagte Pier, »natürlich nicht.« Sie beugte sich zu ihm hinüber und drückte auf die Hupe. Im nächsten Augenblick kam eine junge Frau aus einem der Läden. Pier stieg aus und lief ihr entgegen. Die beiden fielen sich in die Arme.

»Du siehst wundervoll aus!« rief die Neapolitanerin bewundernd. »Du verdienst wohl gut?«

»Allerdings.« Pier hob ihr Handgelenk in die Sonne. »Sieh nur – mein neues Armband!«

»Sind das echte Smaragde?«

»Natürlich sind sie echt.«

Die andere drehte sich nach dem Laden um, aus dem sie gekommen war. »Ilsa! Sieh mal, wer uns besucht!«

Erst jetzt fand Robert die Sprache wieder. »Pier...«

»Nur einen Augenblick, *caro*«, wehrte sie ab. »Ich muß meinen Freundinnen guten Tag sagen.«

Binnen kurzem umringten ein halbes Dutzend Frauen sie und bewunderten ihr neues Armband, während Robert in ohnmächtiger Wut zähneknirschend im Auto saß.

»Er ist verrückt nach mir«, verkündete Pier und drehte sich lächelnd zu Robert um. »Nicht wahr, *caro*?«

Robert hätte sie am liebsten erwürgt. »Ja«, sagte er. »Können wir jetzt weiterfahren, Pier?«

»In einer Minute.«

»*Sofort!*» knurrte Robert.

»Gut, meinetwegen.« Pier drehte sich nach den Frauen um. »Wir müssen weiter. Wir haben einen wichtigen Termin. *Ciao!*«

»*Ciao!*«

Pier stieg neben Robert ein, und die Frauen drängten sich am Randstein zusammen, um ihnen nachzuwinken.

»Lauter alte Freundinnen«, sagte Pier glücklich.

»Wunderbar. Und wo lebt deine Mutter?«

»Oh, die wohnt nicht in der Stadt.«

»*Wie bitte?*«

»Sie wohnt in einem alten Bauernhaus am Stadtrand – eine Dreiviertelstunde von hier.«

Das ehemalige Bauernhaus am Südrand von Neapel war ein massives altes Steingebäude, das etwas abseits der Straße lag.

»Wir sind da!« verkündete Pier. »Na, gefällt's dir?«

»Ja.« Robert gefiel vor allem, daß das Haus weit von der Stadtmitte entfernt lag. Hier draußen würde ihn niemand suchen.

Als sie aufs Haus zugingen, wurde die Eingangstür aufgerissen, und Piers Mutter erschien lächelnd auf der Schwelle.

»Pier, *cara! Mi sei mancata!*«

»Du hast mir auch gefehlt, Mama. Dies ist mein amerikanischer Freund, von dem ich dir am Telefon erzählt habe.«

Piers Mama reagierte geistesgegenwärtig. »Ah? Herzlich willkommen, Mr....?«

»Jones«, sagte Robert Bellamy.

»Kommt rein, kommt rein!«

Sie betraten das Wohnzimmer: ein großer, behaglicher Raum, der mit Möbeln vollgestopft war.

Nachdem sie sich gesetzt hatten, kam ein junger Mann Anfang Zwanzig ins Wohnzimmer geschlurft. Er war klein und schwarzhaarig und hatte ein schmales, mürrisches Gesicht mit unfreundlichen braunen Augen. Auf seiner roten Satinjacke war der Schriftzug *Diavoli Rossi* eingestickt. Seine Miene hellte sich auf, als er seine Schwester sah. »Pier!«

»Hallo, Carlo!« Sie umarmten sich.

»Was tust du hier?«

»Wir sind für ein paar Tage auf Besuch hier.« Sie wandte sich an Robert. »Dies ist mein Bruder Carlo. Carlo, das ist Mr. Jones.«

»Hallo, Carlo.«

Carlo musterte Robert prüfend. »Hallo.«

Mama ergriff das Wort. »Ich mache euch beiden Turteltäubchen das hübsche Zimmer nach hinten raus zurecht.«

»Wenn Sie nichts dagegen haben...«, begann Robert zögernd und sprach dann entschlossen weiter: »Falls Sie genug Platz haben, hätte ich lieber ein Zimmer für mich allein.«

Daraufhin entstand eine verlegene Pause. Die drei starrten Robert an.

Mama wandte sich an Pier. »*Omosessuale?*«

Ihre Tochter zuckte mit den Schultern. *Keine Ahnung. Vielleicht ist er wirklich schwul.*

Mama nickte Robert zu. »Ganz wie Sie wollen.« Sie umarmte Pier nochmals. »Ich bin so glücklich, daß du wieder da bist! Komm, wir gehen in die Küche. Ich koche uns einen Kaffee.«

In der Küche rief Mama begeistert aus: »*Benissimo!* Wo hast du ihn aufgegabelt? Er scheint ja wirklich sehr reich zu sein. Das Armband, das du trägst, muß ein Vermögen gekostet haben. Ach, ich freue mich so für dich, *cara*! Heut abend gibt's ein großes Essen. Ich lade alle Nachbarn ein, damit sie deinen ...«

»Nein, Mama, das darfst du nicht.«

»Aber warum sollen wir dein Glück nicht gemeinsam feiern, *cara*? Alle unsere Freunde werden sich mit dir freuen.«

»Mama, Mr. Jones möchte hier nur ein paar Tage ausspannen. Keine Einladung. Keine Nachbarn.«

Mama Valli seufzte. »Gut, wie du willst.«

Ich muß dafür sorgen, daß er außerhalb des Hauses verhaftet wird, damit Mama sich nicht aufregt.

Auch Piers Bruder war das Armband aufgefallen. »Ein Armband mit echten Smaragden, was? Hat meine Schwester das von Ihnen?«

Robert musterte Carlo und nickte dann langsam. Irgend etwas an dem Jungen gefiel ihm nicht.

Mutter und Tochter kamen aus der Küche zurück. Mama wandte sich an Robert. »Sie wollen wirklich nicht mit Pier schlafen?«

Robert war verlegen. »Nein.«

»Ich zeig' dir dein Zimmer«, erbot sich Pier. Sie führte Robert nach hinten in ein gemütliches Schlafzimmer mit einem großen Doppelbett in der Mitte des Raums.

»Robert, hast du Angst davor, was Mama denken könnte, wenn wir zusammen schlafen? Sie weiß, womit ich mein Geld verdiene.«

»Nein, das ist's nicht«, sagte Robert. »Aber ich...« Den wahren Grund konnte er ihr unmöglich erklären. »Tut mir leid, ich...«

»Schon gut.« Piers Stimme klang eisig.

Sie fühlte sich grundlos zurückgewiesen. Jetzt hatte Robert sich schon zweimal geweigert, mit ihr zu schlafen. *Geschieht ihm ganz recht, wenn ich ihn der Polizei übergebe!* dachte sie. Und trotzdem fühlte sie sich ein kleines bißchen schuldbewußt, denn Robert war wirklich sehr nett. Aber 50000 Dollar waren 50000 Dollar...

Beim Abendessen plapperte Mama Valli ununterbrochen, während Pier, Robert und Carlo schweigsam ihren eigenen Gedanken nachhingen.

Robert war mit seinem Fluchtplan beschäftigt. *Morgen fahre ich zum Hafen hinunter und suche mir ein Schiff.*

Pier dachte an das Telefongespräch, das sie noch zu führen hatte. *Wenn ich von hier aus anrufe, kriegt die Polizei bestimmt mit Leichtigkeit unsere Nummer raus. Also werde ich in der Stadt telefonieren.*

Carlo beobachtete den Fremden, den seine Schwester mit heimgebracht hatte.

Nach dem Essen gingen die beiden Frauen in die Küche hinaus. Robert blieb mit Carlo allein.

»Sie sind der erste Mann, den meine Schwester mitgebracht hat«, bemerkte Carlo. »Sie muß Sie sehr mögen.«

»Ich mag sie auch sehr.«

»Wirklich? Sie wollen also für sie sorgen?«

»Ich glaube, daß Ihre Schwester ganz gut allein zurechtkommt.«

Carlo grinste zustimmend. »Ja, das glaub ich auch.« Dieser Fremde war gut angezogen und offenbar reich. Warum war er dann hier, obwohl er sich doch jedes Luxushotel hätte leisten können? Dafür konnte es nur eine Erklärung geben: Der Mann war untergetaucht. Und aus so einer Situation ließ sich doch garantiert irgendwie Kapital schlagen...

»Woher sind Sie?« fragte Carlo.

»Eigentlich bin ich nirgendwo richtig zu Hause«, antwortete Robert freundlich. »Ich reise viel.«

Carlo nickte. »Aha.« *Pier muß mir sagen, wer er ist. Vermutlich ist irgend jemand bereit, einen Haufen Geld für ihn zu bezahlen, das Pier und ich uns teilen können.*

»Sind Sie Geschäftsmann?« fragte Carlo weiter.

»Im Ruhestand.«

Lucca, der Anführer der *Diavoli Rossi*, würde bestimmt keine fünf Minuten brauchen, um den zum Sprechen zu bringen, dachte Carlo.

»Wie lange bleiben Sie bei uns?«

»Schwer zu sagen.« Carlos neugierige Fragerei ging Robert allmählich auf die Nerven.

Pier und ihre Mutter kamen aus der Küche zurück.

»Möchten Sie noch etwas Kaffee?« fragte Mama.

»Nein, danke. Das Essen war wunderbar.«

Mama lächelte geschmeichelt. »Ach, das war nichts Besonderes. Aber morgen setze ich Ihnen ein Festmahl vor!«

Morgen würde er nicht mehr da sein. Er stand auf. »Tut mir leid, aber ich bin ziemlich müde. Ich gehe schlafen.«

»Natürlich«, sagte Mama. »Gute Nacht.«

»Gute Nacht.«

Schweigend blickten sie Robert nach, als er auf sein Zimmer ging.

Carlo sah feixend zu Pier hinüber. Sie funkelte ihn wütend an und blickte dann weg.

Es hätte ihr ja nichts ausgemacht, wenn Robert schwul gewesen wäre. Aber sie hatte gehört, wie er im Schlaf von dieser Susan geredet hatte, und wußte es besser. *Dem* Stronzo *zeig' ich's*!

Robert lag im Bett und dachte nach.

Vielleicht sind ja an dieser Verschwörung sogar Staats- und Regierungschefs beteiligt? Oder gibt es eine Organisation innerhalb der Geheimdienste, die auf eigene Faust handelt? Je länger Robert darüber nachdachte, um so wahrscheinlicher kam es ihm vor, daß die Staats- und Regierungschefs nicht eingeweiht waren. Und dann fiel ihm noch etwas anderes ein. Es war ihm immer merkwürdig vorgekommen, daß Admiral Whittaker plötzlich als ONI-Direktor abgelöst und irgendwo in die Pampas versetzt worden war. Aber vielleicht war er ja zum Rücktritt *gezwungen* worden, weil er niemals bei dieser Verschwörung mitgemacht hätte!

Ich muß den Admiral sprechen, nahm Robert sich vor. Whittaker war der einzige, dem er vertrauen konnte, wenn es darum ging, der Wahrheit auf den Grund zu kommen. *Morgen,* dachte er. Dann schloß er die Augen und schlief ein.

Das leise Knarren der Schlafzimmertür weckte ihn. Er setzte sich augenblicklich hellwach im Bett auf. Irgend jemand kam aufs Bett zugeschlichen. Robert spannte seine Muskeln an, bereit, sich auf den Eindringling zu stürzen ... Doch dann roch er ihr Parfüm und spürte, wie sie neben ihm unter die Decke schlüpfte.

»Pier ... Was ...?«

»Pst!« Ihr Körper drängte sich an seinen. Sie war nackt. »Ich habe mich so einsam gefühlt«, flüsterte sie und schmiegte sich noch enger an ihn.

»Tut mir leid, Pier, ich... kann nichts für dich tun.«

»Nein?« fragte Pier. »Dann laß mich was für dich tun.« Ihre Stimme klang sanft.

»Es hat keinen Zweck. Das kannst du nicht.« Robert war zutiefst frustriert. Er wollte ihnen beiden ein peinliches Erlebnis ersparen.

»Magst du mich etwa nicht, Robert? Findest du meinen Körper nicht schön?«

»Doch...«

Piers Fingerspitzen strichen sanft über seine Brust. Dann glitt ihre Hand allmählich tiefer herab.

Das mußte aufhören, bevor das demütige Fiasko sich wiederholte. »Pier, ich kann dich nicht lieben. Ich... ich habe schon lange mit keiner Frau mehr schlafen können.«

»Du brauchst nichts zu tun, Robert«, versicherte sie ihm. »Ich will nur spielen. Läßt du gern mit dir spielen?«

Bei ihm tat sich überhaupt nichts. *Der Teufel soll Susan holen!* Sie hatte ihn nicht nur verlassen, sondern auch seine Männlichkeit mitgenommen.

Piers Finger waren bei seinen Lenden angelangt. »Dreh dich um«, sagte sie.

»Es hat keinen Zweck, Pier. Ich...«

Sie drehte seinen Körper auf den Bauch. Schwer wie ein Sack lag er da und verfluchte Susan, verfluchte seine Impotenz. Er fühlte, wie Piers Zunge zarte kleine Kreise auf seinem Rücken beschrieb und sich dabei tiefer und tiefer bewegte. Ihre Fingerspitzen glitten mit sanften Bewegungen über seine Haut.

»Pier...«

»Pst!«

Ihre Zunge glitt in Spiralen an seinem Körper herab... und

plötzlich fühlte er eine beginnende Erektion. Er bewegte sich, doch sie flüsterte: »Bleib ganz ruhig liegen.«

Ihre Zunge war weich und warm, und Robert erschauderte bei jeder Berührung ihrer Brustspitzen. Sein Puls beschleunigte sich. *Ja,* dachte er. *Ja! O ja!* Seine Erektion wuchs, bis sein Glied steinhart war, und als er die Spannung nicht mehr aushalten konnte, umfaßte er Pier und drehte sie um.

Sie ertastete sein Glied und holte überrascht Luft. »Mein Gott, du bist ja riesig! Ich will dich in mir haben.«

Im nächsten Augenblick stieß Robert wieder und wieder in sie hinein und fühlte sich wie neugeboren. Pier war erfahren und wild, und Robert genoß die dunkle Höhle ihrer samtigen Weichheit. In dieser Nacht liebten sie sich noch zweimal, bevor sie schließlich einschliefen.

Achtzehnter Tag
Neapel, Italien

Als das erste Morgenlicht durchs Fenster fiel, wachte Robert auf. Er drückte Pier an sich und flüsterte: »Ich danke dir.«

Pier lächelte schelmisch. »Wie fühlst du dich?«

»Wunderbar«, sagte Robert. Und das stimmte.

Sie kuschelte sich an ihn und fragte naiv: »Du bist kein Drogenschmuggler, stimmt's?«

»Nein.«

»Aber Interpol ist hinter dir her?«

»Ja.«

Ihre Miene hellte sich auf. »Jetzt weiß ich's! Du bist ein Spion!« Sie war aufgeregt wie ein Kind.

Robert mußte lachen. »Glaubst du?« Und er dachte: *Kindermund tut Wahrheit kund.*

»Gib's endlich zu«, drängte Pier. »Du bist ein Spion, hab' ich recht?«

»Ja«, sagte Robert ernst. »Ich bin ein Spion.«

»Ich hab's gewußt!« Piers Augen leuchteten. »Kannst du mir ein paar Tricks verraten?«

»Was für Tricks?«

»Du weißt schon... Tricks, wie Spione sie verwenden. Ich liebe Spionageromane. Ich lese andauernd welche.«

»Tatsächlich?«

»O ja! Aber das sind nur erfundene Geschichten. Du kennst alle wirklichen Tricks, nicht wahr? Verrätst du mir einen? Zum Beispiel irgendein Zeichen, das ein Spion einem anderen gibt, um ihn vor einer Gefahr zu warnen?«

»Das darf ich eigentlich nicht«, antwortete Robert mit todernster Miene, »aber *einen* Trick kann ich dir schon verraten.« *Was klingt einigermaßen glaubwürdig, wenn ich's ihr erzähle?* »Da hätten wir zum Beispiel den alten Jalousientrick.«

Sie starrte ihn an. »Den alten Jalousientrick?«

»Ja.« Robert zeigte aufs Schlafzimmerfenster. »Ist alles in Ordnung, bleiben die Jalousien hochgezogen. Droht dagegen Gefahr, läßt man eine herunter. Das ist dann ein Warnsignal für Mitagenten.«

»Wundervoll!« sagte Pier aufgeregt. »Das hab' ich noch in keinem Buch gelesen.«

»Das wäre auch unwahrscheinlich«, versicherte Robert ihr. »Dieser Trick ist ganz geheim.«

»Ich erzähl' ihn nicht weiter«, versprach ihm Pier. »Verrätst du mir noch einen?«

Robert dachte kurz nach. »Dann gibt's den Telefontrick.«

Pier schmiegte sich enger an ihn. »Erzähl mir davon.«

»Äh... nehmen wir mal an, ein Spion, mit dem du zusammenarbeitest, ruft dich an, um rauszukriegen, ob alles in Ordnung ist. Er verlangt natürlich Pier. Ist alles okay, antwortest du: ›Am Apparat.‹ Gibt's dagegen Probleme, behauptest du: ›Sie müssen sich verwählt haben.‹«

»Klasse!« rief Pier begeistert aus.

Meine Ausbilder auf der Farm bekämen Anfälle, wenn sie hören könnten, was für einen Blödsinn ich hier verzapfe.

»Kannst du mir noch was erzählen?« bettelte Pier.

Robert lachte. »Das waren genügend Geheimnisse für einen Morgen, finde ich.«

»Gut, wie du meinst.« Sie drängte sich gegen ihn. »Möchtest du jetzt duschen?«

»Gern.« Sie seiften sich unter dem warmen Wasserstrahl ab, und als Pier Robert zwischen die Beine griff, um sein Glied zu waschen, bekam er wieder eine Erektion.

Sie liebten sich unter der Dusche.

Während Robert sich anzog, schlüpfte Pier in einen Bademantel und huschte hinaus, um Frühstück zu machen.

Carlo wartete in der Küche auf sie.

»Erzähl mir von deinem Freund«, sagte er.

»Was ist mit ihm?«

»Er muß verdammt reich sein, sonst hätte er dir kein Smaragdarmband kaufen können.«

Sie zuckte mit den Schultern. »Er mag mich eben.«

»Weißt du, was ich glaube?« fuhr Carlo fort. »Ich vermute, daß dein Freund auf der Flucht ist. Ein Tip an die richtige Adresse könnte uns 'ne Menge Geld einbringen.«

Pier fuhr mit blitzenden Augen auf ihn los. »Halt dich da raus, Carlo!«

»Aha, er *ist* also auf der Flucht!«

»Hör zu, *Piscialetto*, ich warne dich: Komm mir bloß nicht in die Quere!« Sie hatte nicht die Absicht, sich die Belohnung mit irgend jemand zu teilen.

»Schwesterchen«, sagte Carlo vorwurfsvoll, »du willst bloß alles für dich allein.«

»Nein. Du bist auf dem falschen Dampfer, Carlo.«

»Glaubst du?«

»Ich will dir sagen, was dahintersteckt«, fuhr Pier fort. »Mr. Jones ist auf der Flucht vor seiner Frau. Sie hat einen Privatdetektiv engagiert, der ihn aufspüren soll – das ist alles.«

Carlo lächelte heimtückisch. »Warum hast du das nicht gleich gesagt? Das ist natürlich was anderes. Reden wir nicht mehr davon.«

Ich muß rauskriegen, wer er in Wirklichkeit ist, dachte er.

Mehrere Beamte des Einwohnermeldeamts von Neapel versuchten, die gegenwärtige Anschrift von Pier Vallis Mutter festzustellen.

Ein Dutzend SIFAR-Agenten und die dortige Polizei durchkämmten die Stadt nach Robert Bellamy.

Carlo überlegte, wie er es anstellen sollte, die Identität des Amerikaners herauszubekommen.

Pier dachte an ihr bevorstehendes Telefongespräch mit Interpol.

42

Die in der Luft liegende Gefahr war so greifbar, daß Robert Bellamy sie beinahe mit Händen fassen konnnte. Im Handelshafen, in dem Schiffe be- und entladen wurden, herrschte reger Betrieb. Doch es gab hier noch andere rege, für ihn höchst bedrohliche Aktivitäten: Streifenwagen fuhren die Kais entlang; und uniformierte Polizeibeamte und Kriminalbeamte in Zivil fragten Seeleute und Hafenarbeiter aus.

Offensichtlich wußten die Fahnder also, daß er in Neapel war, denn sie konnten unmöglich in sämtlichen italienischen Großstädte so intensive Nachforschungen anstellen.

Robert machte sich nicht einmal die Mühe, aus dem Auto zu

steigen, sondern wendete und verließ den Hafenbezirk. Hier gab es keine Chance, unerkannt an Bord eines Frachters nach Frankreich zu gelangen. Robert überlegte, welche Möglichkeiten ihm noch offenstanden. Längere Autofahrten waren gefährlich, denn die Ausfallstraßen würden kontrolliert werden. Der Hafen wurde überwacht, also konnte er davon ausgehen, daß auch der Bahnhof und der Flughafen verstärkt kontrolliert wurden. Damit saß er in der Falle.

Robert dachte an Susans Angebot. *Wir liegen vor Gibraltar im Mittelmeer. Wir können dich an Bord nehmen, wo du willst.* Es widerstrebte ihm, Susan in seine gefährliche Lage hineinzuziehen, aber er sah keine andere Möglichkeit mehr. Dies war der einzige Ausweg aus der Falle. Auf einer Privatjacht würden sie ihn nicht suchen. *Wenn's mir irgendwie gelingt, auf die* Halcyon *zu kommen,* dachte er, *können sie mich vor Marseille absetzen, und ich sehe zu, daß ich irgendwie an Land komme. Auf diese Weise bringe ich sie nicht in Gefahr.*

Er parkte in einer Nebenstraße und ging zu Fuß zum nächsten Postamt. Fünf Minuten später war er mit der *Halcyon* verbunden und hörte Susans Stimme. »Robert... bist du's?«

»Unkraut vergeht nicht.«

»Du... du bist doch nicht etwa verhaftet worden?«

»Nein. Hör zu, Susan...« Es fiel ihm schwer, diese Frage zu stellen. »Gilt dein Angebot noch?«

»Natürlich! Wann...?«

»Könnt ihr bis heute abend vor Neapel sein?«

Susan zögerte. »Augenblick, ich frage mal.« Robert hörte Stimmen im Hintergrund. Dann meldete Susan sich wieder. »Monte sagte, daß wir Probleme mit den Motoren haben, aber in zwei Tagen könnten wir in Neapel sein.«

Verdammt! Mit jedem Tag, den er in dieser Stadt verbrachte, vergrößerte sich die Gefahr, daß er geschnappt wurde. »Okay, das wäre in Ordnung.«

»Wie finden wir dich?«

»Ich melde mich noch mal.«

»Robert, bitte paß gut auf dich auf.«

»Das versuche ich schon. Ich geb' mir wirklich Mühe.«

Susan legte den Hörer auf, drehte sich zu ihrem Mann um und lächelte. »Er kommt an Bord.«

Eine Stunde später reichte Francesco Cesare in Rom Oberst Johnson ein Telegramm von der *Halcyon*. Der Text lautete: *Bellamy kommt an Bord der* Halcyon. *Halte Sie auf dem laufenden.* Der Name des Absenders fehlte.

»Ich habe veranlaßt, daß sämtliche Nachrichtenverbindungen der *Halcyon* überwacht werden«, sagte Cesare. »Sobald Bellamy an Bord geht, haben wir ihn.«

43

Je länger Carlo Valli über diese Sache nachdachte, desto sicherer war er sich, daß hier viel Geld zu verdienen war. Piers Märchen, daß der Amerikaner auf der Flucht vor seiner Frau sei, war ein Witz. Mr. Jones befand sich auf der Flucht – aber vor der Polizei. Wahrscheinlich war eine Belohnung auf seine Ergreifung ausgesetzt. Eine hohe Belohnung. Aber die Sache mußte geschickt eingefädelt werden. Carlo beschloß, mit Mario Lucca, dem Anführer der *Diavoli Rossi*, darüber zu reden.

Also setzte er sich frühmorgens auf seine Vespa und fuhr in die Via Sorcella hinter der Piazza Garibaldi. Er stieg vor einem heruntergekommenen Wohnhaus ab und drückte auf den Klingelknopf neben einem Pappschild mit dem ungelenk hingekritzelten Namen LUCCA.

»Scheiße, wer ist das?« rief eine verschlafene Stimme aus dem ersten Stock.

»Carlo. Ich muß was mit dir bereden, Mario.«

Der Türöffner summte, und Carlo ging in den ersten Stock hinauf.

Mario Lucca stand nackt in der Wohnungstür. Im Zimmer dahinter sah Carlo ein Mädchen in seinem Bett.

»Was zum Teufel willst du um diese nachtschlafende Zeit von mir?«

»Ich hab' nicht schlafen können, Mario. Ich bin zu aufgeregt. Ich hab' ne große Sache, glaub' ich.«

»Echt? Komm rein.«

Carlo betrat die kleine, unaufgeräumte Wohnung. »Gestern abend hat meine Schwester 'nen Freier mitgebracht.«

»Und deshalb holst du mich um diese Zeit aus dem Bett?«

»Ja, aber der Kerl ist reich. Und er ist auf der Flucht.«

»Vor wem denn?«

»Das weiß ich nicht. Aber ich krieg's noch raus. Möglicherweise ist 'ne Belohnung für ihn ausgesetzt.«

»Warum fragst du nicht einfach deine Schwester?«

Carlo schüttelte den Kopf. »Pier läßt nichts raus. Du solltest das Armband sehen, das er ihr gekauft hat! Mit Smaragden.«

»Ein Armband? Tatsächlich? Wieviel ist's wert?«

»Das sag' ich dir noch. Ich will's heute vormittag verkaufen.«

Lucca überlegte kurz. »Hör zu, Carlo, ich bin dafür, daß wir uns mal mit dem Freund deiner Schwester unterhalten. Was hältst du davon, wenn wir ihn uns in ein paar Stunden schnappen und in den Club mitnehmen?« Der Club war ein leerstehendes Lagerhaus mit einem schalldichten Raum.

Carlo lächelte zustimmend. »*Bene.* Ich laß mir was einfallen, um ihn aus dem Haus zu locken.«

»Wir erwarten euch«, sagte Lucca. »Er wird singen, verlaß dich drauf. Hoffentlich hat er 'ne schöne Stimme, weil er für uns singen wird.«

Als Carlo heimkam, war Mr. Jones fort. Carlo mußte sich beherrschen, um nicht in Panik zu geraten.

»Wo ist dein Freund hin?« fragte er Pier.

»Er hat in der Stadt zu tun. Aber er kommt wieder. Warum interessiert dich das?«

Er rang sich ein Lächeln ab. »Bloß so aus Neugier.«

Carlo wartete, bis Mama und Pier in die Küche gingen, um das Mittagessen zu kochen. Dann hastete er in Piers Zimmer. Er fand das Armband unter einigen Wäschestücken versteckt in einer Kommodenschublade, steckte es hastig ein und war schon an der Haustür, als seine Mutter aus der Küche kam.

»Bleibst du nicht zum Essen, Carlo?«

»Nein. Ich muß in die Stadt, Mama. Ich komme später wieder.«

Carlo stieg auf seine Vespa und fuhr in Richtung Quartiero Spagnolo. *Vielleicht ist das Armband mit falschen Steinen besetzt*, dachte er. *Vielleicht ist's ja bloß Talmi.*

Er stellte den Motorroller vor einem kleinen Juwelierladen ab. Ettore Gambino, der Ladenbesitzer, war ein Sechziger mit schlechtsitzender schwarzer Perücke und einem Mund voll falscher Zähne.

»Ah, guten Morgen, mein Lieber!« begrüßte er Carlo. »Was hast du heute für mich?«

Carlo holte das Armband aus der Jackentasche und legte es auf den Ladentisch. »Das hier.«

Gambino griff danach. Während er es begutachtete, wurden seine Augen immer größer. »Wo hast du das her?«

»Meine reiche Tante ist gestorben und hat's mir vererbt. Ist es was wert?«

»Schon möglich«, antwortete Gambino vorsichtig.

»Erzähl' mir keinen Scheiß!«

Gambino spielte den Gekränkten. »Hab' ich dich jemals betrogen?«

»Ständig.«

»Immer zu kleinen Scherzen aufgelegt, was? Hör zu, Carlo, ich weiß nicht, ob ich dieses Stück allein unterbringen kann. Es ist sehr wertvoll.«

Carlos bekam feuchte Hände. »Ohne Scheiß?«

»Ich muß sehen, ob ich's irgendwo unterbringen kann. Ich ruf dich heute abend an.«

»Okay«, sagte Carlo und steckte das Armband wieder ein.

Als er den Laden verließ, ging er wie auf Wolken. *Ich hab' recht gehabt! Der Kerl ist nicht nur reich, sondern auch verrückt. Wie käme er sonst auf die Idee, einer Nutte ein so teures Armband zu schenken?*

Gambino sah dem jungen Mann kopfschüttelnd nach. *Verdammt noch mal, worauf haben die Idioten sich diesmal eingelassen?* dachte er. Unter dem Ladentisch holte er ein Rundschreiben hervor, das alle Juweliere und Pfandleiher bekommen hatten. Es enthielt eine Beschreibung des Smaragdarmbands, das er eben gesehen hatte – aber wo sonst eine Telefonnummer im Polizeipräsidium angegeben war, stand hier neben einer anderen Nummer der Vermerk: *Sofort SIFAR benachrichtigen!*

Ein gewöhnliches Rundschreiben der Polizei hätte Gambino ignoriert, aber mit der SIFAR war nicht zu spaßen. Also griff er widerstrebend nach dem Telefon und wählte die angegebene Nummer.

44

Trotzdem bin ich noch nicht am Ende! dachte Robert trotzig, während er durch die Vorstädte Neapels fuhr. *Erst müssen sie mich schnappen.* Wie hatten sie ihn hier aufgespürt? *Pier.* Sie mußten über Pier auf seine Fährte gestoßen sein. *Ich muß sie anrufen, um sie zu warnen,* überlegte Robert sich. *Aber zuerst muß ich eine Möglichkeit finden, hier rauszukommen...*

Einen halben Kilometer vor der Auffahrt zur Autobahn sah er eine von der Polizei errichtete Straßensperre. Er wendete gerade noch rechtzeitig und raste in Richtung Innenstadt zurück.

Dann fuhr er wieder langsamer, konzentrierte sich und versuchte sich in seine Verfolger hineinzudenken. Sie würden veranlaßt haben, daß alle möglichen Fluchtwege aus Italien blockiert waren. Jedes auslaufende Schiff würde durchsucht werden. Und dann durchzuckte ihn plötzlich eine Idee. Die Fahnder hatten keinen Grund, Schiffe zu durchsuchen, die Italien *nicht* verließen. *Immerhin eine Chance,* dachte Robert. Er fuhr wieder zum Hafen hinunter.

Gambino sah auf, als die Türklingel seines Ladens bimmelte. Zwei Männer in dunklen Anzügen kamen herein. Man sah ihnen auf den ersten Blick an, daß sie keine Kunden waren.

»Ettore Gambino? Sie haben wegen eines Smaragdarmbands angerufen.«

SIFAR. Er hatte ihren Besuch erwartet. Doch diesmal stand er auf der Seite des Rechts. »Ganz recht. Als anständiger Bürger hab' ich's für meine Pflicht gehalten, Sie...«

»Diesen Scheiß können Sie sich sparen. Wer hat's vorbeigebracht?«

»Ein junger Mann namens Carlo.«

»Hat er's dagelassen?«

»Nein, er hat es wieder mitgenommen.«

»Wie heißt dieser Carlo weiter?«

Gambino zuckte mit den Schultern. »Seinen Nachnamen weiß ich nicht. Er gehört zu den *Diavoli Rossi.* Das ist eine der hiesigen Banden. Ihr Chef ist ein gewisser Mario Lucca.«

»Wissen Sie, wo dieser Lucca zu finden ist?«

Gambino zögerte unschlüssig. Falls Lucca erfuhr, daß er geplaudert hatte, würde er ihm die Zunge herausschneiden lassen. Falls er diesen Männern jedoch *nicht* erzählte, was sie wissen wollten, würden sie ihm den Schädel einschlagen. »In der Via Sorcella hinter der Piazza Garibaldi.«

»Danke, Signore Gambino.«

»Ich bin immer gern bereit, mit...«

Die Männer waren schon gegangen.

Lucca lag wieder mit seiner Freundin im Bett, als die beiden Männer die Wohnungstür aufbrachen.

Wütend sprang er aus dem Bett. »Hey, was soll der Scheiß? Wer seid ihr überhaupt? Was...?«

Einer der Männer hielt ihm seinen Dienstausweis unter die Nase.

SIFAR! Lucca schluckte trocken. »Hey, ich hab' nichts angestellt. Ich bin ein anständiger Bürger, der...«

»Das wissen wir, Lucca. Von Ihnen wollen wir ja auch gar nichts. Uns interessiert ein junger Mann namens Carlo.«

Carlo! Darum geht's also! Um das beschissene Armband! In was war Carlo da bloß hineingeraten? SIFAR-Agenten fahndeten normalerweise nicht nach Juwelendieben.

»Also... kennen Sie ihn oder nicht?«

»Schon möglich.«

»Sollen wir Sie in die Zentrale mitnehmen, um Ihr Gedächtnis ein bißchen aufzufrischen?«

»Augenblick! Jetzt fällt's mir wieder ein«, sagte Lucca. »Sie meinen bestimmt Carlo Valli. Was ist mit ihm?«

»Wir möchten mit ihm reden. Wo wohnt er?«

Jedes Mitglied der *Diavoli Rossi* mußte bei seiner Aufnahme einen heiligen Eid schwören, eher zu sterben, als einen Kameraden zu verraten. Das machte die *Diavoli Rossi* zu einem so großartigen Club. Sie hielten eisern zusammen. Einer für alle, und alle für einen.

»Wollen Sie lieber doch in die Zentrale mitkommen?«

Lucca zuckte mit den Schultern und gab ihnen Carlos Adresse.

Eine halbe Stunde später öffnete Pier die Haustür und erblickte zwei Fremde.

»*Signorina* Valli? Dürfen wir reinkommen?«

»Wer sind Sie?«

Einer der Männer klappte ein Lederetui auf und zeigte ihr seinen Dienstausweis. *SIFAR*. Das waren nicht die Leute, mit denen sie ihre Vereinbarung getroffen hatte. Panik stieg in ihr auf. Die beiden Kerle würden versuchen, sie um ihre Belohnung zu bringen. »Was wollen Sie von mir?«

»Wir möchten Ihnen ein paar Fragen stellen.«

»Bitte sehr. Ich habe nichts zu verbergen.« *Gott sei Dank*, dachte Pier, *daß Robert nicht da ist!* Sie führte die beiden Männer ins Wohnzimmer.

»Sie sind gestern mit dem Auto aus Rom gekommen.« Das war eine Feststellung, keine Frage.

»Richtig. Ist das verboten... oder bin ich zu schnell gefahren?«

Der Mann lächelte. Auch das machte seinen Gesichtsausdruck nicht freundlicher. »Sie hatten einen Begleiter, nicht wahr?«

»Ja«, antwortete Pier vorsichtig.

»Wen, *Signorina*?«

Sie zuckte mit den Schultern. »Ein Anhalter, den ich mitgenommen habe. Er wollte nach Neapel.«

»Ist er jetzt hier bei Ihnen?« fragte der zweite Mann.

»Wo er ist, weiß ich nicht. Ich hab' ihn in der Stadt abgesetzt, und er ist verschwunden.«

»War sein Name Robert Bellamy?«

Sie runzelte die Stirn, als denke sie nach. »Bellamy? Tut mir leid, das weiß ich nicht. Er hat mir seinen Namen nicht gesagt, glaub' ich.«

»Oh, das hat er bestimmt! Er hat sie am Tor di Quinto angesprochen, Sie haben die Nacht mit ihm im Hotel L'Incrocio verbracht, und am nächsten Morgen hat er Ihnen ein Smaragdarmband gekauft. Er hat Sie mit Flugtickets und einer Bahnfahrkarte in einige Hotels geschickt – und danach haben Sie einen Leihwagen genommen und sind mit ihm nach Neapel gefahren, stimmt's?«

Sie wissen alles! Pier nickte beklommen.

»Kommt Ihr Freund zurück, oder ist er schon abgereist?«

Sie zögerte unschlüssig. Wenn sie behauptete, Robert habe Neapel verlassen, würden die Männer ihr ohnehin nicht glauben. Sie würden hier im Haus warten, und sobald er zurückkam, konnten sie ihr vorwerfen, gelogen zu haben, und sie als seine Komplicin festnehmen. Am besten sagte sie gleich die Wahrheit. »Er kommt zurück«, gab sie zu.

»Bald?«

»Das weiß ich nicht.«

»Gut, dann machen wir's uns inzwischen bequem. Sie haben doch nichts dagegen, wenn wir uns ein bißchen umsehen?« Sie knöpften ihre Jacken auf, so daß ihre Pistolen sichtbar wurden.

»N-n-nein.«

Rasch durchsuchten die beiden SIFAR-Agenten das Haus.

Mama kam aus der Küche. »Wer sind diese Männer?«

»Freunde von Mr. Jones«, sagte Pier hastig. »Sie sind gekommen, um ihn zu besuchen.«

Mama lächelte strahlend. »Ein reizender Mann! Dürfen wir Sie zum Mittagessen einladen?«

»*Grazie*, Mama«, sagte einer der Männer. »Was gibt's denn Feines?«

Pier dachte fieberhaft nach. Zunächst kam es darauf an, Robert vom Haus fernzuhalten, bis die beiden Typen verschwunden waren. *Aber wie?*

Plötzlich erinnerte sie sich an ihr morgendliches Gespräch mit Robert Bellamy. *Ist alles in Ordnung, bleiben die Jalousien hochgezogen. Droht dagegen Gefahr, läßt man eine herunter. Das ist dann ein Warnsignal für Mitagenten.*

Die beiden Männer saßen mit Mutter und Tochter im Eßzimmer und aßen *Cappelini.*

»Hier ist's mir zu hell«, behauptete Pier. Sie stand auf und ließ eine Jalousie herunter. Dann kam sie an den Tisch zurück. *Hoffentlich erkennt Robert das Warnsignal.*

Auf der Rückfahrt zum Haus ging Robert in Gedanken nochmals seinen Fluchtplan durch. *Nicht perfekt*, gestand er sich ein, *aber zumindest erhalte ich so eine Atempause*. Dann kam das Haus in Sicht. Als er von der Straße auf die Zufahrt abbog, drosselte er das Tempo und sah sich um. Alles wirkte ganz normal. Er würde Pier warnen, damit sie verschwinden konnte, und sofort weiterfahren.

Er wollte schon vor dem Haus parken, als ihm etwas Seltsames auffiel: Eine der Jalousien war heruntergelassen, während alle anderen hochgezogen waren. Eine Alarmglocke schrillte durch Roberts Kopf. Pier hatte seine morgendlichen Flunkereien für bare Münze genommen. Sollte die heruntergelassene Jalousie eine Warnung sein?

Robert wendete und fuhr wieder auf die Straße hinaus. Vor der nächsten Bar hielt er und ging hinein, um zu telefonieren.

Sie saßen noch immer beim Essen, als das Telefon klingelte. Die Männer spitzten sofort die Ohren.

Pier stand auf, ging zu dem Apparat und nahm den Hörer ab. »Hallo?«

»Pier? Ich habe die Jalousie gesehen und...«

Sie brauchte nur zu sagen, alles sei in Ordnung, und er würde ins Haus zurückkommen. Die Männer würden ihn verhaften, und vielleicht sprang dann ja doch eine Belohnung für sie heraus, weil sie ihn in die Falle gelockt hatte.

Aber würden sie ihn tatsächlich nur festnehmen? Denn die beiden hier waren schließlich keine normalen Bullen... Die waren gefährlicher...

Pier sagte ins Telefon: »Nein, Sie haben sich verwählt.«

Robert hörte ein Klicken; sie hatte aufgelegt. Einen Augenblick lang stand er wie betäubt da. Pier hatte ihm das Leben gerettet. *Gott segne sie!*

Er setzte sich wieder ans Steuer und fuhr in Richtung Hafen – diesmal jedoch nicht zum Frachthafen, sondern an Santa Lúcia vorbei zu einem kleinen Pier, auf dem ein Schild verkündete: *Capri & Ischia*. Dort parkte er den Leihwagen – und zwar so auffällig, daß die Fahnder ihn unmöglich übersehen konnten.

Dann trat er an das Kassenhäuschen. »Wann fährt das nächste Tragflügelboot nach Ischia?«

»In zwanzig Minuten.«

»Und nach Capri?«

»In fünf Minuten.«

»Geben Sie mir eine einfache Fahrkarte nach Capri.«

»*Si, Signore.*«

»Si, Signore, si, Signore«, äffte ihn Robert nach. »In diesem beschissenen Land kann kein Mensch richtig Englisch!«

Der Kassierer starrte ihn empört an.

»Ihr gottverdammten *Itaker* seid alle gleich. Einfach blöd! *Stupido!*« Robert knallte einen Geldschein auf den Zahlteller, griff nach seiner Fahrkarte und ging zu dem Tragflügelboot, das ihn nach Capri bringen sollte.

Drei Minuten später legte das Boot ab. Zunächst fuhr es ziemlich langsam, aber sobald es sich in tieferem Wasser befand, hob es sich elegant über die Wellen. Die Fähre war voller fröhlich schwatzender Touristen aus verschiedensten Ländern. Nach einer Weile trat Robert an die kleine Bar und sagte zu dem Barkeeper: »Geben Sie mir einen Wodka mit Tonic.«

»Ja, Sir.« Der Mann in dem weißen Kittel mixte den Drink. »Bitte sehr, *Signore*.«

Robert griff danach und kostete einen Schluck. Dann knallte er das Glas auf die Theke. »Dieses Scheißzeug soll ein Drink sein?« fragte er angewidert. »Das schmeckt ja wie Pferdepisse! Was ist eigentlich mit euch gottverdammten Itakern los?«

Andere Fahrgäste drehten sich nach Robert um.

»Entschuldigen Sie, *Signore*«, sagte der Barkeeper steif, »aber wir verwenden nur die besten...«

»Den Scheiß können Sie sich sparen!« brüllte Robert. »Ich werde mich über Sie beschweren! Commander Robert Bellamy von der US-Marine läßt sich nicht mit so einem drittklassigen Gesöff abspeisen!«

Damit stapfte er nach vorn zum Bug und ließ sich in einen freien Sessel fallen. In seinem Rücken spürte er die Blicke der Mitreisenden. Sein Herz hämmerte, aber die Komödie war noch nicht zu Ende.

Nachdem das Tragflügelboot in Capri angelegt hatte, ging Robert ans Kassenhäuschen der Standseilbahn, in dem ein älterer Mann Fahrkarten verkaufte.

»Geben Sie mir 'ne Karte!« verlangte Robert in aggressivem Tonfall. »Aber 'n bißchen dalli! Ich hab' nicht den ganzen Tag Zeit! Sie sind sowieso zu alt für diesen Job. An Ihrer Stelle würd' ich lieber daheimbleiben. Bestimmt treibt's Ihre Frau tagsüber mit sämtlichen Nachbarn.«

Der sprachlose Kassierer wäre wohl am liebsten auf Robert losgegangen. Passanten bedachten Robert mit vorwurfsvollen Blicken. Robert nahm seine Fahrkarte und zwängte sich noch in die bereits überfüllte Seilbahnkabine. *An mich erinnern sie sich todsicher!* dachte er grimmig. Er hinterließ eine Fährte, die kein Fahnder übersehen konnte.

Sobald die Bahn oben angekommen war, drängte Robert sich ungestüm durch die Menge und ging auf der gewundenen Via Vittorio Emmanuelle zum Hotel Quisisana.

»Ich möchte ein Einzelzimmer«, erklärte er dem Angestellten an der Reception.

»Tut mir leid«, entschuldigte sich der junge Mann, »aber wir sind völlig ausgebucht. Vielleicht ...«

Robert legte ihm 50000 Lire Trinkgeld hin. »Mir wäre jedes Zimmer recht.«

»Hmmm, das dürfte zu machen sein, *Signore*. Wenn Sie sich bitte eintragen wollen?«

Robert unterschrieb mit *Commander Robert Bellamy*.

»Wie lange bleiben Sie bei uns, *Commandatore*?«

»Eine Woche.«

»Gut, das läßt sich machen. Darf ich um Ihren Paß bitten?«

»Der ist in meinem Gepäck. Es wird in ein paar Minuten gebracht werden.«

»Ich lasse Ihnen von einem Pagen Ihr Zimmer zeigen.«

»Danke, nicht jetzt. Ich muß noch einmal weg. Aber ich bin in einer Viertelstunde wieder da.«

Robert trat aus der Hotelhalle auf die Straße hinaus. Die Erinnerungen schmerzten wie eine niemals richtig verheilte Wunde.

Hier war er damals mit Susan gewesen. Sie hatten die Blaue Grotte besucht und morgens Kaffee auf der Piazza Umberto getrunken. Sie waren mit der Seilbahn nach Anacapri hinaufgefahren, auf Eseln zu Tiberius' Villa Novice geritten und im smaragdgrünen Wasser der Marina Piccolo geschwommen.

Robert ging zur Seilbahnstation an der Piazza Umberto zurück, mischte sich unauffällig unter die Fahrgäste und fuhr wieder nach unten. Als er dort die Station verließ, achtete er darauf, nicht von dem Kassierer, den er beleidigt hatte, gesehen zu werden. Er trat ans Kassenhäuschen auf dem Kai und fragte auf spanisch: »*Cuándo es el próximo barco a Ischia?*«

»*Trenta minuti*«, erwiderte der Mann an der Kasse auf italienisch.

»*Bueno. Gracias.*« Robert kaufte eine Fahrkarte.

Er ging in eine Bar am Hafen, setzte sich in den hintersten Winkel und trank langsam einen Scotch. Unterdessen mußte der Leihwagen aufgefunden worden sein, wodurch das Jagdgebiet sich verkleinert hatte. In Gedanken breitete er eine Europakarte vor sich aus. *Wo könnte ich am besten an Bord der* Halcyon *gehen? Am besten natürlich in einer ruhigen Hafenstadt... Viterbo. Ich muß nach Viterbo.*

Robert ließ sich vom Besitzer der Bar Telefonmünzen geben und ging ans Telefon. Diesmal dauerte es fast zehn Minuten, bis das Gespräch zustande kam.

Susan war am Apparat.

»Wir haben schon darauf gewartet, daß du dich wieder melden würdest.« *Wir.* »Die Motoren sind repariert. Wir könnten morgen früh in Neapel sein. Wo sollen wir dich an Bord nehmen?«

»Erinnerst du dich an das Palindrom?« fragte Robert. »Wir sind in den Flitterwochen dort gewesen.«

»Das *was*?«

»Ich habe eine scherzhafte Bemerkung darüber gemacht, weil ich so erschöpft gewesen bin.«

Am anderen Ende entstand eine kurze Pause. Dann sagte Susan leise: »Ja, ich erinnere mich.«

»Kann die *Halcyon* mich morgen dort abholen?«

»Augenblick!«

Er wartete.

Susan kam wieder ans Telefon. »Ja, das geht.«

»Gut.« Robert zögerte. »Ich weiß, daß ich viel von dir verlange. Falls es jemals rauskäme, daß du mir geholfen hast, könntest du in schreckliche Gefahr geraten.«

»Mach dir deswegen keine Sorgen. Wir holen dich dort ab. Und paß gut auf dich auf!«

»Danke«, sagte Robert und legte auf.

Im Nachrichtenraum der SIFAR-Zentrale in Rom wurde das Telefongespräch von vier Männern mitgehört. Der Fernmeldetechniker sagte: »Wir haben es aufgezeichnet, falls Sie's noch mal hören wollen, *Colonnello.*«

Oberst Cesare warf Frank Johnson einen fragenden Blick zu.

»Bitte. Mich interessiert vor allem der vereinbarte Treffpunkt. Wenn ich richtig gehört habe, hat er ›Palindrom‹ gesagt. Ist das irgendwo in Italien?«

Francesco Cesare schüttelte den Kopf. »Nie davon gehört. Aber das läßt sich nachprüfen.« Er wandte sich an seinen Adjutanten. »Stellen Sie fest, wo das liegt. Und überwachen Sie die Nachrichtenverbindungen der *Halcyon* weiter.«

»Wird gemacht, *Colonnello.*«

In dem ehemaligen Bauernhaus am Stadtrand von Neapel klingelte das Telefon. Pier wollte aufstehen, um den Hörer abzunehmen.

Aber einer der Männer kam ihr zuvor. »Hallo?« Er hörte kurz zu, knallte den Hörer auf die Gabel und wandte sich an seinen Kollegen. »Bellamy ist mit dem Schiff nach Capri gefahren. Komm, wir haben's eilig!«

Pier sah den beiden nach, als sie hastig das Haus verließen, und dachte dabei: *Gott hat ohnehin nie gewollt, daß ich soviel Geld kriege. Hoffentlich erwischen sie ihn nicht!*

Als die Fähre nach Ischia anlegte, mischte Robert sich unauffällig unter Menschen, die an Bord gingen, wobei er sorgfältig jeglichen Blickkontakt vermied. Nachdem das Boot in Ischia angelegt hatte, ging er zum Kassenhäuschen auf dem Kai. Auf einer Anzeigetafel war zu sehen, daß die Fähre nach Sorrent in zehn Minuten abfahren würde.

»Eine Rückfahrkarte nach Sorrent«, verlangte Robert.

Eine Viertelstunde später war Robert Bellamy nach Sorrent auf dem italienischen Festland unterwegs. *Jetzt stellen sie wahrscheinlich alles in Capri auf den Kopf*, dachte er.

Auf dem Lebensmittelmarkt in Sorrent herrschte reges Treiben. Bauern aus der Umgebung hatten Obst, Gemüse und frisches Fleisch in die Stadt gebracht.

Robert sprach einen stämmigen Mann mit fleckiger Schürze an, der einen Lastwagen belud. »*Pardon, Monsieur*...« Robert Bellamy sprach nun mit perfektem französischen Akzent Italienisch. »Fahren Sie zufällig in Richtung Viterbo?«

»Schon möglich«, antwortete der Mann ausweichend.

»Ich würde gern fürs Mitfahren bezahlen.«

»Wieviel?«

Robert drückte ihm 100000 Lire in die Hand.

»Dafür könnten Sie schon fast nach Rom fliegen, ist Ihnen das klar?«

Robert merkte sofort, daß er einen Fehler gemacht hatte. Er sah sich nervös um. »Um ganz ehrlich zu sein: Meine Gläubiger lassen den Flughafen überwachen. Deshalb wär's mir lieber, wenn Sie mich mitnehmen würden.«

Der Mann nickte. »Ah, ich verstehe. Gut, steigen Sie ein. Wir können gleich abfahren.«

Robert gähnte. »Ich bin *très fatigué*. Wie sagt man? Sehr müde. Haben Sie was dagegen, wenn ich hinten auf der Ladefläche schlafe?«

»Dort werden Sie ziemlich durchgeschüttelt werden, aber wenn Sie's so wollen...«

»*Merci.*«

Die Ladefläche stand voller Kisten und Kartons. Giuseppe ließ Robert hinaufsteigen und schloß die Bordwand hinter ihm. Hinter einigen Kisten fand Robert ein gutes Versteck. Plötzlich merkte er, wie erschöpft er war. Diese Verfolgungsjagd war verdammt anstrengend. Wie lange hatte er nicht mehr geschlafen? Er dachte an Pier und wie sie nachts zu ihm gekommen war und bewirkt hatte, daß er sich wieder ganz, wieder als Mann fühlte. Hoffentlich hatte sie keine Schwierigkeiten bekommen! Mit diesem Gedanken schlief Robert ein.

Vorn im Fahrerhaus dachte Giuseppe über den Anhalter nach. In der Zeitung hatte etwas von einem Amerikaner gestanden, nach dem gefahndet wurde. Der Anhalter sprach mit französischem Akzent, aber er war wie ein Amerikaner gekleidet und sah auch so aus. Jedenfalls lohnte sich eine Nachfrage. Möglicherweise war eine hübsche Belohnung auf ihn ausgesetzt.

Fünf Stunden später hielt Giuseppe an einer Tankstelle. »Vollmachen«, wies er den Tankwart an. Dann ging er nach hinten und warf einen Blick auf die Ladefläche. Sein Fahrgast schlief fest.

Giuseppe betrat die Tankstelle und rief die Polizei an.

45

Eine Minuten später sprach Giuseppe mit Oberst Cesare. »Richtig«, bestätigte dieser, »das könnte unser Mann sein. Hören Sie jetzt gut zu: Der Kerl ist gefährlich, deshalb müssen Sie genau das tun, was ich Ihnen sage. Haben Sie verstanden?«

»Ja, *Colonnello.*«

»Von wo aus rufen Sie an?«

»Aus der Agip-Raststätte an der Straße nach Viterbo.«

»Und er schläft hinten in Ihrem Lastwagen?«

»Ja.« Dieses Telefongespräch machte Giuseppe langsam nervös. *Vielleicht hätte ich die Polizei doch aus dem Spiel lassen sollen.*

»Unterlassen Sie alles, was ihn mißtrauisch machen könnte. Setzen Sie sich in Ihren Wagen, und fahren Sie weiter in Richtung Viterbo. Ich brauche Ihr Kennzeichen und eine Beschreibung Ihres Fahrzeugs.«

Giuseppe nannte das Kennzeichen und beschrieb seinen Lastwagen.

»Gut. Alles weitere veranlassen wir. Fahren Sie jetzt los.«

In Rom wandte Oberst Cesare sich an Oberst Johnson. »Wir haben ihn!« sagte er triumphierend. »Ich lasse eine Straßensperre errichten. Mit dem Hubschrauber sind wir in einer halben Stunde dort.«

»Dann los!«

Giuseppe hängte den Hörer ein, wischte sich die schweißnassen Handflächen an seinem Hemd ab und ging zum Wagen zurück. *Auf was habe ich mich da eingelassen? Na ja, wenn die Belohnung hoch genug ist*... Er kletterte ins Fahrerhaus und fuhr in Richtung Viterbo weiter.

Vierzig Minuten später hörte Giuseppe das Geräusch eines Hubschraubers. Er sah aus dem Fenster und erblickte einen Polizeihubschrauber, der über dem Lastwagen schwebte. Wenig später tauchten vor ihm mehrere quergestellte Streifenwagen auf, die die Straße blockierten. Hinter den Fahrzeugen standen Uniformierte mit schußbereiten Maschinenpistolen.

Der Hubschrauber landete neben der Straße. Cesare und Johnson stiegen aus. Giuseppe bremste vor der Straßensperre, stellte den Motor ab, sprang aus dem Fahrzeug und rannte auf die Polizisten zu. »Er ist hinten drin!« rief er.

»Vorwärts!« befahl Cesare den Uniformierten. Die Polizisten mit den Maschinengewehren umstellten den Lastwagen.

»Nicht schießen!« rief Oberst Johnson. »Ich hole ihn dort raus!« Er trat an die Heckklappe des Fahrzeugs. »Kommen Sie lieber freiwillig raus, Robert«, rief er. »Ihr Spiel ist aus!«

Keine Antwort.

»Ich gebe Ihnen fünf Sekunden Zeit, Robert.«

Schweigen. Sie warteten.

Cesare drehte sich um und nickte seinen Leuten zu.

»Noch nicht!« brüllte Oberst Johnson, doch es war bereits zu spät.

Mit ohrenbetäubendem Geknatter durchlöcherten die Salven der Maschinenpistolen die Bordwand und die Kisten auf der Ladefläche. Nach zehn Sekunden wurde das Feuer auf Befehl Cesares eingestellt. Oberst Frank Johnson kletterte auf die Ladefläche und arbeitete sich über Kartons und Kisten bis nach hinten vor. Dann drehte er sich zu Cesare um, der ihm gefolgt war. »Hier ist er nicht.«

Neunzehnter Tag
Civitavecchia, Italien

Civitavecchia, der alte Hafen von Rom, wird von einer Befestigungsanlage beherrscht, die im Jahre 1537 von Michelangelo fertiggestellt wurde. Der Hafen dient heute noch der italienischen Hauptstadt und ist zugleich Ausgangspunkt für den Fährverkehr nach Sardinien. Es war noch früh am Morgen, doch im Hafen herrschte schon reges Treiben. Robert schlenderte durch die Gassen und betrat eine kleine Trattoria, in der es schon nach allen Köstlichkeiten der italienischen Küche duftete. Er bestellte einen Cappuccino.

Die *Halcyon* würde vor Elba auf ihn warten. Er war Susan dankbar, daß sie sich an das Wortspiel erinnert hatte. Von Elba hatten sie auf ihrer Hochzeitsreise nicht viel gesehen, denn sie waren dort drei Tage und drei Nächte in ihrem Hotelzimmer geblieben und hatten sich immer wieder geliebt. Schließlich hatte Susan gefragt: »Möchtest du schwimmen gehen?«

Robert hatte den Kopf geschüttelt. »Nein, ich bin völlig erschossen. Schon Napoleon soll gesagt haben: ›Able was I, ere I saw Elba.‹ Man nennt so was ein Palindrom, glaub' ich.« Susan hatte gelacht, und sie hatten sich noch einmal geliebt. *Ein Glück, daß sie sich an das Palindrom erinnert hat!*

Jetzt brauchte Robert nur noch ein Boot zu finden, das ihn nach Elba brachte. Er ging die gepflasterten Straßen zum Hafen hinunter, in dem es von Fischern und Touristen wimmelte. Am Ende des Kais, an dem Motorboote und Privatjachten lagen, befand sich die Anlegestelle einer Fähre. *Das ist das sicherste Mittel, um nach Elba zu kommen.* An Bord konnte er sich unauffällig unter die Menge mischen.

Auf dem Weg zur Anlegestelle fiel Robert eine dunkelgraue Limousine auf, die etwa hundert Meter von der Pier entfernt in der Einmündung einer Seitenstraße stand. In dem Wagen saßen zwei Männer, die den Kai mit der Anlegestelle beobachteten. Robert machte kehrt und ging in Gegenrichtung davon.

Zwischen Fischern und Touristen entdeckte er jetzt überall »unauffällige« Kriminalbeamte. Roberts Herz hämmerte. Wie konnten die Fahnder seine Spur hierher verfolgt haben? Dann wurde ihm klar, was passiert war. *Verdammt noch mal, ich habe dem Lastwagenfahrer gesagt, wohin ich will! Wie kann man bloß so dämlich sein? Ich bin wirklich übermüdet.*

Irgendwann war Robert auf der Ladefläche des Lastwagens aufgewacht und hatte bemerkt, daß das Fahrzeug stand. Beunruhigt hatte er sich aufgerichtet und gesehen, daß Giuseppe in der Tankstelle telefonierte. Dann war er hastig vom Wagen geklettert und eine Stunde später auf die Ladefläche eines anderen Lastwagens gestiegen, der ebenfalls nach Viterbo fuhr.

Jetzt saß er durch eigene Schuld in der Falle. Die Jäger waren ausgeschwärmt, um ihn hier abzufangen. Nur wenige hundert

Meter von ihm entfernt lagen Dutzende von Booten. Doch jetzt war der Fluchtweg abgeschnitten.

Robert ließ den Hafen hinter sich und ging auf einer Seitenstraße in Richtung Innenstadt. An einer Hauswand fiel ihm ein großes buntes Plakat auf, das marktschreierisch eine Attraktion anpries: »Besucht den Festplatz! Spaß für die ganze Familie! Erfrischungen! Spiele! Start zur großen Wettfahrt!« Wie angenagelt blieb Robert stehen und betrachtete die Abbildung auf dem Plakat. Er hatte eine Fluchtmöglichkeit gefunden.

46

Auf dem Festplatz am Stadtrand von Viterbo erblickte er ein Dutzend riesige Ballone, deren Hüllen in allen Regenbogenfarben leuchteten. Die Bodenmannschaften waren damit beschäftigt, sie mit kalter Luft zu füllen. Jeder Ballon war durch ein Seil mit einem Fahrzeug verbunden, das ihm am Boden folgen sollte. Robert trat auf einen Mann zu, den er für den Startleiter hielt. »Die Wettfahrt findet also pünktlich statt?« erkundigte er sich.

»Richtig. Sind Sie schon mal Ballon gefahren?«

»Nein.

Sie schwebten über dem Comersee, und er ließ den Gasballon sinken, bis sein Korb fast die Wellen streifte. ›Hilfe, wir ertrinken!‹ kreischte Susan. Er lachte. ›Nein, das ist ganz ungefährlich.‹ Der Korbboden berührte bereits das Wasser, als er einen halben Sack Ballast abwarf und der Ballon wieder zu steigen begann. Susan lachte und umarmte ihn.

Der Mann sprach weiter. »Sie sollten mal eine Ballonfahrt mitmachen. Ein großartiger Sport!«

»Das kann ich mir vorstellen. Wohin geht die Wettfahrt eigentlich?«

»Nach Osten. Wir haben schönen Westwind. Der Start ist in ein paar Minuten. Ballonfahrten macht man am besten am frühen Morgen, solange es noch kühl ist.«

»Tatsächlich?« fragte Robert höflich. Vor seinem inneren Auge stand ein Sommertag in Jugoslawien. *Wir haben vier Personen außer Landes zu bringen, Commander. Wir müssen warten, bis es kühler geworden ist. Ein Heißluftballon, der im Winter vier Personen tragen kann, trägt im Sommer nur drei.*

Robert sah und hörte, daß die Bodenmannschaften die Hüllen mit kalter Luft gefüllt hatten und nun die leistungsfähigen Brenner zündeten, um die eingeschlossene Luft zu erhitzen. Die Ballonhüllen, die bisher im Gras gelegen hatten, begannen sich aufzurichten, bis sie schließlich senkrecht über ihren Körben standen.

»Darf ich mich ein bißchen umsehen?« fragte Robert.

»Gern, solange Sie unsere Leute nicht behindern.«

»Keine Angst, ich passe schon auf.« Robert ging auf einen gelb-roten Ballon zu, der startbereit dastand. Gehalten wurde er lediglich durch ein Seil mit Schnelltrennkupplung, das am Verfolgerfahrzeug befestigt war.

Der für den Ballon verantwortliche Pilot war kurz ausgestiegen und kramte zwischen den Sitzen des Wagens herum. Sonst war niemand in der Nähe.

Robert stieg in den Ballonkorb und hatte den Eindruck, die riesige Hülle fülle den Himmel über ihm aus. Er prüfte rasch die Anschlüsse, die Instrumente – Veriometer, Höhenmesser und Thermometer zur Anzeige der Hüllentemperatur –, das Funkgerät und die Werkzeugtasche. Alles in bester Ordnung. Robert löste die Schnelltrennkupplung und betätigte dann beide Brenner. Im nächsten Augenblick begann der Ballon zu steigen.

»Hey!« rief Robert scheinbar ängstlich. »Was geht hier vor? Holt mich runter!«

Der Pilot sah seinem abhebenden Ballon entgeistert nach. »*Figlio d'una mignotta!* Keine Angst, wir holen Sie runter«, rief er Robert nach. »Sie haben ein Funkgerät an Bord. Schalten Sie es ein, und achten Sie auf unsere Anweisungen! Können Sie mich hören?«

»Ich höre Sie«, antwortete Robert, der nicht die Absicht hatte, das Funkgerät einzuschalten.

Der Ballon stieg höher und höher und trug ihn nach Osten – weg von Elba, das im Westen lag. Trotzdem blieb Robert unbesorgt, denn er vertraute darauf, daß in größerer Höhe Ostwind herrschen würde. Die anderen Ballone befanden sich alle noch am Boden. Robert beobachtete, wie ein Wagen den Startplatz verließ und am Boden folgte. Er heizte weiter und beobachtete die Anzeige des Höhenmessers. 200 Meter... 250 Meter... 300 Meter... 350 Meter...

In fünfhundert Meter Höhe begann der Wind schwächer zu werden, so daß der Ballon beinahe stand. Robert heizte weiter und stieg in Fünfzigmeterstufen höher, um rechtzeitig erkennen zu können, wenn der Wind sich drehte.

In sechshundert Meter Höhe war es dann soweit: Der Ballon schwankte leicht, als er in die Windscherung geriet, änderte dann langsam seine Richtung und bewegte sich nach Westen.

Tief unter sich sah Robert jetzt die anderen Ballone starten und nach Osten davonfahren. Solange er nicht heizte, flog der Ballon lautlos dahin. *Diese wunderbare Stille, Robert! Als ob man auf einer Wolke segelte. Ich wollte, wir könnten ewig hier oben bleiben.* Dann hatte sie ihn umarmt. *Hast du schon mal im Ballonkorb geliebt?* murmelte sie. *Komm, wir versuchen's!*

Robert befand sich nun über dem Tyrrhenischen Meer und sah eine halbkreisförmige Kette von Inseln vor sich, von denen die größte Elba war.

Napoleon war auf Elba nur von einem einzigen Gedanken beherrscht: Er wollte nach Frankreich fliehen. Genau wie ich.

In der Ferne ragte plötzlich der Monte Capanna mit seinen 1019 Metern Höhe auf. Robert zog die rote Parachuteleine, um etwas heiße Luft entweichen zu lassen, und der Ballon begann zu sinken. Unter sich sah Robert das Rosa von Elbas Granitfelsen und toskanischen Landhäusern und das Grün dichter Wälder. Entlang der Inselküste waren zwischen Felsen weiße Sandstrände zu erkennen.

Um möglichst wenig Aufmerksamkeit zu erregen, landete Robert in einer einsamen Gegend am Fuß des Berges. Ganz in der Nähe führte eine Straße vorbei, an die er sich stellte, um ein Auto anzuhalten.

Gleich das erste Fahrzeug – ein klappriger alter Lieferwagen – hielt neben ihm. »Könnten Sie mich in die Stadt mitnehmen?« rief Robert.

»Klar. Steigen Sie ein.«

Seinem runzligen Gesicht nach mußte der Fahrer weit über achtzig sein.

»Ich könnte schwören, vorhin einen Ballon am Himmel gesehen zu haben. Haben Sie ihn auch gesehen, *Signore?*«

»Nein«, sagte Robert.

»Sind Sie auf Besuch hier?«

»Bloß auf der Durchreise. Ich will nach Rom.«

Der Alte nickte. »Da bin ich auch schon mal gewesen.«

In der Hauptstadt Portoferraio – es ist die einzige Stadt der Insel – stieg Robert Bellamy aus.

Er ging die Hauptstraße Via Garibaldi entlang, auf der sich Touristen drängten, und hatte das Gefühl, die Zeit sei stillgestanden. Nichts hatte sich verändert – *außer daß ich Susan verloren habe und von einem Dutzend Geheimdienste gejagt werde, die mich liquidieren wollen. Abgesehen davon,* dachte Robert grimmig, *ist alles genau wie früher.*

Nachdem er sich in einem Geschenkeladen ein Fernglas gekauft hatte, setzte er sich im Restaurant Stella Marina an einen

Tisch im Freien, von dem aus er den Hafen überblicken konnte. Dort waren weder verdächtige Autos noch Polizisten zu sehen. Die Jäger glaubten noch immer, ihn auf dem Festland eingekesselt zu haben. Deshalb konnte er hier unbesorgt an Bord der *Halcyon* gehen. Er brauchte nur noch zu warten, bis sie in den Hafen einlief.

Robert saß da, trank Weißwein und ging noch einmal seinen Fluchtplan durch. Wenn ihn die *Halcyon* vor Marseille abgesetzt hatte, würde er sich nach Paris durchschlagen, wo er seinen Freund Li Po aufsuchen würde.

Er wußte, daß Li Po ihm helfen würde, denn Po hatte ihm einmal das Leben gerettet und war deshalb nach uralter chinesischer Tradition für Robert verantwortlich.

Li Po arbeitete für die chinesische Spionageabwehr. Vor Jahren war Robert einmal bei dem Versuch geschnappt worden, einem Dissidenten zur Flucht aus China zu verhelfen, und damals ins Pekinger Gefängnis Quincheng eingeliefert worden. Li Po war ein Doppelagent, der schon früher mit Robert zusammengearbeitet hatte. Er verhalf Robert zur Flucht.

An der chinesischen Grenze hatte Robert gesagt: »Du solltest aussteigen, solange du kannst, Po. Auch dein Glück wird nicht ewig anhalten.«

Li Po hatte gelächelt. »Ich habe *Ren* – die Fähigkeit, zu erdulden, zu überleben.«

Ein Jahr später war Li Po an die chinesische Botschaft in Paris versetzt worden.

Robert fand, nun sei es allmählich Zeit, den ersten Teil seines Fluchtplans in die Tat umzusetzen. Er zahlte, verließ das Restaurant und schlenderte zum Hafen hinunter. Dort wimmelte es von kleinen und großen Booten, die meistens in Portoferraio zugelassen waren.

Robert ging auf einen Mann zu, der den Rumpf eines schlanken Motorboots polierte: ein Donzi mit einem V-8-Innenborder. Am Bootsheck wehte eine französische Flagge.

»Hübsches Boot«, sagte Robert. »Würden Sie's mir für eine kleine Hafenrundfahrt oder eine Fahrt entlang der Küste vermieten?«

Der Mann hörte zu arbeiten auf und musterte Robert Bellamy prüfend. »Schon möglich. Kennen Sie sich mit Booten aus?«

»Ja, ich hab' daheim selbst ein Donzi.«

Der Mann nickte zustimmend. »Woher kommen Sie?«

»Oregon«, sagte Robert.

»Das kostet Sie fünfhundert Francs pro Stunde. Dazu kommt noch die Kaution.«

Robert lächelte. »Einverstanden!«

»Wenn Sie wollen, können Sie sofort losfahren.«

»Nein, ich habe noch einiges zu erledigen. Ginge es auch morgen früh?«

»Natürlich. Um welche Zeit?«

»Das sage ich Ihnen noch«, antwortete Robert.

Er drückte dem Mann einen Geldschein in die Hand. »Das ist eine Anzahlung. Wir sehen uns morgen früh wieder.«

Robert hatte sich überlegt, daß es zu gefährlich war, die *Halcyon* in den Hafen einlaufen zu lassen.

Im italienischen Marineministerium redeten Oberst Cesare und Frank Johnson mit dem für die Überwachung von Seefunkgesprächen zuständigen Sachbearbeiter. »Wissen Sie bestimmt, daß es keine weiteren Gespräche mit der *Halcyon* gegeben hat?«

»Keines mehr seit dem letzten Gespräch, das wir Ihnen gemeldet haben, *Colonnello*.«

Cesare drehte sich zu Johnson um. »Seien Sie unbesorgt«,

sagte er lächelnd, »wir erfahren sofort, wenn Commander Bellamy an Bord der Jacht geht.«

»Aber ich will ihn schnappen, bevor er an Bord geht!«

Das Telefon klingelte. Am Apparat war einer von Cesares Mitarbeitern. »Auf keiner einzigen Italienkarte ist ein Ort namens Palindrom zu finden«, berichtete er. »Aber ich glaube, wir wissen jetzt, was er gemeint hat.«

»Wo liegt das Nest?«

»Das ist kein Ort, *Colonnello*, sondern ein Wort.«

»*Was?*«

»Ganz recht. Ein Palindrom ist ein Wort oder ein Satz, der vorwärts wie rückwärts gelesen den gleichen Sinn ergibt. Zum Beispiel ›Otto‹, ›Reliefpfeiler‹ oder ›Madam, I'm Adam‹. Unser Computer hat uns eine lange Liste solcher Wörter geliefert.«

»Und was sollen wir mit denen anfangen?« fragte Oberst Cesare verständnislos. »Das bringt uns nicht weiter!«

»Vielleicht doch, *Colonnello*, denn die beiden haben offenbar einen Code benützt. Und eines der berühmtesten Palindrome wird Napoleon zugeschrieben, der gesagt haben soll: ›Able was I ere I saw Elba.‹«

Cesare und Oberst Johnson, der mitgehört hatte, starrten sich an. »*Elba!* Verdammt noch mal, dort ist er!«

Zwanzigster Tag
Elba

Anfangs war nur ein dunkler Punkt an der Kimm zu sehen, der im ersten Morgenlicht allmählich größer wurde. Robert hatte ihn seit längerer Zeit durchs Fernglas beobachtet. *Kein Zweifel, das war die* Halcyon. Er rannte zum Hafen hinunter. Der Bootseigner erwartete ihn bereits.

»*Bonjour, Monsieur.* Wollen Sie das Boot jetzt?«

Robert nickte.

»Für wie lange?«

»Höchstens zwei Stunden.«

Robert hinterlegte die Kaution und stieg ins Boot.

»Behandeln Sie's gut«, sagte der Mann noch.

»Wird gemacht«, versicherte Robert ihm.

Der Mann machte die Bugleine los. Sekunden später legte das Motorboot ab, verließ den Hafen und lief mit Höchstfahrt auf die *Halcyon* zu. Robert brauchte nur zehn Minuten, um die Jacht zu erreichen. Als er näher herankam, sah er Susan und Monte Banks an Deck stehen. Susan winkte ihm zu, und er merkte, wie besorgt sie war. Robert legte am Fallreep der *Halcyon* an und warf die Bugleine einem Matrosen zu.

»Sollen wir das Boot an Bord nehmen, Sir?« rief der Mann.

»Nein, lassen Sie's treiben.« Der Eigner würde keine Mühe haben, es hier draußen zu finden.

Robert stieg das Fallreep zu dem blitzblanken Teakholzdeck hinauf. Susan hatte ihm die Jacht einmal beschrieben, aber in der Realität war das Schiff noch viel eindrucksvoller. Die *Halcyon* war fünfundachtzig Meter lang und hatte eine Luxuskabine für den Eigner, acht Doppelkabinen für Gäste und weitere Kabinen für sechzehn Mann Besatzung. Dem Eigner und seinen Gästen standen ein Salon, ein Speisesaal, eine Bibliothek, eine Bar und ein Swimmingpool zur Verfügung. Die Jacht wurde von zwei Sechzehnzylinderdieseln des Typs Caterpillar D399 angetrieben, die mit Turboladern je 1250 PS leisteten. Die Innenausstattung hatte der italienische Designer Luigi Sturchio entworfen. Die *Halcyon* war ein schwimmender Palast.

»Ich bin so froh, daß du's geschafft hast!« sagte Susan.

Aber Robert hatte das Gefühl, sie sei nicht ganz unbefangen, als sei irgend etwas nicht in Ordnung. Oder lag das nur an seinen überreizten Nerven?

Er wandte sich an Monte Banks. »Ich kann kaum sagen, wie dankbar ich Ihnen bin.«

Monte zuckte mit den Schultern. »Freut mich, daß wir Ihnen behilflich sein konnten. Was haben Sie jetzt vor?«

»Ich möchte, daß ihr auf Gegenkurs geht und Marseille ansteuert. Ihr könnt mich vor der französischen Küste absetzen und...«

Ein Offizier in makellos weißer Uniform trat auf sie zu. Er war ein stämmiger Fünfziger mit gepflegtem Kinnbart.

»Das ist Kapitän Simpson.«

»Angenehm«, erwiderte Robert. »Ich bin Tom Smith.«

Der Offizier nickte knapp, ohne eine Miene zu verziehen.

»Wir nehmen Kurs auf Marseille, Kapitän«, erklärte Monte dem Uniformierten.

»Wir legen also nicht in Elba an?«

»Nein.«

»Wie Sie wünschen, Sir.« Kapitän Simpson schien ziemlich überrascht zu sein.

Robert suchte die Kimm ab. *Nichts Verdächtiges.*

»Ich schlage vor, daß wir nach unten gehen«, sagte Monte Banks.

Als sie zu dritt im Salon saßen, fragte er Robert: »Finden Sie nicht, daß Sie uns eine Erklärung schuldig sind?«

»Ja, das stimmt«, gab Robert zu, »aber ich habe nicht vor, euch eine zu geben. Je weniger ihr von dieser Sache wißt, desto besser ist's für euch. Ich kann euch nur versichern, daß ich unschuldig bin. Es handelt sich um eine politische Sache. Ich weiß zuviel und werde gejagt. Sollten sie mich schnappen, legen sie mich um.«

Susan und Monte wechselten einen Blick.

Die Jacht hatte inzwischen langsam gedreht und lief jetzt nach Westen.

»Entschuldigt mich bitte.« Monte stand auf. »Ich muß noch mal mit dem Kapitän reden.«

Beim Abendessen herrschte eine ziemlich gedrückte Atmosphäre. *Liegt das an meiner Gegenwart?* fragte sich Robert. *Oder gibt es Probleme zwischen den beiden? Je früher ich von hier verschwinde, desto besser!*

Nach dem Essen saßen sie bei einem Drink im Salon zusammen, als Kapitän Simpson hereinkam.

»Wann sind wir in Marseille?« fragte Robert ihn.

»Morgen nachmittag. Wenn das Wetter so bleibt«, brummte der Kapitän, ohne Robert eines Blickes zu würdigen.

Robert fand Kapitän Simpsons Art irritierend. Der Mann war ihm gegenüber mürrisch, geradezu unhöflich. *Aber er muß ein guter Seemann sein,* dachte Robert, *sonst hätte Monte ihn nicht angeheuert.*

Um 23 Uhr sah Monte auf seine Armbanduhr und sagte zu Susan: »Ich glaube, für uns wird's allmählich Zeit, Darling.«

Susan sah zu Robert hinüber. »Ja.«

Die drei erhoben sich.

Monte nickte Robert zu. »Ich habe Ihnen ein paar meiner Sachen in die Kabine hängen lassen. Wir haben etwa die gleiche Größe.«

»Danke«, sagte Robert. »Gute Nacht, Susan.«

Robert stand da und sah zu, wie die Frau, die er liebte, den Salon verließ, um mit seinem Rivalen ins Bett zu gehen. *Mit deinem Rivalen? Das glaubst du doch selbst nicht! Er ist der Sieger, und du bist der Verlierer.*

Schlaflos wälzte sich Robert in seinem Bett und dachte daran, daß die Frau, die er mehr als jeden anderen Menschen liebte, nur wenige Meter von ihm entfernt war.

Liebt Monte sie etwa in diesem Augenblick – oder ist sie allein? Erinnert sie sich an all unsere wundervollen gemeinsamen Erlebnisse? Wahrscheinlich nicht. Nun, wenigstens ist sie mich bald los. Vermutlich sehen wir uns nie wieder...

Draußen wurde es schon hell, als er endlich Schlaf fand.

In der SIFAR-Nachrichtenzentrale trafen ständig Positionsmeldungen eines AWACS-Flugzeugs ein, das die *Halcyon* beschattete. Oberst Cesare wandte sich an Oberst Johnson. »Wirklich schade, daß er uns auf Elba entwischt ist – aber jetzt haben wir ihn! Die Marine stellt uns einen Kreuzer zur Verfügung. Wir warten nur noch die Aufforderung der *Halcyon* ab, an Bord zu kommen.«

Einundzwanzigster Tag

Am frühen Morgen stand Robert an Deck und starrte auf die ruhige See hinaus. Kapitän Simpson gesellte sich zu ihm. »Guten Morgen. Das Wetter scheint sich zu halten, Mr. Smith.«

»Ja.«

Robert beobachtete, wie Simpson davonging. *Warum ist der Mann bloß so unfreundlich?*

Er schlenderte nach achtern ans Heck und suchte die Kimm ab. Auch dort war nichts zu sehen, und trotzdem... In der Vergangenheit hatten seine Instinkte ihm mehr als einmal das Leben gerettet. Er hatte längst gelernt, sich auf sie zu verlassen. Irgend etwas stimmte hier nicht.

Jenseits der Kimm beschattete der italienische Kreuzer *Stromboli* die amerikanische Jacht.

Als Susan zum Frühstück kam, sah sie blaß und müde aus.

»Hast du gut geschlafen, Darling?« fragte Monte.

»Danke, ja«, antwortete Susan.

Sie schlafen also nicht in derselben Kabine! dachte Robert erfreut. Susan und er hatten immer im selben Bett geschlafen; ihr nackter, weicher Körper hatte sich an seinen geschmiegt und... *Großer Gott, ich muß aufhören, so zu denken!*

An Steuerbord vor der *Halcyon* brachte ein Fischkutter seinen Fang ein.

»Möchtet ihr frischen Fisch zum Mittagessen?« fragte Susan. Robert und Monte nickten.

Die Jacht stand schon fast querab des Fischerboots.

Als Kapitän Simpson vorbeikam, fragte Robert: »Wann sind wir voraussichtlich in Marseille?«

»In zwei Stunden.«

In der römischen SIFAR-Nachrichtenzentrale lasen die beiden Obersten einen Funkspruch, der soeben von der *Halcyon* eingegangen war. Er bestand lediglich aus einem Wort: *Jetzt.*

»Die Position der Jacht?« fragte Oberst Cesare.

»Zwei Stunden vor Marseille mit Kurs auf den Hafen.«

»Die *Stromboli* soll sie sofort stoppen und ein Prisenkommando an Bord schicken.«

Eine knappe halbe Stunde später schloß der italienische Kreuzer *Stomboli* mit Höchstfahrt zur *Halcyon* auf. Susan und Monte standen am Heck der Jacht und beobachteten, wie sich das Kriegsschiff mit schäumender Bugwelle näherte.

»Ahoi, *Halcyon*!« ertönte eine Stimme aus dem scheppernden Lautsprecher der Brücke des Kreuzers. »Beidrehen! Wir schicken ein Kommando an Bord!«

Susan und Monte wechselten einen Blick. Dann kam Kapitän Simpson auf sie zugehastet.

»Mr. Banks ...«

»Ich hab's gehört. Befolgen Sie die Anweisungen. Beidrehen und Motoren stoppen.«

»Ja, Sir.«

Wenige Minuten später lag die Jacht, ohne Fahrt zu machen, im Wasser. Susan und ihr Mann beobachteten, wie der Kreuzer eine Barkasse mit bewaffneten Matrosen aussetzte.

Zehn Minuten später waren die Italiener übers Fallreep an Bord der *Halcyon* gelangt.

Der Führer des Prisenkommandos, ein Korvettenkapitän, legte grüßend seine Hand an die Mütze. »Bedaure, daß wir Sie belästigen müssen, Mr. Banks. Meine Regierung hat Grund zu der Annahme, daß Sie an Bord einen steckbrieflich gesuchten Verbrecher verbergen. Wir haben Befehl, Ihr Schiff zu durchsuchen.«

Susan beobachtete, wie die Bewaffneten ausschwärmten, sich über das Deck verteilten und nach unten gingen, um alle Kabinen zu durchsuchen.

Eine halbe Stunde später waren die Matrosen wieder an Deck versammelt.

»Hier an Bord ist er nicht, Korvettenkapitän«, meldete einer der Matrosen.

»Wissen Sie das bestimmt?«

»Ganz bestimmt! Das Schiff hat keine Passagiere an Bord, und wir haben sämtliche Besatzungsmitglieder identifiziert.«

Der Offizier war wie vor den Kopf gestoßen. Seine Vorgesetzten hatten einen schlimmen Fehler gemacht.

Er wandte sich an Monte und Susan. »Ich muß mich bei Ihnen entschuldigen«, sagte er. »Tut mir leid, daß wir Sie belästigt haben. Jetzt wollen wir Sie nicht länger stören.« Er grüßte und wandte sich dann ab.

»Korvettenkapitän ...«

»Ja?«

»Der Mann, den Sie suchen, ist vor einer halben Stunde an Bord eines Fischkutters geflüchtet. Er müßte leicht einzuholen sein.«

Keine Viertelstunde später nahm die *Stromboli* Kurs auf Marseille. Der Korvettenkapitän hatte allen Grund, mit sich zufrieden zu sein. Dutzende von Organisationen hatten Commander

Robert Bellamy gejagt – und *er* hatte ihn aufgespürt. *Da müßte schon eine außerplanmäßige Beförderung rausspringen*, überlegte er sich.

Dann hörte er seinen Namen aus den Schiffslautsprechern – und die Aufforderung, er solle auf die Brücke kommen.

Ist der Fischkutter etwa schon eingeholt? Der Korvettenkapitän eilte auf die Brücke.

»Da, sehen Sie selbst!« forderte der Wachhabende ihn auf.

Und dieser eine Blick genügte, um dem Hochgefühl des Korvettenkapitäns einen vernichtenden Dämpfer zu versetzen. So weit das Auge reichte, war die See vor dem Kreuzer von Marseiller Fischkuttern übersät, die auf ihren Heimathafen zuliefen. Und in einem von ihnen befand sich Commander Bellamy...

47

In Marseille klaute Robert ein Auto: einen in einer schwach beleuchteten Seitenstraße abgestellten Fiat 1800 Spider. Das Kabrio war abgesperrt, der Zündschlüssel steckte nicht. Kein Problem. Robert überzeugte sich, daß er nicht beobachtet wurde, schlitzte das Verdeck auf und schob seine Hand in den Wagen, um die Tür zu öffnen. Vom Fahrersitz aus griff er unters Instrumentenbrett und zog alle zum Zündschloß führenden Kabel ab.

Dann nahm er das dicke rote Kabel und berührte es nacheinander mit allen übrigen, bis die Kontrolleuchten aufflammten. Nachdem er diese beiden Drähte miteinander verbunden hatte, brachte er sie einzeln mit den restlichen zusammen, bis der Anlasser den Motor durchzudrehen begann. Robert gab leicht Gas, und der Motor sprang an. Sekunden später befand sich Robert auf dem Weg nach Paris.

In einem Pariser Vorort hielt Robert an einer Telefonzelle, wählte Li Pos Nummer und hörte die vertraute Stimme vom Tonband des Anrufbeantworters:

Guten Tag, Freunde. Leider bin ich augenblicklich nicht zu Hause, aber es besteht keine Gefahr, daß ich Ihren Anruf nicht beantworte. Warten Sie bitte zur Vorsicht den Signalton ab... Robert erkannte ihren privaten Code. Die Schlüsselwörter waren: Bedauern... Gefahr... Vorsicht.

Das Telefon wurde natürlich abgehört. Li Po hatte seinen Anruf erwartet und wollte ihn auf diese Weise warnen. Robert mußte ihn so schnell wie möglich erreichen. Dazu würde er einen anderen Code verwenden.

Robert ging die Rue du Faubourg Saint-Honoré entlang. Auf dieser Straße war er damals auch mit Susan entlanggeschlendert... Hastig verscheuchte er diese Erinnerungen.

Etwa hundert Meter vom Verlagsgebäude der Zeitung *Le Matin* entfernt fragte Robert einen halbwüchsigen Jungen: »Möchtest du dir fünfzig Francs verdienen?«

Der Junge beäugte ihn mißtrauisch. »Womit?«

Robert zog einen vorbereiteten Zettel aus der Tasche und reichte ihn dem Jugendlichen zusammen mit drei Fünfzig-Franc-Scheinen.

»Du gehst zum *Matin* und gibst diese Anzeige auf. Der Rest des Geldes ist für dich.«

»*D'accord.*«

Robert beobachtete, wie der Junge das Gebäude betrat. Die Anzeige würde in der Morgenausgabe erscheinen. Ihr Text lautete: *Tilly! Vater ist sehr krank und braucht dich. Bitte triff dich bald mit ihm. Mutter.*

Danach konnte Robert nur noch abwarten. Er wagte nicht, sich ein Hotelzimmer zu nehmen. Ganz Paris erschien ihm wie eine tickende Zeitbombe.

Zweiundzwanzigster Tag
Paris, Frankreich

Robert unternahm eine Stadtrundfahrt und verbrachte einige Stunden im Bois de Boulogne. Anschließend nahm er an einer Lichterfahrt auf der Seine teil und schloß sich danach einer Gruppe von Touristen an, die zur Mitternachtsshow ins Moulin Rouge fuhr. Die Show endete gegen zwei Uhr. Den Rest der Nacht verbrachte er mit einem Kneipenbummel durch Montmartre.

Die Morgenzeitungen würden nicht vor fünf Uhr in den Straßenverkauf kommen. Kurz vor fünf Uhr wartete Robert bereits an einem Zeitungskiosk. Ein roter Lieferwagen fuhr vor, und ein junger Mann warf einen Packen Zeitungen auf den Gehsteig. Robert verlangte den *Matin* und schlug den Anzeigenteil auf. Seine Anzeige stand unter *Verschiedenes*.

Mittags betrat Robert einen kleinen Tabakladen, in dem an einer Pinnwand private Kleinanzeigen hingen – Stellenangebote für Hauspersonal... Mietgesuche... Angebote von Wohngemeinschaften... Fahrradverkäufe... Ziemlich in der Mitte fand Robert die Nachricht, auf die er gewartet hatte: *Tilly erwartet dringend deinen Besuch. Bitte 58 74 76 80 anrufen.*

Li Po meldete sich beim ersten Klingeln. »Robert?«

»*Zao*, Po.«

»Mein Freund, du hältst mehr Leute auf Trab als der französische Präsident. Was hast du angestellt? Nein, sag's mir lieber nicht. Jedenfalls ist die Sache verdammt ernst. Mein Telefon in der Botschaft wird überwacht, mein Privatanschluß wird abgehört, meine Wohnung wird observiert. Ich bin systematisch nach dir ausgefragt worden.«

»Po, hör zu, ich...«

»Nicht am Telefon! Weißt du noch, wo Me-ying wohnt?«

Li Pos Freundin. »Ja.«

»Wir treffen uns dort in einer halben Stunde.«

»Danke.« Robert war sich sehr wohl darüber im klaren, in welche Gefahr Li Po sich damit begab.

Das Apartment lag in einem ruhigen Pariser Arrondissement in der Rue Benouville. Als Robert dort ankam, hatte der Himmel sich mit dunklen Regenwolken bedeckt, und er hörte fernes Donnergrollen. Er fuhr in den dritten Stock hinauf und klingelte an der Wohnungstür. Li Po machte ihm sofort auf.

»Herein mit dir«, sagte er. »Schnell!« Er sperrte die Tür hinter Robert ab.

Die beiden Männer schüttelten sich die Hand.

»Po, weißt du, was eigentlich los ist, verdammt noch mal?«

Der Chinese musterte ihn einen Augenblick. »Hast du schon mal von der Operation Doomsday gehört?«

Robert runzelte die Stirn. »Nein. Hat sie denn irgendwas mit UFOs zu tun?«

»Sie hat fast ausschließlich mit UFOs zu tun. Die Welt steht vor einer Katastrophe, Robert.«

Li Po begann zwischen Tür und Fenster auf und ab zu gehen.

»Außerirdische Lebewesen kommen auf unseren Planeten, um uns zu vernichten. Vor fünf Jahren sind sie auf der Erde gelandet und haben in Gesprächen mit Regierungsvertretern gefordert, die Industrienationen müßten alle Kernkraftwerke abschalten und die Verwendung fossiler Brennstoffe einstellen. Sie behaupten, wir vergifteten die Atmosphäre, die Böden und die Meere ... Sie fordern, daß wir aufhören, Waffen herzustellen und Kriege zu führen.«

»Po ...«

»Eine Gruppe von einflußreichen Männern aus einem Dutzend Staaten hat sich zusammengeschlossen – führende Industrielle aus den USA, Japan, Europa, Rußland und China ... Ein Mann mit Decknamen Janus hat die Operation Doomsday – die Zusammenarbeit von Geheimdiensten in aller Welt – organisiert, um die Außerirdischen zu stoppen.« Er blieb stehen und drehte sich nach Robert um. »Du weißt, was man unter SDI versteht?«

»Reagans ›Strategic Defense Initiative‹«, antwortete Robert. »Ein Satellitenabwehrsystem im Weltraum gegen sowjetische Raketen.«

Li Po schüttelte den Kopf. »Nein, das wurde nur zur Tarnung behauptet. SDI ist nicht zur Abwehr russischer Raketenangriffe entwickelt worden. Es wird speziell zur Bekämpfung von UFOs aufgebaut. Das ist unsere einzige Chance, die Außerirdischen zu stoppen.«

Robert schwieg benommen und versuchte die Tragweite dessen zu begreifen, was sein Freund gesagt hatte. Das Donnergrollen wurde immer lauter. »Soll das heißen, daß die Regierungen hinter diesem...?«

»Nein, aber die Verschwörer sitzen in allen Regierungen. Die Operation Doomsday ist eine private Initiative. Begreifst du jetzt, was gespielt wird?«

»Großer Gott! Die Regierungen wissen nicht, daß...« Er sah zu Li auf. »Po, wie... woher weißt du das alles?«

»Ganz einfach, Robert«, sagte Li gelassen, »weil ich China im Koordinationsausschuß vertrete.« Er hielt plötzlich eine Beretta in der Hand.

Robert starrte auf die Waffe. »Po...!«

Ein Blitz erhellte den Himmel, als Li Po abdrückte. Der Knall des Schusses ging in einem ohrenbetäubenden Donnern unter.

48

Die ersten Tropfen klaren Regenwassers weckten sie. Sie lag auf einer Parkbank und war zu erschöpft, um sich zu bewegen. In den vergangenen zwei Tagen hatte sie gefühlt, wie ihre Lebensenergie verebbte. *Ich werde auf diesem Planeten sterben.* Sie versank in einen Schlaf, aus dem sie, wie sie glaubte, nicht mehr erwachen würde.

Und dann kam der Regen. Dieser segensreiche Regen. Sie konnte ihr Glück kaum fassen. Sie hob ihr Gesicht dem Himmel entgegen und spürte, wie die kühlen Tropfen über ihre Haut rannen. Und der Regen wurde stärker, immer stärker. Frisches, sauberes Wasser. Nun stand sie mit erhobenen Armen auf und ließ das Wasser, das ihr neue Kraft gab und sie ins Leben zurückbrachte, über ihren Leib strömen. Ihr ganzer Körper sog sich mit Regenwasser voll, und ihre Müdigkeit schwand. Sie fühlte, wie ihre innere Kraft wuchs, bis sie zuletzt dachte: *Ich bin bereit. Ich kann wieder klar denken. Ich weiß, wer mir helfen kann, den Rückweg zu finden.* Sie holte ihren Minisender heraus, schloß die Augen und begann sich zu konzentrieren.

49

Der herabzuckende Blitzstrahl rettete Robert Bellamy das Leben. In dem Augenblick, in dem Li Po abdrückte, lenkte der gleißend hell aufflammende Blitz ihn für eine Zehntelsekunde ab. Robert warf sich zur Seite, so daß die Kugel statt seiner Brust seine rechte Schulter traf.

Als Li die Waffe hob, um erneut abzudrücken, schlug ihm Robert mit dem Fuß die Pistole aus der Hand. Li warf sich auf ihn, und seine Faust krachte gegen Roberts verletzte Schulter. Robert fühlte einen stechenden Schmerz, doch er biß die Zähne zusammen und rammte Li seinen linken Ellbogen ins Gesicht. Der Chinese stöhnte auf. Er holte zu einem Handkantenschlag auf den Nacken seines Gegners aus ... doch Robert konnte dem tödlichen Hieb ausweichen.

Die beiden Männer umkreisten einander schweratmend, jeder suchte eine Lücke in der Deckung des anderen. Sie kämpften lautlos nach einem uralten Ritual. Beide wußten genau, daß nur einer von ihnen diesen Zweikampf überleben würde. Robert fühlte, daß seine Kräfte zu schwinden begannen. Die Schmerzen in seiner Schulter wurden immer unerträglicher, und er sah, wie sein Blut auf den Teppichboden tropfte.

Die Zeit arbeitete für Li Po. *Ich muß schnell ein Ende machen,* dachte Robert. Er trat wieder nach seinem Gegner, aber anstatt auszuweichen, steckte Li den Tritt weg – und kam dadurch so nahe heran, daß er Roberts Schulter mit einem Ellbogenstoß treffen konnte. Robert torkelte zurück. Li setzte energisch nach, bearbeitete ihn mit beiden Fäusten und traf wieder und wieder seine Schulter. Robert war zu schwach, um diesen Hagel von Schlägen abzuwehren. Plötzlich wurde ihm schwarz vor den Augen. Er fiel gegen Li, umklammerte seine Beine und riß ihn mit sich zu Boden.

Die beiden Männer stürzten auf einen Glastisch, der unter ihnen zersplitterte. Robert blieb völlig entkräftet liegen. *Mit dir ist's aus,* dachte er. *Die anderen haben gewonnen.*

Er blieb halb bewußtlos liegen und wartete darauf, daß Li ihn erledigen würde. Als nichts geschah, hob Robert unter Schmerzen unendlich langsam den Kopf. Der Chinese lag neben ihm auf dem Rücken und starrte mit weit aufgerissenen Augen blicklos an die Decke. Ein langer Glassplitter ragte wie ein durchsichtiger Dolch aus seiner Brust.

Robert stemmte sich mühsam in eine sitzende Haltung hoch. Der Blutverlust hatte ihn geschwächt. Seine Schulter brannte wie Feuer. *Ich brauche einen Arzt,* dachte er. *Es gibt da einen... einen, der in Paris für die CIA arbeitet... einen im American Hospital... Hilsinger! Ja, das ist er. Leon Hilsinger.*

Dr. Hilsinger wollte gerade seine Praxis verlassen, als das Telefon klingelte. Da seine Sprechstundenhilfe bereits gegangen war, nahm er den Hörer selbst ab. Der Anrufer sprach schleppend und undeutlich.

»Doktor Hilsinger?«

»Ja.«

»Hier ist Robert Bellamy... brauche Ihre Hilfe. Ich bin schwer verletzt... Helfen Sie mir?«

»Selbstverständlich. Wo sind Sie?«

»Das spielt keine Rolle. Wir treffen uns in einer halben Stunde im American Hospital.«

»Okay, ich komme. Am besten gehen Sie gleich zur Notaufnahme.«

»Doktor... Sie behalten diesen Anruf für sich, ja?«

»Ich gebe Ihnen mein Wort.«

Am anderen Ende wurde aufgelegt.

Dr. Hilsinger wählte eine Nummer. »Eben hat sich Commander Bellamy bei mir gemeldet. Wir treffen uns in einer halben Stunde im American Hospital.«

»Danke, Doktor.«

Dr. Hilsinger legte auf. Dann hörte er, wie die Sprechzimmertür geöffnet wurde, und hob den Kopf. Vor ihm stand Robert Bellamy mit einer Pistole in der linken Hand.

»Wenn ich's mir recht überlege«, sagte Robert, »behandeln Sie mich doch lieber hier.«

Der Arzt bemühte sich, seine Überraschung zu verbergen. »Sie... Sie gehören ins Krankenhaus.«

»Zu dicht neben dem Leichenhaus. Flicken Sie mich zusammen – und beeilen Sie sich!«

Dr. Hilsinger wollte protestieren, besann sich dann aber eines besseren. »Gut, wie Sie meinen. Am besten gebe ich Ihnen eine schmerzstillende Spritze. Sonst...«

»Kommt gar nicht in Frage!« unterbrach ihn Robert. »Keine

Tricks, verstanden? Wenn ich hier nicht lebend rauskomme, tun Sie's auch nicht. Noch Fragen?«

Dr. Hilsinger schluckte. »Nein.«

»Dann fangen Sie an.«

Der Arzt wies schweigend auf den Untersuchungstisch. Robert schlüpfte langsam und vorsichtig aus seiner Jacke und setzte sich mit der Waffe in der Hand auf den Tisch. Dr. Hilsinger trat mit einem Skalpell auf ihn zu. Roberts Zeigefinger schloß sich um den Abzug der Pistole.

»Ganz ruhig!« sagte Dr. Hilsinger nervös. »Ich will bloß Ihr Hemd aufschneiden.«

Die Schußwunde sah schlimm aus und blutete immer noch leicht.

»Die Kugel steckt noch drin«, stellte Dr. Hilsinger fest, nachdem er Robert untersucht hatte. »Sie werden die Schmerzen nicht aushalten, wenn ich Ihnen keine ...«

»Nein!« Er würde sich nicht betäuben lassen. »Holen Sie sie einfach raus.«

»Gut, wie Sie wollen.«

Robert beobachtete, wie der Arzt an den Sterilisator trat und eine abgewinkelte lange Zange herausnahm. Er hockte auf der Tischkante und kämpfte gegen die Benommenheit an, die ihn zu überwältigen drohte. Dabei schloß er kurz die Augen. Als er sie wieder öffnete, stand Dr. Hilsinger mit der Zange in der Hand vor ihm.

»Also los!« Der Arzt stieß die Zange in die Wunde, und Robert schrie vor Schmerzen laut auf. Vor seinen Augen flimmerten bunte Lichter. Er war kurz davor, das Bewußtsein zu verlieren.

Dann hörte er wie aus einem Nebel Dr. Hilsingers Stimme. »Sie ist draußen.«

Robert blieb eine Weile zitternd sitzen, atmete tief ein und aus und kämpfte gegen eine Ohnmacht an.

Dr. Hilsinger beobachtete ihn. »Alles in Ordnung?«

Robert konnte nicht gleich sprechen. »Ja... flicken Sie's zusammen.«

Als der Arzt die Wunde desinfizierte und nähte, wäre Robert fast wieder bewußtlos geworden. Er biß die Zähne zusammen. *Halt durch! Gleich ist's vorbei!* Und dann war es zum Glück überstanden. Der Arzt versorgte die Schußwunde mit einem dicken Pflasterverband.

»Geben Sie mir meine Jacke«, verlangte Robert.

Dr. Hilsinger starrte ihn an. »Sie müssen hierbleiben. Sie können nicht mal gehen.«

»Bringen Sie mir die Jacke.« Roberts Stimme war so schwach, daß er sich kaum verständlich machen konnte. Er beobachtete, wie der Arzt mit seiner Jacke näher kam, und sah ihn dabei doppelt.

»Sie haben eine Menge Blut verloren«, stellte Dr. Hilsinger fest. »Wenn Sie jetzt gehen, riskieren Sie Ihr Leben.«

Und wenn ich bleibe, riskiere ich's auch, dachte Robert. Vorsichtig zog er seine Jacke an und versuchte aufzustehen. Seine Beine waren wie Gummi. Er klammerte sich an dem Untersuchungstisch fest.

»Sie schaffen's nie!« warnte ihn Dr. Hilsinger.

Robert sah zu der verschwommenen Gestalt auf. »Doch, ich... ich schaff's!«

Aber er wußte, daß Dr. Hilsinger wieder telefonieren würde, sobald er die Praxis verlassen hatte. Roberts Blick fiel auf eine offene Tür, die zu einem fensterlosen Waschraum führte. In ihrem Schloß steckte ein Schlüssel.

»Gehen Sie dort hinein und schließen Sie die Tür!« befahl Robert dem Arzt.

Dr. Hilsinger gehorchte schweigend.

Robert ließ sich auf alle viere nieder und kroch auf die Tür zu. Die Pistole hielt er weiterhin in der linken Hand. Immer wieder hielt er erschöpft inne, doch dann biß er die Zähne zusammen und robbte weiter.

Es schien eine Ewigkeit zu dauern, bis er am rechten Türrahmen anlangte. Geräuschlos legte er die Pistole auf den Boden und hob langsam die linke Hand. Mit einer raschen Bewegung drehte er den Schlüssel herum.

Geschafft! Ihm schwindelte. »Ich werde nicht ohnmächtig«, murmelte er.

Er wurde ohnmächtig.

Er schwebte im Raum, trieb schwerelos durch weiße Wolken und empfand grenzenlosen Frieden. *Wach auf*. Er wollte nicht aufwachen. Er wollte nicht aus diesen wunderbaren Empfindungen herausgerissen werden. *Wach auf*. Irgend etwas Hartes drückte gegen seine Rippen. Etwas in seiner Jackentasche. Er zog es heraus, ohne die Augen zu öffnen, und hielt es in der Hand. Es war der Kristall. Er versuchte weiterzuträumen.

Robert. Eine sanfte, beruhigende Frauenstimme. Er befand sich auf einer wunderschönen grünen Wiese; die Luft war voller Musik, und der Himmel über ihm war voll heller Lichter. Eine große, schöne Frau in einem schneeweißen Gewand kam auf ihn zugeschritten. Sie hatte ein zartes ovales Gesicht mit einem hellen, fast durchsichtigen Teint. Ihre Stimme war sanft und melodisch.

Jetzt tut dir keiner mehr etwas, Robert. Komm zu mir. Ich warte hier auf dich.

Robert öffnete langsam die Augen. Im Waschraum hörte er Dr. Hilsinger rumoren. Er blieb noch einige Sekunden liegen; dann setzte er sich auf. Eine plötzliche Erregung erfaßte ihn. Er wußte jetzt, wer die elfte Zeugin war – und er wußte, wo sie ihn erwartete.

50

Dreiundzwanzigster Tag
Paris, Frankreich

Er rief Admiral Whittaker aus Dr. Hilsingers Praxis an.

Die Stimme des Alten klang ziemlich erregt. »Robert! Was ist passiert? Wie ich höre, sollen Sie...«

»Später, Admiral. Ich brauche jetzt dringend Ihre Hilfe. Haben Sie jemals von einem gewissen Janus gehört?«

»Janus?« wiederholte Admiral Whittaker langsam. »Nein, der Name sagt mir nichts.«

»Ich habe rausgekriegt, daß er eine Art Geheimbund leitet, der unschuldige Menschen umbringt – und jetzt hat er's auf mich abgesehen. Wir müssen ihn daran hindern, weiter zu morden.«

»Was kann ich tun, um Ihnen zu helfen?«

»Ich muß den Präsidenten sprechen. Könnten Sie das arrangieren?«

Am anderen Ende der Leitung herrschte kurzes Schweigen. »Das läßt sich bestimmt machen.«

»Und noch etwas: General Hilliard ist in diese Sache verwikkelt.«

»Was? Wie...?«

»Er ist nicht der einzige. Auch die meisten europäischen Geheimdienste sind an dieser Verschwörung beteiligt. Für weitere Erklärungen habe ich im Augenblick keine Zeit. Ich möchte, daß Sie General Hilliard anrufen. Sagen Sie ihm, daß ich eine elfte Zeugin aufgespürt habe.«

»Wie meinen Sie das? Eine elfte Zeugin in welcher Sache?«

»Tut mir leid, Admiral, aber das kann ich Ihnen jetzt nicht erklären. Hilliard wird schon wissen, was ich meine. Ich möchte, daß er sich mit mir in der Schweiz trifft.«

»In der Schweiz?«

»Sagen Sie ihm, daß ich als einziger weiß, wo diese elfte Zeugin sich aufhält. Sollte er versuchen, mich reinzulegen, ist unsere Vereinbarung hinfällig. Er soll nach Zürich ins Grandhotel Dolder kommen. Dort liegt ein Brief mit weiteren Anweisungen für ihn bereit. Und sagen Sie ihm, ich erwarte von ihm, daß er Janus mitbringt!«

»Robert, wissen Sie denn wirklich genau, was Sie tun?«

»Nein, Sir, das weiß ich nicht. Aber dies ist meine einzige Chance. Meine Bedingungen sind also folgende. Erstens: Ich verlange freie Fahrt in die Schweiz. Zweitens: Ich will, daß General Hilliard und Janus sich dort mit mir treffen. Drittens: Nach diesem Treffen bestehe ich auf einem Gespräch mit dem Präsidenten der Vereinigten Staaten.«

»Ich tue, was ich kann, Robert. Wo sind Sie zu erreichen?«

»Ich rufe wieder an. Wieviel Zeit brauchen Sie?«

»Lassen Sie mir eine Stunde Zeit.«

»Einverstanden.«

»Robert...« Die Besorgnis in der Stimme des alten Mannes war unüberhörbar. »Passen Sie gut auf sich auf!«

»Keine Angst, Sir. Ich bin ein Überlebenskünstler. Hatten Sie das vergessen?«

Nach einer Stunde telefonierte Robert Bellamy erneut mit dem Admiral.

»Ihre Bedingungen sind akzeptiert. Die Nachricht von einer weiteren Zeugin hat General Hilliard ziemlich mitgenommen. Er hat mir sein Wort gegeben, daß die Jagd auf Sie abgeblasen wird. Hilliard trifft morgen abend in Zürich ein.«

»Und Janus?«

»Janus fliegt in seiner Maschine mit.«

Eine ungeheure Erleichterung erfüllte Robert. »Danke, Admiral. Und der Präsident?«

»Mit dem habe ich selbst gesprochen. Seine Mitarbeiter haben Anweisung, ein Treffen zu arrangieren, wann immer Sie's wünschen.«

Gott sei Dank!

»General Hilliard stellt ein Flugzeug, das Sie...«

»Kommt nicht in Frage!« Er hatte nicht die Absicht, in irgendein Flugzeug zu steigen. »Ich bin in Paris. Ich verlange einen Wagen, den ich selbst fahren werde. Ich möchte, daß er in einer halben Stunde vor dem Hotel Littre am Montparnasse bereitsteht.«

»Gut, ich sorge dafür.«

»Admiral...« Robert hatte Mühe, seine Stimme unter Kontrolle zu behalten. »Vielen Dank für alles.«

Robert Bellamy ging die Rue Littre entlang. Wegen seiner Schmerzen konnte er sich nur langsam vorwärtsbewegen.

Unmittelbar vor dem Eingang des Hotels stand ein schwarzer Mercedes 190E. Der Wagen war leer. Auf der gegenüberliegenden Straßenseite parkte ein blau-weißer Streifenwagen. Am Steuer saß ein uniformierter Polizeibeamter. Auf dem Gehsteig standen zwei Zivilisten, die Robert entgegensahen. *Französischer Geheimdienst.*

Roberts Atem stockte. Sein Herz begann wild zu hämmern. War er dabei, in eine Falle zu gehen? Seine einzige Lebensversicherung war die geheimnisvolle elfte Zeugin. Wenn aber Hilliard ihm nun nicht glaubte?

Er ging auf die Limousine zu und wartete darauf, daß die Männer sich in Bewegung setzen würden. Aber sie blieben stehen und beobachteten ihn schweigend.

Robert trat an die Fahrertür und sah in den Mercedes. Der Zündschlüssel steckte. Er glaubte, die auf ihn gerichteten Blicke der Männer zu spüren, als er die Tür öffnete und sich ans Steuer setzte. Einen Augenblick lang starrte er auf den Zündschlüssel. *Falls General Hilliard den Admiral reingelegt hat, endet im nächsten Augenblick alles mit einer gewaltigen Detonation.*

Okay, also los! Robert griff mit der linken Hand durchs Lenkrad und drehte den Zündschlüssel nach rechts. Der Motor sprang seidenweich an. Die Geheimagenten sahen regungslos zu, wie Robert davonfuhr. An der ersten Kreuzung setzte sich ein Streifenwagen vor ihn. Robert erstarrte. Doch im nächsten Augenblick schalteten die Polizisten ihr Blinklicht ein, das ihnen freie Fahrt verschaffte. *Eine Polizeieskorte!*

Dann hörte Robert über sich das Knattern eines Hubschraubers. Er sah durchs geöffnete Schiebedach nach oben. Die Maschine trug die Abzeichen der französischen Gendarmerie Nationale. General Hilliard tat alles Menschenmögliche, um dafür zu sorgen, daß er die Schweiz sicher erreichte. *Und sobald ich ihm die elfte Zeugin vorgeführt habe,* dachte Robert grimmig, *wird er mich umlegen lassen wollen. Aber ich habe noch einen Trumpf in der Hinterhand...*

Kurz nach 16 Uhr erreichte Robert die Schweizer Grenze. Dort kehrte der französische Streifenwagen um, und ein Schweizer Streifenwagen übernahm die Eskorte. Zum ersten Mal seit Tagen begann Robert, sich etwas zu entspannen. *Ein Glück, daß ich Admiral Whittaker auf meiner Seite habe!* Nachdem der Admiral auf seine Bitte hin den Präsidenten eingeschaltet hatte, würde General Hilliard nicht wagen, ihn liquidieren zu lassen.

Seine Gedanken wandten sich der Frau in Weiß zu, und im selben Augenblick hörte er ihre Stimme. Sie hallte durchs Wageninnere.

Beeil dich, Robert. Wir erwarten dich.

In Zürich fuhr Robert beim Grandhotel Dolder vorbei und hinterließ an der Rezeption eine mühsam mit der linken Hand gekritzelte Mitteilung an Hilliard.

Draußen trat Robert Bellamy an den Streifenwagen, der ihn bisher eskortiert hatte. Er beugte sich zum offenen Fahrerfenster hinunter. »Von hier an verzichte ich dankend auf Ihre Begleitung.«

Der Fahrer zögerte. »Wie Sie wünschen, Commander«, meinte er dann.

Robert setzte sich wieder ans Steuer und fuhr in Richtung Uetendorf, wo das UFO abgestürzt war.

Die Dörfer schienen vorbeizufliegen, und die unberührte Schönheit der Alpen ließ nicht ahnen, wieviel Schrecken, wieviel Blutvergießen hier seinen Anfang genommen hatte. Als der Wagen sich Thun näherte, begann Roberts Herz rascher zu schlagen. Nur noch wenige Meter trennten ihn von der Wiese, auf der Beckermann und er den Wetterballon gefunden hatten.

Robert Bellamy hielt am Straßenrand und schickte ein stummes Stoßgebet gen Himmel. Dann stieg er aus, überquerte die Straße und stieg den kleinen Hügel zu dem Wäldchen hinauf, hinter dem die Absturzstelle lag.

Tausend Erinnerungen schossen ihm durch den Kopf. Der Anruf um vier Uhr morgens, mit dem er nach Fort Meade bestellt worden war. General Hilliards Worte: *Sie müssen diese Zeugen finden. Jeden einzelnen!* Die Suche nach den Zeugen, die ihn von Zürich nach Bern, London, München, Rom und Orvieto, von Waco nach Fort Smith, von Kiew nach Washington und Budapest geführt hatte. Die entsetzliche Erkenntnis, daß er unwissentlich zum Komplicen von Mördern geworden war, und seine Flucht von Italien nach Frankreich.

Und nun kehrte er zu dem Ort zurück, an dem das Unheil begonnen hatte.

Sie wartete auf ihn – strahlend schön, wie er sie im Traum gesehen hatte.

Ich danke dir, daß du gekommen bist, Robert.

Hatte er sie tatsächlich sprechen gehört – oder hörte er ihre Gedanken? Wie redete man mit einem außerirdischen Lebewesen?

»Ich mußte kommen«, sagte er einfach. Die Szene hatte etwas völlig Irreales an sich. *Hier stehe ich und spreche mit einem Wesen aus einer anderen Welt. Ich müßte entsetzt oder zumindest ängstlich sein – aber statt dessen ist mir wohler als jemals zuvor in meinem ganzen Leben.* »Ich muß dich warnen«, fuhr Robert fort. »Bald werden einige Männer hier sein, die dich quälen oder töten werden. Wenn sie kommen, solltest du lieber nicht mehr dasein.«

Ich kann nicht fort.

Und Robert verstand, was sie meinte. Er griff mit der linken Hand in die Jackentasche und holte das kleine Metallteil mit dem Kristall heraus.

Sie lächelte wieder. *Ich danke dir, Robert.*

Robert gab ihr das Teil und sah zu, wie sie es in ein Gerät einfügte, das sie in der Hand hielt.

»Was passiert jetzt?« fragte er.

Jetzt kann ich mit meinen Freunden in Verbindung treten. Sie werden kommen, um mich abzuholen.

Schwang in diesem Satz eine Drohung mit? Robert erinnerte sich an General Hilliards Worte: *Die Außerirdischen existieren wirklich, und wir sind ihnen hilflos ausgeliefert. Sie bereiten sich darauf vor, uns zu unterjochen...* Was war, wenn Hilliard recht hatte? Wenn die Außerirdischen tatsächlich die Menschheit unterjochen wollten?

Robert Bellamy sah auf seine Armbanduhr. General Hilliard und Janus mußten bald eintreffen. Im selben Augenblick hörte er das Rotorengeräusch eines von Norden anfliegenden Hubschraubers. Nur wenig später kam eine Bell 212 Twin Huey in Sicht.

Deine Freunde sind da.

Freunde! Sie waren seine Todfeinde, und er war entschlossen, sie als Mörder zu entlarven, sie zu vernichten.

Der Hubschrauber setzte zur Landung an.

In wenigen Sekunden würde er Janus gegenüberstehen. Dieser Gedanke erfüllte ihn mit mörderischem Zorn.

Die Kabinentür des Hubschraubers wurde geöffnet. Susan stieg aus.

51

Im Mutterschiff, das hoch über der Erde schwebte, herrschte große Freude und Erleichterung. Sämtliche Leuchten der Kontrollpulte blinkten grün.

Wir haben sie gefunden!

Wir müssen uns beeilen.

Das riesige Raumschiff näherte sich rasch der Erdoberfläche.

52

Sprachlos vor Verblüffung starrte Robert Susan an. Sie blieb einen Augenblick stehen und wollte dann auf ihn zueilen, aber Monte Banks, der hinter ihr aufgetaucht war, hielt sie zurück.

»Lauf, Robert! Lauf! Sie wollen dich umbringen!«

Robert trat einen Schritt auf sie zu. In diesem Augenblick stiegen General Hilliard und Oberst Frank Johnson aus dem Hubschrauber.

»Hier bin ich, Commander«, sagte General Hilliard. »Sie sehen, ich habe Wort gehalten.« Er ging auf die Frau in Weiß zu. »Dies ist die elfte Zeugin, nehme ich an.«

»Sie haben versprochen, Janus mitzubringen.«

»Er ist hier.«

Alle drehten sich nach dem Hubschrauber um. In der Kabinentür stand Admiral Whittaker.

Robert starrte ihn ungläubig an. Eine Welt brach für ihn zusammen.

»Warum...? Um Himmels willen, warum?« stotterte er.

»Das verstehen Sie nicht, Commander. Sie haben schon immer nichts begriffen. Sie machen sich Sorgen wegen ein paar Menschenleben. Wir zerbrechen uns den Kopf darüber, wie unsere Welt zu retten ist. Die Erde gehört uns, und wir können damit tun und lassen, was wir für richtig halten.«

Seine Augen funkelten haßerfüllt, als er jetzt die Frau in Weiß anstarrte. »Wenn ihr Krieg wollt, sollt ihr ihn haben! Und wir werden euch schlagen!«

Dann wandte er sich wieder an Robert. »Sie sind für mich wie ein Sohn gewesen. Ich habe Ihnen eine Chance gegeben, Ihrem Vaterland zu dienen. Und wie haben Sie's mir gelohnt? Sie sind zu mir gekommen und haben mich angefleht, daheim bei Ihrer Frau bleiben zu dürfen.« Aus seinem Tonfall sprach Verachtung. »*Mein* Sohn hätte das niemals getan. Aber ich hatte noch Hoffnung, daß Sie erkennen würden, wie verkehrt Ihre Wertvorstellungen waren. Und so habe ich Sie weiter pausenlos zu neuen Einsätzen losgeschickt. Als dann Ihre Ehe geschieden wurde, hatte ich gehofft, Sie würden sich nun voll und ganz Ihren Pflichten gegenüber der Nation widmen. Aber statt dessen haben Sie angekündigt, daß Sie aus dem Dienst ausscheiden wollen. Das hat mir bewiesen, daß Sie kein Patriot sind, daß Sie beseitigt, liquidiert werden müssen. Aber ich habe dafür gesorgt, daß Sie uns zuvor noch helfen, unsere Mission zu erfüllen.«

»Was für eine *Mission*? Die Ermordung all dieser unschuldigen Menschen? Sie sind wahnsinnig!«

»Sie begreifen noch immer nichts, Robert. Die Zeugen mußten zum Schweigen gebracht werden, damit sie keine weltweite Panik auslösen konnten. Wir waren schon fast zum Kampf gegen die Außerirdischen gerüstet, doch wir brauchten noch ein wenig Zeit – und die haben Sie uns verschafft.«

Die Frau in Weiß hatte bisher schweigend zugehört, aber jetzt drangen ihre Gedanken in die Köpfe aller Menschen, die sich auf der Wiese befanden. *Wir sind gekommen, um euch daran zu hindern, euren Planeten zu zerstören. Ihr seid ein unentbehrlicher Teil des Universums. Blickt empor.*

Alle sahen nach oben. Über ihnen schwebte eine große weiße Wolke, die sich vor ihren staunenden Blicken verwandelte und ihnen das Bild einer polaren Eiskappe zeigte, die zu schmelzen begann. Das Schmelzwasser ließ die Weltmeere steigen, so daß London und Los Angeles, New York und Tokio sowie Dutzende von weiteren großen Hafenstädten in schwindelerregendem Zeitraffertempo überflutet wurden. Dann wechselte die Szene, und nun erblickten sie riesige Felder, auf denen die Ernte in der erbarmungslosen Sonnenglut verbrannt war. Und weitere Bilder tauchten vor ihnen auf: Unruhen in China, Hungersnöte in Indien... und ganz zuletzt Höhlenbewohner.

Danach herrschte betroffenes Schweigen. *Das ist eure Zukunft, wenn ihr weitermacht wie bisher.*

Admiral Whittaker erholte sich als erster. »Massenhypnose!« fauchte er. »Du hast bestimmt noch viele solche Tricks auf Lager.« Er trat auf die Frau zu. »In Washington gibt es eine Menge Leute, die sich für dich interessieren.«

Dann sagte er drohend zu Robert: »Und Sie werden uns nicht mehr in die Quere kommen. Umlegen!« befahl er.

Oberst Johnson zog seine Pistole.

Susan versuchte, sich von Monte loszureißen.

»Nein! Nicht schießen!« kreischte sie.

Über ihnen ertönte ein bedrohliches Brummen. Das Raumschiff, aus dessen Innerem gleißend helle grüne Lichtblitze drangen, schwebte direkt über ihnen.

»Sie kommen!« rief Admiral Whittaker. »Legen Sie ihn um! Schnell!«

Doch Oberst Johnsons Pistole war auf Whittaker gerichtet. »Admiral, Sie sind verhaftet!«

Der Admiral starrte ihn an. »Was soll das heißen? Ich habe Ihnen befohlen, ihn umzulegen. Sie sind doch einer von uns!«

»Nein, das bin ich nie gewesen. Ich habe mich in Ihre Organisation einschleusen lassen, um sie von innen heraus zu bekämpfen. Ich habe nicht nach Commander Bellamy gefahndet, um ihn zu liquidieren, sondern um ihn zu retten.«

Admiral Whittaker war kreidebleich geworden.

»Dann werden Sie auch liquidiert! Die Organisation...«

»Ihre Organisation existiert nicht mehr. In dieser Minute werden Ihre Mitverschwörer in einem Dutzend Staaten festgenommen. Willard Stone und Dustin Thornton sind bereits verhaftet. Das Spiel ist aus!«

Unterdessen war das Raumschiff gelandet. Doch es kam nicht allein. Ein Brausen erfüllte die Luft, und als Robert emporblickte, sah er zahlreiche weitere Raumschiffe, die sich am Himmel über ihnen sammelten. Das Brausen schwoll an und wurde zu Sphärenmusik, die weit übers Land tönte. Dann öffnete sich eine Luke des Mutterschiffs.

Die Frau in Weiß wies auf Admiral Whittaker, General Hilliard und Monte Banks. *Ihr kommt mit mir.*

Und während die anderen atemlos zusahen, begannen sich die drei Männer wie in Trance auf das Raumschiff zuzubewegen.

»Nein!« schrie Admiral Whittaker. Er kreischte noch immer, als die drei Männer in dem Raumschiff verschwanden.

Die Frau in Weiß wandte sich an Robert. *Ihnen geschieht nichts. Sie haben viel zu lernen. Sobald sie's gelernt haben, werden sie hierher zurückgebracht.*

Susan war zu Robert geeilt. Er hielt sie fest an sich gedrückt.

Sag den Menschen, daß sie aufhören müssen, ihren Planeten zu zerstören. Sorge dafür, daß sie's begreifen.

»Ich bin nur ein einzelner Mann.«

Ihr seid Tausende. Eure Zahl wächst von Tag zu Tag. Eines Tages werdet ihr Millionen sein, und ihr müßt gemeinsam mit starker Stimme sprechen. Können wir auf dich zählen?

»Ich will's versuchen. Ich werde mein Bestes tun.«

Wir verlassen euch jetzt. Aber wir beobachten euch weiter. Und wir kommen eines Tages zurück.

Die Frau in Weiß wandte sich ab und verschwand im Mutterschiff. Die Lichter in seinem Inneren wurden heller und heller, bis sie den ganzen Himmel erstrahlen ließen. Dann hob das Mutterschiff ab, und die Raumschiffe am Himmel begannen sich zu zerstreuen. Wenige Minuten später waren sie alle verschwunden.

Sag' den Menschen, daß sie aufhören müssen, ihren Planeten zu zerstören. Richtig! dachte Robert. *Jetzt weiß ich, was ich mit dem Rest meines Lebens anfangen werde.* Das war ein wunderbares Gefühl.

Er blickte Susan an und lächelte.

Anmerkung des Autors

Bei den Recherchen für diesen Roman habe ich Bücher, Zeitungs- und Zeitschriftenartikel gelesen, in denen von Astronauten berichtet wurde, die außerirdische Erlebnisse gehabt haben.

Oberst Frank Borman von *Gemini 7* soll ein UFO fotografiert haben, das seine Raumkapsel begleitet hatte. Neil Armstrong soll bei seiner Mondlandung zwei nicht identifizierte Raumfahrzeuge gesehen haben. Buzz Aldrin soll auf dem Mond nicht idendifizierte Raumfahrzeuge fotografiert haben. Oberst Gordon Cooper soll bei einem Flug über der australischen Stadt Perth einem großen UFO begegnet sein.

Ich habe mit diesen Männern und weiteren Astronauten gesprochen, und alle haben mir versichert, dies seien erfundene Geschichten: Sie hätten keinerlei Erlebnisse mit UFOs gehabt. Aber einige Tage nach meinem Telefongespräch mit Gordon Cooper hat der Oberst mich angerufen. Ich habe zurückgerufen, aber er war plötzlich nicht mehr zu erreichen. Danach habe ich nichts mehr von ihm gehört. Ein Jahr später erhielt ich über Dr. James Hurtak einen Brief, den Oberst Cooper am 9. November 1978 geschrieben haben soll.

Daraufhin habe ich Oberst Cooper erneut angerufen und gefragt, ob das Schreiben authentisch sei. Diesmal war er auskunftsfreudiger. Er versicherte mir, daß er auf seinen Raumflügen mehrmals UFO-Formationen beobachtet habe. Cooper erwähnte, daß auch andere Astronauten Erlebnisse gehabt hätten, doch es sei ihnen verboten worden, darüber zu sprechen.

Ich habe ein Dutzend Bücher gelesen, die schlüssig beweisen daß es Fliegende Untertassen gibt. Ich habe ein Dutzend Bücher gelesen, die schlüssig beweisen, daß es *keine* Fliegenden Untertassen gibt. Ich habe Videoaufnahmen gesehen, die angeblich Fliegende Untertassen zeigen, und mit Therapeuten gesprochen, die darauf spezialisiert sind, Menschen hypnotisch zu behandeln, welche behaupten, von UFOs entführt worden zu sein. Nach Aussage dieser Therapeuten haben sie Hunderte von Fällen bearbeitet, bei denen die Details der Erlebnisse der Entführten verblüffend ähnlich waren.

Ein General der U.S. Air Force, der an dem Projekt *Blue Book* (eine von der US-Regierung ins Leben gerufene Studiengruppe zur Erforschung der UFO-Problematik) beteiligt ist, hat mir versichert, es habe niemals auch nur den geringsten Beweis für die Existenz Fliegender Untertassen oder außerirdischer Lebewesen gegeben.

Im Vorwort zu Timothy Goods Buch *Above Top Secret* schreibt Großadmiral Lord Hill-Norton, der von 1971 bis 1973 Chef des britischen Verteidigungsstabs war:

> »Die Beweise dafür, daß es Objekte gibt, die in unserer Atmosphäre und sogar auf *Terra firma* beobachtet worden sind und sich weder als von Menschenhand hergestellte Objekte noch durch irgendeine unseren Wissenschaftlern bekannte physische Kraft oder Wirkung erklären lassen, scheinen mir überwältigend zu sein... Für zahlreiche Beobachtungen verbürgen sich Personen, deren Qualifikation mir über jeden Zweifel erhaben scheint. Auffällig daran ist, daß so viele von ihnen ausgebildete Beobachter wie Polizeibeamte und Verkehrs- oder Militärpiloten gewesen sind...«

Im Jahre 1933 leitete das schwedische 4. Fliegerkorps Untersuchungen mit dem Ziel ein, die Identität von geheimnisvollen Flugzeugen ohne Markierungen festzustellen, die über Skandinavien beobachtet worden waren. Am 30. April 1934 gab Generalleutnant Reutersvärd folgende Pressemitteilung heraus:

»Vergleiche dieser Meldungen zeigen, daß kein Zweifel an unerlaubtem Luftverkehr über unseren militärischen Sperrgebieten bestehen kann. Es gibt zahlreiche Berichte zuverlässiger Zeugen, die die geheimnisvollen Flieger genau beobachtet zu haben scheinen. Und in allen Fällen trifft die Feststellung zu, daß an den Maschinen weder Nationalitätskennzeichen noch Markierungen sichtbar sind ... Die Frage lautet nun: Wer oder was sind sie – und weshalb sind sie mehrfach in unseren Luftraum eingedrungen?«

Im Jahre 1947 erhielt Professor Paul Santorini, der führende griechische Naturwissenschaftler, den Auftrag, ein seltsames Phänomen zu erforschen: Über Griechenland waren mehrfach Flugobjekte gesichtet worden. »Wir stellten ziemlich bald fest, daß das keine Raketen waren. Aber bevor wir mehr tun konnten, ordnete die Armee nach Beratungen mit ausländischen Emissären die Einstellung der Untersuchung an. Ausländische Wissenschaftler flogen nach Griechenland, um mit mir Geheimgespräche zu führen.«

Der Professor bestätigte, daß die UFO-Problematik weltweit totgeschwiegen wird, weil die staatlichen Stellen nicht eingestehen wollen, daß eine Kraft existiert, gegen die wir »keinerlei Abwehrmöglichkeiten« besitzen.

In den Jahren 1947 bis 1952 erhielt das ATIC (Air Technical Intelligence Center) fast 1500 offizielle Meldungen über UFO-Beobachtungen. Von diesen 1500 Meldungen betrachtet die U.S. Air Force 20 Prozent weiterhin als ungeklärt.

Luftmarschall Lord Dowding, 1940 Oberbefehlshaber der britischen Jagdflieger in der Luftschlacht über England, schreibt:

> »Über 10000 Beobachtungen sind gemeldet worden, von denen die meisten sich nicht durch irgendeine ›wissenschaftliche Erklärung‹ rechtfertigen lassen. Sie sind auf Radarschirmen verfolgt worden..., und ihre beobachteten Geschwindigkeiten haben bei bis zu 14500 km/h gelegen... Ich bin überzeugt, daß diese Objekte tatsächlich existieren und von keinem Staat der Erde hergestellt worden sind. Ich sehe deshalb keine andere Möglichkeit, als die Theorie zu akzeptieren, daß sie extraterrestrischen Ursprungs sind...«

Vor kurzem beobachtete die gesamte Einwohnerschaft von Elmswood, Wisconsin, mehrere Tage lang Fliegende Untertassen am Himmel über ihrer Stadt.

General Lionel Max Chassin, ehemals Kommandierender General der französischen Luftwaffe und NATO-Luftverteidigungskoordinator für Mitteleuropa, schreibt:

> »Daß seltsame Objekte gesehen worden sind, steht außer Frage. Die Zahl der nachdenklichen, intelligenten, gebildeten Menschen..., die ›etwas gesehen‹ und beschrieben haben, wächst von Tag zu Tag.«

Höchst bezeichnend war der sogenannte Roswell-Vorfall im Jahre 1947. Nach Augenzeugenberichten wurde am Abend des 2. Juli über Roswell, New Mexico, ein hell leuchtendes scheibenförmiges Flugobjekt gesichtet. Am nächsten Tag fanden ein einheimischer Ranchverwalter und seine beiden Kinder in einem weiten Umkreis verstreute Wrackteile. Die zuständigen Stellen wurden alarmiert und bestätigten in einer amtlichen Mitteilung, daß das Wrack einer Fliegenden Untertasse geborgen worden sei.

Unmittelbar darauf kam eine zweite Pressemitteilung heraus, in der festgestellt wurde, die Wrackteile seien lediglich Überreste eines Wetterballons, die dann auch prompt auf einer Pressekonferenz vorgeführt wurden. Die echten Wrackteile sollen in der Zwischenzeit abtransportiert und nach Wright Field gebracht worden sein.

Wie ein Augenzeuge berichtete, waren die Toten in den Wrackteilen »menschenähnlich, aber keine Menschen. Ihre Köpfe waren rund, die Augen waren klein, und sie hatten keine Haare. Die Augen standen weit auseinander. Sie waren nach unseren Begriffen von ziemlich geringem Wuchs, und ihre Köpfe waren im Vergleich zu ihren Körpern unverhältnismäßig groß. Ihre Kleidung schien aus einem Stück zu bestehen und war grau. Sie schienen alle männliche Wesen zu sein, und es handelte sich um eine größere Anzahl... Soldaten sperrten das Gelände ab, und wir wurden angewiesen, es zu verlassen und mit niemandem über unsere Beobachtungen zu sprechen.«

Wie aus einem 1984 von einer nachrichtendienstlichen Quelle zugänglich gemachten Dokument hervorgeht, wurde 1947 von Präsident Truman eine streng geheime Studiengruppe mit dem Decknamen »Majestic 12« oder »MJ-12« ins Leben gerufen, die UFOs erforschen und dem Präsidenten darüber Bericht erstatten sollte. Dieses Schriftstück vom 18. November 1952 mit dem Vermerk *STRENG GEHEIM/MAJESTIC/PERSÖNLICH* soll von Admiral Hillenkoetter für den noch nicht in sein Amt eingeführten Präsidenten Dwight Eisenhower zusammengestellt worden sein und enthält die erstaunliche Mitteilung, etwa drei Kilometer von der Absturzstelle bei Roswell entfernt seien die Leichen von vier Außerirdischen aufgefunden worden.

Fünf Jahre nach dem Anlaufen dieses Projekts schrieb die Arbeitsgruppe in einem Memorandum an den zukünftigen

Präsidenten Eisenhower über die UFO-Problematik und das Bedürfnis nach Geheimhaltung:

»Die Auswirkungen auf die nationale Sicherheit bleiben weiterhin bedeutsam, da die Motive und Ziele dieser Besucher weiterhin völlig unbekannt sind... Aus diesen Gründen sowie aufgrund offenkundiger internationaler technologischer Erwägungen und der unbedingt gebotenen Notwendigkeit, eine Panik in der Öffentlichkeit unter allen Umständen zu vermeiden, bleibt die Majestic-12-Gruppe einstimmig bei ihrer Auffassung, daß die Einhaltung strengster Sicherheitsvorkehrungen auch nach dem Amtswechsel ohne Unterbrechung weitergehen sollte.«

Das amtliche Dementi stützte sich auf die Behauptung, daß die Echtheit dieses Schriftstücks zweifelhaft sei.

Die National Security Agency hält angeblich über 100 000 Dokumente über UFOs zurück; bei der Central Intelligence Agency sollen es über 50 und beim Innenministerium sechs Dokumente sein.

Major Donald Keyhoe, ein früherer Mitarbeiter Charles Lindberghs, hat der US-Regierung öffentlich vorgeworfen, die Existenz von UFOs zu leugnen, um eine Panik in der Öffentlichkeit zu verhindern.

Als eine streng geheime »Lagebeurteilung« aus dem Air Technical Intelligence Center im August 1948 zu dem Schluß kam, UFOs seien interplanetare Besucher, befahl General Vandenberg, damals Generalstabschef der Luftwaffe, das Dokument zu verbrennen.

In den letzten drei Jahrzehnten hat es mindestens 70000 Berichte über geheimnisvolle fliegende Objekte gegeben – und unzählige weitere – vielleicht zehnmal mehr – sind nicht gemeldet worden.

UFO-Beobachtungen sind aus mehreren Dutzend Staaten in aller Welt gemeldet worden. In Spanien sind UFOs als *Objetos foladores no identificados* bekannt... in England nennt man sie *Flying Saucers*... und in Frankreich *Soucoupes Volantes*... in der Tschechoslowakei *Letajici talire*.

Der berühmte Astronom Carl Sagan schätzt, daß allein unsere Milchstraßen-Galaxis aus rund 250 Milliarden Sternen bestehen könnte. Seiner Ansicht nach könnten etwa eine Million davon Planeten besitzen, auf denen die Entwicklung irgendwelcher Formen von Leben möglich wäre.

Am 12. Oktober 1992, dem »Kolumbustag«, werden in Kalifornien und Puerto Rico Radioteleskope mit Spezialempfängern und Computern, die mehrere Millionen Funkfrequenzen gleichzeitig analysieren können, eingeschaltet werden, um nach Anzeichen für intelligentes Leben im Universum zu forschen.

Die NASA hat dem Unternehmen den Spitznamen MOP (Microwave Observing Project) gegeben, aber unter Astronomen ist es als SETI (Search for Extraterrestrial Intelligence) bekannt.

Ich habe zwei ehemalige Präsidenten der Vereinigten Staaten gefragt, ob sie etwas von UFOs oder außerirdischen Lebewesen erfahren hätten, und beide Male eine verneinende Antwort erhalten. Hätten sie es mir gesagt, wenn sie entsprechende Informationen besessen hätten? Angesichts der strikten Geheimhaltung, die dieses Thema ganz offensichtlich umgibt, halte ich das für eher unwahrscheinlich.

Gibt es tatsächlich Fliegende Untertassen? Besuchen uns außerirdische Lebewesen von einem anderen Planeten? Da neue Technologien jetzt weiter und weiter ins Universum hinausgreifen, um im Weltraum nach Anzeichen für intelligentes Leben zu suchen, werden wir die Antwort unter Umständen viel früher erhalten, als wir erwarten.

»In der Galaxis gibt es 400 Milliarden Sterne. Wir bestehen aus Sternenstaub – einem wirklich sehr gewöhnlichen Stoff. In einem Universum voller Sternenstaub ist es schwer vorstellbar, daß wir die einzigen existierenden Lebewesen sein sollen.«

Jill Tarter
Ames Research Center
der NASA